ME ENTREGO A TI

Jude Deveraux

Traducción de Ana Isabel Domínguez Palomo
y María del Mar Rodríguez Barrena

VERGARA
GRUPO ZETA ✠

rcelona • Bogotá • Buenos Aires • Caracas • Madrid • México D.F. • Miami • Montevideo • Santiago de Chile

Título original: *Ever After*
Traducción: Ana Isabel Domínguez Palomo
    y María del Mar Rodríguez Barrena
1.ª edición: marzo 2015

© 2015 by Deveraux, Inc.
© Ediciones B, S. A., 2016
    para el sello Vergara
    Consell de Cent 425-427 - 08009 Barcelona (España)
    www.edicionesb.com

Printed in Spain
ISBN: 978-84-15420-98-9
DL B 1143-2016

Impreso por Unigraf, S. L.
Avda. Cámara de la industria, 38,
Pol. Ind. Arroyomolinos, 128938 - Móstoles (Madrid)

Prólogo

Hallie no encontraba el fajo de documentos que tenía que darle a su jefe. Recordaba que lo había metido en un sobre blanco y grande antes de dejarlo dentro de su bolso. Y aunque el bolso estaba en el maletero de su coche, el sobre no aparecía.

De pie en el aparcamiento del supermercado, repasó todos los lugares en los que había estado esa mañana. Había ido a la droguería para comprar el acondicionador del pelo preferido de su hermanastra, había ido a la tintorería para recoger la falda que Shelly había manchado. Y después se pasó por el taller mecánico para preguntar, una vez más, cuándo estaría reparado el coche de Shelly, de modo que esta pudiera hacer sus dichosos recados.

Hallie inspiró hondo para tranquilizarse. También llevaba seis bolsas de plástico en el maletero, todas llenas con ropa de su hermanastra, con facturas sin abrir, con zapatos y con productos de belleza, pero ninguna contenía un sobre lleno de documentos.

Cerró el maletero y se dio la vuelta. «¡Esto se pasa de castaño oscuro!», pensó. Todo se estaba pasando de castaño oscuro. Desde que Shelly volvió hacía seis semanas, su vida se había vuelto un caos. Hallie se levantaba temprano; Shelly prefería trasnochar. Hallie necesitaba silencio a fin de estudiar para sus exámenes; Shelly no parecía viva a menos que una máquina estuviera haciendo ruido. El coche con el que Shelly había vuelto de Ca-

7

lifornia estaba en tan mal estado que quiso que la grúa se lo llevara.

—Usaré el tuyo —dijo, y salió de la habitación antes de que Hallie pudiera protestar.

Claro que Shelly había dejado bien claro el motivo de su estancia. Quería que Hallie vendiera la casa y se repartieran el dinero. El hecho de que el padre de Hallie no hubiera cambiado el testamento después de casarse con la madre de Shelly le daba igual. Shelly insistía en que tal vez no tuviera derecho «legal» a la mitad de la casa, pero desde luego sí que tenía un derecho moral.

—También era mi padre —sentenció Shelly, con sus largas pestañas cuajadas de lágrimas. Cuando era una preciosa niña, perfeccionó la expresión triste que lograba que todos le dieran lo que quería. Cuando creció y se convirtió en una joven todavía más guapa, Shelly no vio motivo alguno para dejar de usar su aspecto a fin de manipular a los demás.

Sin embargo, Hallie nunca se había dejado engañar.

—¡Corta el rollo! —le soltó—. Estás hablando conmigo, ¿recuerdas? No con un director de reparto al que quieres seducir.

Con un suspiro, Shelly se irguió en el asiento y las lágrimas desaparecieron.

—Vale, vamos a hablar de ti. Piensa en lo que podrías hacer con la mitad del dinero. Podrías viajar, ver mundo.

Hallie se apoyó en el coche y levantó la cara hacia el sol. Era primavera y los árboles de Nueva Inglaterra estaban cuajados de capullos.

La actitud de su hermanastra de «Mira, también puedes hacer esto por mí» agotaba a cualquiera. La cháchara incesante de Shelly, sus quejas, sus súplicas y sus esporádicos ataques de rabia hacían que Hallie quisiera tirar la toalla y llamar a un agente inmobiliario. Le había demostrado sobre el papel que si vendía la casa, cuando pagara la hipoteca que tuvo que solicitar para reparar el tejado y las instalaciones eléctrica y sanitaria, como mucho se quedarían a cero. Sin embargo, Shelly había agitado una mano y le había dicho que las casas en Los Ángeles se vendían por millones de dólares.

Durante las dos últimas semanas, Shelly se había tranquilizado, como si se hubiera rendido. Le había preguntado a Hallie por su trabajo como fisioterapeuta, diciéndole:

—¿Qué le recomendarías a un hombre que se ha fastidiado la rodilla?

—Descríbeme la lesión —contestó Hallie, y Shelly le leyó la información de un mensaje de correo electrónico que había recibido. Complacida por el interés de su hermanastra, Hallie le explicó la larga rehabilitación que necesitaría el hombre.

Aunque Shelly no se explayó con los detalles, Hallie imaginó que su hermanastra tenía un amigo que había sufrido una lesión. Fuera cual fuese el motivo, supuso un estupendo respiro, ya que Shelly abandonó la insistencia con la que acostumbraba a perseguir su objetivo. Hallie empezó a creer que su vida por fin volvía a la normalidad. Había terminado de una vez los trabajos del curso, había aprobado los exámenes y había recibido la licencia que la habilitaba para ejercer de fisioterapeuta en Massachusetts. Y la semana siguiente empezaría a trabajar en un pequeño hospital local.

Miró el reloj. Tenía el tiempo justo para volver a casa en busca de los documentos y llegar al despacho antes de que el doctor Curtis se marchara para disfrutar del fin de semana. Mientras conducía, pensó en lo maravilloso que era tener una vida nueva. Profesión nueva, trabajo nuevo, mundo nuevo. Solo que no era nuevo en realidad. Su trabajo estaba cerca de la casa en la que llevaba viviendo toda la vida y trabajaría con personas a las que había conocido en el colegio. Además, su hermanastra también pensaba quedarse en la zona.

—Eres la única familia que me queda —dijo Shelly.

Hallie sabía que eso significaba que tendría a su hermanastra en casa durante todas las vacaciones, los fines de semana y las catástrofes que sucedían en la dramática vida de Shelly.

Sin embargo, ella practicaba la búsqueda del lado positivo de las cosas, aunque a veces sentía el impulso de buscar trabajo en algún lugar lejano y exótico.

Cuando Hallie enfiló su calle, se fijó enseguida en el BMW azul aparcado delante de su casa. Destacaba entre los Chevy y los Toyota como una joya sobre un montón de piedras.

Al otro lado de la calle, la señora Westbrook estaba abriendo su buzón.

—Braden está en casa —anunció antes de que Hallie pudiera meter el coche en su entrada—. Deberías venir y saludarlo.

Al escuchar la mención de su hijo abogado, a Hallie le dio un pequeño vuelco el corazón.

—Será un placer —replicó con sinceridad.

Desde que era niña, Hallie había ido a menudo a casa de la señora Westbrook, que ejercía de madre sustituta, cuando la actitud egoísta yególatra de Shelly era demasiado para ella. El *coulant* de chocolate obraba milagros a la hora de calmar las lágrimas de Hallie.

Aparcó, se bajó del coche y cerró la puerta sin hacer ruido. No quería conocer a quienquiera que estuviera con Shelly. Sin embargo, mientras miraba el flamante coche, se preguntó de quién se trataba.

Hallie abrió la puerta trasera despacio, para que no hiciera ruido. En cuanto entró en la casa, vio el sobre en el extremo más alejado de la encimera de la cocina... y también escuchó voces. Dado que el arco sin puerta que daba al salón se interponía entre ella y el sobre, no tenía ni idea de cómo cogerlo sin que la vieran.

Sin embargo, la voz del hombre la distrajo de los documentos. La había escuchado antes, pero no recordaba dónde. Cuando echó un vistazo por el arco, vio algo en el salón que la sobresaltó.

Shelly, que estaba de perfil, le había quitado uno de sus trajes. Era más alta y más delgada que ella, de modo que la falda le quedaba más corta y, la chaqueta, demasiado grande, pero sí tenía un aspecto profesional.

Sobre la mesita auxiliar había un bizcocho y unas galletas, y lo que Hallie reconoció como el mejor juego de té de la señora Westbrook. Era evidente que Shelly sabía que el hombre iba a ir, pero no se lo había dicho.

El hombre que estaba sentado en el sofá miraba hacia la cocina, pero estaba concentrado por completo en Shelly. Hablaba en voz baja, algo acerca de una casa, y por un instante Hallie creyó que podría tratarse de un agente inmobiliario. Pero no, lo había visto antes.

Cuando Hallie regresó a la cocina, lo recordó. Se trataba de Jared Montgomery, el famoso arquitecto. En la universidad había salido con un estudiante de Arquitectura que quiso que lo acompañase a una conferencia. El tío no había dejado de alabar al arquitecto que daba la charla. Hallie esperaba aburrirse, y se aburrió con lo que decía, pero el orador era muy guapo: alto, delgado pero atlético, con ojos y pelo oscuros.

No le sorprendió comprobar que la mayor parte de la audiencia era femenina. La chica que tenía al lado le susurró:

—Ojalá se esté imaginando a su audiencia desnuda.

Hallie no pudo contener la carcajada.

Así que, ¿qué narices hacía el famoso Jared Montgomery sentado en su salón?

Hallie intentó oír lo que estaban diciendo, pero hablaban en voz demasiado baja. No sabía si debería salir y presentarse o escabullirse de puntillas y dejarlos solos.

Acababa de darse la vuelta cuando escuchó que el señor Montgomery decía:

—Ahora, Hallie, si firmas aquí, la casa será tuya.

Hallie se quedó paralizada. ¿¡Shelly estaba fingiendo ser ella para venderle la casa a ese hombre!?

Entró en el salón. Shelly, con la pluma en la mano, acababa de firmar un documento.

—¿Puedo verlo? —preguntó Hallie en voz baja y controlada, aunque ardía de rabia por dentro.

Shelly, que se quedó blanca como el papel, le ofreció el documento a su hermanastra. Estaba redactado con el lenguaje típico de un contrato y, al final de la página, estaba el nombre completo de Hallie, escrito con una buena imitación de su letra.

—Deja que te lo explique —comenzó Shelly con un deje histérico en la voz—. Es de justicia que yo también consiga una casa. No es justo que tú te quedes con toda la herencia, ¿verdad? Seguro que papá querría que yo me quedara con la mitad de lo que tenía. Seguro que él...

—Disculpadme —dijo el hombre—, pero ¿os importaría explicarme qué pasa?

La rabia de Hallie comenzaba a aflorar. Le dio el documento al hombre.

—Usted es Jared Montgomery, el arquitecto, ¿verdad? Pues puedo asegurarle que si piensa construir un rascacielos aquí, la asociación de vecinos luchará hasta las últimas consecuencias.

Esas palabras parecieron hacerle gracia.

—Haré todo lo posible por reprimir mi tendencia de construir rascacielos allá por donde voy. ¿Eres la hermana de Hallie?

—No. Soy Hallie.

La sonrisa desapareció del apuesto rostro del hombre y, por un segundo, miró a una y a la otra. Sin hablar, sacó un documento del maletín y se lo ofreció.

Hallie lo aceptó y se quedó de piedra al ver que se trataba de una fotocopia de su pasaporte, salvo que en lugar de su foto había una de Shelly. Cuando lo examinó de cerca, se fijó en que su hermanastra había recortado con cuidado la fotografía para que encajara en el hueco. Si se miraba el pasaporte original, habría sido muy evidente lo que había hecho, pero la fotocopia ocultaba lo que Hallie sabía que se trataba de un fraude en toda regla.

—Tenía que hacerlo —protestó Shelly, con deje frenético—. No me hacías caso, así que hice lo que tenía que hacer. Si me hubieras hecho caso, no me habría visto obligada a...

La mirada que le lanzó hizo que Shelly se callase. En silencio, Hallie fue a su dormitorio, abrió el primer cajón del escritorio y sacó su pasaporte. Regresó al salón y se lo dio al señor Montgomery.

El hombre examinó la fotocopia y el original, y después miró a Hallie, que seguía de pie.

—Es culpa mía —dijo él—. No lo examiné con el debido cuidado. Ahora veo lo que ha pasado. —Miró a Shelly, y sus ojos azul oscuro se entrecerraron con una expresión furiosa—. No me gusta formar parte de algo ilegal. Mis abogados se pondrán en contacto contigo.

—No era mi intención hacer nada malo —adujo Shelly, con lágrimas en sus bonitos ojos—. Solo intentaba ser justa, nada más. ¿Por qué Hallie tiene que conseguir tanto cuando yo no consigo nada? Papá habría querido que yo tuviera...

—¡Silencio! —ordenó Jared—. Quédate sentadita sin decir una sola palabra más. —Miró a Hallie—. Empiezo a entender la magnitud de lo sucedido y no sé cómo puedo disculparme. Supongo que no he estado intercambiando mensajes de correo electrónico contigo durante estas dos últimas semanas, ¿verdad?

—No. —Hallie seguía fulminando con la mirada a Shelly, que tenía la cabeza gacha mientras las lágrimas caían sobre sus manos entrelazadas sobre el regazo—. Lo conozco porque asistí a una charla que dio en Harvard.

Jared se pasó una mano por la cara.

—¡Menudo follón! —Miró a Hallie una vez más—. Como no sé qué es verdad y qué no —dijo, y fulminó a Shelly con la mirada—, será mejor que empiece por el principio. ¿Eres fisioterapeuta y acabas de obtener la licencia para trabajar en Massachusetts?

—Sí.

—¡Qué alivio! ¿Qué sabes de tu familia paterna?

—Muy poco —contestó Hallie—. Mi padre se quedó huérfano cuando era pequeño y creció en hogares de acogida. No tenía familiares vivos, al menos que él supiera.

—De acuerdo —dijo Jared—. Es lo que me habían dicho. Al parecer... —Miró a Shelly. Sus lágrimas iban acompañadas en ese momento de sollozos, cada vez más inconsolables.

Shelly alzó la cabeza y miró a su hermanastra. Con expresión suplicante. Aunque Hallie no entendía qué le estaba suplicando. ¿Perdón? ¿O que demostrara su sentido de la «justicia» al hacer lo que Shelly quería?

—Shelly —dijo en voz baja, pero muy firme, quiero que vayas al despacho del doctor Curtis y entregues el sobre con documentos que hay en la mesa de la cocina. Sé que no sabes dónde trabajo, pero la dirección está escrita en el sobre. ¿Me he expresado con claridad?

—Sí, Hallie, claro que sí, pero cuando vuelva tenemos que hablar. Y esta vez será mejor que me escuches con atención para que entiendas que...

—¡No! —la interrumpió Hallie sin miramientos—. Shelly, esta vez no voy a perdonarte. Coge el otro juego de llaves y llévate mi coche.

Shelly lucía la expresión airada de alguien que hubiera sido acusado injustamente de un crimen, pero hizo lo que Hallie le ordenaba.

Una vez que Shelly salió de la casa, Jared dijo:

—Si quieres denunciar, yo correré con los gastos. Me siento como un imbécil.

—No es culpa suya, señor Montgomery —replicó Hallie con formalidad, a lo que él respondió pidiéndole que lo llamara Jared y lo tuteara.

Hallie miró la firma falsificada que lucía el documento que tenía en el regazo. Con semejante prueba, sabía que podía denunciar. Sin embargo, también sabía que no estaba en su naturaleza hacerlo.

—Hallie —dijo él, mirándola a la cara—, tengo que contarte muchas cosas, explicarte muchas cosas, e incluso resarcirte por mucho. Hallie... quiero decir, Shelly, iba a marcharse conmigo hoy.

—Entiendo —repuso Hallie, y, por primera vez, reparó en sus maletas apiladas en un rincón. Dejó claro con su tono de voz lo que pensaba de la relación.

—No es eso —le aseguró Jared—. Mi mujer y yo vivimos en Nantucket y en cuestión de una hora tengo que embarcar en el avión de un amigo y volver a casa. Shelly iba a viajar conmigo, pero te aseguro que era un asunto estrictamente de negocios.

Hallie no entendía ni media palabra.

—Pero ¿qué pasa con la casa? ¿Por qué quieres comprarla?

—¿Esta casa? —Echó un vistazo a su alrededor—. Sin ánimo de ofender, pero... —Se interrumpió al darse cuenta de lo mal que se estaba explicando—. Tu hermanastra no intentaba robarte esta casa. Soy el albacea del testamento del difunto Henry Bell, y al morir dejó estipulado que su casa de Nantucket fuera para ti.

La noticia fue tan sorprendente que Hallie casi no fue capaz de hablar.

—No conozco a nadie que se llame Henry Bell.

—Lo sé. —Le dio unos golpecitos a su maletín—. Está todo aquí, y le mandé copias de los documentos a tu hermanastra. Te llevará un tiempo leerlos todos. Y... —Soltó el aire de golpe—. Hay algo más que deberías saber. —Hizo una breve pausa—. Hallie y yo... —empezó Jared—. Quiero decir que Shelly y yo hemos mantenido correspondencia, pero ella también la ha mantenido con uno de mis primos. Dijo que era fisioterapeuta, y dado que él...

—Se rompió los ligamentos de la rodilla derecha mientras esquiaba —terminó Hallie por él conforme las piezas del rompecabezas empezaban a encajar—. Shelly me interrogó acerca de cómo rehabilitar esa lesión en concreto.

—Bueno... Sí, en fin... —comenzó Jared—. A ver cómo te lo digo... Tu hermanastra autorizó que el antiguo cobertizo de tu casa se equipara como un gimnasio. —Titubeó antes de continuar—. E invitó a mi primo lesionado a mudarse al salón de la planta baja de tu casa. Ella se quedaría en la planta alta. El plan era trabajar durante los próximos meses en la rehabilitación de Jamie para que este volviera a andar. —Abrió los ojos como platos—. Si este... en fin, si este intercambio no se hubiera descubierto, ¿cómo pensaba llevar a cabo tu trabajo?

—No tengo ni idea —contestó Hallie—. Pero no acostumbro a tratar de entender a mi hermanastra. —Durante unos segundos lo miró en silencio, mientras intentaba asimilar lo que le estaba diciendo.

Lo primero que tenía que hacer era aclararse las ideas, porque de lo contrario la rabia se apoderaría de ella. Si no lo había entendido mal, se le presentaban dos alternativas. Podía quedarse allí, empezar en un trabajo estable pero que le ofrecía pocas perspectivas de promoción y vivir en la casa donde había crecido. Pero eso significaría tener que lidiar con las quejas constantes de Shelly sobre lo injusta que era su vida... algo que se solucionaría si ella cediera más, hiciera más y se preocupara más por su hermanastra.

O, pensó, podría ir a Nantucket y... No sabía qué la esperaba allí, pero en ese preciso momento le parecía el paraíso.

Tomó una honda bocanada de aire.

—¿Me estás diciendo que me espera una casa y un trabajo en la preciosa isla de Nantucket?

Jared sonrió al escuchar su voz. La chica reaccionaba como si estuvieran a punto de concederle un deseo por arte de magia. Teniendo en cuenta lo que acababa de presenciar de su hermanastra, eso era lo que le estaban ofreciendo.

—Si los quieres, claro. Puedes venir conmigo ahora o llegar

después. O puedo vender la casa en tu nombre y enviarte el dinero. Tú eliges. Te ayudaré, decidas lo que decidas. Desde luego que te lo debo.

Por primera vez desde que llegó a casa, Hallie sonrió.

—¿Me das veinte minutos para hacer el equipaje?

Jared sonrió.

—Llamaré al piloto, le diré que retrase el vuelo y dispondrás de treinta.

Hallie se acercó a sus maletas, que Shelly había llenado con sus cosas, y las vació en el suelo antes de recoger lo que su hermanastra le había cogido «prestado». Miró a Jared.

—Si Shelly quería hacer esto, eso quiere decir que tu primo Jamie tiene que ser guapísimo o rico... o las dos cosas.

Jared se encogió de hombros.

—No sabría decirte lo de guapísimo. Es bajito y corpulento; la verdad es que solo es un crío, pero su madrastra es Cale Anderson, la escritora.

Hallie asintió con la cabeza.

—Rico. Ya me lo suponía. Estaré lista en veinticinco minutos.

1

Aeropuerto de Boston

Ni siquiera la imagen del avión privado que iba a trasladarla a la isla de Nantucket logró animar a Hallie. El interior era precioso y elegante, con asientos de cuero de color beige tostado y maderas oscuras. Jared y ella serían los únicos pasajeros. Esperaba que el viaje la distrajera de sus pensamientos. Unas cuantas horas antes habría jurado que su hermanastra era incapaz de hacer algo tan rastrero y tan ilegal. El pasaporte falso, la cita clandestina con el famoso arquitecto y el contrato firmado imitando su letra pasaron de nuevo por su cabeza.

De camino al aeropuerto le había preguntado a Jared cómo se había puesto en contacto con su hermanastra en un primer momento, y él le contestó que le envió la documentación con un servicio de mensajería urgente. Suponía que Shelly aceptó la entrega, abrió el sobre, leyó el contenido y decidió quedarse con lo que no era suyo.

Hallie pensó en lo que podría haber pasado si no hubiera regresado a casa de forma inesperada. ¿Habría vuelto del trabajo para encontrarse una casa vacía y una nota de su hermanastra en la que le decía que había decidido marcharse de la ciudad? ¿Cuánto habría tardado en descubrir la existencia de su herencia robada?

Una vez en el avión, Jared se aseguró de que se abrochara el cinturón de seguridad, le dejó la gruesa carpeta con la documentación en el regazo y colocó una copa de champán a su lado. Tan pronto como estuvieron en el aire, Jared se levantó de su asiento para hacer unas llamadas telefónicas y Hallie se dispuso a leer por qué un desconocido le había legado su propiedad. Al parecer, tenía un antepasado, Leland Hartley, que se casó con Juliana Bell, cuya familia (incluida su hermana Hyacinth) era la propietaria de la casa. Al ver su nombre en el documento, un nombre bastante raro, su curiosidad aumentó. ¿Sería esa mujer su antepasada? No, la pobre Juliana y su hermana murieron sin dejar descendencia. Leland Hartley regresó a Boston, se casó de nuevo y tuvo un hijo. Hallie descendía de ese hijo. Henry, el hombre que le había dejado la casa en su testamento a Hallie, descendía de la rama de los Bell. Puesto que no tenía familia directa, le había dejado todas sus posesiones a la señorita Hyacinth Lauren Hartley, también conocida como Hallie.

Henry había trazado un árbol genealógico desde Leland hasta Hallie. Ella desenrolló el pliego de papel y leyó los nombres y las fechas. Allí estaba la muerte de su madre cuando ella tenía cuatro años, y el segundo matrimonio de su padre cuando ella tenía once años. Los datos acababan con la muerte de su padre y de Ruby, la madre de Shelly, en un accidente de coche cuando Hallie cursaba su segundo año en la universidad y Shelly aún estaba en el instituto.

Jared regresó a su asiento.

—¿Entiendes lo de la herencia?

—Creo que sí —contestó ella—. Pero no soy familia de Henry Bell.

—Lo sé —replicó Jared—, pero en Nantucket nos tomamos las relaciones familiares muy en serio, aunque los lazos sean muy tenues. Y, por cierto, Henry te dejó la casa específicamente a ti, no a tu padre. Por más que tu hermana reclame, no tiene derecho alguno sobre ella. Cuando dije que si querías emprender acciones legales contra ella por el intento de robo asumiría todos los costes, hablaba en serio. —Tomó aire—. Siento muchísimo haber colaborado a alojar a un paciente en tu casa sin contar con tu permiso. Ciertamente Shelly me dio permiso usando tu nombre, pero ahora sé que no era real. Si quieres que lo saque de la casa, dímelo y llamaré por teléfono. Cuando aterricemos, ya no estará allí.

—Gracias —replicó Hallie.

Bajó la vista hacia la carpeta. Los últimos documentos del fajo eran informes médicos sobre su paciente, James Michael Taggert, al que llamaban Jamie, pero eran muy breves y poco aclaratorios. Claro que ya estaba al tanto de todo, puesto que Shelly la interrogó a fondo para ayudar a su amigo lesionado. Hallie no quería ni imaginarse lo que podría haberle sucedido sin contar con los cuidados adecuados.

En su mayor parte los documentos detallaban las magníficas condiciones económicas que se le ofrecían por rehabilitar a ese chico. Gracias a ellas, podría pagar las cuotas de la hipoteca de la casa que su padre le había dejado en las afueras de Boston y también podría mantenerse en Nantucket.

Cuando miró a Jared, le pareció que estaba inmerso en el trabajo, ya fuera leyendo documentos o tecleando mensajes con su teléfono móvil. En un momento dado, dijo:

—Mi mujer, Alix, te manda saludos y dice que está deseando conocerte.

—Yo también —repuso Hallie y se preguntó cómo sería su mujer.

Jared era un hombre famoso, de modo que seguramente se habría casado con alguna rubia elegante que se gastaba todo el dinero de su marido en tratamientos de belleza.

Durante el almuerzo, consistente en pollo hecho a la perfección y una ensalada que sirvió una joven azafata, le preguntó a Jared por el dueño del avión privado en el que viajaban.

Jared contestó:

—La familia de Jamie.

Hallie asintió con la cabeza. Al parecer, su paciente era ciertamente un chico rico que había ido a esquiar a algún lugar exótico y se había fastidiado la rodilla. Puesto que su familia podía permitirse cualquier lujo, se iba a encargar de que tuviera una fisioterapeuta personal. Jared le había dicho que incluso habían instalado un gimnasio para llevar a cabo las sesiones de rehabilitación. ¡Que no le faltara de nada al muchacho!

—¿Cómo es? —quiso saber—. Me refiero a su personalidad.

Jared se encogió de hombros.

—Es mi primo lejano, pero en realidad no lo conozco. He hablado con su padre y a él solo lo he visto de lejos. Siempre parece estar rodeado de familia.

Hallie asintió y pensó: «Rico y consentido.» Se lo daban todo en bandeja.

—Todavía hay tiempo para llamar —le recordó Jared.

—Creo que voy a darle una oportunidad, a ver cómo funciona el arreglo.

Hablaron sobre el trabajo de fisioterapeuta que Hallie había encontrado en un pequeño hospital, al que tendría que llamar para anunciar que renunciaba al puesto. Como tenían una larga lista de solicitantes, no se sentía culpable en absoluto. Jared le aseguró que su secretaria, una mujer supereficiente, se encargaría de hacerlo por ella y Hallie se lo agradeció.

—Te lo estás tomando todo muy bien —señaló Jared—. Con mucha deportividad.

Hallie sonrió por el cumplido. Una vida entera pasada con su madrastra y con Shelly le había enseñado a ocultar bien sus emociones.

Cuando aterrizaron, y pese a la valentía con la que se había enfrentado al asunto, Hallie empezó a ponerse nerviosa por lo que la esperaba. Aunque la ventura que tenía por delante la emocionaba, también le resultaba un poco aterradora. A sus veintiséis años, solo había vivido en una casa durante toda su vida, había asistido a una universidad cercana y había estado a punto de aceptar un empleo en un lugar a muy poca distancia de su casa. Estaba dejando atrás a gente que había conocido desde que nació, Braden incluido. Se recordó que, ya fuera permanente o no, la elección había sido toda suya.

Una vez en el pequeño aeropuerto de Nantucket, se hizo a un lado mientras Jared hablaba con unas personas. Aunque para ella había sido alucinante lo de viajar en un avión privado, no parecía algo inusual en la isla. De hecho, habían llegado otros tres aviones privados más casi al mismo tiempo, de modo que el avión de Hallie y Jared había tenido que esperar a que le dieran permiso para aterrizar. Jared estaba hablando con los pasajeros de los otros aviones, con el personal encargado del equipaje, con los pilotos y con un hombre que parecía el gerente del aeropuerto. Según parecía, Jared conocía a todas las personas presentes en el lugar. ¡Qué sitio más diferente de Boston!

De repente, Jared cortó la conversación y se volvió hacia ella.

—Vámonos. Va a aterrizar un avión con turistas. —Lo dijo como si un tsunami estuviera a punto de golpear la isla. Tras colocarle la mano en la base de la espalda, la instó a salir del aeropuerto, momento en el que descubrió la soleada Nantucket, con su aire limpio y fresco.

La realidad no la golpeó hasta que estuvieron sentados en la camioneta de Jared. Era un vehículo antiguo y muy usado, y había algo en él que le parecía muy real. El mundo de Jared con su BMW y su avión privado y su tapicería de cuero le parecía muy ajeno como para pensar con claridad. Pero en ese instante comenzaba a asimilar la verdad. Iba de camino a una casa que nunca había visto, pero que le pertenecía. Y, de momento, viviría con un hombre al que no conocía.

Hallie contempló asombrada las casas mientras se alejaban del aeropuerto y se internaban en el pueblo. Casi todas estaban construidas con tablones de madera sin tratar a los que el paso del tiempo les había otorgado un bonito tono grisáceo. Era como si hubiera retrocedido en el tiempo, a la época en la que Nantucket era famosa por sus balleneros. No le habría extrañado ver a algún marinero ataviado con botas altas y un arpón al hombro.

Jared enfiló una calle que parecía peligrosa por lo estrecha que era y se detuvo delante de una casa de dos plantas con una preciosa puerta azul. La casa tenía una celosía por la que trepaba un rosal de color rosa en flor y unos frondosos arbustos en la parte delantera.

—¿Esta es?

—Sí —contestó Jared mientras le abría la puerta de la camioneta—. ¿Te gusta?

—Parece sacada de un cuento.

Jared se encogió de hombros.

—El tejado está en buenas condiciones y he mandado reparar las ventanas. Más tarde me gustaría encargarme de las grietas que he visto en los cimientos.

Hallie le sonrió.

—Así habla un arquitecto.

Jared le abrió la puerta para que pasara.

—Si lo mío te parece exagerado, espera a conocer a mi mujer.

Guardó silencio mientras entraba en un pequeño vestíbulo con una escalera frente a la puerta principal. ¡La casa era preciosa! Tenía el encanto de las casas antiguas, con sus recuerdos y su ambiente acogedor, algo que no había sentido antes.

—¿Esto es mío? —susurró.

—Lo es. —Jared estaba encantado por su reacción—. ¿Qué te parece si echas un vistazo mientras yo voy en busca de Jamie?

Con los ojos abiertos como platos, Hallie solo atinó a asentir con la cabeza. Mientras Jared desaparecía por una puerta situada a la derecha, ella subió la escalera. En la planta alta, descubrió un pequeño distribuidor con dos puertas situadas una frente a la otra y a través de las cuales se accedía a dos dormitorios completamente amueblados, cada uno de ellos con su propio cuarto de baño. Tras ellas se emplazaba una sala de estar con un ventanal orientado a la parte posterior de la propiedad.

Puesto que la casa había pertenecido a un soltero empedernido, le sorprendía encontrar detalles tan bonitos y que tuviera un ambiente tan acogedor. El papel pintado de la pared tenía un motivo de flores silvestres, y las camas, que eran antiguas, tenían cobertores de suaves tonos azules y verdes y mullidas almohadas y cuadrantes apoyados contra el cabecero. En el asiento acolchado del ventanal había cojines de suaves tonos rosas y melocotón, y las cortinas estaban sujetas con alzapaños con borlas.

Se acercó a la ventana para echarle un vistazo al jardín... y jadeó. Puesto que la parte delantera de la propiedad apenas contaba con terreno, le sorprendió descubrir lo que había en la parte trasera. Una amplia zona rectangular que se ensanchaba en el fondo a ambos lados para conformar una especie de letra T. Había unos cuantos árboles enormes y vetustos, y los parterres estaban sin plantas. Ver toda esa tierra sin sembrar hizo que ardiera en deseos de ponerse manos a la obra. De forma inesperada, pasó por su mente la idea de que sin su madrastra y sin Shelly ese jardín no correría peligro de ser pasto de las excavadoras.

Se preguntó dónde estaría el cobertizo con el gimnasio del que Jared había hablado. Tras abrir la ventana, se asomó para echar un vistazo por encima de la alta valla que rodeaba el perímetro del jardín.

En ese momento, escuchó voces y se apartó de la ventana. Vio que dos personas caminaban juntas. Una era una mujer mayor y bajita, y la otra era un hombre armado con muletas; y estaba lo bastante cerca como para percatarse de que era muy guapo. No como un modelo sacado de una revista, pero sí de esa clase de hombres capaz de aflojar las rodillas con una mirada y una sonrisa. Tenía el pelo negro y abundante, una barba de dos días le ensombrecía el fuerte mentón y sus labios parecían tan suaves que Hallie creyó marearse de la emoción.

El hombre le sonrió a la mujer mayor de pelo canoso y Hallie se percató de las arruguitas que le salían en torno a los ojos. Supuso que tendría al menos treinta años. En cuanto a lo de ser bajo, no mediría menos del metro ochenta, y en cuanto a lo de «corpulento», se refería a unos noventa kilos de puro músculo. Llevaba una camiseta de manga larga que no podía ocultar el contorno de los poderosos músculos que había debajo. En la parte inferior del cuerpo llevaba unos pantalones de deporte que delineaban unos cuádriceps muy desarrollados, y también distinguió el contorno de una voluminosa rodillera.

«¿Ese es el hombre con quien voy a trabajar?», pensó. ¡Era imposible! Jared había dicho que era un crío y que era «bajito y corpulento». ¡Esa descripción no encajaba en absoluto con ese hombre!

Hallie se apartó para apoyarse en la pared. Decir que era su tipo sería quedarse muy corta. Siempre le habían gustado los hombres atléticos y musculosos.

—Esto es un problema —musitó.

Sus profesores, tanto de técnicas de masaje como de fisioterapia, le habían repetido una y mil veces la importancia de mantener siempre una actitud profesional. Un fisioterapeuta jamás podía involucrarse con un paciente. Ya le habían advertido de que algunos coquetearían con ella y le tirarían los tejos. Tanto en sus sesiones como masajista profesional como posteriormente en sus prácticas como fisioterapeuta había descubierto que era cierto. Pero en aquel entonces le había resultado fácil quitarse a esos hombres de encima con unas cuantas carcajadas. Siempre estaba tan concentrada en el trabajo que apenas reparaba en otra cosa. Además, no se había sentido particularmente atraída por ninguno de ellos.

Sin embargo, ese hombre, el tal Jamie Taggert, era distinto. Se percató de que le temblaban las manos y sintió que el sudor se le acumulaba encima del labio superior.

—¡Contrólate! —se dijo mientras se apartaba de la pared.

Tomó unas cuantas bocanadas de aire para tranquilizarse y después atravesó el dormitorio para llegar a la escalera.

En la planta baja vio dos puertas antiguas muy bonitas. Una de ellas estaba cerrada con llave, pero la otra daba acceso al salón. La estancia tenía el techo muy bajo, con vigas de madera que delataban la antigüedad de la casa y que añadían mucho encanto al ambiente acogedor que la envolvía. En la pared del fondo había una chimenea enorme y, en la opuesta, unas ventanas preciosas. Tanto el sofá como los dos sillones parecían muy cómodos. Los habían trasladado al fondo de la estancia a fin de dejar espacio para una cama estrecha y una mesa.

Mientras contemplaba la cama, Hallie se preguntó cómo era posible que un hombre con unos hombros tan anchos pudiera dormir en ese colchón. ¿No le sobresaldrían los pies y los brazos por los extremos? La idea estuvo a punto de hacerla reír.

Siguiendo un impulso, se acercó a la mesa. Era antigua y estaba arañada por muchos años de uso. Vio un montón de novelas pulcramente colocadas en una pila, todas eran de crímenes misteriosos escritas por hombres, y una agenda bastante grande con tapas de cuero con un lápiz a juego.

Tras sentarse en la sillita de madera y echar un vistazo por la estancia para asegurarse de que se encontraba sola, abrió la agenda.

Lo que vio le arrancó un jadeo. En su interior descubrió unas enormes fotografías de Shelly. La primera del montón era la típica foto de tipo profesional donde solo se veía la cabeza. Shelly ya era guapa recién salida de la ducha, de manera que maquillada, con el pelo hacia un lado y una sonrisa seductora en sus labios perfectos, quitaba el hipo.

Debajo de esa foto inicial encontró una mezcla de fotos. Shelly conduciendo un descapotable, con el pelo al viento y la cara levantada hacia el sol. Parecía tomada en un estudio profesional de fotografía. En otra, Shelly llevaba una blusa roja de seda, abierta para dejar a la vista el sujetador negro, y parecía estar en un escenario. También vio una foto de su hermanastra acariciándose la mejilla con una pastilla de jabón. ¿Un anuncio, quizá?

La última era una foto de cuerpo entero de Shelly en biquini. Shelly con su casi metro ochenta y sin un gramo de grasa en el cuerpo, su pelo rubio recogido en una coleta alta y con el aspecto de la mujer norteamericana por excelencia. El sueño de cualquier hombre.

Hallie se apoyó en el respaldo de la silla, con la sensación de que acababan de desinflarla.

Con todo el tumulto de lo que se había convertido en un día larguísimo, no había caído en la cuenta del comentario de Jared sobre los mensajes de correo electrónico que Shelly había intercambiado con su posible paciente. Claro que su mente era una vorágine de pensamientos tras las noticias de que su hermanastra había falsificado su pasaporte para hacerse pasar por ella y había intentado robarle una casa.

Hallie cogió la fotografía del biquini. Nunca había podido entender cómo era posible que tanto Shelly como su madre llevaran una dieta consistente en hamburguesas grasientas, patatas fritas y refrescos edulcorados, y aun así no engordaran ni un gramo. Después de que aparecieran en su vida, Hallie dejó de comer la dieta sana de sus abuelos para alimentarse exclusivamente de comida basura, y comenzó a acumular kilos de más. Mientras estaba en el instituto, mantuvo los kilos a raya gracias a la práctica del fútbol, pero después de que su padre y su madrastra murieran, recayó sobre ella la responsabilidad de cuidar de Shelly. En aquel entonces, no tenía tiempo para cocinar. Su vida consistía en el trabajo y poco más. Llegar a casa bien entrada la noche y cenar hamburguesas y refrescos de cola le había supuesto engordar once kilos. A eso había que añadir el hecho de que solo medía un metro sesenta y dos y...

No quería pensar en las comparaciones físicas entre Shelly y ella. Llevaba sufriéndolas muchos años.

«¿Las dos son hijas tuyas?», le preguntaban a su padre. ¿La espigada Shelly y la bajita y rechoncha Hallie eran producto de los mismos padres? ¡Imposible!

En una ocasión, Ruby respondió la pregunta diciendo: «Pero Hallie es muy lista.»

Hallie sabía que Ruby lo hacía con buena intención, pero de todas formas le dolió. En su familia, ella era la lista, la que siempre tomaba las decisiones responsables y sensatas, mientras que Shelly era la guapa que siempre metía la pata y a la que siempre perdonaban.

«Hallie, tienes que ayudar a Shelly», era un comentario que había escuchado todos los días.

Hallie se puso de pie y guardó con cuidado las fotos dentro de la agenda. ¡Eso le pasaba por fisgar!

Arrimó la silla a la mesa y echó a andar hacia la cocina. El encanto que rezumaba la estancia la ayudó a aclararse las ideas. ¡Sus abuelos estarían felices en esa cocina decorada a la antigua usanza! Tenía un fregadero enorme y una cocina de gas inmensa, así como un gran frigorífico. En el centro, habían dispuesto una mesa cuadrada que parecía tan vieja como la casa, y que estaba situada frente a otra chimenea.

Dos de las puertas que encontró en la cocina estaban cerradas con llave, pero por la tercera se accedía a un porche cerrado con cristaleras, amueblado con sillones de mimbre blanco y cojines verdes. Descubrió un bastidor con una tela blanca de lino y lo cogió. El diseño eran dos pájaros y la mitad ya estaba bordado con precisión. Se preguntó si el difunto Henry Bell lo habría hecho.

El clic de una puerta, seguido de dos voces masculinas, la dejó petrificada. Una era la de Jared, y la otra era una voz ronca y viril que la dejó sin aliento.

¡Joder!, pensó. Ese hombre estaba esperando a Shelly y se iba a llevar una desilusión tremenda. Era para compadecerse de él.

—¿Hallie? —la llamó Jared—. ¿Estás ahí?

Hallie cuadró los hombros y los vio al entrar de nuevo en la cocina. Que el Señor se apiadara de ella, porque de cerca era todavía más guapo. Y lo peor era que parecía rodeado de una energía que la atraía como si se tratara de un poderoso imán. Parte de ella quiso acortar la distancia que los separaba de un salto para perderse en sus brazos grandes y fuertes.

Sin embargo, tras haber pasado tantos años ocultando sus sentimientos, logró mantenerse en su sitio con una expresión agradable pero neutra en la cara.

—Esta es... —dijo Jared, pero Jamie lo interrumpió.

—¿Tú eres Hallie? —preguntó Jamie con los ojos abiertos como platos—. Pero no eres... —Dejó la frase en el aire mientras la miraba de arriba abajo tal cual una mujer desearía que la mirara un hombre.

No fue una mirada lujuriosa que provocara en ella una sensación de vulnerabilidad o disgusto, sino que la hizo sentirse guapa y muy, muy deseable. Jamie se aferró al borde del fregadero, como si tuviera que apoyarse en algo para no caerse.

—Pensaba que era otra persona la que venía hoy, pero tú... tú eres... —Parecía incapaz de añadir algo más. Apoyó la espalda en un armario y las muletas se cayeron al suelo, si bien Jared las recogió.

Hallie enderezó los hombros. Ese tío no parecía tener problemas para sustituir una mujer por otra. Si no podía tener a la divina Shelly, se conformaría con esa.

Pero Hallie tenía muchos años de práctica aguantando chicos que se le acercaban para poder estar cerca de Shelly, y si algo tenía claro era que tenía que pararle los pies ya.

Dio un paso hacia él y cuando vio que su sonrisa se ensanchaba, frunció el ceño.

—A ver, señor Taggert, porque supongo que es usted el señor Taggert, no sé lo que piensa de mí, pero se equivoca. Está en mi casa para que pueda ayudarlo a recuperarse y nada más. ¿Me he expresado con claridad?

—Sí, señora —contestó él en voz baja, al tiempo que abría los ojos aún más.

Hallie avanzó otro paso más hacia él y lo señaló con un dedo.

—Si en algún momento tu comportamiento me resulta poco profesional, te echo de esta casa. ¿Entendido? —siguió, tuteándolo.

Jamie asintió con la cabeza y parpadeó.

—¡Es una relación profesional! —le recordó al tiempo que le golpeaba el pecho con el dedo extendido—. Si me tocas, te largas. ¿Queda claro?

Jamie le contestó que sí y ella sintió el roce de su aliento en la cara.

Olía a hombre.

De repente, Hallie retrocedió un paso y después rodeó la mesa, alejándose de ambos hombres. Se detuvo al llegar a la puerta trasera y miró a Jared, enfadada.

—Conque un crío bajito y corpulento, ¿no? —Salió y cerró la puerta con fuerza tras ella.

Jared fue el primero en hablar.

—Ahora sí que me has dejado en mal lugar. ¿En qué narices estabas pensando para mirarla de esa manera? —preguntó, alzando la voz—. ¡Esto no va a funcionar! Si supieras lo que acaba de sufrir esa chica... —Miró a Jamie echando chispas por los ojos—. Esa hermanastra suya, con mi ayuda, intentó robarle esta casa.

Jamie se acercó saltando a la pata coja hasta una silla y se sentó.

—Es guapa, ¿verdad?

—Si te refieres a la hermanastra, no, no me lo parece. Si te digo la verdad, no me gustó ni un pelo en cuanto la vi. Se parece demasiado a las mujeres con las que salía en el pasado.

—¿Quién es la hermanastra? —preguntó Jamie, con expresión asombrada.

—La rubia —contestó Jared como si Jamie fuera tonto de re-

31

mate—. La foto del pasaporte, ¿no te acuerdas? La que dijo que era Hallie.

—Ah —exclamó Jamie—. Esa. Esta me gusta más. Tiene unos ojos muy bonitos y un cuerpazo, ¿a que sí?

Jared gimió.

—Que el Señor me libre de la juventud. Lo que quiero saber es si puedo quedarme tranquilo dejándote aquí con ella. Ha acabado metida en este lío por mi culpa y tengo la intención de cuidarla.

Jamie replicó sin que hubiera una pizca de buen humor en su cara:

—¿Me estás preguntando si soy capaz de arrebatarle lo que no esté dispuesta a darme?

Aunque Jared era más alto y mayor que Jamie, este tenía la musculatura de un toro. Jared no se acobardó.

—Sí, eso es exactamente lo que te estoy preguntando.

La expresión de Jamie se suavizó.

—Parece que seremos dos los encargados de cuidarla. Te pido perdón por mi comportamiento, y a ella se lo pediré luego. Es que no me esperaba que fuese... ella. Las rubias altas y delgadas no me atraen, pero esta sí.

Jared hizo una mueca.

—Me voy a casa con mi mujer. Será mejor que la próxima vez que hable con Hallie me diga que la estás tratando bien o llamaré a tu padre para que venga a recogerte con un camión para el ganado.

—Así habla un verdadero Montgomery —replicó Jamie con una mirada risueña—. ¿De verdad le dijiste que soy un crío?

—Para mí lo eres.

Jamie aún estaba riéndose.

—Vamos. Puedes irte. Está a salvo conmigo. Se ha defendido bien, ¿verdad?

Jared tenía la impresión de que, si se quedaba más rato, tendría que escuchar a ese muchacho hablar durante horas de lo que sentía, que no sería otra cosa que lujuria si no estaba muy equivocado.

—Volveré dentro de una hora y le preguntaré a Hallie si puedes quedarte aquí o no. Como me insinúe siquiera que le has tirado los tejos, te mudas a mi casa.

—Sí, señor —dijo Jamie con la mirada aún risueña.

2

En cuanto salió de la casa, Hallie comprendió que su furia se debía más a lo que había tratado de hacer su hermanastra que a la reacción del hombre que necesitaba su ayuda. Una furia que había aumentado al darse cuenta de que se sentía atraída por un hombre que guardaba fotos de Shelly.

Ante ella se extendía una amplia zona verde atravesada por senderos pavimentados con ladrillos viejos. La zona estaba delimitada por unos muros altos a cada lado y bajo estos se emplazaban lo que parecían parterres para sembrar plantas. Alguien había eliminado las malas hierbas, lo que dejaba claro que se estaban haciendo cargo del jardín, pero de todas formas el lugar parecía desnudo. Solo crecían unos cuantos arbustos sin podar y poco más.

Echó a andar hasta el extremo de uno de los muros y descubrió un terreno estrecho y alargado que se extendía de forma perpendicular al jardín. También estaba delimitado por muros altos. En un extremo había una enorme puerta de color rojo, y en el opuesto descubrió un edificio con un cenador adyacente, cubierto por plantas trepadoras.

Enfiló el sendero de ladrillo antiguo en dirección al pequeño edificio. La puerta estaba abierta, y en su interior descubrió un montón de flamantes máquinas para realizar diversos ejercicios. Cuando Shelly le preguntó acerca de la forma de rehabilitar una lesión como la que tenía Jamie, Hallie se sintió halagada. Se ofreció a crear una lista con el material necesario para el proceso. En el interior del pequeño edificio, descubrió todo lo que ella había incluido en dicha lista. Las máquinas y las mancuernas estaban en la parte central, y en las paredes se encontraban las distintas bandas elásticas y el material necesario para hacer yoga. Al salir por la puerta lateral, vio que el cenador contaba con una zona de descanso para sentarse y con una camilla para los masajes. Sobre su cabeza, las pálidas hojas de la parra comenzaban a crecer. El cenador sería el lugar perfecto para las sesiones de masaje.

Escuchó que alguien tosía a su izquierda y supo que su paciente estaba anunciando su presencia.

Se detuvo justo al llegar al borde del cenador y apoyó el peso en las muletas.

—Siento mucho haberme comportado así —se disculpó—. Lo siento muchísimo.

—Yo también te pido disculpas por mi comportamiento —replicó Hallie—. Ha sido un día muy duro y me he desahogado contigo. ¿Por qué no te quitas la ropa y empezamos de cero?

Jamie enarcó las cejas.

Hallie tenía tantas cosas en la cabeza por todo lo que había sucedido ese día que tardó un instante en percatarse de lo que había dicho.

—Para darte un masaje, quiero decir. Para empezar a trabajar con tu rodilla. —Era consciente de que se estaba poniendo colorada.

—¡Vaya por Dios! —exclamó él con tanto sentimiento que Hallie soltó una carcajada y Jamie acabó riéndose también.

Sin embargo, no hizo ademán de quitarse la ropa. Se acercó a un sillón y se sentó como si estuviera cansado.

—Mejor así —dijo Jamie al ver que ella se sentaba en el otro sillón—. Me gustaría empezar de cero. Me llamo James, pero lo normal es que me llamen Jamie. —Extendió un brazo sobre la mesita que los separaba para tenderle la mano.

—Mi nombre es Hyacinth, pero gracias a Dios me llaman Hallie. —Aceptó su mano y, mientras se la estrechaba, los ojos de Jamie solo parecían ofrecerle amistad y eso la alegró.

Acto seguido, se acomodaron en sus sillones para contemplar el jardín.

—¿No se llamaba Hyacinth una de las dueñas originales de la casa? —preguntó él.

—Sí. Mi padre solo tenía una caja con algunos documentos sobre su familia. No hablaba mucho sobre ella, pero mi madre descubrió los documentos en el ático de la casa donde yo crecí. Vio el nombre de Hyacinth y me lo puso.

—Tu madre se llamaba Ruby, ¿verdad?

—No. Esa era la madre de Shelly —contestó Hallie con tirantez.

—Lo siento —se disculpó Jamie—. Me temo que estoy un poco confundido con todo esto. No sé si te lo ha dicho Jared, pero he intercambiado algunos mensajes de correo electrónico con una mujer que pensé que eras tú. Me dijo que su madre se llamaba Ruby y que Ruby murió cuando Hallie... o Shelly, supongo, tenía cuatro años.

—En parte es cierto. Mi madre murió cuando yo tenía cuatro años, pero se llamaba Lauren.

—Mi madre biológica murió cuando yo era pequeño —comentó Jamie en voz baja.

«Tenemos eso en común», pensó Hallie, si bien no lo dijo en voz alta, y durante unos minutos el ambiente se tornó tenso. Las tragedias compartidas no eran un tema de conversación alegre, supuso Hallie, y decidió hablar de otra cosa.

—Bueno, ¿qué hay detrás de la puerta del otro extremo del jardín?

—No tengo la menor idea. Yo llegué anoche y esta mañana se me han pegado las sábanas. Cuando me levanté, eché un vistazo por la casa y salí para ver el gimnasio. Jared me encontró justo cuando regresaba.

—Pero te he visto hablando con una mujer mayor. Parecíais amigos.

—Era Edith y acabábamos de conocernos. Vive en el hostal de la puerta de al lado, así que supongo que la puerta da a su propiedad. Su hijo y su nuera se encargan del negocio, pero creo que ella visita esta casa con frecuencia.

—A lo mejor era amiga del señor Bell y lo echa de menos.

—Es posible, pero no lo ha mencionado. Cuéntame qué ha hecho tu hermanastra exactamente.

—No —rehusó Hallie—. Prefiero no ahondar en el tema. Me gustaría echarle un vistazo a tu rodilla. A juzgar por la postura de tus hombros, creo que estás demasiado tenso. Me gustaría que te tumbaras en la camilla y que me dejaras ver cómo lo está llevando tu cuerpo.

—Aunque la propuesta me resulta muy tentadora, tengo hambre y tú debes de estar famélica. ¿Te ha dado de comer Montgomery?

—Hemos comido en el avión. —Hallie observó cómo Jamie se ponía en pie con dificultad. Al parecer, ese día no conseguiría que se tumbara en la camilla.

Llevaba la rodilla inmovilizada por una rígida rodillera con férula y sabía que si la movía sin la protección que le otorgaba, eso le ocasionaría un dolor intenso.

—Deja que te ayude —se ofreció.

—Gracias —replicó él. Se mantuvo de pie apoyando todo el peso en un pie mientras ella cogía las muletas y se las colocaba bajo los brazos. Acto seguido, echaron a andar juntos hacia la casa.

—Bueno, háblame de tu lesión.

—Me la hice esquiando. Haciendo el tonto. Lo típico. —Guardó silencio—. Voy a tardar un tiempo en recordar todo lo que le he dicho a Shelly, pero que tú desconoces. Mi tía Jilly va a casarse aquí en Nantucket dentro de poco y Edith me acaba de decir que mi familia ha reservado todas las habitaciones del hostal durante la semana de la boda. —Se detuvo en el sendero—. Tengo muchos familiares y, cuando lleguen, lo invadirán todo. Son una horda. Una verdadera marabunta. —La miró—. Si la idea te espanta, dímelo y los mantendré alejados.

—No creo que me molesten, pero como no tengo una familia numerosa, no estoy segura.

—Vale, pero cuando lleguen, si sientes que te agobias en algún momento, me lo dices y les digo que se larguen. —Jamie echó un vistazo por el jardín. Frente a ellos se alzaba un enorme roble bajo el cual se emplazaba un viejo banco—. ¿Qué vas a hacer con este sitio?

—No he tenido tiempo para pensar al respecto. Cuando me levanté esta mañana, mi única preocupación era llevarle unos documentos a mi jefe antes de que se fuera de fin de semana. Era el último trabajo que iba a realizar para él. La semana que viene tenía previsto empezar en un nuevo empleo. El caso es que los documentos no estaban en mi bolso, y tuve que regresar a casa para buscarlos. Unos minutos después, me enteré de que era la dueña de una casa situada en Nantucket y al cabo de un rato estaba en un avión privado. —Alzó la vista para mirarlo—. Que creo que pertenece a tu familia.

—Cierto —replicó él—, pero no es mío. Mi padre tiene la convicción de que los hijos deben abrirse camino solos.

Hallie sabía que trataba de parecer un tío normal y corriente, pero no muchas personas contaban con un fisioterapeuta personal para su rehabilitación. Y teniendo en cuenta que parecía estar en plena forma física, casi cualquiera podría haberlo ayudado. Su lesión no era inusual y tampoco ponía su vida en peligro. No veía el motivo por el que había elegido apartarse de todo con un fisioterapeuta. Podría haberse quedado en su casa con su familia y que alguien lo llevara cinco días a la semana a alguna consulta para recibir sesiones de rehabilitación de una hora, y con eso habría bastado.

—¿Por qué quieres estar aquí? —preguntó—. Podrías haber

hecho las sesiones de rehabilitación en cualquier sitio. No tenías por qué...

—Mira, Jared ha venido a echarme un ojo. Si no le hablas bien de mí, me ha asegurado que me dará una tunda.

—Me conformo con que te suba a la camilla —repuso Hallie, que se adelantó para saludar a Jared y asegurarle que Jamie Taggert se había comportado como todo un caballero.

Jared la escuchó, y tras lanzarle una mirada elocuente a Jamie, que le sonrió en respuesta, se marchó y ellos entraron en la cocina.

Hallie abrió la puerta del frigorífico y le echó un vistazo a su contenido. Estaba lleno de recipientes con comida, todos con su correspondiente etiqueta. La fruta y las verduras estaban guardadas en los cajones específicos, y el congelador también estaba a rebosar.

—¿Quién se ha encargado de esto?

—Mi madre envió a alguien para que lo llenara.

—Hace un rato has dicho que tu madre había... muerto.

—Bueno, ha sido mi madrastra —dijo—. Pero como siempre ha sido mi madre... —Dejó la frase en el aire y se percató del cansancio que irradiaban los ojos de Hallie. La condujo hasta la vieja mesa de la cocina—. Ya has hecho suficiente por hoy, así que siéntate y yo me encargo de calentar la comida en el microondas.

—Pero es que...

—¿Esta es tu casa y tú eres la jefa? Mañana podrás reclamar todo el poder que quieras, pero esta noche yo me encargo de todo. ¿Qué tipo de comida te gusta?

—Obviamente, toda. —Se refería a los kilos de más que llevaba encima. El plan había sido el de empezar a hacer algún tipo de ejercicio de forma regular tan pronto como comenzara en su nuevo trabajo.

—Lo que es obvio es que la comida te ha rellenado los lugares adecuados. —La miró con una expresión tan agradable que

Hallie estuvo a punto de ruborizarse—. Lo siento, por favor, no se lo digas a Jared.

Hallie buscó otro tema de conversación.

—Jared me ha dicho que tu madre es Cale Anderson, la escritora de los libros de misterio.

—Pues sí. Mi padre, que ya era viudo, se casó con ella cuando mi hermano Todd y yo éramos pequeños. —Aunque no le resultaba fácil debido a las muletas, se las arregló para sacar la comida del frigorífico y llevarla hasta la encimera, tras lo cual la dejó junto al fregadero.

Esa mujer empezaba a gustarle. Sí, la atracción física era fuerte, pero había algo más. ¿Cuántas personas heredarían una casa de un día para otro y antepondrían el bienestar de su paciente al suyo propio? Por lo que tenía entendido, ni siquiera había explorado la casa al completo. Su bienestar parecía haber sido su primera preocupación.

—¿Qué tal fue lo de crecer con una persona tan famosa?

Jamie sonrió.

—A mi madre nunca le ha importado mucho la fama. Escribe porque le gusta hacerlo. Cuando éramos pequeños, mi hermano y yo interpretábamos las escenas de sus libros para que ella pudiera ver si los diálogos funcionaban. Todd y yo nunca le dimos mucha importancia, hasta que un día, cuando estábamos en tercero de primaria, desaparecieron unos caramelos. A la hora del recreo, montamos una sala de interrogatorios y nos dispusimos a hacer preguntas un poco duras. Al final, todo acabó con tres niños llorando en el despacho del director. Después, Chrissy McNamara se subió en una pila de libros y me dio un puñetazo en la nariz que me hizo sangre.

—¡Estás de coña!

—No. Estuve enamorado de ella hasta que llegué al instituto.

Hallie sonrió.

—¿Os castigaron?

—Una vez que pasó el revuelo, todos acordaron que la culpa

era de mi madre. Mi padre se enfadó con ella durante un día entero. Creo que estableció un récord.

—Así que tuvisteis que dejar de interpretar escenas de interrogatorios policiales.

—Qué va —replicó Jamie—. Lo que hicimos Todd y yo fue aprender a cerrar el pico.

Hallie se rio con ganas.

—Me lo imagino. Tu madre parece una persona divertida.

—Lo es. Mi padre imparte la disciplina, pero ella cree que la infancia debe ser un período alegre y eso fue lo que nos dio.

—Qué bien para vosotros —comentó Hallie con una nota sentida en la voz.

Jamie le preparó un plato con lonchas de rosbif, verduras tibias y ensalada.

—¿Y tú? ¿Cómo fue tu niñez?

—Mi padre era un representante farmacéutico y viajaba constantemente. Después de que mi madre muriera, mis abuelos se mudaron a mi casa y mi padre empezó a viajar todavía más.

—Lo siento —le dijo Jamie—. Debías de echarlo mucho de menos.

—La verdad es que no lo echábamos de menos. Mis abuelos eran maravillosos. Teníamos un jardín inmenso y tanto mi abuela como mi abuelo eran unos jardineros estupendos. Crecí comiendo verduras y frutas de nuestro propio huerto. Yo era... —Dejó la frase en el aire, como si estuviera avergonzada.

—¿Qué eras? —preguntó Jamie, que colocó su plato en la mesa y se sentó frente a ella.

—Yo era el centro de sus vidas. Lo que hacía, quién me gustaba y quién no, discusiones entre chicas, chicos... querían estar al tanto de todo. Mis amigas venían a dormir a casa y celebrábamos mi cumpleaños a lo grande. Y cuando mi padre estaba en casa, lo tratábamos como si fuera de la realeza. Nos encantaba verlo llegar y suspirábamos aliviados cuando se marchaba. —Hizo una pausa—. Creo que tal vez fui la niña más feliz de la tierra.

41

Pero se mudaron a Florida un año después de que mi padre se casara con Ruby.

—¿Los ves mucho?

—Murieron después de que lo hiciera mi padre, con apenas unos meses de diferencia entre ambos. Todavía los echo de menos. —Se llevó unas cuantas judías verdes a la boca—. Qué buenas. ¿Dónde ha conseguido tu madre la comida?

—No cocina, pero es estupenda para encontrar los lugares donde venden buena comida. Bueno, ¿y cuándo entró en escena tu hermanastra?

Hallie agitó el tenedor en el aire.

—Después. Mi padre se casó con Ruby cuando yo tenía once años, y ella y su hija se mudaron a casa. Tenemos que empezar con tu tratamiento mañana a primera hora.

—De acuerdo —dijo Jamie. Era evidente que Hallie no quería hablar del período posterior a la llegada de su madrastra—. ¿Qué has planeado hacerme exactamente?

—Primero tengo que comprobar el alcance de tu lesión. —La camiseta que llevaba era ancha, pero no podía ocultar los músculos que había debajo—. Pareces capaz de levantar una mancuerna.

—Ya te digo. La culpa la tienen mi padre y su hermano. Cuando eran jóvenes, competían para ver quién levantaba más peso.

—¿Tú también participabas?

—No tenía tiempo —contestó.

—¿Qué estabas haciendo para no tener tiempo? —Vio el cambio que se obró en su expresión, como si estuviera a punto de decirle algo, pero hubiera decidido no hacerlo en el último momento.

—¿Quieres tarta de queso? —le ofreció Jamie, que había comido tres porciones de todo.

Hallie miró hacia otro lado para ocultar su expresión. «Un niño rico», pensó. No quería decirle que había estado ocupado esquiando y con otras aficiones. «Pues vale», decidió. No lo presionaría para que le contara lo que no quería decirle.

Apartó su plato, que había dejado casi vacío, y se levantó.

—Estoy muerta y creo que voy a subir a mi dormitorio. ¿Puedes apañártelas solo?

—Sí. Te juro que puedo bañarme y vestirme solo.

Lo dijo con una nota tensa en la voz, pero Hallie la pasó por alto. Estaba demasiado cansada como para preguntarse si se había molestado por algo. Extendió el brazo para coger el plato y llevarlo al fregadero, pero él se lo impidió quitándoselo de la mano.

—Yo recojo los platos. Nos vemos mañana.

—Y empezaré a ocuparme de tu pierna. —Se tapó la boca para disimular un bostezo—. Mmmm. Lo siento. Hasta mañana.

La casa le resultaba tan desconocida que tuvo que pensar para encontrar la escalera. Para llegar hasta ella, tuvo que atravesar el salón y pasar junto a la estrecha cama de Jamie.

Una vez que llegó a la planta alta, miró a derecha e izquierda. Ambas puertas daban acceso a sendos dormitorios. Deseó haber elegido uno de ellos cuando llegó. Dio un paso hacia la izquierda, pero tuvo la impresión de que escuchaba dos voces femeninas diciéndole: «No.»

Se dirigió a la derecha y sintió una sensación de paz, como si la antigua casa le sonriera. Escuchó un precioso coro de voces que susurraba: «Hyacinth.» Tal vez debería haberse asustado, pero tenía la impresión de que le estaban dando la bienvenida. Sonrió mientras pensaba que debería desnudarse, darse una ducha y buscar el pijama en la maleta. Al hilo de ese pensamiento, cayó en la cuenta de que debería ir en busca del equipaje.

Todavía no había oscurecido, pero entre los acontecimientos del día y las abrumadoras emociones, estaba agotada. La enorme cama la tentaba, y cuando apartó el cobertor descubrió unas níveas sábanas de algodón. La cama era alta y tuvo que apoyar la rodilla en primer lugar para poder subir. Se dijo que solo iba a comprobar qué tal era el colchón. ¿Sería buena la almohada?

Apoyó la cabeza y se quedó dormida al instante.

Jamie acabó de recoger la cocina y apenas se había sentado en la silla de su mesa cuando su móvil empezó a vibrar.

—¡Llevo todo el día intentando hablar contigo! —le dijo su hermano—. ¿Es que no puedes llevar encima el dichoso teléfono?

—He venido aquí para desconectar —le recordó Jamie, impasible ante el enfado de su hermano.

—De ellos, no de mí —señaló Todd, que al ver que Jamie guardaba silencio decidió moderar el tono—. Vale. Haz lo que quieras. ¿Cómo es? Además de ser tan guapa que no parece real, me refiero.

—No es la chica que viste en las fotos —contestó Jamie—. La rubia es su hermanastra. Jared no ha entrado en detalles, pero trató de estafar a su hermana y de robarle la casa.

—Eso es ilegal —señaló Todd con brusquedad.

—Sí, señor inspector, lo es. ¿Por qué no vas a Boston e investigas hasta descubrir la verdad de todo esto?

—Ahora mismo no puedo. Estoy liado con una serie de robos con intimidación y con un caso que puede acabar siendo un homicidio. Lo que quiero saber es cómo estás tú.

—Bien.

—¡Déjate de gilipolleces! ¿Cómo estás?

Jamie respiró hondo.

—Bien. Sigue sin gustarme la manera en la que me trajiste a este sitio, pero... bueno.

—Ah —exclamó Todd.

—¿Qué quieres decir con eso?

—Quiero decir que Jared llamó a la tía Jilly, que a su vez llamó a mamá, que me llamó a mí. Parece que has hecho el tonto con tu fisioterapeuta.

Jamie puso los ojos en blanco.

—Y yo pensando que me había librado de que toda la familia estuviera encima de mí. Pues sí, nada más verla tuve un momento de debilidad. Es guapa, tiene un cuerpazo y... no lo sé. Hay algo en ella que me gusta. Es lista y... ¡Deja de reírte!

—No me estoy riendo —le aseguró Todd—. Bueno, a lo mejor sí, pero no como te imaginas. Es que...

Jamie lo interrumpió.

—Quiere empezar con la rehabilitación de la pierna mañana.

Todd bajó la voz y dijo:

—¿Hasta dónde le vas a contar?

—Solo lo justo y necesario. Me ha tomado por un *playboy* rico. Creo que piensa que me dedico a volar de un lado para otro del mundo, pasándomelo en grande.

—Y tú vas a permitir que siga pensando así, ¿verdad?

—Voy a alentarla —confesó Jamie—. Será un alivio no tener que lidiar con más muestras de lástima. Tengo que irme. Necesito dormir.

—Tómate las pastillas —le dijo Todd.

—Lo haré. Hazme un favor, ¿quieres? Llama a mamá y dile que me deje tranquilo unos días. Dile que ya estoy crecidito y que puedo alimentarme solo. Me preocupa que envíe un helicóptero cargado con comida.

—Entonces ¿has pensado salir de la propiedad para conseguir comida? —preguntó Todd con un deje esperanzado en la voz.

—¡Todavía no! —masculló Jamie—. ¡Y no me agobies con el tema! ¿Está claro?

—Clarísimo —respondió Todd en voz baja—. Vete a la cama y yo me encargo de mamá. Y, Jamie... yo...

—Sí, yo también —lo interrumpió y cortó la llamada.

Hallie se despertó sobresaltada. Tenía la boca seca y la sensación tan rara que acompañaba al hecho de haber dormido con la ropa puesta.

Encendió la lamparita de la mesilla y miró la hora en su reloj. Eran las dos de la madrugada. Se levantó, fue al cuarto de baño y se enjuagó la boca. Lo primero que haría cuando amaneciera sería ir en busca de su equipaje y deshacer las maletas.

Mientras regresaba a la cama, escuchó una especie de gemido.

—Genial —murmuró—. Otra prueba de que he heredado una casa con espíritus. A lo mejor debería dársela a Shelly. Me encantaría ver cómo se las apañan con ella.

Bostezó y empezó a desabrocharse los pantalones vaqueros para no tener que pasar el resto de la noche con ellos puestos. Sin embargo, escuchó el sonido de nuevo, en esa ocasión más fuerte.

«Es él», pensó. Y corrió hacia la escalera. Cuando llegó a su dormitorio, lo escuchó haciendo ruido, como si tratara de escapar de alguien. En la mesa había una luz nocturna, la típica que se usaba en las habitaciones de los niños, y frente a ella un bote naranja de pastillas. Había ayudado a su padre con los medicamentos que vendía desde que aprendió a leer. En la etapa del instituto, leía la publicidad sobre los medicamentos recién puestos a la venta y la parafraseaba a fin de que su padre usara esas palabras para venderlos.

Cuando leyó la pegatina con la prescripción, descubrió que se trataba de un potente somnífero. Con dos pastillas, podría atropellarlo un camión y Jamie ni siquiera se despertaría.

Miró a Jamie. No paraba de agitar la cabeza de un lado para otro, y empezaba a mover el cuerpo. La cama era estrecha y él, muy grande. Como se moviera hacia un lado, acabaría en el suelo. Aunque llevara la rodillera puesta, un golpe fuerte podría agravar la lesión.

Se acercó a él y comenzó a masajearle las sienes.

—Tranquilo. Relájate. No pasa nada —susurró para tranquilizarlo.

Jamie se relajó un poco, pero en cuanto dejó de tocarlo, hizo ademán de volverse en la cama.

—No, no —dijo Hallie—. No hagas eso.

Al ver que seguía moviéndose, lo aferró por el costado y trató de mantenerlo quieto en la cama. Se vio obligada a plantar los pies con fuerza en el suelo y a presionarle el torso con ambas manos. Funcionó, de modo que no acabó en el suelo. Jamie se quedó de espaldas en el colchón y, por un instante, pareció tan relajado que Hallie echó a andar hacia la puerta.

Pero regresó a su lado cuando lo escuchó gritar. Vio que le temblaba todo el cuerpo, como si estuviera asustado, y levantó los brazos como si quisiera aferrar a alguien.

—Estoy aquí —dijo Hallie—. Estás a salvo. —Se inclinó hacia él, y Jamie la atrapó entre sus brazos y tiró de ella hacia abajo para pegarla a su cuerpo.

La postura era tan forzada, que Hallie tenía la espalda casi doblada. Sabía que no era lo bastante fuerte como para zafarse de sus brazos, y dudaba mucho que pudiera despertarlo para decirle que la soltara. Fuera cual fuese el origen de su pesadilla, en ese momento necesitaba consuelo.

No le resultó fácil tumbarse a su lado en la estrecha cama, pero tan pronto como lo hizo, Jamie se colocó de costado y la pegó a su cuerpo. La abrazó como si fuera lo más normal del mundo y se relajó de inmediato.

—Bueno, ¿ahora resulta que soy tu osito de peluche? —dijo, con la cara pegada a su torso.

Sin embargo y pese al sarcasmo, era maravilloso que lo abrazaran, aunque el hombre que lo hacía estuviera dormido como un tronco.

Fue consciente de que se adormilaba y, al hacerlo, su mente empezó a repasar los acontecimientos del día. Ver el contrato que Shelly había firmado y el pasaporte que había falsificado le había dolido más de lo que quería admitir. Una semana antes, Shelly le había pedido que se pasara por una tienda y le comprara pegamento y unas tijeras nuevas.

—Tienen que cortar bien —le había dicho su hermanastra—. Que los bordes salgan perfectos.

Al parecer, había colaborado en el plan de Shelly para defraudarla.

Cuando Jamie le besó la coronilla, Hallie se echó a llorar. Aunque estuviera dormido, parecía percibir que la mujer a la que abrazaba necesitaba ayuda. Su cuerpo ya no se retorcía y estaba tranquilo y relajado. Era casi como si estuviera esperando que ella le dijera qué le sucedía.

—No me lo merecía —susurró Hallie—. Jamás le he hecho nada malo a Shelly. Su madre y ella se adueñaron de mi vida, pero lo soporté. Cuando mi padre y Ruby murieron, no tuve tiempo para lamentarme. Tenía que cuidar de Shelly. No sé cómo lo hice, pero lo conseguí. Así que ¿por qué ha intentado robarme? —Lo miró, vio que aún tenía los ojos cerrados y apoyó la cabeza de nuevo en la almohada—. Si me hubieran hablado de esta casa, a lo mejor le habría cedido a ella la de Boston. Eso es lo que ella quería. Me dijo que no era justo que yo tuviera dos casas y que ella no tuviera ninguna. No sé qué habría hecho, pero desde luego que me habría gustado tener la oportunidad de decidir. —El llanto comenzaba a remitir, si bien el dolor seguía presente—. Ahora no sé qué hacer, ni legal ni éticamente hablando. ¿Es justo que recompense a Shelly con una casa? Sé que eso no será suficiente para ella. —Miró a Jamie de nuevo.

Había suficiente luz como para poder ver su rostro dormido. Parecía muy dulce y relajado. Pero, de repente, comenzó a agitarse de nuevo. Hallie se percató del movimiento de sus ojos tras los párpados cerrados, como si estuviera sufriendo otra pesadilla.

—¡Ah, no! ¡Ni hablar! —exclamó—. Como intentes darte la vuelta otra vez, me aplastarás. ¡Estate quieto! Estás a salvo.

Sin embargo, Jamie no dejó de moverse y cuando colocó una de sus musculosas piernas sobre sus caderas, Hallie lo empujó a fin de apartarse de él y se levantó. Mientras lo observaba, comprendió que estaba preparándose para otra ronda.

Se agachó y colocó las manos a ambos lados de su cabeza.

—¡Estás a salvo! ¿Me oyes? No te persigue ningún demonio.

Su cara estaba tan cerca, sus labios, que no pudo resistirse y lo besó. No fue un beso apasionado, sino un beso para reconfortarlo. Un beso de amistad y de simpatía. Dos personas con problemas graves que compartían sus penas.

El beso se prolongó durante un rato más, como si estuvieran recibiendo fuerza y consuelo el uno del otro. Se necesitaban de verdad, con urgencia.

Cuando se apartó de él, Jamie tenía una expresión más tranquila, más relajada. Hallie apartó las manos y dejó que él apoyara la cabeza en la almohada, y por fin pareció que se sumía en un sueño sosegado.

Lo observó unos minutos más, y después se volvió para dirigirse a la escalera. Sin embargo, solo llegó hasta el sofá, situado en el extremo de la estancia. ¿Y si sufría otra pesadilla? Podría caerse de la cama y dañarse la rodilla lesionada.

Clavó la vista en el viejo sofá y suspiró. En la planta alta la esperaba una cama con sábanas limpias y un edredón de plumas. El sofá solo contaba con un cojín pequeño.

Titubeó, pero acabó acostándose en el sofá con un suspiro. Si Jamie se alteraba de nuevo, lo escucharía y podría evitar que se cayera.

«Lo calmaré a besos», pensó con una sonrisa mientras se quedaba dormida.

Por incómodo que fuera el sofá, le parecía mejor no estar sola en una casa desconocida.

3

—Vaya, así que has decidido levantarte, ¿no? —dijo Jamie cuando Hallie entró en el gimnasio.

Estaba bromeando, pero sus palabras daban a entender que la había tomado por una persona a la que se le pegaban las sábanas. Estuvo tentada de contarle la verdad acerca de la noche que había pasado lidiando con él. A las cinco, se despertó en el sofá, con el cuerpo entumecido, tiritando de frío, y subió a su dormitorio. Llegó a trompicones a la cama y se dejó caer de bruces para despertarse horas después, tras lo cual se dio una ducha, se lavó el pelo y bajó la escalera. En la mesa de la cocina había un maravilloso desayuno que consistía en huevos cocidos, empanadillas de albaricoque, salchichas rellenas con trocitos de manzana y fruta cortada. Jamie debía de haberlo preparado todo hacía poco rato, porque el té negro que había en la bonita tetera de porcelana seguía caliente.

Sin embargo, Hallie no le habló de la noche anterior. Besarlo para que olvidase una pesadilla no era un comportamiento muy profesional.

—Gracias por el desayuno —dijo.

Jamie estaba sentado a horcajadas en un banco y hacía ejercicios de brazos con una polea. Hallie abrió los ojos como platos al ver todo el peso que conseguía levantar.

Terminó la tanda de repeticiones antes de hablar y de coger

una toalla para limpiarse la cara. La gruesa sudadera que llevaba estaba empapada de sudor.

—Le daré las gracias a mi madre de tu parte.

—Quiero verte la pierna.

—Hoy está bien. No hace falta que me la toquetees. —La miró con una sonrisa tan prometedora que no le cupo la menor duda de que muchas mujeres se olvidarían de todo al verla.

Hallie le devolvió la sonrisa con la expresión más dulce de la que fue capaz.

—¿Tienes por ahí tu móvil?

—Claro. ¿Quieres mirar si tienes mensajes de correo nuevos?

—No. Quiero llamar a Jared y decirle que no me dejas que te cuide.

Tras un breve titubeo, Jamie se echó a reír.

—Muy bien, tú ganas. Pero nos ceñimos a la pierna.

Hallie no sabía a qué se refería con ese comentario, pero salió en busca de la enorme camilla de masaje y la montó. Cuando Jamie salió con sus muletas, seguía cubierto con las gruesas prendas de ropa.

—Todo fuera —le dijo ella mientras empezaba a untarse las manos y los brazos con aceite de almendras—. O, si te da vergüenza, quédate con la ropa interior. Te mantendré cubierto.

Jamie la miraba con el ceño fruncido, como si intentara decidir qué hacer.

Hallie sabía que cada persona tenía un sentido del pudor particular. Algunas se desnudaban completamente mientras ella seguía en la estancia; otras no se quitaban ni los zapatos a menos que tuvieran una intimidad absoluta. Parecía que Jamie era de los últimos. Se disculpó y entró en el gimnasio unos minutos.

Cuando volvió, Jamie estaba sentado en la camilla, pero se había desvestido parcialmente. Aunque llevaba la ropa puesta, se había quitado la pernera derecha del pantalón y la había apartado para que pudiera trabajar. Salvo por la rodillera con férula, estaba desnudo de la cintura a los dedos de los pies. Sin embargo, la pierna izquierda y todo el tronco seguían cubiertos por las gruesas prendas deportivas.

—No me refería a esto —dijo ella—. Tienes que...

No la dejó terminar.

—Es lo máximo que vas a conseguir —la cortó con un tono de voz que no le había escuchado hasta el momento. Solía utilizar un deje guasón, como si estuviera a punto de echarse a reír, pero en ese instante parecía estar desafiándola a aceptar lo que le ofrecía... o a largarse si no lo hacía.

Enfurecer a un paciente lesionado no era algo que entrase en sus planes.

—Con esto me valdrá —dijo ella con voz alegre—. ¿Quieres tumbarte?

Jamie estaba apoyado en las manos, con los brazos rígidos a la espalda.

—Así me va bien. —Otra vez ese tono de voz.

Sin perder la sonrisa, Hallie comenzó a soltar los cierres de velcro de la enorme rodillera.

—Hagas lo que hagas, no te muevas. Quiero ver cómo va sanando la pierna y te daré un masaje muy suave. ¿Vale?

Jamie no contestó y fue como si su cara adoptase una expresión mucho más ceñuda.

Tenía la rodilla muy hinchada, aunque lo peor de todo era que uno de los músculos de la pierna parecía estar agarrotado. Hallie había aprendido hacía mucho tiempo que muchas veces el cuerpo de una persona contaba una historia muy distinta de la que contaban las apariencias. Daba la sensación de que la actitud bromista de Jamie ocultaba muchísimo estrés.

—¿Paso el examen? —Su voz tenía un deje extraño, como si la desafiara.

Ella no dejó de sonreír.

—No puedo contestarte hasta que te ponga las manos encima. —Cogió la botella de aceite. El tamaño de los músculos de sus piernas significaba que tendría que emplearse a fondo.

—Ya me has visto la pierna, así que ya está —dijo él—. Haré unos cuantos estiramientos y se acabó. —Hizo además de bajarse de la camilla.

Hallie le puso una mano en el pecho.

—Como muevas la pierna sin la rodillera, llamaré a... —Entrecerró los ojos—. Llamaré a tu madre.

Jamie parpadeó unas cuantas veces, pero después la expresión ceñuda desapareció y esbozó una sonrisa.

—Y ella se lo dirá a mi padre. Tú sí que sabes cómo acojonar a un hombre. Muy bien. Una pierna y se acabó.

—Eres la bondad personificada.

Hallie se untó bien las manos con el aceite y se puso manos a la obra. Había trabajado con algunos fisioculturistas y costaba llegar a sus músculos, pero Jamie era el peor caso con el que se había topado. Tenía tanta tensión acumulada en el cuerpo que sus músculos tenían la misma consistencia que los neumáticos más duros. Conforme iba profundizando con el masaje, creyó que podría hacerle daño, pero se dio cuenta de que Jamie comenzaba a relajarse hasta que por fin se tumbó en la camilla.

Al llegar a la rodilla, tocó la piel de su alrededor con cuidado, a fin de que la sangre y los fluidos se reactivaran. Después, atacó su muslo y su pantorrilla, hundiendo los dedos todo lo que le fue posible.

Estuvo masajeándole la pierna una hora hasta que se convenció de que había hecho todo lo posible. Mientras le colocaba de nuevo la rodillera, deseó poder trabajar con el resto de su cuerpo, pero dado que se había dejado casi toda la ropa puesta, lo tenía cubierto. Jamie no se movió, se quedó tumbado de espaldas en la camilla, con los ojos cerrados.

Un poco titubeante, se acercó a su pie izquierdo. Estaba descalzo, así que a lo mejor le permitiría trabajar en él. Al comprobar que Jamie no protestaba por el roce de sus manos, le masajeó los puntos de presión podal y le flexionó el tobillo adelante y atrás. Hallie creyó que se había quedado dormido, pero cuando metió las manos por debajo de los pantalones de deporte que le cubrían el tobillo, se tensó, de modo que las apartó.

Le masajeó las manos. Tenía unos dedos muy bonitos, largos y fuertes. Después, se desplazó a su cabeza. La tensión acumulada en su cuello era espantosa bajo sus dedos. Tenía nudos de ácido láctico en la base de los trapecios. Le masajeó el cuero cabelludo, sintiendo su oscuro pelo corto. Le pasó las manos por la cara, masajeando y acariciando. Los pómulos, la nariz, los labios. Sus dedos lo tocaron todo.

No dejaba de recordar el beso de esa madrugada. A juzgar por cómo la había saludado, Jamie no se acordaba de nada.

¡Tenía un cuerpo impresionante! Mientras le deslizaba las manos por la piel, recordó cómo esos brazos la estrecharon al besarlo.

Tal vez se estuviera dejando llevar más de la cuenta por el placer que sentía al tocarlo, porque cuando le colocó las manos en los hombros, empezó a descender por la sudadera, hacia su torso. Sin embargo, Jamie le atrapó las manos antes de que pudiera pasar de la clavícula. Le sujetó las muñecas un momento antes de soltárselas. Tal parecía que no podía tocarlo allí donde la ropa lo cubría.

Avergonzada, Hallie se enderezó.

—Lo siento —susurró antes de alejarse de él.

Había un grifo con una manguera conectada y pensó en abrirlo. Le encantaría ducharse con agua helada. Sujetar la manguera sobre su cabeza y dejar que saliera el agua.

A su espalda, Jamie se sentó en la camilla.

—¿Te sientes mejor? —le preguntó mientras se obligaba a sonreír, aunque en realidad estaba pensando: «¡Necesito un novio!»

—Pues sí —contestó él—. Gracias.

Jamie hizo ademán de bajarse de la camilla, pero se detuvo y la miró.

Hallie tardó un momento en darse cuenta de que estaba esperando a que ella se marchara para bajarse. ¿Por qué? ¿Porque temía que con el movimiento ella viera alguna parte más de su cuerpo desnudo? «¡Qué hombre más raro!», pensó mientras salía al jardín.

Cuando Jamie estuvo cubierto de nuevo, se reunió con ella. Dieron un paseo por el jardín, especulando sobre cómo habría sido en el pasado. Al llegar al enorme roble, encontraron una plaquita de bronce que rezaba: «En recuerdo de mis preciosas damas: Hyacinth Bell y Juliana Hartley. Henry Bell.»

—Tu tocaya —dijo Jamie.

Cuando se sentaron en el banco que había bajo el roble, Hallie le contó lo que había averiguado: que no estaba emparentada con los Bell, sino con Leland a través de su segundo matrimonio.

—No tiene sentido alguno que Henry Bell me haya dejado su casa.

—A lo mejor estaba enamorado de verdad de las mujeres que murieron hace mucho y tú eres la persona más cercana que pudo encontrar —aventuró Jamie.

—Lo que implicaría que Henry no tenía parientes. Pero en ese caso... —Hallie se encogió de hombros—. Lo que me pregunto es si decoró la planta alta para ellas.

Dado que Jamie no había visto la planta alta, regresaron a la casa y subieron a ver los dos dormitorios. A Jamie le costó subir la escalera con las muletas, pero lo consiguió. Una vez en el dormitorio, Hallie recordó haber visto sus maletas en la planta baja. Jamie insistió en subirlas por la estrecha y empinada escalera, lo que provocó muchas risas. Jamie no dejaba de fingir que estaba a punto de caerse, de modo que Hallie se colocó detrás de él y le puso las manos en la base de la espalda para empujarlo.

Mientras ella deshacía las maletas y dejaba sus cosas en el cuarto de baño, Jamie echó un vistazo a su alrededor.

—Muy femenina. Tienes razón al decir que estos dormitorios se decoraron para que los ocuparan mujeres. —Estaba sentado en el sillón de su dormitorio, tapizado con chenilla azul y rosa, observándola—. ¿A quién crees que correspondía cada dormitorio?

Antes de pensar siquiera la respuesta, dijo:

—Este era de Hyacinth.

—¿Cómo lo sabes?

De ninguna de las maneras iba a decirle que, más o menos... a lo mejor... seguramente... había escuchado dos voces femeninas que le indicaron qué dormitorio elegir.

—Me gusta más este, así que estoy segura de que perteneció a la hermana que llevaba mi nombre.

—Tiene sentido. —Jamie miró la sala de estar por encima del hombro—. Seguro que puedes ver el jardín desde ese ventanal. —Fue como si, momentáneamente, se olvidara de su rodilla lesionada. Dejó las muletas apoyadas en el escritorio y casi dio un salto para atravesar la sala de estar y llegar al asiento acolchado de la ventana.

—Te juro que como te hagas daño en la rodilla te...

Jamie esperó.

—A ver, ¿con qué me vas a amenazar ahora? Ya has usado a Jared y a mi madre. ¿Qué será lo siguiente?

Mientras se sentaba en el otro extremo del asiento acolchado, Hallie lo miró con una sonrisilla.

—La próxima vez que te masajee la cabeza, no me inclinaré tanto sobre ti.

Tras echarle un rápido vistazo al generoso busto de Hallie, Jamie se llevó una mano al corazón y se dejó caer contra la pared.

—Dame veneno. Mi vida ha terminado. Ya no tengo motivos para seguir viviendo. La idea de perder ese delicioso y turgente placer acabará con lo poco que me queda en esta vida. Me...

Hallie se estaba poniendo cada vez más colorada. ¡Su íntima descripción era demasiado!

—Vale ya, ¿quieres? Eres mi paciente, no mi...

—La paciencia es lo que me queda. Esperaré para siempre si eso significa que podré...

—¡Mira! —exclamó Hallie al tiempo que señalaba la ventana con la cabeza.

—Solo te veo a ti. No puedo ver a nadie más que a...

—¡Vale! ¡Te pegaré los pechos a la cabeza cuando te dé masajes! ¿Te importa mirar ahora?

Tras una última mirada al pecho de Hallie, Jamie desvió la vista hacia la ventana. Edith salía por el lateral de la casa y se dirigía con paso vivo a la puerta roja.

Jamie abrió la hoja de la ventana y sacó el cuerpo.

—¡Edith! —gritó con una voz tan estentórea que casi tiró a Hallie de espaldas.

A Hallie se le pasó por la cabeza que lo habrían escuchado hasta en Boston.

Al oír su nombre, la mujer se detuvo y los miró con una sonrisa.

—¿Jamie? ¿Eres tú? No puedo quedarme, pero las Damas del Té os han dejado algo para los dos. ¿Hyacinth está contigo?

Hallie se sorprendió un poco al escuchar que la llamaba de esa manera, pero se pegó a Jamie y asomó la cabeza por la ventana.

—Soy yo —le contestó—. Un placer conocerte. Si te quedas, bajamos enseguida y comemos algo.

—Gracias, cariño, pero no —rehusó Edith, que se llevó una mano a los ojos para protegerse del sol—. Ahora estoy llena. Al menos durante unos minutos. —Por algún motivo, el comentario le hizo mucha gracia—. A lo mejor mañana. Dale un beso a Jamie de mi parte. —Tras darse la vuelta, echó a andar de nuevo hacia la puerta.

—Buena idea —dijo Jamie.

Hallie se dio cuenta de que casi estaba echada sobre él, con su cara muy cerca.

—Creo que deberías besar a Jamie —dijo él con un tono de voz ronco y seductor.

Hallie pasó de sus palabras y se sentó de nuevo en el otro extremo del asiento acolchado.

—¿Acabas de conocerla y ya te manda besos?

—¿Qué puedo decir? Las mujeres caen rendidas a mis pies.

Lo miró con los ojos entrecerrados.

—¿Y consiguen quitarte la ropa?

—Solo si está muy, pero que muy oscuro.

Con una carcajada, Hallie se puso en pie y fue en busca de las muletas.

—¿A qué se refería con eso de que las Damas del Té nos han dejado algo? ¿Quiénes son?

—No tengo ni idea. A lo mejor trabajan en el hostal. —Cuando Jamie aceptó las muletas, fue como si se le hubiera olvidado cómo usarlas—. Voy a necesitar ayuda para bajar la escalera.

—¿Y si te recuerdo que la comida está abajo y que no puedes conseguirla a menos que bajes?

—Creo que parte del trabajo de un buen fisioterapeuta consiste en asegurarse de que el paciente esté bien alimentado. —Parecía muy serio.

—No, no es así. De hecho, ni siquiera los masajes forman parte del trabajo. —Con una sonrisa, echó a andar de espaldas hacia la escalera—. Aprendí ese arte en unas clases totalmente distintas que cursé antes de convertirme en fisioterapeuta. Usé las sesiones de masajes para pagarme la universidad. De hecho, eran...

Se interrumpió porque se tropezó con una esquina doblada de la enorme alfombra y estuvo a punto de caerse. Sin embargo, con la velocidad del rayo, Jamie soltó las muletas y extendió los brazos para sujetarla. Cayeron juntos al suelo. Jamie se golpeó con fuerza, ya que cayó de forma que Hallie quedara sobre él, y su pierna lesionada quedó a un lado.

Hallie le golpeó el pecho con la cabeza casi con tanta fuerza como la espalda de Jamie golpeó el suelo.

—¡Jamie! ¿Estás bien?

Él se quedó tendido en la alfombra, totalmente inmóvil, con los ojos cerrados.

Hallie le tomó la cabeza entre las manos.

—No te muevas —le dijo con un deje histérico en la voz—. Voy a llamar a una ambulancia. —Hizo ademán de apartarse de él, pero Jamie la sujetó con fuerza con un brazo—. ¡Suéltame! Tengo que...

Cuando se dio cuenta de que Jamie no corría peligro de perder la consciencia, se quedó donde estaba, con el pecho pegado a su amplio torso.

—A ver si lo adivino. Jugaste al fútbol americano en el instituto y aprendiste a derribar a tu oponente. —Vio el asomo de una sonrisa jugueteando en sus labios—. ¿Qué eras? ¿La línea de defensa entera?

La sonrisa se ensanchó y Hallie sintió cómo el vientre de Jamie se sacudía por la risa.

—Suéltame o te juro que... —Como no se le ocurría con qué amenazarlo, colocó los codos en los dos puntos de su torso donde sabía que le dolería más e hizo fuerza.

—¡Ay! —gritó Jamie, que abrió los ojos de golpe.

Hallie rodó para zafarse de él y se puso en pie.

—¿Puedes levantarte solo o tengo que buscar una grúa?

—Creo que me he roto la espalda —contestó él con una sonrisa.

—Qué pena. Supongo que tendré que cortarte la sudadera con unas tijeras para ver tu espalda desnuda.

Jamie suspiró, rodó sobre sí mismo, cogió una muleta y se puso en pie.

—¡Milagro! —exclamó Hallie, antes de bajar la escalera, seguida de cerca por Jamie.

En la mesa de la cocina los esperaba un té tan elaborado que habría hecho las delicias del rey Eduardo VII. Había dos expositores con varios niveles y con tres bandejas en cada uno, y todas parecían cargadas de comida en miniatura. Dos de cada variedad. Una de las bandejas tenía platos salados: sándwiches sin corteza cortados con formas, quiches en miniatura, pequeños huevos de codorniz en escabeche y bolsitas de hojaldre relleno atadas como saquitos. La otra bandeja tenía platos dulces: panecillos, tartaletas, pasteles del tamaño de un dólar de plata y diminutos cuencos de cremoso budín de coco. Por su aspecto, era un compendio de la cocina de todo el mundo.

También había una humeante tetera, una jarra para la leche, un azucarero lleno de terrones y unas tazas preciosas con sus platillos. A un lado había copas de champán con frambuesas en su interior.

—Maravilloso —dijo Hallie.

—No sé tú, pero yo me muero de hambre.

Se sentaron a la mesa y Hallie sirvió el té negro y añadió leche en las tazas mientras Jamie llenaba los platos.

—¿Cómo crees que se las ha apañado Edith para traerlo todo? —preguntó Hallie. Se estaba comiendo una bolsita de hojaldre relleno de verduras y pollo.

—Seguramente alguien del hostal lo haya traído en uno de esos carritos de golf eléctricos. —Acababa de comerse un rollito de marisco—. La mejor langosta que he probado, y eso que he crecido en Maine. Me pregunto de dónde la han sacado.

—El queso es increíble.

Jamie sonrió con la boca llena.

—Me gustaría ver un poco de Nantucket —confesó Hallie, tras lo cual le dio un mordisco a una magdalena que sabía a naranja—. Pruébala. Está buenísima. —Su idea era que probara la otra magdalena que quedaba en el plato, pero se comió la mitad de la que ella había probado sin quitársela de la mano.

—Fuzzy Navel —dijo él.

—¿Qué es eso?

—Es un cóctel a base de zumo de naranja y de melocotón, y sabe a esto. Supongo que está hecho con licor de melocotón, así que es letal. Toma, come un poco más. —Le dio un mordisco a la segunda magdalena y le ofreció la otra mitad.

Hallie titubeó, pero vio una expresión desafiante en los ojos de Jamie. Se atrevió a inclinarse y a quitarle el trozo de la mano con los labios.

—Mmm. Delicioso.

Jamie sonrió de oreja a oreja.

—Lo de «fuzzy» viene por la pelusilla del melocotón y...

—Lo de «navel» por la variedad de naranja. Pues como te decía, me gustaría ver la isla. Jared atravesó el pueblo y vi unas cuantas tiendas muy monas. A lo mejor tú también quieres venir.

—No, gracias —repuso Jamie—. Ya tengo bastantes problemas con estas dichosas muletas sin tener que lidiar con las calles y las aceras.

Hallie ya se había dado cuenta de que la mitad de lo que Jamie decía no era en serio, de modo que le siguió el juego. Mencionó la playa y comer fuera. No, él no haría eso. ¿Tomarse algo al atardecer? No. ¿Un paseo en barco? Le contestó que ya se había cansado de eso con sus parientes, los Montgomery.

—Es que viven en esas dichosas cosas. Me gusta la tierra.

Daba igual lo que ella sugiriese para incitarlo a ir al pueblo, él siempre se negaba.

—Supongo que tendré que ir sola —dijo mientras cogía lo que parecía un bizcocho de semillas de amapola. Durante una milésima de segundo, vio algo en sus ojos, una emoción indefinida, pero no supo interpretarla. Si no estuviera delante de un hombre tan sano y fuerte, habría jurado que se trataba de miedo. Claro que eso era, por supuesto, una ridiculez.

Fuera lo que fuese, desapareció en un instante y la preciosa cara de Jamie recuperó la sonrisa.

—Lo que yo quiero saber es de dónde viene Edith —dijo.

—¿Te refieres al lugar donde se crio?

—No. Me refiero aquí. Ya la he visto dos veces alejarse por el lateral de la casa. Ayer, cuando me desperté, fui en busca de mi hermano con la intención de dejarle bien claro la opinión que tengo de lo que me ha hecho.

—¿Y cuál es?

Jamie agitó una bolita de arroz, dulce y jugosa, antes de metérsela en la boca.

—Es una historia muy larga, pero lo que quiero decir es que en el extremo más alejado de la casa hay una puerta de doble hoja, que está cerrada con llave. Creía que mi hermano estaba escondido dentro, así que apliqué un poco de fuerza para intentar abrirla, pero la puerta no se movió.

Hallie se lamió el coco de los dedos.

—A ver si lo he entendido: te despertaste cabreado con tu hermano (por algo que no me quieres contar) e intentaste echar abajo una puerta de mi casa para llegar hasta él, ¿es eso? Y seguramente lo hiciste con la intención de matarlo.

Jamie casi se atragantó con una barrita de zanahorias y miel, pero consiguió recuperar el aliento para decir:

—Buen resumen. —Tenía una expresión risueña en los ojos—. Me pregunto si Edith tiene la llave y qué...

—¿Hay ahí dentro? —terminó Hallie por él.

—Eso mismo. ¿Qué te parece si buscamos la llave? Quien la encuentre gana el derecho de besar al otro.

—¿Y qué se lleva el perdedor? —preguntó Hallie.

—¿Dos besos?

Se echó a reír al escucharlo.

—Ve y empieza a buscar. Yo recogeré esto y lo dejaré preparado por si Edith vuelve en busca de los platos.

—Te ayudo —se ofreció él.

Después de recoger la cocina, salieron de la casa y se dirigieron al lateral para inspeccionar la puerta de doble hoja; pero tal como Jamie había dicho, estaba cerrada a cal y canto. Jamie quiso emplear de nuevo su considerable fuerza para intentar abrirla, pero Hallie lo convenció de que no lo hiciera. Dentro de la casa, todas las puertas que conducían a la habitación oculta también estaban cerradas. Empezaron a buscar la llave, pero aunque miraron en todos los cajones y debajo de todos los muebles, no encontraron llaves perdidas. Lo que sí encontraron fueron folletos y entradas con fechas desde 1970 hasta dos años antes.

Mientras recopilaban todo lo que habían encontrado, comenzaron a especular sobre Henry Bell. Parecía muy interesado en la historia de Nantucket. Había ganado en dos ocasiones el concurso al estilo de Jeopardy que se celebraba en la isla. Había un par de artículos de periódico con fotos suyas y de Nat Philbrick, que había escrito tantas cosas sobre Nantucket.

Lo que vieron hizo que Hallie y Jamie quisieran aprender más cosas sobre la isla. Pero cuando Hallie repitió su invitación de explorar la zona, la expresión de Jamie se tornó hosca. Le dijo que él podría ejercer de investigador mientras ella se ocupaba del trabajo de campo.

A las diez de la noche Hallie empezó a bostezar, pero Jamie parecía bien despierto, como si no pensara acostarse. Hallie quería preguntarle por la medicación que tomaba, pero no lo hizo. En cambio, le dio las buenas noches y subió a su dormitorio.

Tal vez una parte de su mente estaba alerta, porque tal como le sucedió la noche anterior, se despertó a las dos de la madrugada. Se quedó tumbada un rato, con la vista clavada en el rosetón de seda que había en el dosel de la cama, mientras aguzaba el oído. Sin embargo, la casa parecía en silencio.

Estaba a punto de dormirse de nuevo cuando escuchó un sonido lejano, como un gemido. De no haber sido por lo sucedido la noche anterior, no le habría prestado atención al ruido.

Sin pensárselo siquiera, saltó de la cama y corrió escaleras abajo, a oscuras. Se golpeó el dedo gordo del pie con la pata de una mesa, pero siguió avanzando hacia Jamie.

La luz nocturna estaba encendida, pero en esa ocasión no vio bote alguno de pastillas en la mesa. Jamie estaba en la cama y no dejaba de moverse, mientras gemía presa del pánico.

—Estoy aquí —susurró al tiempo que le tomaba la cara entre las manos.

Jamie se tranquilizó un poco, pero seguía moviendo las piernas y la rodillera golpeaba el borde del colchón.

Sin apartar las manos de su cara, Hallie se tumbó a su lado. Tal como sucedió la noche anterior, Jamie la abrazó. Se quedó quieto un rato, pero cuando empezó a agitarse de nuevo, Hallie levantó la cabeza y lo besó.

Ese beso, el segundo que se daban, fue más apasionado que el primero. Cuando Hallie se descubrió metiendo la pierna entre las de Jamie, se apartó.

—Una cosa es besarlo mientras duerme —dijo en voz baja—, y otra darse un revolcón.

Sin embargo, el beso sí consiguió tranquilizarlo del todo y, antes de que Hallie se diera cuenta de lo que pasaba, se quedó dormida entre sus brazos.

4

Cuando Hallie se despertó a la mañana siguiente, la luz comenzaba a entrar por la ventana. Jamie y ella estaban acurrucados en la estrecha cama como si fueran una sola persona.

Zafarse de sus brazos no fue en absoluto sencillo. Una vez que se levantó, se percató de que le dolía el cuello y también la base de la espalda. La cama era demasiado pequeña para una persona, ya no dijéramos para un ex jugador de fútbol americano y ella.

Fue de puntillas hasta la escalera y subió a su dormitorio para darse una ducha. Cuando bajó de nuevo, Jamie estaba en la cocina, con el pelo húmedo. Como era habitual, la ropa lo cubría de la cabeza hasta los tobillos. Hallie se había puesto un *top* sin mangas, unos vaqueros cortados y unas sandalias.

—Creo que esta mañana voy a ir a pasear por el pueblo —anunció, evitando mirarlo a los ojos, ya que el recuerdo de la noche anterior seguía muy fresco en su memoria. Necesitaba poner cierta distancia entre ellos. Claro que explorar un sitio nuevo ella sola no sería muy divertido—. ¿Quieres venir conmigo?

—No —respondió él con firmeza, como si no quisiera que le hiciesen más preguntas al respecto. Se pasó una mano por la nuca.

Hallie puso frente a él un plato de huevos revueltos.

—¿Te encuentras bien?

—Es que... Nada, solo son sueños —respondió mientras cogía su taza de café.

Hallie se sentó frente a él.

—¿Qué tipo de sueños?

Jamie titubeó, pero después la miró. Fue una mirada ardiente e intensa.

—Si te soy sincero, he soñado contigo.

—¡Ah! —exclamó Hallie, que se levantó para rellenarse una taza que aún estaba llena—. Los riesgos de trabajar juntos —murmuró. «O de dormir juntos», añadió para sus adentros. La verdad, sería mejor que pasaran algún tiempo separados—. Dime otra vez cuándo llegan tus familiares.

—No estoy seguro del día. Conociéndolos, los retoños echarán a correr en cuanto atraque el ferry.

—¿Y quiénes son los retoños?

—Mi hermano y mi hermana, son mellizos. Y tienen siete años.

—¡Es genial! —exclamó Hallie—. ¿Cómo se llaman? Háblame de ellos.

La tensión que había ocasionado la mención del sueño por parte de Jamie se despejó de repente y desayunaron mientras él le hablaba de su familia. Los mellizos, Cory (un diminutivo de Cordelia) y Max, asistirían a la inminente boda y eso los tenía emocionadísimos.

Mientras Hallie lo observaba hablar de su familia con evidente afecto, se preguntó de nuevo por qué no se habría quedado con ellos durante la rehabilitación. ¿Por qué se había marchado a Nantucket donde conocía a tan poca gente? ¿Por qué aislarse con una desconocida? Hallie tenía claro que si ella tuviera una familia que la quisiera, nada en el mundo la mantendría separada de ella.

Cuando dijo que debía cambiarse de ropa para ir al pueblo, Jamie le aseguró que tenía otra anécdota de los mellizos que quería contarle. Ella la escuchó y después repitió que se marchaba. Pero al ver que Jamie le contaba otra anécdota más, comprendió que no quería que se fuera.

«¡Qué halagador!», pensó. De todas formas, se excusó y subió a su dormitorio para cambiarse. Se puso un bonito vestido estampado con una rebeca a juego y las sandalias rosas.

Jamie la estaba esperando cuando bajó.

—¡Madre mía! Estás guapísima. Estaba pensando que deberíamos seguir buscando la llave de esa habitación. No hemos mirado en el ático. O tal vez deberíamos pasar el día en el jardín y planear cómo mejorarlo.

—Cuando vuelva, seguiremos buscando la llave y hablaremos sobre el jardín. ¿Necesitas algo del pueblo? Todavía estás a tiempo para acompañarme.

—No, nada —contestó él, que se apartó—. Vete. Que te diviertas. Llamaré a mi hermano o lo que sea.

Su voz sonó tan triste que Hallie estuvo a punto de decirle que no saldría, pero era ridículo. Si Jamie odiaba estar solo, ¿por qué había abandonado la compañía de su numerosa familia?

Sin embargo, por más que sus ojos la miraron con expresión suplicante, no cedió y salió de la casa. Caminó hasta el extremo de la calle y siguió hasta el centro del precioso pueblo de Nantucket. Los edificios antiguos y las preciosas tiendecitas le resultaron fascinantes.

Siguió pensando en Jamie mientras iba de un sitio para otro, entrando y saliendo de las tiendas. Subió la escalera de una tienda llamada Zero Main y echó un vistazo a su alrededor. La ropa era preciosa, y cuando estaba a punto de marcharse, cayó en la cuenta de que necesitaba renovar su vestuario. Desde que su padre y su madrastra murieron, se había visto obligada a trabajar, en ocasiones en tres trabajos simultáneos. Tenía que cuidar de Shelly y después, cuando Shelly se marchó a California para probar suerte en el mundo del espectáculo, Hallie se matriculó en la universidad. Además, la casa que había heredado de su padre necesitaba un sinfín de reparaciones.

Mientras echaba un vistazo por la tienda, comprendió que esa etapa de su vida había acabado. Se había graduado y por fin podía ganar dinero.

Con una sonrisa, se tomó su tiempo para examinar las preciosas prendas y acabó comprando un conjunto completo. Un bonito *top* blanco de punto, una americana azul oscuro, unos pantalones negros de seda y un colgante largo con una bola de cristal morada.

Mientras se marchaba, llegó a la conclusión de que aunque su relación con Jamie fuera profesional, no le haría daño lucir un buen aspecto.

En Sweet Inspirations le compró algo que creyó que a él le gustaría. Y en el museo ballenero compró cuatro libros sobre la historia de Nantucket y anotó los títulos de otros ocho en el bloc de notas de su móvil. El museo sería el paraíso de cualquier historiador.

Después de almorzar en Arno's, regresó a casa. Dejó las bolsas en la cocina, sacó lo que le había comprado a Jamie y recorrió la casa en su busca. Lo encontró fuera, sentado en el banco bajo el roble; parecía que lo hubieran abandonado. Al verla, su expresión se tornó más alegre. Que alguien se alegrara de verla le provocó un subidón emocional. Así era como la recibían sus abuelos cuando era pequeña. Pero después de que Shelly y su madre se mudaran, las únicas miradas que recibía al llegar parecían decirle: «Ah, eres tú.»

Sonrió mientras desterraba esos pensamientos de su mente y echó a andar hacia él para sentarse a su lado, tras lo cual le ofreció la bolsa de arándanos bañados en chocolate.

—Cuéntame todo lo que has hecho —le dijo él mientras aceptaba el regalo.

Seguían sentados en el banco cuando una mujer entró en tromba por la puerta. Jamie le estaba enseñando a Hallie fotos que tenía en el móvil de los «retoños», así que al principio no la vieron. La familia de Jamie vivía en Colorado y le estaba enseñando una foto de los niños atravesando en patinete el pasillo de lo que parecía una mansión revestida de mármol. Hallie le pidió de inmediato que le hablara de la casa.

—La construyó un antepasado mío, Kane Taggert, un hombre de negocios implacable —le explicó Jamie—. Mi padre lleva su nombre. Fue responsable de un montón de reformas en la minería. El primer Kane, no mi padre. Él... —De repente, la enorme puerta se cerró con un fuerte golpe después de que la mujer entrara a la carrera y Jamie dio un respingo, poniéndose en pie. Aferró una muleta y la sostuvo como si estuviera dispuesto a usarla para defenderse.

Hallie no supo si sorprenderse más por la reacción de Jamie o por la furia que lucía la cara de la mujer. Era baja y corpulenta, con el pelo canoso y parecía arder en deseos de despedazar a alguien.

—¿Está aquí mi suegra? —exigió saber.

Hallie se puso de pie junto a Jamie y él se colocó frente a ella, como si quisiera protegerla.

—¿Quién es tu suegra?

—¡Edith! —exclamó la mujer, que suspiró—. Lo siento. Soy Betty Powell, la dueña del hostal Sea Haven, el *bed & breakfast* de aquí al lado, y mi marido es Howard. Si la pierde de vista aunque sean dos minutos, se vuelve loco. Le he dicho que probablemente esté aquí, pero dice que debo asegurarme. No está dentro, ¿verdad? —Señaló la casa con un gesto de la cabeza.

—Acabo de salir hace unos minutos y dentro no había nadie —contestó Hallie.

—¿Estará en el salón del té? ¿Se habrá escondido allí?

—Si te refieres a la habitación situada en un lateral de la casa, está cerrada con llave —respondió Jamie—. Hemos estado buscándola.

—¡No hay llave! —exclamó Betty—. Según la loca de mi suegra, solo ellas pueden abrir la puerta. —Miró hacia la puerta por la que ella había entrado—. ¿Por qué no puede quedarse esa mujer donde tiene que estar? —Dirigiéndose a Jamie y a Hallie, añadió—: Si aparece, mandadla a casa, ¿de acuerdo? Decidle que Howard la necesita. A mí no me hace ni caso. Siento mucho haberos molestado. —Echó a andar hacia la puerta casi a la carrera.

Jamie y Hallie, ambos con los ojos abiertos como platos, se miraron y después miraron de nuevo a la mujer.

—¡Espera! —gritó Hallie.

Betty se detuvo y se volvió hacia ellos con expresión impaciente.

—¿Qué?

—¿Quiénes son «ellas»? —le preguntó Jamie—. ¿Quién puede abrir la puerta?

Betty parecía sorprendida.

—No me digas que habéis comprado esta casa y que nadie os ha hablado de ellas.

—Hallie la ha heredado —señaló Jamie.

—¡Ah! Vale. Tiene sentido. El viejo Henry Bell no dejaría a cualquiera cerca de sus preciosas damas. —Miró la hora en su reloj—. Tengo que regresar, pero «ellas» son las Damas del Té. Las difuntas hermanas Bell. Son fantasmas. No sé mucho sobre ellas. Lo único que sé es que la loca de mi suegra viene a esta casa, entra en lo que ella llama «el salón del té» y se pasa horas hablando con ellas... o piensa que lo hace. Estoy intentando que Howard la ingrese en algún lado, pero se niega. Tengo que irme, de verdad. Vienen quince personas para tomar el té esta tarde. —Se marchó, y cerró de un portazo.

Jamie y Hallie se quedaron en silencio sin moverse durante un momento.

Al final, Hallie dijo:

—Deberíamos haberle dicho que nos encantan sus magdalenas de naranja y melocotón.

—Y la langosta. Pero supongo que no tiene ni idea de que Edith nos trajo la comida.

—Lo entiendo perfectamente —replicó Hallie—. No me gustaría ni un pelo tener que enfrentarme a esa mujer. —Miró a Jamie—. Parece que soy la dueña de una casa con espíritus.

—Eso creo. ¿Te asusta?

Hallie meditó la respuesta un instante.

—No, la verdad es que no.

—¿Quieres que llamemos a la puerta del salón del té para ver quién abre?

—¡Desde luego!

Jamie le sonrió.

—Hallie, preciosa. Cada minuto que pasa me gustas más. ¡Te echo una carrera hasta allí!

Hallie ganó la carrera, pero sabía que solo lo hizo porque Jamie iba con muletas. No había puesto un pie en esa zona de la casa y le sorprendió encontrar un estrecho sendero y una puerta de doble hoja. Si tuviera coche, ese sería el lugar para aparcarlo.

Frente a ella se alzaba una puerta de doble hoja que parecía maciza. Intentó girar el pomo, pero no lo logró.

Esperó a que Jamie llegara con sus muletas, y cuando vio que fingía haber encontrado muy difícil el trayecto se echó a reír.

Cuando llegó a su lado, le dijo con voz seria:

—Creo que necesito otro masaje para relajarme.

—¿De cuerpo entero? —le soltó ella.

—¿Con las luces apagadas?

—Con diez velas —le ofreció Hallie.

—Con una vela en la habitación adyacente y con la puerta cerrada —repuso él.

—No hay trato, y tú te lo pierdes. —Hallie miró de nuevo la puerta—. ¿Vas a llamar?

—Todavía estoy pensando en un masaje a la luz de las velas y además, es tu casa.

Hallie dio un paso al frente y después de que Jamie asintiera con la cabeza para infundirle valor, llamó a la puerta. Ambos contuvieron el aliento, pero no sucedió nada.

Jamie se acercó y llamó más fuerte. Nada.

—A lo mejor mañana deberíamos llamar a un cerrajero —sugirió Hallie.

—Sí, es posible —replicó Jamie, alzando la voz—. Somos amigos de Edith y nos gustaría conoceros. Soy James Taggert, y esta preciosa mujer que está conmigo se llama Hyacinth, como una de vosotras. La llaman Hallie y es descendiente de... —La miró.

—De Leland Hartley. Estaba casado con Juliana.

Jamie repitió en voz alta lo que ella había dicho.

—Es prima política vuestra y si hay algo en este mundo en lo que tengo mucha práctica es en los primos. —Miró de nuevo a Hallie y añadió, bajando la voz—: Tengo miles de primos. Mi padre tiene once hermanos y todos tienen hijos.

—¿En serio? —le preguntó Hallie.

—Ajá. —Jamie la miró—. ¿Esa casa revestida de mármol que has visto? No te lo creerás, pero en Navidad es un auténtico caos. —Miró de nuevo hacia la puerta.

Su tono de voz implicaba que era una época espantosa, pero Hallie pensó que sonaba divertido. En su experiencia, la Navidad siempre era una celebración solemne. Siempre eran días agradables, pero nada caóticos. A menos que Shelly no recibiera suficientes regalos.

Jamie aporreó de nuevo la puerta, pero todo fue en vano.

—Así que Edith está loca.

—Eso me temo —repuso Hallie. La verdad era que estaba observando cómo se apoyaba en las muletas. Jamie tenía el cuerpo inclinado hacia un lado, y ella estaba planeando su siguiente sesión. Además, le aterraba pensar en lo que sucedería esa noche. Se estaba cansando de subir y bajar a la carrera una escalera oscura. Todavía le dolía el dedo del pie que se había golpeado esa misma mañana. El ajetreo nocturno ya había sucedido dos veces y una tercera ocasión lo convertiría en algo habitual. Tenía que ponerle fin cuanto antes—. No me puedo creer que tenga hambre otra vez después de todo lo que comimos hace unas horas.

—Yo también tengo hambre —dijo Jamie, y ambos regresaron al interior de la casa a través del porche acristalado.

Hallie cogió el bastidor con la labor a medias que había visto el primer día.

—Juraría que alguien ha estado bordando.

Jamie se sacó el teléfono del bolsillo y le hizo una foto al bordado.

—Si cambia de nuevo, tendremos una prueba gráfica.

Mientras Hallie devolvía el bastidor al sofá, Jamie le hizo varias fotos.

—¿Qué haces?

—Son para enviarlas a casa. Eres la mujer que insiste en que me quite la ropa.

—No irás a decir eso, ¿verdad? Tu madre va a pensar que soy una...

—Va a pensar que estás tratando de ayudarme a que me recupere y te estará muy agradecida —terminó él con una sonrisa.

Mientras entraban en la cocina, Hallie dijo:

—¿Por qué no te has quedado en casa con tu familia mientras recibías las sesiones de rehabilitación?

—¿Qué quieres que te diga? Todos querían librarse de mí.

Hallie estaba a punto de hacerle otra pregunta, pero Jamie pasó por su lado, abrió el frigorífico y sin hacer una sola pausa, dijo:

—¿Qué te parece un sándwich gigante y cuatro tipos de ensalada? ¿Sabes hacer limonada? A mí me gusta con poca azúcar y a lo mejor encontramos agua con gas. ¡Ah! Aquí está...

Hallie no le prestó atención a sus siguientes palabras porque sabía cuál era su intención. Saltaba a la vista que no quería responder sus preguntas, de modo que claudicó.

Charlaron de forma amigable mientras preparaban los sándwiches, riéndose de sí mismos por creer que había fantasmas en la casa.

—Si hubiera fantasmas, no tendrían por qué cerrar las puertas —señaló Hallie—. Pueden atravesar las paredes.

—Entonces ¿qué crees que el bueno de Henry Bell ha guardado con llave en esa habitación para que nadie lo vea? —le preguntó Jamie, tras lo cual le dio un mordisco al sándwich.

—Por favor, espero que no sea pornografía.

—¿Y eso es algo para mantener en secreto? Solo tienes que mirar en internet para encontrarla. Del tipo que te apetezca, puedes encontrar lo que quieras. He visto... —Dejó la frase en el aire—. No estoy muy seguro, pero mi hermano Todd, que es policía, me lo ha contado.

Hallie se echó a reír.

—Todd el educador y Jamie el inocente. Tal vez Henry era un poco chapado a la antigua y pensaba que la pornografía era algo que se debía esconder. No he comprobado si la casa tiene conexión inalámbrica.

—¿Y si era un travesti? —sugirió Jamie—. La habitación puede estar llena de los vestidos que se ponía.

Hallie frunció el ceño.

—Cuando abramos la puerta, espero no encontrar nada espantoso, y mucho menos ilegal, dentro. ¿Por qué duermes en la planta baja?

Jamie, que todavía estaba pensando en el posible contenido oculto en la habitación cerrada con llave, estuvo a punto de soltar la verdad. Pero se contuvo a tiempo.

—Me pareció lo correcto. Iba a estar solo en la casa con una chica. No sería bueno para su reputación que durmiéramos cerca.

—Reputación. No he oído esa palabra desde la última vez que vi a mis abuelos. En esta época de rollos de una noche, ¿a quién le preocupa la reputación de una mujer?

—A las chicas que acaban con fotos de desnudos suyos diseminadas por internet. Creo que están preparando algunas leyes sobre el tema. He leído que...

Hallie lo miró y parpadeó. «¿Otra vez estás cambiando el tema de conversación?», pensó. Al parecer, acababa de toparse con otro de sus secretos. ¿Cuántos iban ya? ¿Unos cien? Se recordó que era su paciente, no su novio.

Cogió su plato y lo llevó al fregadero. Si Jamie guardaba secretos, ella también podía hacerlo. De momento, no pensaba decirle lo que pasaba entre ellos durante la noche. Ni tampoco iba a mencionar que estaba al tanto de que tomaba somníferos para dormir. Lo que quería hacer era intentar que dejara las pastillas y tratar de que los terrores nocturnos desaparecieran.

—Quiero que te traslades a la planta alta —dijo.

—¿Y por qué? —Aún estaba sentado a la mesa.

Aunque esperaba que Jamie hiciera alguna broma sexual, no fue así. En cambio, parecía estar a punto de rechazar la idea, y Hallie suponía cuál era el motivo. Jamie era consciente de sus pesadillas, pero no quería que ella lo descubriera. Quería mantener intacto su ego masculino y hacerla pensar que no le sucedía nada extraño.

Hallie quería estar cerca de él para poder consolarlo durante la noche, y después regresar a su propia cama. Así no tendría que dormir más en el sofá ni con él. Y la cama del dormitorio de la planta alta era tan grande que no habría peligro de que Jamie acabara en el suelo.

Sin embargo, estaba segura de que si le decía la verdad, él podría... ¿Qué? ¿Marcharse? Era una posibilidad. Un hombre que sufriera pesadillas similares a las de Jamie necesitaba ayuda y ella pensaba dársela.

Se volvió hacia él.

—Esto... yo... bueno, es que...

Jamie la miró.

—¿Qué intentas decir?

—Este asunto de los fantasmas, me... Bueno, me da miedo.

75

Antes comentaste que te gustaba más porque no estaba asustada, así que ahora me preocupa que ya no te guste tanto.

Jamie se puso en pie y extendió un brazo para acercarla a él. Fue un abrazo fraternal. Le frotó la espalda para consolarla.

—Estoy seguro de que la historia de los fantasmas carece de fundamento. Seguramente Betty tenga razón y su suegra debería contar con la atención adecuada. No estoy de acuerdo en que la encierren en algún sitio, pero debería estar en tratamiento. —Apartó a Hallie para poder mirarla a los ojos—. Creo que el tal Bell hizo algo que no quería que nadie supiera. Y lo más probable es que hiciera correr el rumor de los fantasmas para mantener alejada a la gente.

—Estoy segura de que tienes razón. —Hallie bajó la vista para poder fingir que estaba asustada.

Jamie volvió a estrecharla contra su cuerpo.

—Mañana llamaremos a un cerrajero y entraré a echar un vistazo.

Hallie quería decir: «¡No sin mí!», pero no podía, puesto que estaba fingiendo estar asustada.

—Entonces ¿te trasladarás arriba, al otro dormitorio, y así no tendré que estar sola en esta casa desconocida?

—No creo que sea buena idea. —Su tono de voz era brusco de nuevo.

Hallie se alejó de él.

—Vale. Pues seré yo quien me traslade abajo. Pero no, ese sofá de ahí es demasiado pequeño para dormir. Ya sé. Llamaré a Jared y le preguntaré si puedo quedarme en su casa unas cuantas noches. Sé que está vacía. Estarás bien aquí solo, ¿verdad? —Lo miró pestañeando de forma inocente.

Jamie parecía dividido entre la furia y la impotencia.

—De acuerdo, me trasladaré arriba. —Apretó los dientes.

—¡Eso es genial! —exclamó Hallie—. Te ayudaré a recoger tus cosas y esta noche haremos unos cuantos ejercicios de respiración. —Echó a andar hacia la habitación de Jamie.

—¡Encárgate de las cosas del cuarto de baño y del armario! —le dijo Jamie—. Yo recojo todo lo de la mesa. —Miró furioso la puerta cerrada con llave del salón del té—. Henry Bell, sin importar lo que tengas oculto ahí dentro, voy a descubrirlo porque mira lo que me has hecho.

Se movió tan rápido como pudo hasta llegar al salón y sacó su macuto de debajo de la cama, arrastrándolo. Mientras Hallie recogía sus cosas del cuarto de baño, él guardó ocho botes de pastillas en el bolsillo lateral y lo cerró con la cremallera.

5

Jamie estaba tumbado de espaldas en el suelo de su nuevo dormitorio, con las manos entrelazadas y los brazos extendidos por encima de la cabeza. Hallie estaba sentada a su lado, inclinada sobre su vientre, con la mano por debajo de su ombligo. Claro que no podía verle el ombligo, pero se imaginaba dónde estaba.

—Quiero que sientas cómo te sale la respiración desde aquí —dijo ella—. Ahora, prueba a respirar más hondo y despacio.

—¿Seguro que esto va a servir de algo?

—Chitón —le ordenó ella—. No hables. Solo respira.

Hallie lo observó mientras levantaba y bajaba las manos despacio y tomaba hondas bocanadas de aire. «¡Qué hombre más contradictorio!», pensó. A simple vista parecía ser incapaz de comportarse con seriedad, siempre estaba de guasa, sonriendo, pero su cuerpo era como un muelle comprimido a punto de saltar. Si pudiera conseguir que se relajara por completo, tal vez no necesitara pastillas para dormir.

No dejaba de preguntarse qué le habría pasado para que estuviera tan tenso. ¿Se trataba de una tragedia reciente en su vida? ¿Un encontronazo con la muerte? Claro que ni se le ocurriría preguntárselo directamente. Jamie se limitaría a cambiar de tema.

Se pasaron una hora haciendo ejercicios juntos. Jamie dijo que eran «de niña» y frunció el ceño, pero Hallie se daba cuenta de que los ejercicios de respiración lo estaban ayudando. En un momento dado, Hallie vio que se le cerraban los ojos, como si tuviera sueño. La idea de que tal vez lo hubiera ayudado lo suficiente para dormir sin necesidad de pastillas hizo que se sintiera mejor.

Cuando terminó con él, Jamie se quedó tendido en la gruesa alfombra, con los ojos cerrados y una sonrisa.

—¿Te sientes mejor? —le preguntó.

—La verdad es que sí. —Parecía sorprendido.

Se puso de pie y lo miró. Jamie le había dicho que empezaba a caerle bien y ella sentía algo parecido. Jamás se había sentido tan cómoda con un hombre. A veces parecían pensar lo mismo a la vez.

Con los pocos novios que había tenido, la reacción normal había sido la de apartarse de ellos lo antes posible. Mientras crecía, su vecina la señora Westbrook, la madre de Braden, había sido su mejor amiga. Ella decía que el problema de Hallie estribaba en que escogía a hombres que se parecían a la gente que ya conocía. Hallie le preguntó qué quería decir con eso.

—Larry era tranquilo y sosegado como tu abuelo; y Kyle nunca estaba disponible, igualito que tu padre. Y Craig se sentaba en una silla y dejaba que tú lo atendieras. Era el equivalente masculino de Shelly.

En aquel momento, se echó a reír por la descripción tan acertada de sus relaciones, pero sabía que no quería repetir los errores.

Por supuesto, había un hombre del que nunca hablaban: Braden. Las dos querían lo mismo: que Braden y ella formasen pareja, algo que no parecía que pudiera suceder.

Mientras Hallie miraba a Jamie Taggert, que seguía tumbado en el suelo, se preguntó si sería posible que tuvieran un futuro en común.

Despacio, Jamie abrió los ojos y la miró. Algo de lo que estaba pensando debió de asomar a sus ojos, porque la expresión de Jamie pasó de soñolienta a incitante. Le tendió la mano para que se reuniera con él en el suelo... y Hallie sabía adónde conduciría eso. Un polvo rapidito sin que él se quitara el chándal. Seguramente sería genial, pero por la mañana estaría cabreada consigo misma por haber mezclado negocios y placer.

Tuvo que darse la vuelta, porque de lo contrario ganaría el placer.

—¿Puedes levantarte sin ayuda? —Estaba dándole la espalda.

—Claro —contestó él con voz seca. Parecía un hombre al que acababan de rechazar... lo que, en cierto modo, era verdad.

Hallie oyó cómo se apoyaba en el poste de la cama para levantarse. Una vez de pie, lo miró de nuevo y le sonrió como si nada hubiera pasado.

—Te veo por la mañana.

—Vale —repuso Jamie con voz fría y distante. Pero después levantó la cabeza—. ¿Cómo entrenas tú?

—Pues como todo el mundo —contestó.

La verdad era que entre cuidar de Shelly, sus varios trabajos, los estudios y, en fin, cuidar de Shelly, había eliminado el tiempo que le dedicaba al gimnasio. Se dijo que las prácticas con las que había aprendido la técnica correcta para llevar a cabo los ejercicios de rehabilitación bastaban.

La expresión desconfiada desapareció del apuesto rostro de Jamie y la tensión entre ellos se esfumó.

—Mañana por la mañana vas a entrenar conmigo.

—No, de eso nada —se apresuró a decir Hallie. Lo había visto en el gimnasio y seguramente le daría unas mancuernas de más de veinte kilos y le diría algo como «A ver qué eres capaz de hacer».

—Te veo a las seis. Buenas noches.

—No creo que sea una buena idea.

Con una expresión casi amenazante, se acercó a ella con la ayuda de una sola muleta, de modo que Hallie retrocedió. No se dio cuenta de que había salido al pasillo hasta que él le cerró la puerta en las narices.

Hizo ademán de abrir la puerta y protestar, pero se lo pensó mejor. En cambio, bostezó, entró en su dormitorio y se metió en la cama. Ya se preocuparía del asunto por la mañana.

Horas más tarde, cuando los gemidos la despertaron, se espabiló enseguida y en cuestión de segundos se encontraba en el dormitorio de Jamie. Estaba muy oscuro, sin la luz de la lamparita, y tuvo que guiarse por lo que recordaba del dormitorio para llegar hasta la cama. Jamie no dejaba de retorcerse sobre el colchón, de un lado a otro, y cuando Hallie le tocó el hombro, la pegó a su cuerpo. Seguía con los pies en el suelo, y estaba en una postura tan torcida que tenía la sensación de que se iba a romper algo.

Colocó una pierna sobre el colchón. Jamie había apartado la sábana, de modo que sus cuerpos estaban pegados. Ella solo llevaba una camiseta ancha y las bragas, pero incluso de noche Jamie estaba cubierto por unos pantalones de chándal y una camiseta de algodón de manga larga.

Jamie la abrazó, atrayéndola de forma que sus piernas quedaron entre las de él. En cuanto sus caderas estuvieron pegadas, Hallie se dio cuenta de que estaba excitado.

—¿Jamie? —susurró, pero no obtuvo respuesta.

La mano de Jamie se deslizó despacio por su cuerpo, hasta llegar hasta su trasero casi desnudo, acariciándole la piel.

Hallie cerró los ojos. Era un hombre guapísimo y ese duro cuerpo contra ella estaba acelerándole el pulso.

—No puedo... No podemos... —comenzó, pero él inclinó la cabeza y la besó.

Ese beso no se pareció a los anteriores. Ese estaba cargado de pasión y de deseo. Cuando la lengua de Jamie acarició la suya, Hallie se olvidó de por qué estaba prohibido y le devolvió el beso. Lo deseaba desde el momento en que lo vio, y los días pasados a su lado habían acrecentado dicho deseo.

Le devolvió el beso como si estuviera desesperada, como si su anhelo trascendiera el deseo. Dado que tenía la rodilla contra su entrepierna, apoyó el pie en el colchón e hizo presión para que Jamie rodara de espaldas. Lo oyó gemir. Pero no era el gemido habitual, fruto de las pesadillas nocturnas, sino un gemido de pasión.

Hallie se sentó a horcajadas sobre él y sintió su dura erección entre las piernas. La habitación estaba tan oscura que no podía verle la cara, pero cuando le besó los ojos, supo que los tenía cerrados.

Se apartó un poco y se quitó la camiseta, que acabó en el suelo, antes de inclinarse sobre él y dejarle los pechos casi en la cara. Lo escuchó soltar un gemido que casi parecía de dolor, teñido por un profundo anhelo.

Con un movimiento ágil, Jamie la obligó a tumbarse de espaldas. Hallie sintió que se soltaba las cintas del pantalón y se lo bajaba. Ella lo había abrazado y estaba acariciándolo por todos lados, explorando los contornos y las curvas de sus músculos. Desnudo tenía que ser espectacular, pensó.

Ella aún tenía las bragas puestas, de modo que cuando él intentó penetrarla, se encontró con la barrera.

—Espera —le susurró mientras bajaba los brazos para quitárselas.

—Te esperaré siempre, Valery —dijo él contra su oreja.

Hallie se quedó helada bajo su cuerpo. En un abrir y cerrar de ojos, pasó de una lujuria ciega a pensar con absoluta claridad. ¡Estaba a punto de acostarse con un hombre drogado! ¿¡Se había vuelto loca!? Jamie no solo no se acordaría por la mañana, sino que creería haber soñado con hacerle el amor a otra mujer.

Por un instante, la cercanía de su magnífico cuerpo, de su cálido aliento en la mejilla y de su exuberante virilidad estuvieron a punto de hacerla tirar por la borda el sentido común.

Sin embargo, tenía más dignidad. No le resultó fácil, pero consiguió salir de debajo de su cuerpo y ponerse en pie. El corazón seguía latiéndole a mil por hora y respiraba de forma entrecortada, y tardó varios minutos en recuperar el control.

La oscuridad de la habitación la había irritado, pero en ese momento se alegró, porque estaba casi desnuda.

Cuando escuchó que Jamie movía los brazos, supo que la estaba buscando.

Tanteó el camino hasta el otro lado de la cama, encontró su camiseta y se la puso. Jamie había dejado de hacer ruido y, por un segundo, creyó que se había despertado, pero después escuchó su respiración profunda y se dio cuenta de que seguía dormido.

Se dirigió a la puerta y salió en busca de su cama. Cuando se acostó, sola, una parte de su mente se arrepentía de haberlo dejado. Echar un polvo con un hombre dormido. Bien mirado, no era tan mala idea.

Sin embargo, Hallie se conocía lo suficiente como para darse cuenta de que no se habría detenido ahí... Al menos, ella no. No era la clase de persona capaz de denunciar a su hermanastra cuando había intentado robarle, y tampoco era la clase de persona capaz de acostarse con alguien sin sentir algo. Tal como Jamie había dicho, cada vez le caía mejor. ¿Disfrutarían de una agradable camaradería durante el día y se acostarían juntos por la noche? ¿Unos encuentros que él no recordaría siquiera?

—¿Y qué pasa cuando aparezca Valery? —susurró en voz alta. ¿Se apartaría ella sin más y pensaría que fue divertido mientras duró? ¿Les sonreiría a los dos mientras paseaban por el jardín, se besaban y se abrazaban?

No, sabía que sería incapaz de hacerlo. Antes de dormirse por fin, renovó su juramento de mantener la relación en un terreno estrictamente profesional.

—¡Hartley! —bramó una voz que podría pertenecer a un sargento instructor.

Hallie, tumbada boca abajo bajo el edredón, se acurrucó todavía más.

Jamie le apartó el edredón, dejando al descubierto su torso cubierto por la camiseta.

—Es hora de ir al gimnasio.

—¿Quién es Valery? —le preguntó ella.

Hallie no vio la sorpresa que apareció en su rostro, y que fue reemplazada enseguida por la rabia. Sin embargo, Jamie consiguió controlar sus emociones.

—Es el amor de mi vida. ¿Celosa?

—¿Ella te aguanta los gemidos y los gruñidos y que la llames en mitad de la noche? —Hallie no se había dado la vuelta y se estaba poniendo de vuelta y media por haberle preguntado por la mujer. Claro que eso era mejor a no saber la verdad.

—Me quiere tal como soy —contestó Jamie—. Venga, arriba, que vamos al gimnasio. Voy a ponerte en forma.

—¿Eh? —dijo ella, que se dio la vuelta en la cama para mirarlo. La fina camiseta apenas ocultaba sus pechos, ya que no llevaba sujetador—. ¿No te gusta la suavidad de las mujeres?

Hallie tuvo el placer de verlo poner los ojos abiertos como platos. Tras soltar la muleta, Jamie se sentó en el borde del colchón.

—Si quieres... —Se interrumpió y cuando extendió la mano para tocarla, Hallie apartó el edredón hacia el otro lado, se levantó y rodeó la cama hacia él. La camiseta le llegaba justo por debajo de las caderas, de modo que sus piernas desnudas quedaban a la vista.

Sintió una satisfacción enorme al ver que Jamie se quedaba blanco.

—¡Joder, Hallie! ¡Que soy humano!

—Tú eres el que ha insistido en que me levante.

—Pues que sepas que no eres la única que se ha levantado.

Hallie no supo a qué se refería hasta que una rápida mirada hacia abajo se lo aclaró. Mientras intentaba contener las carcajadas, se metió en el cuarto de baño y cerró la puerta.

Unas dos horas después, salieron del gimnasio y regresaron a la casa. Hallie estaba segura de que iba a tener agujetas en todo el cuerpo. Jamie la había obligado a terminar un programa en la cinta de correr que alternaba entre ritmos lentos y sencillos, y otros más rápidos y difíciles. Después, la instó a sentarse en un banco mientras le movía los brazos a su antojo para realizar una serie de variantes de aperturas con mancuernas y flexiones abdominales.

A cambio, ella consiguió que dejara las pesas y realizara ejercicios que fusionaban el Pilates y el yoga, con una buena dosis de meditación. Su objetivo era liberar la tensión que acumulaba en esos enormes músculos.

Aunque la larga y dura sesión de entrenamiento casi acabó con ella, Hallie había disfrutado. Rieron y hablaron durante todo el tiempo. Jamie le contó historias de su familia, muchas de las cuales tenían como protagonista a su hermano Todd, que Jamie parecía creer que era el mejor tío sobre la faz de la Tierra.

—Lleva a cabo misiones como infiltrado para la policía y a veces pasamos meses sin saber de él. —Su voz parecía indicar que mientras estaban separados, se echaban de menos con desesperación.

Esas historias acerca de su familia eran tan graciosas que Hallie quiso corresponderle en la misma medida, así que le habló de su estancia con sus abuelos. Le describió el enorme jardín que tenían y cómo a sus compañeras de colegio les encantaba quedarse a dormir en casa y coger bayas.

—Mi abuelo sacaba la tele al jardín y veíamos las películas fuera. Ahora parece muy poca cosa, pero para un grupo de crías de nueve años era la leche.

—Pero ¿tus abuelos se mudaron más adelante?

—Sí —contestó Hallie, y la voz le cambió—. Cuando mi padre se presentó con su nueva esposa y su adorable niña rubia, mis abuelos huyeron a Florida.

—¿Tu único pariente vivo es Shelly?

—Sí —respondió Hallie, y se dio cuenta de que estaba apretando los dientes.

Jamie vio en su mirada lo que suponía que eran años de rabia reprimida. Podía ofrecerle su comprensión, pero sabía de primera mano que eso era lo que menos necesitaba una persona.

—¿Quieres unos pocos? Parientes, digo. Creo que tengo como unos cuantos millones. El año pasado apareció una rama nueva de repente. Jared Montgomery Kingsley se presentó en nuestra casa y nos enteramos de que estamos emparentados con la mitad de los habitantes de Nantucket. Así que dime qué clase de parientes quieres. Puedes catalogarlos por edad, sexo, personalidad, profesión y ubicación. Dame una lista y te encuentro lo que estés buscando.

Cuando terminó con el discurso, Hallie reía a carcajadas.

—Me quedo con un hombre guapo, alto y moreno.

—Aquí me tienes.

Hallie se echó a reír con más ganas.

—¡Menudo ego el tuyo! Anda, túmbate en el suelo y empieza a respirar.

—¿Ahora es cuando vas a usar las dos manos para buscarme el ombligo? Porque, para que lo sepas, anoche se desplazó unos veinte centímetros más abajo.

—¡Túmbate en el suelo! —Hallie meneaba la cabeza sin dejar de reírse.

Cuando por fin dejaron de entrenar y regresaron a la casa, se llevaron una grata sorpresa al ver que la mesa de la cocina estaba a rebosar de comida.

—Parece que Edith se ha pasado por aquí —dijo Jamie.

—Y está intentando congraciarse con nosotros.

Jamie cogió un *strudel* crujiente con forma de triángulo, lo partió por la mitad y le dio el trozo más grande a Hallie.

—A ver: una mujer furiosa que cierra de un portazo por un lado y Edith, que nos trae comida. Difícil decisión, ¿eh?

—Edith me ha conquistado. Está buenísimo. ¿Albaricoque?

—Eso creo. ¿Cuál es tu baya preferida? —Jamie cogió una galleta cuadrada decorada con un conejito.

—Los arándanos rojos. Crecen en pequeños arbustos. Cuando era pequeña, mi abuela hacía una mermelada para chuparse los dedos con los arándanos. ¿Hay té caliente?

Jamie tocó la tetera.

—Está que arde.

En un abrir y cerrar de ojos, estaban sentados a la mesa, sirviéndose de los platos. Antes de terminar, sonó el teléfono de Jamie. Miró la pantalla.

—Un primo. Menuda sorpresa. —Tocó la pantalla para contestar—. Jared, me alegro de oírte. Acabo de salir del sótano, donde tengo encadenada a Hallie a la pared. Está...

—¡Dame eso! —protestó Hallie al tiempo que le quitaba el teléfono—. Hola, Jared. Todo va bien. ¿Y por ahí?

—Bien —contestó él—. Alix y yo estamos en Tejas ahora mismo, pero quería que supieras que no me he olvidado de ti. Voy a buscar un buen abogado para que te represente en la demanda contra tu hermanastra.

—No creo que sea necesario —repuso ella—. Estoy segura de que has dejado tan clara tu postura que Shelly no volverá a intentar algo así.

—Hallie —dijo Jared con paciencia—, hemos dejado a tu hermanastra sola en una casa de tu propiedad. A saber si a estas alturas la ha puesto a la venta.

—No creo que hiciera algo así. Es...

Jamie recuperó el teléfono y puso el altavoz.

—Yo estoy contigo —le dijo a Jared—. ¿Tienes ya abogado? Porque si no es así, estoy emparentado con unos cuantos.

—Por eso llamaba. Alix me preguntó si Hallie conocía a algún abogado que estuviera al tanto de la situación familiar. Así se ahorraría unas cuantas explicaciones.

Jamie la miró con expresión interrogante.

—El hijo de mi vecina, Braden Westbrook, es abogado —dijo Hallie—. Pero trabaja para Hadley-Braithwaite en Boston. Es un bufete de abogados muy importante y estoy segura de que este caso será demasiado pequeño para ellos.

—¿Tu amigo conoce a Shelly? —preguntó Jared.

—Sí, claro. La conoce desde que era pequeña.

—Perfecto. Voy a llamarlo.

—¿Quieres sus números de teléfono y sus direcciones? —preguntó Hallie—. Me los sé de memoria.

—Espera que busco algo con lo que apuntar —replicó Jared—. Ya. Dispara.

Hallie le dio el número del móvil y del despacho de Braden, así como la dirección del bufete de abogados y de su apartamento en Boston. Después, le dio el número de móvil y la dirección de su madre, que vivía enfrente de su casa.

—Genial —repuso Jared—. Gracias. Os volveré a llamar en cuanto me entere de algo.

—Pregunta por la sala del té —apostilló Jamie.

—Esto... ¿Jared? —dijo Hallie—. Es que... ha pasado algo. No sé cómo decirlo exactamente, pero... En fin, la verdad es que no ha pasado nada en realidad, pero...

Jamie cogió el teléfono.

—¿Sabías que esta casa está habitada por los fantasmas de dos damas que sirven té?

—Ay, Dios —exclamó Jared—. Me había olvidado de ellas. —Suspiró—. Nantucket tiene... —Dejó la frase en el aire—. ¿Estáis muy asustados?

—En absoluto —le aseguró Jamie. Bueno, Hallie está un pelín asustada, pero me ha convencido de que me mude a la planta alta para estar cerca de ella y ya se le ha pasado.

—¿En serio? —preguntó Jared de tal forma que quedó muy claro que eso de mudarse a la planta alta no tenía nada que ver con los fantasmas.

Jamie miró a Hallie, que se estaba poniendo colorada.

—La verdad es que el asunto nos tiene intrigados y nos gustaría averiguar más cosas sobre las damas, pero el salón está cerrado. Hemos pensado que podríamos llamar a un cerrajero y...

—No —lo interrumpió Jared—, conozco a alguien que puede abrir la puerta. Lo llamaré. Seguramente también pueda contestar cualquier pregunta que os hagáis. Se llama Caleb Huntley y es el director de la Asociación Histórica de Nantucket. ¿Vais a quedaros en casa hoy?

Jamie miró a Hallie y ella asintió con la cabeza.

—Estaremos aquí.

Cuando colgó el teléfono, Jamie cogió otra de las galletas cuadradas, en esa ocasión decorada con una rosa.

—Será interesante averiguar la historia de las Damas del Té, ¿no crees? —preguntó Hallie.

Jamie miraba la comida, presentada en el expositor con sus múltiples bandejas.

—¿Cuál es el número de tu hermanastra?

—Te lo miro en el teléfono y ahora te lo doy.

—¿No te lo sabes de memoria?

—Pues no.

—Así que no eres una de esas personas capaces de recordar los números de teléfono y las direcciones de todo el mundo, ¿no?

—Claro que no. ¿Por qué dices eso? Ah. Braden. Es que lo conozco desde hace mucho tiempo, y su madre y yo mantenemos una relación muy estrecha. Me ayudó mucho después de la mudanza de mis abuelos, cuando me quedé sola con Ruby y Shelly. Y él...

—¿Cuántos años tiene este tal Braden?

Cuando Hallie se dio cuenta del rumbo de la conversación, fue incapaz de contener una sonrisilla.

—Treinta y dos. ¿Celoso? —Le estaba tomando el pelo, tal como él hizo esa mañana con ella, pero en ese momento no había ni la más leve sonrisa en su cara.

—¿De un abogado viejo? En absoluto. —Se levantó de la mesa—. Tengo que contestar unos cuantos mensajes de correo electrónico. —Salió de la estancia.

A pesar de su negativa, la actitud de Jamie le arrancó una sonrisa.

Jared llamó a Caleb Huntley, el padrastro de su mujer... aunque antes de que lo fuera, entre ellos existía una relación personal bastante larga. No se anduvo con rodeos.

—Tienes que ir hoy a la casa Hartley-Bell y hablarles a Jamie y a Hallie de los fantasmas. Y hacerlo con tiento. No entienden cómo funcionan las cosas en Nantucket.

—Ah —dijo Caleb en voz baja—. Esas damas tan guapas. Me gustaría volver a verlas.

—Olvídate de eso. No quiero que empieces a hablar de fantasmas y que les des un susto de muerte a un par de forasteros. Preséntate como el señor Huntley, director de la Asociación Histórica de Nantucket, y explícales los hechos.

Caleb soltó una carcajada.

—¿Quieres que les cuente que todos los hombres de la isla menores de setenta años trepaban por la pared para llegar hasta esas dos mujeres? Aunque ahora que lo pienso, el viejo Arnie tenía setenta y dos, así que mejor les digo que todos los hombres menores de ochenta años.

—No puedo ponerme a recordar los viejos tiempos ahora mismo. Hazme el favor de ir a la casa y contarles una historia bonita y tranquilizadora que evite que se monten en el próximo ferry que salga de la isla. Sobre todo, quiero que Hallie se tranquilice. No puede irse hasta que hayamos resuelto el lío con su hermanastra.

—Me encargaré de todo —le aseguró Caleb—. Tú ocúpate de tus edificios y déjame a mí los fantasmas.

En cuanto Caleb colgó, llamó a su asistente por el intercomunicador. Al verla entrar, le dijo:

—Si te dibujo un mapa del ático de Kingsley House, ¿podrías ir y buscarme una cosa?

Como le sucedería a cualquier historiador, a su ayudante se le iluminaron los ojos por la idea. Kingsley House llevaba en manos de la misma familia desde que la construyeron a principios del siglo XIX. Se rumoreaba que el ático estaba lleno de tesoros que deberían exponerse en un museo: diarios, ropa, objetos históricos y cosas que eran el sueño de cualquier historiador.

—Sí —consiguió decir ella.

Caleb le dibujó un plano de la distribución del ático. En la tercera columna desde la puerta, al fondo del todo, debajo de cuatro cajas llenas de objetos procedentes de China y en el interior de un viejo baúl, en el fondo a la izquierda, había una cajita de cinabrio con una llave dentro. Él quería esa llave.

6

Cuando Caleb llegó a la casa de los Hartley-Bell sabía que debería llamar a la puerta principal, pero no lo hizo. En cambio, rodeó la casa en dirección a la puerta trasera. No se trataba de la enorme puerta adyacente al hostal, sino de otra más pequeña oculta detrás de unos arbustos y del antiguo gallinero. Tuvo que emplear la fuerza para abrirla, pero durante el último año Caleb había pasado mucho tiempo en el gimnasio. Al principio, protestó por lo que le parecía una forma artificial de ejercitarse. Creía que los hombres debían ganar músculos trepando por las jarcias y levando anclas. Jared se había burlado de esa idea y había contratado a un entrenador personal para que lo ayudara. Caleb detestaba admitirlo, pero había funcionado.

Lo primero que vio fue que habían transformado el gallinero en un gimnasio. El patio donde las gallinas picoteaban y disfrutaban de sus baños de arena tenía un precioso cenador cubierto por una parra con dos sillones bajo él.

Se sentó en uno de ellos y echó un vistazo por el extenso jardín. ¡Estaba horrible! En otra época fue un lugar exuberante hasta el punto de parecer el Jardín del Edén. En ese momento, estaba casi yermo, y aunque los parterres seguían delimitados, estaban vacíos.

La enorme pérgola había desaparecido. Las chicas servían el té bajo ella, y recordó cómo los pétalos rosas y blancos caían so-

92

bre el mantel. Siempre había pensado que los pétalos hacían juego con la piel perfecta de esas hermosas muchachas.

Mientras rememoraba aquellos placenteros días estivales, la comida, las risas y, sobre todo, la perfección de ambas muchachas, se le llenaron los ojos de lágrimas. Habían pasado muchos años, pero ese día todo le parecía reciente.

Escuchó que se cerraba una puerta y después oyó la risa de una mujer, y supo que debería irse. Si salía por la puerta trasera y rodeaba la casa hasta la puerta principal, nadie descubriría que había estado allí.

Hizo ademán de levantarse cuando los vio y se sentó de nuevo. Las personas le generaban una enorme curiosidad. Se trataba de una pareja joven. Hallie se parecía a Leland. ¿Cuántas generaciones la separaban de su antepasado?, se preguntó. Pero sin importar el tiempo transcurrido, el parecido era evidente.

Caleb cerró los ojos un momento para recordar. Todos envidiaban mucho a Leland Hartley. Todos los hombres de Nantucket habían intentado que las muchachas se enamoraran de ellos. Habían vuelto de sus viajes a tierras exóticas con regalos: poemas escritos en tablillas de marfil, ballenas para los corsés o botones. ¡Los riesgos que habían corrido para conseguir recetas que llevarles a las muchachas! En Nantucket se convirtió en una muletilla: «¿Qué les has traído a la hermanas Bell?» Su padre las obligaba a devolver sedas y joyas, pero les permitía quedarse con las plantas que los hombres cuidaban durante las largas travesías por mar, con preciosas vajillas de porcelana, y con lo que más les gustaba: con la recetas de tierras lejanas.

Cuando los jóvenes regresaban a casa de sus largos viajes, rondaban la casa de forma incesante. El padre de las muchachas solía espantarlos con un remo, amenazándolos. Pero eso no desalentaba a ninguno. Regresaban antes de que amaneciera con un nuevo regalo, con una nueva esperanza.

Pero ninguno de ellos recibió jamás la mirada del amor. Las chicas reaccionaban de la misma manera con todos los hombres que las visitaban. Eran simpáticas, amables, generosas. Pero no había chispa.

Hasta que apareció Leland Hartley. Llegó desde Boston. Era un joven que buscaba alejarse de su encopetada familia y de sus interminables estudios. Uno de los chicos de los Starbuck lo invitó a tomar el té en casa de los Bell para que conociera a las hermanas. Ambas eran jóvenes y estaban en la flor de su belleza.

Caleb no estuvo presente aquel día, pero se enteró de lo sucedido. De la misma manera que se enteró el resto de la isla. Hyacinth abrió la puerta, sonriendo como siempre, y se presentó.

Después, llegó Juliana. Leland y ella se miraron y... Bueno, eso fue todo. Se casaron seis meses después. Y una semana más tarde...

Caleb no quería recordar el final de la historia, el momento en el que le informaron de sus muertes. Ningún isleño se imaginaba Nantucket sin las Bell y durante días la pena hizo que la isla se sumiera en el silencio.

Después, el padre de las chicas vivió solo, deseando reunirse con sus queridas hijas en el Cielo. Las malas hierbas crecieron a sus anchas en el jardín y la casa siempre estaba a oscuras. En cuanto a Leland, a Caleb le dijeron que el profundo dolor que lo embargaba lo convirtió en un suicida, de modo que lo pusieron bajo vigilancia para evitar que se hiciera daño.

Mientras Caleb observaba a la joven pareja, vio a Leland en la chica y no pudo evitar asombrarse al pensar en cómo ciertas características se heredaban de unos a otros con el paso de los siglos. La chica movía las manos igual que lo hacía Leland. Ladeaba la cabeza como él. Hasta su risa se parecía.

Caminaba al lado de un chico grande y musculoso que usaba muletas. Sus cabezas estaban muy juntas. Escuchaba sus risas. «Como Leland y Juliana», pensó. Solo tenían ojos para el otro.

«Ay, mi pobre, pobre Juliana», pensó. Lo que debía de dolerle ver a esa chica tan parecida al hombre que amaba. ¿O tal vez le beneficiara ver que seguía vivo en ella?

La pareja se estaba acercando y aunque estaban absortos el uno en el otro, pronto lo verían, y eso sería un poco bochornoso. Hizo ademán de levantarse, pero en ese momento la estúpida dueña del hostal de al lado abrió la enorme puerta roja y se acercó a la pareja hecha una furia. La puerta se cerró dando un portazo tras ella, tan fuerte como si fuera un cañonazo.

El chico, Jamie, estaba detrás de la chica, de modo que ella no vio su reacción, pero Caleb sí lo hizo. Jamie hincó una rodilla en el suelo, extendió los brazos para agarrar a la chica y después pareció recordar dónde estaba y bajó los brazos. Caleb había visto en multitud de ocasiones una reacción similar y sabía lo que la ocasionaba.

Mientras el chico se apoyaba en sus muletas para ponerse de pie, vio a Caleb sentado en el sillón. Al instante, su rostro adoptó una expresión agresiva.

—¡Jamie! —gritó Hallie, que estaba con la mujer enfadada—. ¿Has visto hoy a Edith?

En vez de volverse hacia ella, Jamie le contestó sin apartar la mirada de Caleb.

—No, no la he visto —dijo mientras caminaba hacia él. Tenía una expresión furiosa e incluso amenazadora—. ¿Puedo preguntarle quién es y por qué ha entrado sin permiso en esta propiedad?

—Soy Caleb Huntley —contestó él—, y no debería haber entrado sin anunciarme. Siento mucho la falta de modales.

Jamie se tranquilizó, relajó la expresión y se sentó en el otro sillón.

—Siento haber... —Agitó una mano en el aire sin saber cómo explicar su reacción y después señaló con la cabeza a la mujer que estaba frente a la puerta roja—. Supongo que sabe quiénes somos, pero esa es Betty. Su suegra, Edith, se pasa el día escapándose.

—¿Te resulta extraño? —replicó Caleb. Hasta ellos llegaba la furiosa voz de Betty.

—En absoluto. Creo que aunque Edith estuviera aquí, no la delataríamos. Nos trae comida del hostal a hurtadillas, así que organizamos unos tés estupendos o unos desayunos impresionantes después de ejercitarnos.

—¿Ah, sí? —le preguntó Caleb con una sonrisa y un brillo alegre en los ojos, como si estuviera tramando alguna travesura—. ¿Sigue preparando las galletitas que llevan anís en grano?

—Sí. También nos ha traído galletas con trocitos de fruta. Y magdalenas de naranja y melocotón.

—Típicas de los sesenta —señaló Caleb, que asintió con la cabeza—. Las recuerdo muy bien. Esa receta era de una mujer que intentaba encontrar a un hombre a quien había conocido años antes.

—¿Se refiere a alguien que se alojó en el hostal? —le preguntó Jamie.

Caleb trataba de encontrar una respuesta adecuada a la pregunta cuando vio que Hallie se acercaba a ellos. Se puso en pie, se presentó y le ofreció el sillón.

—No puedo aceptar su sillón —rehusó, dirigiéndose a ese hombre mayor tan atractivo.

—Traeré un taburete —se ofreció Jamie, que entró en el gimnasio.

Hallie se sentó en el sillón que Jamie había dejado libre.

—Siento mucho no haberlo saludado cuando llegó, pero Betty apareció de repente y... —Se encogió de hombros.

—Me temo que entré por la puerta situada detrás del gimnasio. Me he colado en la propiedad sin permiso y te pido perdón. Hacía años que no venía y quería ver el lugar.

Hallie echó un vistazo hacia la puerta del gimnasio. A Jamie iba a resultarle difícil coger el taburete teniendo en cuenta que debía moverse con las muletas. Hizo ademán de levantarse, pero Caleb se lo impidió tocándole el brazo.

—Deja que el chico te impresione —dijo—. Ayúdalo cuando no haya otro hombre cerca.

—Buen consejo. —Hallie miró de nuevo hacia el jardín.

—¿Has tenido muchas visitas? —preguntó Caleb.

—Ninguna, salvo a la furiosa Betty. Edith ha venido, pero nunca he mantenido una conversación con ella.

—Pero me han dicho que has probado su comida —señaló Caleb con una sonrisa—. Llena el estómago, ¿verdad?

«Qué pregunta más rara», pensó Hallie, si bien no lo dijo en voz alta.

—Háblame sobre tu paciente. Jared me ha dicho que estáis haciendo rehabilitación para la lesión de su rodilla.

—Sí. —Hallie miró hacia el gimnasio, a Jamie. Tenía el móvil en la oreja y cuando sus miradas se encontraron, articuló con los labios: «Todd.»

—¿Algún problema? —quiso saber Caleb.

—No —respondió Hallie—. Jamie es una compañía agradable y siempre está dispuesto a echarse unas risas. Me lo paso muy bien con él.

—¿Pero...? —replicó Caleb. Al ver que Hallie no hablaba, añadió, bajando la voz—: Si hay algo que te preocupa, puedes contármelo. Tengo un sinfín de nietos, así que a lo mejor puedo ayudarte.

—No es nada —le aseguró Hallie, pero la idea de que fuera un abuelo abrió muchas puertas. Sus abuelos fueron sus mejores amigos mientras crecía—. Se niega a quitarse la ropa.

—¡Ah! —exclamó Caleb.

—No, no me malinterprete. Para los masajes. Nunca he visto un cuerpo tan tenso como el suyo y podría ayudarlo, pero no me deja. —Suspiró—. Es una de sus peculiaridades, nada más.

—¿Tiene muchos comportamientos raros?

Hallie se echó a reír.

—Un montón. No soy capaz de animarlo a salir de la casa.

Ni siquiera quiere caminar por la calle conmigo. Y su estancia en este lugar está rodeada de misterio. Si su familia puede permitirse un avión privado, ¿por qué no lo han enviado a alguna clínica privada en Suiza o en algún otro sitio? ¿Por qué aquí, conmigo, una persona a la que ni siquiera conocen?

—Sea cual sea el motivo y después de haberos visto juntos, creo que han tomado la decisión acertada.

Hallie agitó la mano.

—No es lo que parece. Nos reímos y bromeamos y... —Dejó la frase en el aire e hizo una mueca—. El caso es que está enamorado de una chica llamada Valery. Dice que es el amor de su vida.

Caleb miró hacia el gimnasio. Jamie seguía hablando por teléfono.

—Por su aspecto, yo diría que estás haciendo un trabajo fantástico.

—Eso espero. La verdad es que no me parece que sea un trabajo. Jamie dice que su familia llegará dentro de unos días. ¿Los conoce?

—No, a muchos de ellos no. —Caleb se inclinó hacia ella—. Cuando el chico deje de hablar por teléfono, ¿te importaría dejarnos a solas un rato? Veré si puedo averiguar algo. En Petticoat Row Bakery venden unos dulces maravillosos. Me encantaría tomar el té en el jardín.

—Lo haré —dijo ella—. Y gracias. —Después de que Jamie guardara el móvil, Hallie se acercó a la puerta del gimnasio y le dijo que iba al pueblo y que el señor Huntley se quedaría para tomar el té.

—A lo mejor Edith nos trae algo —replicó Jamie.

—No, creo que hoy vamos a hacer algo distinto. Volveré dentro de una hora. —Titubeó durante un segundo, como si Jamie le estuviera diciendo con los ojos que no se fuera. Que el Señor se apiadara de ella, porque estuvo a punto de darle un beso para reconfortarlo. Como hacía por las noches. «Tengo que alejarme de él», pensó. Tras despedirse de ambos con la mano, se marchó.

Jamie tomó asiento en el sillón situado junto al del señor Huntley y guardaron silencio durante unos minutos, mientras observaban el yermo jardín.

—Ella no tiene ni idea de lo que has pasado, ¿verdad? —preguntó Caleb en voz baja.

Jamie pareció tomarse unos segundos para decidir si le contaba o no la verdad.

—No, no tiene la menor idea.

Caleb asintió con la cabeza.

—Me ha dicho que no quieres quitarte la ropa.

—Este cuerpo maltrecho tiene muchas marcas y muchas cicatrices —replicó Jamie—. La gente las ve y empieza a compadecerse de mí. Empiezan a preguntarme si me encuentro bien. He descubierto que solo quieren escuchar que estoy bien.

Caleb entendía a lo que se refería.

—¿Quién es Valery?

Jamie tomó una honda bocanada de aire.

—Una compañera del ejército. Una soldado. Todos estábamos medio enamorados de ella y envidiábamos a su marido, que se quedó en casa. Siempre nos animaba, nos hacía reír y evitaba que el miedo nos paralizara. —Hizo una pausa—. Los dos íbamos en el Humvee que voló por los aires. Yo fui el único que salió de allí con los dos brazos y las dos piernas.

—¿Y Valery?

Jamie tuvo que tragar saliva para contener las lágrimas que amenazaban con desbordarse.

—No lo logró.

—Ese tipo de cosas generan un sentimiento de culpa en cualquier hombre, ¿verdad?

—Ni se lo imagina.

—En realidad, creo que puedo imaginármelo —le aseguró Caleb en voz baja, tras lo cual cambió el tono—. ¿Cuándo vas a contarle todo esto a la joven Hyacinth?

—¡Nunca! —exclamó Jamie con ferocidad—. Desde que regresé, ella es la primera persona que no me ha mirado con lástima. Toda mi familia me trata como si pudiera romperme en mil pedazos. Los niños no deben hacer ruido, no pueden tirar cosas al suelo, no pueden gritar porque el tío Jamie está... tocado. —Cerró los ojos y trató de controlar su temperamento—. Pero lo que de verdad me duele es que necesito todo eso.

—¿Cómo acabaste aquí en Nantucket con Hallie?

Jamie se tomó unos minutos para contestar.

—Cuando nos enteramos de que una fisioterapeuta iba a heredar esta casa, nos pareció la solución perfecta. Era la oportunidad de alejarme de mi familia. De tener un poco de paz. Me gustó la idea desde el principio. Incluso intercambié algunos mensajes de correo electrónico con una chica que pensé que era Hallie. Pero la víspera del traslado, me eché atrás. No quería cargar a una chica inocente con mis miedos y mis pesadillas. Ya ha visto que no soy capaz de escuchar un portazo sin adoptar una posición defensiva. ¿Quién se merece algo así? ¿Quién...? —Las manos de Jamie aferraban con fuerza los brazos del sillón y sus nudillos estaban blancos—. Mi hermano me drogó. Mis padres no lo sabían. Aquella noche me acosté en casa y me desperté aquí, y conocí a Hallie. —Al mencionar su nombre, comenzó a relajarse—. Ha sido estupenda conmigo. No se compadece de mí. Solo piensa que soy un poco raro. —Esbozó una sonrisilla—. Pero no le importa. He llegado a la conclusión de que está acostumbrada a lidiar con personas que no son precisamente normales.

—Y no quieres arriesgarte a perder eso —repuso Caleb. Él conocía muy bien lo que era el temor de perder a alguien. Mucho tiempo atrás, él había estado asustado por la posibilidad de perder a la mujer que amaba si no se convertía en un hombre muy rico. Su castigo por semejante vanidad llegó directo del Cielo—. Deberías decírselo —le aconsejó—. Quedarte en ropa interior y mostrarle la verdad.

—¿Y ver cómo sus ojos me miran de otra manera? —replicó Jamie—. Ya lo he visto muchas veces. No, gracias. Me gusta cuando me ordena que haga ejercicio. Hasta me gusta que me haya tomado por un *playboy* rico. Mejor eso que su lástima.

Caleb meneó la cabeza.

—Creo que no sabes que a las mujeres no les hace ni pizca de gracia descubrir que un hombre les ha mentido. —Miró a Jamie y se percató de que no parecía preocupado en absoluto—. Veo que jamás te has enfrentado a una mujer furiosa por las mentiras de un hombre.

Los ojos de Jamie tenían un brillo risueño.

—No lo sé con seguridad, pero creo que Hallie podría perdonarme.

Caleb se echó a reír.

—¡Ah, la vanidad de la juventud! Escuchándote, me alegro de ser mayor. —Se puso en pie—. Vamos, te enseñaré cómo era antes el jardín. Puedes usar la información para impresionar a tu preciosa amiga.

—Es preciosa, ¿a que sí? Me gusta su figura. Es...

Caleb puso los ojos en blanco y después señaló el lugar donde antes crecían los arándanos.

Cuando Hallie regresó, llevaba una bolsa llena de muffins y galletas, y unos zapatos planos nuevos de color azul marino.

—Lo siento —se disculpó—. Hay una tienda de ropa al lado del obrador y he tenido que hacer una compra de urgencia.

Jamie, apoyado en sus muletas, se encontraba junto a la puerta trasera. Caleb, que estaba a su lado, se preguntó cuál sería su reacción. ¿Intentaría demostrar su masculinidad diciendo que no debería haberlos hecho esperar?

—Sabia decisión —replicó Jamie con solemnidad—. ¿Crees que los tendrán de mi número?

—En caso de que los tengan, deben de estar atracados en el

muelle. —Miró a Caleb—. ¿Dónde cree usted que ponían la mesa las Damas del Té?

—Allí —contestó, señalando hacia el lugar—. Había una pérgola cuajada de rosas.

En el lugar donde se emplazaba la estructura solo quedaban unas cuantas losas en el suelo. Hallie señaló la sombra que ofrecía la pared.

—¿Y si sacamos una mesa y unas sillas y nos tomamos el té allí?

—Me encantaría —contestó Caleb.

—Vamos —le dijo Hallie a Jamie—, ayúdame a organizar todo esto y a lo mejor dejo que te pruebes mis zapatos nuevos.

—¿Antes o después de que te los quites? —le preguntó él mientras la seguía hacia el interior de la casa. Al llegar a la puerta, se detuvo para mirar a Caleb—. ¿Ve? Ni rastro de lástima.

No tardaron mucho en sacar tres sillas, una mesita y una bandeja llena con todo lo necesario para tomar el té.

—Quiero escuchar todo lo que sepa sobre la historia de las Damas del Té —dijo Hallie mientras servía—. Aunque me temo que si acabaron siendo fantasmas, no tendrá un final feliz.

—Normalmente, todas las historias tienen una parte buena —señaló Caleb, que empezó a hablarles de las dos hermanas, que apenas se llevaban un año de diferencia. Eran niñas muy guapas, pero cuando llegaron a los dieciséis años se habían convertido en auténticas bellezas—. Los hombres de Nantucket viajaban por todo el mundo, pero todos estaban de acuerdo en afirmar que jamás habían conocido a una mujer que pudiera compararse con Hyacinth y Juliana Bell.

Su madre murió cuando las niñas eran pequeñas. Su padre, el dueño de una tienda que vendía té y café, dedicó su vida a atender a sus hijas y a protegerlas.

Caleb era un gran narrador, de modo que los hizo reír mientras describía cómo los hombres de Nantucket intentaban cortejar a las dos guapísimas mujeres empleando desde regalos hasta visitas clandestinas.

—¿Veis este muro tan alto? El viejo Bell lo levantó para tratar de mantenerlos a todos fuera. Pero no nos detuvo. A ellos, quiero decir, no los detuvo. Hombres y jóvenes saltaban el muro noche y día, y caían al suelo. El doctor Watson afirmaba que sus consultas se reducían estrictamente a atender a los que él llamaba «los tontos de las Bell». Tobillos, brazos y clavículas rotas, o torceduras en el cuello. La mitad de los hombres de la isla necesitaba muletas.

Jamie y Hallie reían a carcajadas.

—Lo que todos adorábamos de ellas... —Caleb enmendó de nuevo su error—. Quiero decir, lo que todos adoraban de ellas era que su belleza nunca se les subió a la cabeza. Eran la bondad personificada. Eran... —Se vio obligado a guardar silencio para recobrar la compostura. Hallie tenía razón. Esa historia no tenía un final feliz. Miró de nuevo las interesadas caras de los jóvenes, que esperaban escuchar más—. Eran las casamenteras del pueblo.

—¿Se refiere a que se dedicaban a unir parejas? —preguntó Hallie.

—Sí, y se les daba de maravilla. Fueron ellas las que consiguieron que el capitán Caleb Kingsley y la preciosa Valentina Montgomery dejaran de discutir y admitieran que estaban locos el uno por el otro. —Miró a Jamie—. Si no lo hubieran hecho, tu antepasado Kingsley no habría nacido y ahora no estarías sentado aquí con esta preciosa chica.

—Las adoro —replicó Jamie con tal seriedad que hizo que Caleb se echara a reír y que Hallie se pusiera colorada.

Caleb siguió.

—Las chicas invitaban a gente, joven y mayor, a tomar el té casi todas las tardes, y lo que servían era una delicia sin parangón. Se decía que con unos cuantos percebes y un poco de agua sucia eran capaces de hacer ambrosía. Entre su belleza, la comida y sus habilidades como casamenteras, entenderéis por qué todos los hombres de Nantucket volvían con regalos para ellas. —Les habló de la prohibición del señor Bell de quedarse con regalos personales costosos, de modo que los marineros les ofrecían regalos que podían usar a la hora del té—. Les encantaban especialmente las recetas procedentes de todos los lugares del mundo.

—¡Nuestros tés son así también! —exclamó Hallie—. El hostal parece haber continuado con la tradición, porque Edith nos trae comida típica de otros países.

—¿Ah, sí? —replicó Caleb con una sonrisa, tras lo cual prosiguió—: A lo largo de los años, las hermanas Bell llegaron a conocer muy bien a sus invitados y se percataron de aquellos que tenían cosas en común. Así que idearon formas de lograr que la posible pareja se encontrara en la iglesia, en las reuniones de sociedad o allí donde pudieran. Además, tenían un don para evitar emparejamientos mal avenidos y juntar a personas que de verdad se gustaban. —Caleb rio entre dientes—. A veces, se encontraban con una enorme resistencia, como aquella ocasión en la que unieron a la hija de un tabernero con uno de los hijos de los Coffin, una familia adinerada. Tardaron un tiempo, pero al final lograron que la familia del chico la aceptara.

—¿No eran demasiado jóvenes para dedicarse a algo así? —preguntó Hallie.

—Eran almas antiguas —respondió Caleb en voz baja—. A veces, cuando las personas intuyen que no van a estar mucho tiempo en este mundo, parecen más sabias de lo que les correspondería por su edad. Creo que en este caso esas preciosas chicas querían dejar tras ellas lo que sabían por instinto que jamás disfrutarían. Le dieron a la gente amor y familias.

—Creo que no quiero escuchar el final de la historia —dijo Hallie.

Jamie extendió el brazo sobre la mesita, le cubrió la mano con la suya y le dio un apretón.

—¿No lo cambió todo el antepasado de Hallie?

—Sí, lo hizo —contestó Caleb, que comenzó a describir el flechazo instantáneo que se produjo entre Juliana y Leland—. Una vez que esos dos se vieron, el resto del mundo dejó de existir.

Caleb se percató de la mirada fugaz que intercambiaron Jamie y Hallie, como si supieran a lo que se refería. No le resultó fácil contener la sonrisa. Durante su larga vida, había visto a muchas personas enamorarse a primera vista.

—Juliana y Leland se casaron, ¿verdad? —preguntó Hallie.

—Sí, seis semanas después de conocerse, contrajeron matrimonio.

—¿Fue una boda bonita? —Hallie no quería parecer demasiado ñoña delante de los hombres.

—Fue gloriosa, en todos los aspectos. Tengo entendido que Juliana llevó un vestido del color del cielo antes de la tormenta, y que su hermana llevó uno del color del alba en alta mar.

—¡Oh! —exclamó Hallie, soltando el aire—. No estoy segura de cómo son esos colores, pero me gusta cómo suenan. ¿Hubo muchas flores?

—Los isleños dejaron sin flores la mitad de los jardines de Nantucket. Pero claro, había pocas familias que no estuvieran en deuda con las chicas, y eso incluía la existencia de muchos niños que no habrían nacido de no ser por ellas. Alguien las apodó las Princesas de los Futuros Dichosos.

—¡Qué bonito! —exclamó Hallie—. Siempre he soñado con... —Se contuvo—. En todo caso, ¿no tuvieron tiempo los recién casados de disfrutar de una vida feliz antes de... ya sabe?

—No —respondió Caleb sin más—. Durante la fiesta posterior a la boda, el padre de las chicas perdió el conocimiento. Todos habían estado tan preocupados por los preparativos que no se habían percatado de que estaba enfermo. —Tomó una bocanada de aire—. Seguramente había pillado la fiebre de alguno de los barcos que acababan de regresar con cargamentos de té. Sus hijas insistieron en cuidarlo, de modo que Juliana pospuso su luna de miel... y su noche de bodas. —Miró a la pareja con una expresión desolada—. Las chicas acabaron contagiándose. El padre se recuperó, pero ellas no. —Se tomó unos minutos para tranquilizarse—. Toda la isla sintió sus muertes. En menos de una semana, pasaron de una alegre celebración a las lágrimas por su pérdida.

—¿Y qué le pasó a Leland, el novio? —quiso saber Hallie.

—Estaba inconsolable. Sus familiares llegaron desde Boston y se lo llevaron de vuelta a casa. Jamás regresó a la isla. Muchos años después, se casó de nuevo y tuvo un hijo, tu antepasado.

Los tres guardaron silencio un rato, escuchando los pájaros y el viento, sobrecogidos por la trágica historia.

Jamie le puso fin al momento de tristeza.

—En fin, si voy a estar en una casa con fantasmas, me alegra que por lo menos sean dos tías buenas.

Hallie y Caleb no pudieron contener las carcajadas.

Caleb se metió una mano en un bolsillo, sacó una llave antigua y la dejó sobre la mesa.

—Eso debería abrir la puerta lateral.

Jamie cogió la llave.

—¿Y las veremos dentro?

—Solo si aún no has conocido a tu Amor Verdadero.

—¿Cómo? —preguntó Hallie.

—¿Jared no os ha contado esa parte? —Caleb se vio obligado a fingir inocencia, ya que sabía muy bien que Jared jamás les habría contado esa historia tan antigua.

—No, no lo ha hecho —dijeron Hallie y Jamie al unísono.

—La leyenda asegura que a las Bell todavía les gusta emparejar a la gente y que los únicos que pueden verlas son aquellos que necesitan su ayuda. Si la puerta se abre, se les admitirá en una estancia preciosa donde las hermanas Bell los estarán esperando.

—¿Y si no se necesita su ayuda?

Caleb se encogió de hombros.

—En ese caso, se entra en una habitación que ha estado cerrada durante mucho tiempo. Henry mantuvo todas las puertas cerradas después de comprar la casa. No sé si alguna vez volvió a entrar en esa estancia tras la primera vez. A estas alturas, debe de estar llena de polvo. —La historia era mucho más complicada, pero Caleb no pensaba ahondar en ella, al menos no en ese instante.

Jamie resopló.

—¡Un momento! Si Edith puede verlas, ¿eso significa que está buscando a su Amor Verdadero? ¿No está un poco... en fin, no sé, talludita para esas cosas?

Caleb no sonrió.

—¿Estás insinuando que es demasiado mayor para encontrar el amor? —preguntó con voz alta y ronca.

—Solo trato de darle un toque más realista a este cuento de hadas —respondió Jamie, alzando también la voz.

Hallie lo miró furiosa.

—Como te pelees y te hagas daño en la rodilla, te juro que te quito la ropa antes de llamar a la ambulancia. —Se volvió hacia el señor Huntley—. Entonces ¿por qué no se abrió la puerta cuando intenté abrirla? Sé que Jamie tiene a alguien, pero yo no.

—¿A quién tengo yo? —se apresuró a preguntar Jamie, pero cuando Hallie lo miró con gesto elocuente, dijo—: Ah, sí.

—Tendrás que averiguarlo tú sola. —Caleb se miró el reloj—. Me temo que debo marcharme. Mi encantadora mujer me espera. —Se puso en pie—. Podríais venir alguna noche a cenar, si os parece bien. —El ceño fruncido de Jamie lo detuvo—. Claro que con el inminente jaleo de la boda, tal vez sea demasiado.

Jamie y Hallie acompañaron al señor Huntley hasta la puerta principal y lo siguieron con la mirada mientras enfilaba la calle. Cuando se perdió de vista, se miraron.

Hallie tenía la llave en la mano.

—Bueno, ¿y qué hacemos ahora?

—¿Ir a ver una habitación polvorienta que lleva cerrada a saber cuánto tiempo? —sugirió Jamie.

—Si la vemos polvorienta, eso significa que tanto tú como yo hemos conocido a nuestro Amor Verdadero.

—No —replicó él—. Eso significa que no han limpiado.

—Pero Edith...

—Es obvio que tiene una llave —la interrumpió Jamie—. La próxima vez que la vea, la agarraré del pescuezo y la obligaré a hablar.

—Si le haces eso, dejará de robarle la comida a Betty para traérnosla —señaló Hallie.

—Ahí le has dado. Bueno, ¿lista para abrir la puerta?

—A lo mejor deberíamos esperar hasta mañana por la mañana, porque hay más luz y así podremos... —Dejó la frase en el aire cuando vio que Jamie echaba a andar hacia el lateral de la casa. ¡Estaba ganando velocidad con las muletas! Cuando lo alcanzó, Jamie estaba frente a la puerta de doble hoja.

—¿Quieres abrirla tú o lo hago yo? —le preguntó él.

Hallie tenía la llave en la palma de la mano.

—¿Y si abrimos la puerta y descubrimos dos preciosos fantasmas esperándonos?

—Las saludamos. —Jamie le quitó la llave y la introdujo en la cerradura. Giró con facilidad—. ¿Preparada? —Al ver que ella asentía con la cabeza, giró el pomo.

Descubrieron una estancia llena de polvo y de telarañas, con algunas hojas secas en el suelo. Pero sin fantasmas.

—¿Lo ves? —dijo Jamie, y Hallie supo que se estaba riendo de ella.

—Supongo que esto significa que he conocido al amor de mi

vida. —Hallie empezó a explorar el lugar. Era una estancia grande y aunque todo estaba cubierto de una capa grisácea de polvo, saltaba a la vista que lo que había debajo era bonito. En un rincón vio un sofá pequeño y unas cuantas sillas. Junto a las sucias ventanas se habían dispuesto dos mesas. Frente a una de las paredes se emplazaba una enorme vitrina de madera maciza llena de piezas de porcelana. Cogió un plato y pasó la mano para quitarle el polvo—. Mira, es el mismo motivo de los platos en los que hemos estado comiendo.

—Si Edith tiene una llave, y basándonos en lo que hace en el hostal, seguramente haya cogido «prestados» algunos. —Jamie estaba junto a una puerta, situada en un rincón—. ¿Quieres saber qué hay detrás?

Hallie se acercó mientras él la abría. Tras ella descubrieron una despensa enorme, con estanterías que llegaban desde el techo hasta el suelo... cargadas de objetos. Aunque había una ventana, estaba tan sucia que la luz apenas podía pasar.

—¿Qué es todo esto? —preguntó Hallie.

Jamie pasó junto a ella para acercarse a una puerta situada en el otro extremo. Al abrirla, vio la cocina al otro lado.

—¡Qué raro! Esta puerta tiene pomo en este lado, pero no en el otro.

—¿No te parece raro que haya fantasmas y te extrañas de que una puerta tenga pomo solo en un lado?

—De momento, no he visto pruebas de que haya fantasmas.

Entró en la cocina y sacó una linterna de un cajón, tras lo cual regresó y la encendió a fin de que la luz iluminara las baldas de las estanterías. Lo que había ante ellos eran utensilios de cocina pertenecientes a distintos siglos. Una oxidada sandwichera de hierro descansaba al lado de unas varillas para batir típicas de los años cincuenta. Unos cuantos moldes de cobre ennegrecidos se apilaban unos sobre otros, cubiertos de telarañas. Dos baldas estaban cargadas de productos, desde extractos y jarabes hasta harina de repostería. Por todos lados había botellas, frascos y recipientes de mármol, estaño o cristal.

—Tengo la impresión de estar viendo un barco hundido —comentó Hallie mientras trataba de respirar hondo, pero habían levantado tanto polvo que empezó a toser.

—Vamos, salgamos de aquí. —Entraron en la cocina y cerraron la puerta tras ellos—. ¿Estás bien? —le preguntó.

—Claro, pero es un poco deprimente, ¿no crees? Sean o no fantasmas, Henry Bell cerró parte de esta casa y no puso un pie en esas estancias. ¡Con todas las cosas que hay dentro! ¿Crees que se las regalaron a esas pobres mujeres que murieron hace tanto tiempo? ¿Gente que vio limpia la habitación? —Levantó la cabeza—. ¿Las guardarían las Damas del Té con la esperanza de un futuro que nunca tuvieron?

—Vamos al exterior y te contaré lo que el señor Huntley me ha explicado sobre el jardín.

Hallie sabía que Jamie estaba tratando de distraerla de la trágica historia y eso la alegró. La verdad era que había sufrido tantas muertes en su vida que la simple mención del tema la devolvía al pasado. Cuando su padre y Ruby murieron en el accidente de coche, Shelly se quedó destrozada. En aquel entonces, era una adolescente, así que la mayor parte de las responsabilidades recayó sobre Hallie. Elegir la ropa que debían llevar para enterrarlos y los ataúdes... Hallie tuvo que encargarse de todo eso.

Una vez fuera, Jamie se detuvo y la miró. No hizo falta que le explicara lo que estaba pensando. Dejó que las muletas cayeran al suelo y la abrazó.

—Es normal entristecerse por los que nos han dejado —le dijo en voz baja—. Todos lo merecen, pero no dejes que te impida vivir el presente.

Hallie se aferró a él y presionó la mejilla sobre el lugar donde latía su corazón. Era estupendo sentir su consuelo. Se habría quedado así todo el día si él no la hubiera apartado.

—Venga —dijo Jamie—, vamos al gimnasio a sudar un poco. Hará que te sientas mejor.

Hallie gimió.

—¿Por qué me ha tenido que tocar un deportista? Yo soy más una lectora. ¿Por qué no hacemos una búsqueda en internet para ver si encontramos información sobre las Damas del Té? Podríamos...

—Yo me encargo de eso —la interrumpió él, tras lo cual cogió las muletas, se apoyó en ellas y empezó a teclear un mensaje de correo electrónico en su móvil. Lo hizo rápido y después le enseñó a Hallie el mensaje que iba a enviarle a su madre.

Se supone que en esta casa viven los fantasmas de dos mujeres guapísimas. Se dedican a encontrar el Amor Verdadero de la gente. ¿Puedes decirnos algo sobre ellas?

Con cariño de tu hijo,

JAMES

—Eso será más que suficiente —le aseguró Jamie—. Mi madre llamará a sus amistades y todos se pasarán la noche buscando información. En cuanto sepa algo, nos enviará todo lo que consigan encontrar sobre tus fantasmas.

Hallie sonrió.

—Una mujer con una gran curiosidad, ¿no?

—Es insaciable. ¿Podemos irnos ya al gimnasio? Me duele la rodilla.

El rostro de Hallie adoptó una expresión alarmada, pero se tranquilizó al instante.

—Si me dejaras trabajar con todo tu cuerpo, tendrías una postura mejor. No irías inclinado hacia un lado, lo que te provoca dolor, tal como te sucede ahora.

—¡No voy inclinado!

—Sí que lo haces. Te mueves así. —Y procedió a caminar de

111

forma exagerada, inclinando mucho el cuerpo hacia la izquierda—. Si me lo permitieras, podría corregir tu postura.

Jamie frunció el ceño.

—Hazlo otra vez. Me gusta la imagen posterior.

—¡Oye! —exclamó Hallie, aunque después se echó a reír—. Vamos, te daré un masaje en la pierna.

Jamie la siguió hasta el gimnasio sin dejar de sonreír.

7

—¿Vas a aceptar el caso? —le preguntó la señora Westbrook a su hijo, Braden.

Su tono de voz era impaciente, incluso irritado. Claro que su ambicioso y trabajador hijo parecía estar haciendo las pruebas para el papel de un vagabundo de una película ambientada en los años treinta. Estaba repantigado en el sofá, comiendo patatas fritas mientras veía la reposición completa de *Embrujada*. Llevaba días sin afeitarse. De hecho, ni quisiera se había duchado desde que llegó a casa, hacía una semana.

—No lo sé —masculló él—. Detesto el derecho civil con disputas familiares de por medio. Demasiadas lágrimas y rencillas.

Su madre contó hasta diez.

—Es por Hallie. Necesita ayuda. Su hermanastra le ha hecho otra jugarreta, pero esta vez no solo necesita un hombro en el que llorar. Necesita ayuda legal.

—Hallie nunca acabaría ante un tribunal, así que cualquier estudiante de primer curso puede redactar los documentos. No necesita que lo haga un abogado que está a punto de convertirse en socio del bufete. —Resopló—. Claro que Hallie podría echarle narices al asunto por una vez y darle la patada a Shelly.

La señora Westbrook no recordaba haberse sentido más fu-

113

riosa en toda su vida. Se plantó delante de su hijo y lo miró fijamente mientras le quitaba la bolsa de patatas fritas.

—Puedes hablar de esa manera en la gran ciudad, pero no en mi casa, mucho menos cuando te diriges a mí. ¿Me he expresado con claridad?

Braden se enderezó en el sofá y apagó la tele.

—Lo siento, mamá. De verdad, lo siento mucho. Sé que he sido un incordio toda esta semana, pero...

Ella levantó una mano para interrumpirlo.

—Entiendo por qué te estás regodeando en tu desdicha. Tu novia te ha dejado tirado.

—Zara era más que una novia. Era...

—La chica que se negaba a comprometerse contigo. —La señora Westbrook levantó las manos—. Braden, eres la persona más lista que conozco, pero a veces me pregunto si tienes sentido común.

—¡Mamá! —exclamó él, con un deje herido.

Su madre se sentó en el borde del sofá.

—Cariño, Zara es un zorrón. La única vez que la trajiste a casa la vi coqueteando con el hijo mayor de los Wilson.

—¿Tommy? No creo que Zara intentara algo con alguien como él.

—Si alguna vez te hubieras molestado en ver más allá de su cuerpo delgaducho y plano, te habrías dado cuenta de que Tommy está como un tren.

—¡Mamá! —Braden se quedó de piedra.

—Braden, cariño —dijo ella, bajando la voz—, si quieres encontrar el amor de verdad, ¿por qué no echas un vistazo a tu alrededor? A lo mejor podrías buscar más cerca de casa.

Braden echó la cabeza hacia atrás y la apoyó en el respaldo del sofá.

—Hallie no. Por favor, no me digas que vas a empezar de nuevo. Hallie es una buena chica. Trabaja duro. Su umbral del dolor es bastante alto si ha aguantado tantos años a su familia. Estoy seguro de que será una maravillosa esposa para alguien y que tendrá una caterva de críos que se reirán de ella.

—¡Mejor eso a una mujer que se ría de ti! —exclamó su madre al tiempo que hacía ademán de levantarse, pero él la agarró del brazo.

—Lo siento, mamá. Te pido perdón por esto. —Señaló el montón de bolsas vacías que tenía a su alrededor. Pero también se refería a su incapacidad para volver al bufete, donde tendría que ver a la mujer que quería con uno de los socios. Se había enterado de que en ese momento lucía un anillo de compromiso de cinco quilates—. Sé que quieres a Hallie —continuó—. Es la hija que nunca has tenido, y tal vez ese sea el problema. La veo como a una hermana.

Su madre lo miró con los ojos entrecerrados.

—¿En serio? Ayer, cuando Shelly estaba fuera con menos tela que la necesaria para hacer un pañuelo, fue la única vez que te levantaste del sofá en toda la semana. ¿A ella también la consideras una hermana?

—Mamá, sé razonable. Shelly está tan buena que para el tráfico.

—Hallie es una chica muy guapa, pero sobre todo tiene corazón. Se preocupa por la gente.

—Sí, es verdad. —Esbozó una sonrisilla—. Ojalá pudiera tener el corazón de Hallie en el cuerpo de Shelly.

Su madre no le devolvió la sonrisa.

—Voy a decirte lo que vas a hacer, y no te lo estoy pidiendo por favor. Vas a levantarte, a ducharte y a afeitarte, y luego vas a negociar, a mediar o a llevar a juicio este asunto, lo que tengas que hacer, para solucionarle el problema a Hallie.

Braden abrió la boca para protestar, pero su madre siguió hablando.

—Y lo que es más, no vas a cobrar un solo centavo.

Braden miró a su madre a la cara. Era la misma cara que tenía cuando le había repetido innumerables veces que recogiera sus juguetes y él no lo había hecho. No sabía qué sucedería si desafiaba esa cara, porque nunca se había atrevido.

—Sí. —Eso fue lo único que consiguió decir.

Ella asintió con un gesto seco de cabeza y se puso en pie.

—Tengo el champú que usaba tu padre. No uses esas marcas pijas tuyas. Va a ser difícil quitarte la mugre de encima. —Se fue a la cocina.

Braden puso los ojos en blanco, se levantó del sofá y subió al cuarto de baño de la planta alta mientras mascullaba «¡Joder, Hallie!». Temía su forma de mirarlo, con una expresión suplicante en los ojos que le rogaba que le dijera una sola palabra amable. ¡Y la insinuación de su madre de que no se preocupaba por Hallie era muy injusta! Había cuidado a Hallie desde que era pequeña.

Mientras abría el grifo recordó la imagen de Shelly en biquini y fue incapaz de contener una sonrisa. El día anterior, la mitad del vecindario había salido de su casa para verla inclinada sobre las flores. No estaba seguro de qué había sucedido en esa ocasión entre las hermanastras, pero no le cabía la menor duda de que era culpa de Shelly. Siempre había sido una niñata interesada, siempre había estado tramando algo retorcido, y normalmente la pobre Hallie era el objeto de dicho plan.

El día que llegó a casa después de que Zara lo hubiera «dejado tirado», tal como su madre había dicho con tan poco tacto, supuso que Shelly no tramaba nada bueno. Estaba en la cocina con su madre, regalándole el oído para que le prestara un juego de té y preguntándole dónde podía comprar dulces. Le dio la sensación de que esperaba a un invitado importante.

En aquel momento, Braden se sentía demasiado mal como para dejarse ver, aunque incluso sumido en su total depresión, se dio cuenta de que había gato encerrado. En primer lugar, Shelly creía que los hombres estaban en la tierra para complacer sus caprichos, y no al revés. Así que, ¿por qué se estaba tomando tantas molestias por ese en concreto? Cuando le dijo de quién se trataba a su madre, él reconoció el nombre del famoso arquitecto. ¿Qué narices hacía visitando a Shelly?, se preguntó.

Lo último que le apetecía era enredarse en lo que estuviera metida Shelly, pero creía que Hallie debería saber lo que pasaba. El día que se suponía que iba aparecer el hombre, Braden estaba sacando la basura cuando vio a Hallie salir corriendo de la casa y meter unas cuantas cosas en el maletero abierto del coche. Tal vez no debería haberse inmiscuido, pero lo hizo. Cruzó la calle con la intención de ponerla sobre aviso, pero también temiendo hacerlo. En cambio, se dejó llevar por un impulso y sacó un sobre de aspecto importante de su bolso y lo metió por debajo de la puerta mosquitera. Cuando Hallie llegara a su destino y descubriera que le faltaba, tal vez volviera para recuperarlo. Y tal vez averiguara lo que Shelly estaba tramando.

Cuando Braden salió de la ducha, pensó que lo primero que tenía que hacer era ir a ver a Shelly. Tenía que escuchar su versión de lo sucedido... aunque se temía todo el drama. Si Shelly no tuviera el aspecto que tenía, nadie la soportaría. Claro que fue inevitable que pensara en lo que Zara diría si aparecía por el bufete con una chica del aspecto de Shelly. ¿No pasaría del metro ochenta si se ponía tacones? Unos bonitos zapatos de tacón y un traje. Tal vez algo de Chanel.

Cuantas más vueltas le daba, más le gustaba la idea. Si lo que había hecho Shelly en esa ocasión podía llevarla a la cárcel, le debería un favor por evitar que acabara allí.

«Dos pájaros de un tiro», pensó mientras se afeitaba. ¿O era más un caso de rascarse mutuamente las espaldas? Fuera lo que fuese, se moría por verle la cara a Zara cuando apareciera con Shelly de su brazo.

Cuando Hallie se despertó, miró el reloj. Faltaban cinco minutos para las dos de la madrugada. La hora de las pesadillas de

Jamie. Mientras salía de la cama, pensó que cuando tuviera hijos, estaría preparada para las noches en vela.

Había dejado la luz del cuarto de baño de Jamie encendida, así que al menos podía verlo. A las dos en punto, empezó a sacudirse en la cama. Le puso las manos en los hombros, pero no era lo bastante fuerte para inmovilizarlo. Al recordar lo que les habían dicho de los fantasmas, pensó que tal vez ayudaría si mencionaba el nombre de su Amor Verdadero. A lo mejor las pesadillas se debían a que la echaba de menos. Sin embargo, en cuanto pronunció el nombre de «Valery», se puso peor. Jamie empezó a gemir y después levantó las manos, como si quisiera protegerse la cara.

—Soy yo, Hallie —dijo en voz alta—. ¿Te acuerdas? Hallie, Nantucket, y la rehabilitación de tu pierna. Y Todd. No te olvides de él.

Sus palabras parecieron calmarlo, ya que dejó de debatirse, pero seguía tenso. Se inclinó sobre él y le apartó el pelo de la frente.

—Ya estás a salvo —le susurró—. Vuelve a dormirte.

Cuando Jamie se relajó un poco, ella hizo ademán de alejarse, pero su mano la aferró de una pierna desnuda.

—Ah, no, de eso nada —dijo, pero después sonrió. Parecía que no iba a soltarla sin su beso de buenas noches.

Le tomó la cara entre las manos y lo besó. Cuando el beso tomó otro cariz más apasionado y Jamie intentó que se tumbara en la cama junto a él, Hallie se apartó y lo miró. Con cada minuto que pasaba, le gustaba más... y sabía que no tardaría mucho tiempo en enamorarse de él. Pero después, ¿qué pasaría? ¿Qué pasaría cuando se le curase la pierna y se fuera con una chica con el cuerpo de Shelly? Los tíos altos, guapos y ricos que se pasaban la vida yendo de fiesta en fiesta no se comprometían con fisioterapeutas rellenitas y bajitas. Tenían aventuras y luego se largaban.

No, pensó Hallie. Ya le había entregado el corazón a un hombre que solo parecía verla como a la cría de enfrente.

Jamie estaba dormido, de modo que ella podía volver a su cama. Mientras recorría la casa a oscuras, sopesó la idea de que los fantasmas no se le habían aparecido a ella porque ya había conocido a su Amor Verdadero. Pensó en Braden, en estar cerca de él mientras crecía. Era seis años mayor que ella y lo había adorado de lejos. Él siempre había sido... En fin, había sido espectacular. Una estrella del deporte, el mejor alumno de la clase, el rey del baile de graduación. Entró en Harvard con una beca parcial, sacó unas notas impresionantes y un famoso bufete de abogados lo contrató. Era un Chico de Oro en toda regla.

Mientras se metía en la cama, pensó en Braden como el hombre a quien más deseaba... un sentimiento alentado por su madre. Pero sabía que para él nunca sería otra cosa que la cría que siempre estaba en su casa.

Hallie lo veía como alguien inteligente y atento. A veces, Braden volvía a casa de sus entrenamientos y ella estaba en la cocina con su madre, preparando galletas con los ojos enrojecidos de tanto llorar.

—Bueno, ¿qué ha hecho ahora? —preguntaba él siempre al tiempo que cogía un montón de galletas para llevárselas a su dormitorio. Sabía que Shelly siempre era la causante de la infelicidad de Hallie.

Hallie le contestaría que le había roto el ordenador o que se había gastado el dinero de su hucha. O, lo más habitual, que no podía ir a tal o cual sitio porque tenía que quedarse a ayudar a Shelly con algo. Braden, que siempre había sabido que quería ser abogado, le diría algo como: «¿Quieres que redacte un contrato y la mande a trabajar con la Reina de Hielo?»

Sus preguntas y sus graciosos «castigos» siempre conseguían animarla. A lo largo de los años, habían elaborado una lista con todo lo que le harían a Shelly.

—La pondría en el cuerpo de un avatar —dijo Braden una vez.

—Nunca se acostumbraría a ser tan bajita —replicó Hallie.

Braden se echó a reír, ya que los avatares medían más de tres metros.

Si ya había conocido a su Amor Verdadero, seguro que se trataba de Braden.

A la mañana siguiente, el móvil la despertó. Con los ojos medio cerrados, contestó y escuchó la voz de Jared al otro lado.

—Siento llamarte tan temprano, pero estoy a punto de embarcar en un avión para viajar al extranjero. —En pocas palabras, le explicó que su amigo Braden iba a encargarse del caso.

—¿Braden ha accedido? —preguntó Hallie, que se incorporó en la cama, le prestó atención y le hizo unas cuantas preguntas.

Jamie entró cojeando en la habitación y se quedó al pie de la cama.

—Claro —dijo Hallie—. Allí estaré. No tendrás un coche que pueda usar, ¿verdad? Necesito hacer unos cuantos recados. Otra cosa, ¿dónde puedo comprar productos de limpieza? —Escuchó durante varios minutos y guardó silencio—. Vale. ¡Muchas gracias! Que tengas un buen vuelo. —Colgó y miró a Jamie—. Mi amigo Braden se va a encargar de lo de mi hermanastra. Quiere redactar unos documentos para que a Shelly le quede claro qué es de quién. Y Braden va a arreglarlo todo para que nunca vuelva a incordiarme con el dinero. —Soltó el aire que había retenido—. Para mí será como una Declaración de Independencia.

Jamie se sentó en el borde de la cama.

—Y este Braden consigue ser el héroe. ¿Qué tal le sienta su magnífica capa cuando ondea al viento?

—A Braden le sienta bien todo. —Apartó el edredón y salió de la cama—. Y Jared me ha dicho que puedo usar el coche de un hombre llamado Toby. —Hallie entró en el cuarto de baño y cerró la puerta. Al salir, Jamie estaba tumbado en su cama, con las manos detrás de la cabeza y la vista clavada en el techo.

—Toby es una chica y se va a casar con mi primo Graydon —le explicó él.

—¿Estás invitado a la boda? —preguntó Hallie mientras cogía unos vaqueros.

—No, pero mi tía Jilly sí. Es en otro país, pero mi tío Mike ha montado una pantalla para que podamos ver la boda en directo. Puedo decirle que nos conecte aquí si quieres verla. Creo que va a ser una boda por todo lo alto.

—Sería genial —dijo Hallie. Se ocultó tras la puerta del cuarto de baño para ponerse la ropa interior, los vaqueros y una camiseta, antes de volver al dormitorio—. ¿Te importa levantarte para que pueda hacer la cama?

—Pues sí —respondió Jamie, que seguía con la vista clavada en el techo—. Cuéntame más cosas del tal Braden. ¿Puedes fiarte de él?

—Totalmente. Conoce a Shelly y todo lo que ha hecho a lo largo de los años, así que ya cuento con esa ventaja. No se dejará engañar por ella como os pasa a ti y al resto de los hombres que hay sobre la faz de la Tierra.

—¡Oye! —Jamie se sentó en la cama—. ¿Cómo es que me he convertido en el malo de la película? ¡Si ni siquiera conozco a tu hermanastra!

—No, pero tienes sus fotos en tu agenda. ¿Para qué? ¿Para poder babear sobre ellas? —preguntó Hallie antes de poder morderse la lengua, pero luego añadió a toda prisa—: Claro que da igual. Necesito el coche para ir a una tienda llamada Marine Home. Tengo que comprar un montón de cosas.

Jamie se levantó de la cama, recogió las muletas tan deprisa que casi se cayó, pero consiguió alcanzar a Hallie antes de que esta llegara a la escalera.

—No puedes acusarme de algo y largarte antes de que pueda defenderme.

—Solo necesitarías defenderte si te estuvieran acusando de algo... cosa que no es verdad. Todos los hombres os comportáis como unos idiotas delante de Shelly. —Hallie cejó en su empeño de rodearlo y lo fulminó con la mirada—. ¿Por qué no estás en el gimnasio intentando añadir más músculos a tu cuerpo?

—He dormido bien y se me han pegado las sábanas —contestó él—. Y ahora me están acusando injustamente de un crimen que no he cometido. Sí, intercambié mensajes de correo electrónico con tu hermanastra, pero creía que eras tú.

—Y tienes una foto impresionante de ella. Genial. Ahora, apártate para que pueda irme. Tengo mucho trabajo por delante.

—¿Conmigo? Mi pierna va bien, me duele un poco, pero sé que puedes solucionarlo. —Le regaló una sonrisilla sugerente.

Ella lo fulminó con la mirada.

—Para que lo sepas, la vida consiste en muchas más cosas aparte de ti. Mi amigo Braden Westbrook llegará en cuestión de días y quiero que este sitio esté impecable. Voy a comprar un montón de productos de limpieza y después voy a volver para dejar el salón del té reluciente. Braden no es la clase de hombre al que le gusta un sitio tan sucio como este. ¿Ya estás satisfecho? ¿Me puedo ir?

Jamie no se movió.

—¿Vas a hacer todo eso por él? ¿Tú sola?

—Sí. —Lo miró fijamente... y habría jurado que vio una expresión celosa en sus ojos—. Te pediría que me acompañaras, pero te niegas a salir de la propiedad, así que supongo que el proyecto es cosa mía. —Se puso de perfil para pasar a su lado y echó a andar escaleras abajo.

—Te acompaño —dijo él.

Hallie se detuvo en mitad de la escalera, pero no miró hacia arriba.

—¿Conduces tú?

—No te pases —replicó Jamie.

Con una sonrisa, Hallie bajó el resto de los escalones.

Una vez en la tienda, Hallie se concentró en lo que necesitaba para limpiar la casa e hizo todo lo posible por desentenderse del nerviosismo de Jamie.

Antes de salir de casa, había hecho una lista. Cuando estuvo preparada para irse, esperó a que Jamie se echara atrás. De hecho, parecía sudar por la mera idea de salir. Sin embargo, le dijo:

—Recuérdame que llame a la madre de Braden para pedirle la receta de sus galletas de pasas y avena. Son las preferidas de Braden.

El comentario pareció afianzar tanto la decisión de Jamie que la acompañó por Kingsley Lane para ir a la enorme casa de Jared. La esperó fuera mientras ella cogía las llaves del coche y después recorrieron el camino que llevaba hasta una casita, donde estaba el coche. Durante el trayecto, Jamie se aferró al reposabrazos en las dos curvas que trazaron, pero aguantó bastante bien.

Cuando llegaron a la tienda, Hallie pensaba: «James Michael Taggert, ¿qué narices te ha pasado?»

Los productos de limpieza se encontraban en el extremo más alejado de la tienda y en cuanto se alejaron de los demás clientes y del espacio abierto, Jamie se tranquilizó y llenaron el carrito de la compra a rebosar. De camino a la caja, cogieron una aspiradora y muchas bolsas de recambio.

Cuando Jamie insistió en pagar la cuenta, Hallie protestó.

—Deja que yo le gane en algo a Braden *el Magnífico* —masculló él mientras le entregaba la tarjeta de crédito a la cajera.

Cuando salieron, Hallie tenía tanta hambre que estaba mareada, de modo que se detuvo en el aparcamiento de un establecimiento llamado Downyflake. Jamie casi se negó a entrar, pero cuando lo hizo, se negó a sentarse en una mesa al lado de la ventana. Se sentó en una situada en un rincón del interior.

Se comieron un par de gruesos sándwiches de atún y queso fundido, y Jamie pidió una docena de donuts para llevar. De camino al coche, le ofreció uno a ella.

—A Braden no le gustan las mujeres gordas —repuso Hallie.

—Tú no estás gorda —la corrigió él— y a cualquier hombre que no le guste tu aspecto es que directamente no le gustan las mujeres.

—Eres muy amable. —Estaba sonriendo, pero añadió—: ¡Ay, no! ¿Cómo salgo de aquí? —Dos camionetas estaban aparcadas a ambos lados del coche, y en cierto ángulo. Quedaba muy poco espacio en el lado del conductor para entrar en el coche—. Vamos a tener que esperar a que se lleven uno de los coches.

—Dame las llaves —le dijo Jamie al tiempo que le entregaba las muletas.

Jamie fue saltando a la pata coja y se coló entre el coche y la camioneta, abrió la puerta todo lo que pudo y consiguió meter su corpulento cuerpo en el coche.

Hallie se apartó mientras él sacaba el vehículo con pericia del hueco. Una vez fuera, dejó las muletas en la parte trasera y se sentó en el asiento del acompañante.

—¿Te acuerdas de cómo volver a casa?

—Sí —contestó él, pero cuando salió a la carretera, dobló a la derecha en vez de a la izquierda.

—¿Adónde vas?

—La verdad es que me gusta conducir. ¿Te importa?

—En absoluto —contestó ella, y se acomodó en el asiento.

Había un mapa de Nantucket en la guantera, así que pudo indicarle qué camino seguir mientras pasaban la mañana explorando la isla. Jamie tenía que conducir usando la pierna izquierda, pero no tenía problemas.

En el camino de vuelta, se detuvieron en Bartlett's Farm para comprar comida. Jamie no quería entrar, pero cuando Hallie le comentó que no recordaba la marca preferida de queso de Braden, la acompañó.

—Lo estás haciendo a propósito, ¿verdad? —le preguntó él.

—Ya lo creo. La siguiente parada es aquel sitio. —Señaló con la cabeza el enorme vivero lleno de plantas.

—Deja que lo adivine: a Braden le encantan las flores. ¿Tendrán alguna que combine con su capa de superhéroe?

—En realidad, estaba pensando en algunas que combinaran con sus ojos. —Se echó a reír al ver la mueca de Jamie. Nunca había tenido un novio celoso y estaba disfrutando de lo lindo. Claro que Jamie no era su novio, pero, fuera lo que fuese, estaba disfrutando de su incomodidad.

Cuando volvieron a la casa, encontraron la mesa de la cocina rebosante de platos con una de las gloriosas meriendas de Edith, en esa ocasión dulce. En la bandeja inferior del expositor había tartaletas de coco con diminutas fresas silvestres y tartas de manzana de cinco centímetros que rezumaban queso por la corteza. En la parte alta había rebanadas de pan de jengibre con trocitos de manzana y uvas.

—Seguro que se ha enterado de que su nuera nos ha estado dando la tabarra y quiere disculparse —dijo Hallie.

—Sea como sea, la adoro. Me muero de hambre. Prueba esto. —Le ofreció una minimagdalena con trocitos de cereza por encima.

Hallie apartó la cara.

—Creo que me conformaré con una ensalada.

Jamie protestó.

—¡No me vengas otra vez con el superhéroe de la capa! ¿No te has dado cuenta de que has perdido peso desde que llegaste?

—Qué tontería. Los dulces de Edith son una bomba calórica.

—¿Y qué me dices de esto? —Jamie enganchó el dedo en la cinturilla de sus vaqueros y le demostró que había una holgura de cinco centímetros.

Lo cierto era que la ropa le quedaba un poco ancha. Había pensado que se debía a que no estaba bebiendo mucha agua, pero tal vez no fuera ese el motivo.

—Mira, Hartley —dijo Jamie—, entre los dos entrenamientos al día y toda la energía que gastas dándome masajes, estás consumiendo más calorías de las que ingieres. Y si piensas en todo el trabajo que vamos a hacer esta tarde...

—Me has convencido —lo interrumpió Hallie, que cogió la magdalena de chocolate y se la comió de un bocado—. Maravillosa. —Se sentó y empezó a servir el té.

Como de costumbre, se lo comieron todo. Después lavaron los platos, se quejaron amargamente antes de iniciar el proyecto y salieron en busca de la puerta de doble hoja que conducía al viejo salón del té.

—A lo mejor tus fantasmas lo han limpiado durante la noche —aventuró Jamie, pero estaba tal cual lo habían dejado.

De hecho, como había más luz, el lugar parecía en peores condiciones. Telarañas, una capa de mugre tan gruesa como la suela de un zapato y un ambiente cargado de humedad y de polvo.

—Vale —dijo Hallie—, creo que deberíamos sacar todo lo que se puede lavar y empezar con un buen manguerazo. Lo que se quede dentro lo limpiaremos con la aspiradora y después a mano.

—Buena idea —convino Jamie, y después de sacar los productos de limpieza del coche, se pusieron manos a la obra.

Se colocaron mascarillas blancas y abrieron todas las puertas y las ventanas. Hallie empezó a llevar platos y más platos a la cocina para fregarlos, mientras Jamie atacaba la despensa.

Al principio, trabajaron en silencio, pero poco a poco comenzaron a hablar. Jamie le hizo un montón de preguntas sobre su vida. Tal como hiciera antes, Hallie solo habló del período anterior al matrimonio de su padre con Ruby.

—Lo que no entiendo —dijo Jamie tras apartar la mascarilla— es que si tu padre estaba fuera casi todo el tiempo y tal como acabas de decirme casi todo su trabajo se concentraba en Florida, ¿por qué no te fuiste con tus abuelos cuando se marcharon? ¿Por qué te quedaste con tu madrastra si apenas la conocías?

—Quería irme con ellos y mis abuelos le suplicaron a mi padre que me dejara ir, pero Ruby dijo que Shelly necesitaba a su hermana mayor. Mi padre estaba loquito por Ruby en aquella época, así que le dio la razón y dijo que no podía irme. —Soltó una carcajada amarga—. A veces, tenía la sensación de que me usaban como una especie donante de órganos. Mi objetivo en la vida se convirtió en «ayudar a Shelly». Ayudar a mi hermanastra era más importante que los deberes del colegio, que mi vida social, que todo. —Cuando lo miró, vio una expresión preocupada en la cara de Jamie—. ¿Ahora me tienes lástima?

—La lástima no me gusta —le aseguró él—. Ni la recibo ni la ofrezco.

—Buena filosofía —dijo ella—. A veces, tienes que aceptar cómo son las cosas y vivir con ellas.

—En eso te doy toda la razón —repuso él, y se miraron con una sonrisa.

8

A la seis en punto, Hallie tuvo un desagradable encuentro con una de las muchas arañas que vivían en la habitación y Jamie la salvó valerosamente; o al menos así fue como él lo describió. Cuando aseguró que se había ganado el epíteto de «héroe», Hallie se echó a reír.

Ambos estaban sucios y cansados, pero con solo medio día de trabajo la diferencia en la estancia era notable. Una vez que atravesaron la despensa y entraron en la cocina limpia y bien iluminada de la casa, se miraron el uno al otro, repararon en el polvo que llevaban encima y se echaron a reír.

—Deberíamos subir, ducharnos, ponernos ropa limpia y después bajar para cenar como Dios manda —sugirió Hallie.

—¿Es que eres una Montgomery? —replicó Jamie mientras echaba a andar hacia el fregadero. Una vez allí, se remangó la camiseta y empezó a lavarse la cara y las manos.

—Vas a tener que hablarme de tu familia para que pueda entender ese tipo de comentarios. —Hallie se acercó al otro seno del enorme fregadero y le quitó el jabón de las manos.

Aunque ansiaba sentirse limpia, su mente nunca dejaba de pensar en el trabajo. Hasta el momento, no le había visto los brazos desnudos, y no pudo evitar mirarlos de reojo. Tenía una cicatriz alargada en el brazo izquierdo y tres más pequeñas le atravesaban la muñeca derecha.

Cuando Jamie se percató de que lo estaba mirando, se volvió y cogió un paño de cocina.

—Los Montgomery nacieron con un tenedor de ensalada en las manos —dijo mientras sacaba un recipiente con pollo del frigorífico como si no hubiera pasado nada del otro mundo—. En casa, usan servilletas de verdad que alguien se ha encargado de lavar y planchar.

—Menudos monstruos —replicó Hallie sin reírse.

—Son demasiado delicados para serlo. Mi madre dice que ambas ramas de la familia son como la Bella y la Bestia. ¿Adivinas quién es quién?

Jamie ya tenía la cara y las manos limpias, pero el pelo y el cuello seguían cubiertos de sudor y polvo, y la voluminosa ropa que llevaba estaba sucísima.

—No sé qué decirte... —contestó Hallie con el ceño fruncido como si estuviera pensando—. Eres demasiado guapo.

Jamie soltó una carcajada mientras se inclinaba para darle un beso en el cuello.

—Eres... —Dejó la frase en el aire y empezó a escupir—. Creo que tengo una telaraña en la boca.

—Te lo tienes merecido —repuso ella mientras se pasaba un paño de cocina por el cuello—. ¿Vas a compartir ese pollo?

Después de que comieran, Todd llamó por teléfono y, como siempre, Jamie se alejó para hablar con él en privado. Sin embargo, mientras se alejaba Hallie lo escuchó decir que había conducido un coche.

—Ajá, Hallie lo hizo —añadió Jamie.

Sonrió con la sensación de que todas las noches que había pasado en vela estudiando estaban dando sus frutos, y recogió la mesa.

Más tarde, después de una larga ducha caliente, Hallie se acostó temprano y se despertó a las dos de la madrugada, un hábito ya a esas alturas. Por un instante, pensó que Jamie no sufriría pesadillas esa noche, pero en cuanto lo escuchó gemir, corrió a su lado. Ya había establecido una rutina para relajarlo. Decirle que estaba seguro y pronunciar su nombre y el de Todd lo ayudaba. Pero, sobre todo, eran sus besos lo que lo tranquilizaban.

Al cabo de unos minutos, dormía tranquilo, de costado, sumido en un sueño sosegado.

Hallie estaba a punto de regresar a su dormitorio, pero se detuvo un instante para acariciarle el pelo limpio.

—Dime qué te pasó —susurró—. Dime qué ha hecho que acabes así. —Sin embargo, solo obtuvo silencio por parte de Jamie, de manera que volvió a la cama.

Cuando se despertó a la mañana siguiente, Jamie ya estaba trabajando. Hallie se vistió y bajó a la cocina, donde descubrió un precioso desayuno consistente en queso, saladitos y huevos cocidos. Al parecer, Edith los había visitado bien temprano.

Abrió la puerta de la despensa, pero comprendió que había cometido un error. El polvo entró en la cocina. Tosió al tiempo que agitaba una mano en el aire.

—¿Cuánto tiempo llevas aquí? —le preguntó a Jamie, que en ese momento llevaba en los brazos un cargamento de moldes de estaño con forma de animales.

—Empecé antes de que amaneciera —contestó—. Sobre las cuatro, creo.

Estaba a punto de exclamar, asombrada, pero vio el brillo travieso de sus ojos.

—Hace diez minutos que has bajado, ¿a que sí? —le preguntó entre carcajadas.

—Más bien ocho. ¿Has comido?

—Voy a empezar. Vamos, el té está caliente.

Después de que desayunaran, retomaron las labores de limpieza. Lo que encontraron en la despensa era fascinante. Cada balda tenía tres hileras de objetos, y al parecer había de todos los años transcurridos desde que las hermanas murieron. En la parte posterior encontraron cacerolas de hierro y utensilios de madera. En la hilera central, parecían chismes de la época victoriana. Los que estaban a la vista eran utensilios de cocina posteriores a la Segunda Guerra Mundial. Incluso encontraron algunas cartillas de racionamiento.

—Supongo que deberíamos llamar al museo y decirles que envíen a alguien para que le eche un vistazo a todo esto. —Ante ellos, sobre la sábana que habían extendido en la hierba, descansaban gran parte de los objetos que habían limpiado, muchos de los cuales ni siquiera sabían para qué servían—. O tal vez deberíamos llamar al señor Huntley y a la Asociación Histórica de Nantucket.

—¿Estás segura? —preguntó Jamie—. ¿No dijo el señor Huntley que los marineros les traían regalos a las Damas del Té? Si eso es cierto, todo esto les pertenece.

—Crees que debemos devolverlo todo a la despensa, ¿verdad?

—Es una opción —respondió él.

Hallie lo miraba con atención.

—Finges que no crees en ellas, pero en realidad sí crees que existan como fantasmas, ¿a que sí?

—Me gustaría creer que hay algo más que la finalidad de la muerte, sí.

Cuando la miró, Hallie vio algo en sus ojos, un vacío, tal vez desolación. Pero desapareció con la misma rapidez que había aparecido.

Llegó a la conclusión de que Jamie estaba familiarizado con la muerte, de que la había sentido cerca. Sin embargo, al cabo de un segundo, esbozó su sonrisa más traviesa y volvió a ser el chico que recorría el mundo en avión privado de fiesta en fiesta.

—¿Qué te ha hecho ser...? —quiso preguntarle, pero él la interrumpió.

—¿Lista para una nueva ronda? —le preguntó.

Era evidente que no quería hablar de temas serios.

—¿Atacamos la última hilera de chismes? —Hallie lo miró de arriba abajo. El grueso chándal que llevaba estaba cubierto de polvo y de sudor seco—. Si soy capaz de soportar tu olor, claro está.

Jamie se echó un vistazo.

—Tienes razón. Volveré en unos minutos.

Hallie lo observó hasta que entró en la casa y después se sentó en la hierba y empezó a limpiar un poco más los antiguos utensilios de cocina. Había seis preciosos moldes blancos de cerámica que creía que se usaban para hacer helado. En el fondo, tenían dibujos de frutas y flores. Metió uno de ellos en un cubo de agua tibia y jabonosa, y se dispuso a fregarlo.

Se preguntó si Leland Hartley, su antepasado, habría tocado los moldes. ¿Habría comido helado hecho en ellos? La idea le hizo pensar en el lejano día de aquella boda, cuando dos preciosas chicas se contagiaron de una fiebre que las llevó a la muerte una semana después.

¿Cómo eran?, se preguntó. ¿Soñarían con el futuro? ¿Planearon Juliana y Leland vivir en Nantucket o habían pensado marcharse a Boston, al hogar de Leland? Si ese era el caso, ¿qué habría pasado con Hyacinth? ¿Se iría también con ellos?

«No», concluyó. Hyacinth se habría quedado con su padre, algo que habría convertido la boda en un día triste y a la vez alegre.

Hallie se encontraba tan absorta en sus pensamientos que no escuchó que Jamie se acercaba.

—¿Mejor? —le preguntó cuando estaba a unos metros de distancia.

Ella sonrió y lo miró, pero al hacerlo se quedó pasmada. Jamie se había cambiado de ropa. Aún iba tapado, pero llevaba un atuendo más liviano, ideal para correr. La camiseta de manga larga se le pegaba al cuerpo como una segunda piel, y dejaba a la vista el contorno de sus músculos. Los pantalones eran lo bastante anchos como para llevar debajo la rodillera, pero también le marcaban los poderosos músculos de las piernas. Superman sentiría envidia de ese cuerpo.

Al mirarlo a la cara, se percató de la expresión ufana que lu-

132

cía. ¡Saltaba a la vista que era muy consciente de lo bueno que estaba!

Hallie se obligó a volver la cabeza para recobrarse de la sorpresa, y compuso su expresión más profesional.

—Con esa ropa estarás más fresco —dijo con seriedad—. ¿Listo para regresar al trabajo?

La expresión risueña de Jamie se tornó ceñuda mientras retrocedía un paso.

—Sí, claro. —Entró en la casa como si se hubiera llevado una decepción.

Hallie se levantó para seguirlo, pero al ponerse en pie descubrió que las piernas no la sostenían y que estaba acalorada. Se apoyó en la pared y trató de calmarse. Jamie Taggert tenía el mismo aspecto que las estrellas de cine y los deportistas que siempre le habían gustado y de los que se enamoraba platónicamente. Tenía una cara preciosa y un cuerpo que despertaba en ella el deseo de tocarlo. ¡Se imaginaba besando esos abdominales!

Jamie se asomó por la puerta y la vio apoyada en la pared.

—Si estás demasiado cansada para hacer esto, puedo acabar de hacerlo yo solo.

—No, no —dijo al tiempo que se alejaba de la pared—. ¿Qué es lo siguiente que vamos a hacer?

—Tú puedes subir a la escalera e ir bajando cosas de la balda superior.

—Claro —replicó Hallie y él entró de nuevo.

Dio un paso hacia la puerta, pero en ese momento vio la nueva manguera y la pistola pulverizadora que acababan de comprar. Tras cogerla, se roció la cara con agua helada. Tal como se sentía, si se sumergiera en una charca helada, la convertiría en una charca de agua termal.

—¡Vamos, Hartley! —escuchó que le gritaba Jamie desde el interior, de modo que se dispuso a entrar de nuevo.

Jamie sintió la vibración del teléfono y se lo sacó del bolsillo para leer el mensaje de texto. «Tengo información», había escrito Todd.

Miró a Hallie de reojo. Estaba sentada en el suelo, limpiando las patas de las mesas que se empleaban para servir el té. Cuando le dijo que tenía que hablar con su hermano, ni siquiera levantó la cabeza, se limitó a hacerle un gesto con la mano.

Una vez fuera, llamó a Todd.

—¿Qué has descubierto?

—Podría perder mi trabajo, porque me he tomado unos días para ir a Boston y hacer unas cuantas averiguaciones, todo por ti.

—¿Con quién has hablado? —le preguntó Jamie.

—¿Ya no se estila aquello de: «Gracias, Todd, eres el mejor hermano del mundo»?

—Dame la tabarra luego. Ahora mismo tengo que volver con Hallie.

—¿Tienes que volver con ella o quieres volver con ella? —Al ver que Jamie no contestaba, Todd supo que se había pasado de la raya—. He hablado con la madre de Braden Westbrook. Esa mujer es una mina de información. ¿Te ha contado Hallie lo que hizo su hermanastra?

—No —contestó Jamie—. He intentado sonsacárselo, pero no quiere entrar en detalles.

—Me extraña. Cualquiera diría que estando al lado de una persona como tú, tan abierta y extrovertida, que no esconde el menor secreto, la chica estaría encantada de desahogarse contigo.

—¡Ya vale! —exclamó Jamie—. Si guardo secretos es por un motivo. Cuéntame lo que has descubierto.

—Como ya sabrás, Jared era el albacea del testamento de Henry Bell, y fue quien le envió los documentos a Hallie a través de un servicio de mensajería urgente. Al parecer, la hermanastra, Shelly, recibió el sobre y lo abrió, y empezó a tramar un plan para suplantar la identidad de Hallie. Incluso le envió a Jared una copia del pasaporte de Hallie con su propia foto. Hallie regresó a su casa por pura casualidad y descubrió lo que sucedía. Así que Jared está decidido a ayudarla.

Jamie tardó un instante en recuperar el aliento.

—¿Su hermana falsificó un pasaporte para hacerse pasar por ella? ¿Eso no es un delito federal?

—Sí, pero la señora Westbrook dice que Hallie jamás presentará una denuncia. Dice que es demasiado buena. —Todd hizo una pausa—. He hablado con seis o siete vecinos de la calle, y ninguno tiene nada malo que decir de Hallie, todo lo contrario que sobre su madrastra.

—¿Te refieres a Ruby?

—Sí. Al parecer, hubo muchas quejas por el césped sin cortar y por las escandalosas fiestas que organizaba. Los vecinos me han contado que Hallie solía arreglar el jardín cuando estaba en casa los fines de semana. Y después de que Ruby y su padre murieran... —Dejó la frase en el aire.

—¿Qué pasó? —le preguntó Jamie.

—Hallie dejó la universidad para ocuparse de su hermanastra. Según me han contado, el primer año fue un infierno para todos los vecinos de la calle, y todos han afirmado sin dudar que la culpable de dicho infierno fue Shelly, que en aquel entonces era una adolescente. He mirado los archivos de la policía y, después de la muerte de los padres, hay seis llamadas de los vecinos para denunciar fiestas que duraban toda la noche. Algunas incluso con moteros o bandas callejeras. Hubo varias visitas para advertirles de que dejaran de hacer ruido antes de que todo se solucionara.

—Pobre Hallie —replicó Jamie.

—¿No te ha contado nada de esto?

—Un poco, pero no mucho —respondió—. Casi siempre habla de sus abuelos y de lo feliz que fue su vida con ellos.

—Pasas las veinticuatro horas del día con Hallie, jamás te había oído hablar de otra mujer como hablas de ella y, sin embargo, no sabes prácticamente nada de su vida. ¿Qué hacéis durante todo el tiempo que pasáis juntos?

—Investigar sobre una historia de fantasmas y, últimamente, limpiar. —Jamie quería retomar el tema inicial de conversación—. ¿Qué has descubierto sobre el tal Braden?

—¿Estás limpiando? —repitió Todd sin dar crédito—. ¿Fantasmas? ¿Así es como estás cortejando a esta mujer?

—Nadie ha dicho nada sobre «cortejos».

En ese momento, fue Todd quien guardó silencio.

—¡Vale! Me gusta, sí. ¡Me gusta mucho! Es simpática, lista, cariñosa y...

—Y es agradable de mirar —añadió Todd.

—Eso también. ¿Va a venir Braden?

—Ajá —contestó Todd—. No sé cuándo exactamente, pero dentro de unos días. Su madre tenía unas cosas muy interesantes que contarme sobre su hijo.

—¿Como qué?

—Como que acaba de cortar con su última novia. Dice que es la tercera que lo deja, porque Braden solo persigue lo inalcanzable.

—¿Qué significa eso?

—Al parecer, le gustan las mujeres con los tacones más altos, las que quieren subir a la cima con uñas y dientes. Usan a Braden y después lo dejan pisoteado cuando pasan sobre él.

—Bien —repuso Jamie.

—Sé lo que estás pensando y si eso es lo que le gusta, se mantendrá alejado de tu Hallie. ¿Quieres escuchar lo mejor de todo? —Todd no esperó su respuesta—. La señora Westbrook ha intentado emparejar a su hijo y a su querida y dulce Hallie desde que eran pequeños.

—¡Es demasiado mayor para ella! —exclamó Jamie.

—No según su madre. Cree que Hallie sería una esposa estupenda para su hijo y le daría seis o siete nietos. ¿Qué opina tu Hallie de él?

—No lo sé —contestó Jamie en voz baja.

—¿Qué has dicho? No te he oído.

—¡Que no sé lo que piensa de él! —Jamie alzó la voz, pero luego se tranquilizó—. Lo único que tengo claro es que Hallie dice que es su amigo y quiere que este lugar esté como los chorros del oro cuando él llegue.

Todd contuvo el aliento.

—¿La estás ayudando a limpiar la casa para su novio?

—No es... —Jamie cerró los ojos un instante—. Además de ser un imbécil en lo que a las mujeres se refiere, ¿qué más me puedes contar de este tío?

—Está limpio. No tiene ni una multa por mal aparcamiento. Papá conoce a alguien en el bufete de abogados donde trabaja, así que...

—¿Se lo has contado a papá? Por favor, dime que no se lo has dicho a mamá...

—Claro que sí. De hecho, mamá ha decidido que su siguiente libro será sobre una fisioterapeuta que...

—No me lo cuentes —lo interrumpió Jamie—. ¿Qué ha dicho papá?

—Que Braden Westbrook pronto será nombrado socio del bufete. Es un currante nato y tan honesto como lo puede ser un abogado. Esas víboras traicioneras a las que persigue parecen ser su único defecto. Pero su madre cree que va a cambiar de actitud después de la experiencia que ha tenido con la última. No sé exactamente qué pensar, pero el día que estuve allí, él había ido a Boston para comprarse ropa que ponerse en Nantucket. ¿Qué tal te va con tu ropa deportiva?

Jamie obvió la pregunta.

—¿Qué aspecto tiene?

—Es un Montgomery rubio.

—Eso es bueno —dijo Jamie—. Delgado, sin músculos, pálido e insípido.

—Sigue pensando así. El tío es guapetón y tiene un buen trabajo. Por curiosidad, ¿le has dicho a Hallie lo mucho que te gusta?

—Todavía no —contestó Jamie—. Es demasiado pronto y necesito más tiempo para solucionar las cosas.

—Estoy de acuerdo —convino su hermano—. Tómate todo el tiempo que necesites. Estoy seguro de que hay miles de chicas guapas, generosas, graciosas y listas como Hallie. Y te apuesto lo que quieras a que cuando la familia empiece a llegar, ninguno de los primos va a tirarle los tejos. ¿Qué están tramando Adam e Ian ahora? ¿Le gustan los tíos cachas? Seguro que le gusta Raine. ¿Qué pasará cuando Westbrook la invite a dar un paseo por la playa a la luz de la luna? ¿Se quedará en casa limpiando contigo o hablando de fantasmas?

—Eres un cabrón, ¿lo sabes? —le dijo su hermano, furioso.

—Solo intento que superes el pasado —replicó Todd, tan enfadado como Jamie—. Tienes una oportunidad y no quiero que la desaproveches. Si yo encontrara a mi Hallie, pondría toda la carne en el asador para conseguirla.

—Sí, bueno, en este caso hay circunstancias atenuantes. Yo...

—Ya me lo has contado antes —lo interrumpió Todd—. Tal como lo veo, solo tienes unos días para que te vea como algo diferente a su compañero de limpieza. Te llamaré mañana. ¡No! Llámame tú cuando hayas hecho algo al respecto. Si no, no te molestes. —Y colgó.

Jamie estaba enfadado después de hablar con su hermano, pero cuando regresó a la casa y vio a Hallie, estuvo a punto de explotar. Estaba en la despensa, de puntillas sobre la pequeña escalera, intentando alcanzar algo que se encontraba en la parte posterior de la balda más alta. Parecía estar a punto de irse al suelo.

—¿Qué narices estás haciendo? —le preguntó Jamie a voz en grito, si bien se arrepintió al instante. Era la voz que usaba en el frente y en casa había hecho que muchos niños salieran corriendo con lágrimas en los ojos.

Sin embargo, Hallie pareció imperturbable.

—Casi... —Se estiró un poco más—. ¡Lo tengo! —dijo justo antes de hacer lo que pareció un paso de baile sobre la escalera. Cuando fue a apoyar el otro pie, encontró aire.

Jamie levantó los brazos, dejó que las muletas cayeran al suelo y saltó para agarrarla por la cintura en el aire. Ambos cayeron al suelo. Cuando el polvo se asentó, Hallie estaba tumbada sobre él, con la nariz casi sobre la suya.

—Si necesitabas un abrazo, solo tenías que decirlo.

Jamie se echó a reír.

—¿Qué estabas haciendo ahí arriba? Si no hubiera llegado a tiempo... —Abrió los ojos como platos.

—¿Qué pasa?

En un abrir y cerrar de ojos, Jamie rodó en el suelo hasta dejarla de espaldas y después la levantó en brazos como si quisiera llevarla a algún lado. Aunque le costó trabajo conseguirlo por culpa de la rígida rodillera, lo logró.

Al ver que empezaba a andar, Hallie gritó:

—¡Espera!

Jamie se detuvo.

—No puedes llevarme en brazos con la lesión de la pierna.

—¡Tengo que sacarte de aquí!

Al escuchar su tono de voz, lo miró a los ojos y se percató del pánico que lo atenazaba. Tal como hacía por las noches, le tomó la cabeza entre las manos y acercó la cara a la suya.

—Jamie —dijo en voz baja y con seriedad—: Dime qué te pasa.

Sus palabras parecieron sacarlo del trance y clavó la mirada en su frente.

Hallie apartó las manos para acariciarse el nacimiento del pelo y los dedos se le mancharon de sangre.

—Creo que esa caja me ha golpeado en la cabeza. —Jamie aún parecía preocupado—. Bájame e iré a por unas gasas.

La luz comenzaba a regresar a sus ojos.

—Tienes tanto polvo en el pelo que no podrás ponerte un

apósito. Vamos, hay un botiquín de primeros auxilios en el gimnasio. Voy a limpiarte esa herida.

Hallie percibía que se avergonzaba de la reacción que había demostrado, pero no quiso mencionarlo. ¿Era el hecho de que se hubiera hecho daño o la visión de la sangre lo que lo había perturbado?

Atravesaron el jardín de camino al gimnasio y Jamie le indicó que se sentara en el borde de un banco de abdominales. Le apartó el pelo con delicadeza y le examinó la zona.

—¿Sobreviviré? —preguntó Hallie, intentando aligerar su humor.

Parecía muy serio, aunque solo se trataba de un accidente sin importancia.

—Tienes tanto polvo en el pelo que podría infectarse. Tengo que limpiar toda la zona. Ven conmigo.

Lo siguió hasta el otro extremo del gimnasio, donde abrió una puerta de la que ella ni se había percatado antes, y sacó una silla plegable.

—¿Qué es eso?

—Una ducha exterior —contestó él—. Para cuando llegas de la playa lleno de arena. Siéntate mientras traigo todo lo necesario.

Tan pronto como se sentó, cerró los ojos. Llevaban un día y medio realizando un trabajo muy duro. Además, estaban las sesiones de rehabilitación con Jamie por la mañana y por la noche. A eso había que añadir las pesadillas de las dos de la madrugada... y de ahí que estuviera exhausta.

Estaba medio dormida cuando lo oyó decir:

—Echa la cabeza hacia atrás y no abras los ojos.

Para su más absoluta delicia, Jamie le echó agua caliente en el pelo. ¡Estaba en la gloria!

—Es champú antiséptico. No huele muy bien, pero cumple su función.

A medida que el champú (que en su opinión para nada olía mal) se convertía en espuma, Jamie empezó a masajearle el cue-

140

ro cabelludo. Cuando se acercó al corte, que Hallie sabía que no era muy grande, sopló como si el champú pudiera provocarle escozor. Algo que no sucedió, pero no quiso detenerlo.

Le masajeó la zona de alrededor de las orejas, la parte posterior del cuello y la coronilla. Tenía unas manos fuertes y certeras, pensó ella. Puesto que tenía mucha experiencia en el campo de los masajes, comprendió que Jamie sabía lo que estaba haciendo. Estaba a punto de preguntarle dónde había aprendido, pero supo que no le contestaría. Además, estaba disfrutando tanto de sus caricias que no quiso interrumpirlas.

Jamie bajó las manos hasta su cuello y después hasta sus hombros. Mientras sus pulgares le masajeaban los trapecios, sintió cómo desaparecía la tensión.

Necesitaron varios cubos de agua caliente para aclararle el pelo. Después, Jamie empezó a desenredárselo, despacio.

Hallie suspiró cuando se detuvo, apenada porque todo hubiera acabado. Lo miró.

—¿Me concederías el honor de salir a cenar conmigo esta noche? —le preguntó Jamie.

Sin titubear siquiera, contestó:

—Me encantaría.

—Entonces ponte algo bonito y nos vemos en una hora.

Hallie volvió a la casa prácticamente a la carrera y subió la escalera. Pensó que no debería aceptar la invitación. Jamie era su paciente, no tardaría mucho en marcharse y no volverían a verse. Pero, de todas formas, una cena con él sería estupenda.

Cuando hizo el equipaje para viajar a Nantucket, metió las cosas en la maleta sin pensar. En aquel momento, entre la herencia y la última jugarreta de Shelly, no pensaba con claridad.

Pero Shelly sí había tenido tiempo para planear su viaje con Jared. Había cogido la maleta de Hallie y la había llenado con su ropa y con algunas prendas que le había robado a ella. Una vez que los planes cambiaron, Hallie vació el contenido que Shelly había metido en la maleta y buscó su ropa entre el montón. Una de las prendas era un vestido recto negro de seda con tirantes finos. Estaba en el fondo de su armario, reservado para una ocasión especial que nunca había llegado. En ese momento, Hallie estaba muy agradecida de tenerlo. Se preguntó si debería agradecerle a Shelly que lo hubiera sacado del armario y la idea estuvo a punto de arrancarle una carcajada.

Tardó un buen rato en secarse el pelo con el secador y casi le dio tristeza hacerlo, porque era como deshacerse del recuerdo de Jamie mientras se lo lavaba. Empuñó el secador mientras tarareaba todas las canciones de *Al sur del Pacífico*.

Al ponerse el vestido, le sorprendió descubrir que le quedaba un poco ancho. Cuando lo compró, se le ajustaba como si lo llevara pintado.

Abrió el pequeño joyero que Shelly había guardado y descubrió cosas que hacía años que no se ponía. Eligió una cadena de oro muy sencilla y unos pendientes a juego.

Cuando Jamie llamó de forma educada a la puerta, estaba lista.

—¡Madre mía! —exclamó—. Estás genial. Vamos a quedarnos aquí y nos lo montamos.

Hallie se echó a reír.

—Quiero una cena con vino y tú tampoco estás mal.

—Gracias —replicó Jamie, que la dejó que bajara la escalera delante de él.

Cuando llegaron a la puerta principal, Hallie le dio las llaves del coche retándolo con la mirada a que se negara. Ya había conducido antes y podría hacerlo de nuevo.

Mientras arrancaba el coche, Hallie dijo:

—Háblame de la boda. ¿Cuántos miembros de tu familia vendrán?

—Muchos. Todos quieren a la tía Jilly. Te los presentaré a todos y después te preguntaré por sus nombres. Pero si te olvidas de los Montgomery, no te lo tendré en cuenta.

—Pobres Montgomery. Pero me interesa más conocerlos de uno en uno, como... no sé. ¿Quién es el más listo?

—Mi padre y su hermano. Pero esa es mi opinión y no se te ocurra decírselo a ellos.

—¿Quién es el más simpático?

—Sin duda, la tía Jilly.

—¿El más guapo?

—Mi hermano Todd —contestó con una sonrisilla.

—Vale —replicó Hallie—. ¿Quién es el más interesante?

—El tío Kit. Sin duda alguna. Aunque es un Montgomery, es interesante porque nadie sabe mucho sobre él, ni sobre su trabajo o su vida personal. Nada. Todo es muy misterioso.

«Más o menos como tú», pensó Hallie, que no lo dijo en voz alta.

—¿A qué crees que se dedica?

—Es un espía. Todos los demás miembros de la familia lo creemos. Una vez apareció en Navidad con dos adolescentes, un chico y una chica, y nos los presentó como sus hijos. Los chicos eran muy elegantes y educados. Podían hacer cualquier cosa, ya fuese una actividad deportiva o algo intelectual. Resultaban intimidantes.

—Seguro que en un gimnasio no te intimidaron. ¡Es imposible que fueran más cachas que tú!

Jamie sonrió.

—¡Acabas de ponerme el ego por las nubes! Pero, en fin, es mi primo Raine quien tiene el honor de ser el más cachas. No hemos vuelto a ver a los chicos después de aquella Navidad. Creo que pensaron que éramos unos bárbaros.

—¿Los Montgomery también?

—Sí. Asombroso, ¿verdad? Deberías ver al tío Kit con mi madre. Lo interroga sin piedad, pero jamás suelta prenda. Todos creemos que su detective Dacre, que es un espía jubilado, está basado en él.

—¿Vendrá tu tío Kit a la boda?

—¿Quién sabe? Tú busca a un hombre alto, delgado, canoso y elegante. A mi madre le gusta desafiarlo con ciertas activida-

143

des para ver si es capaz de hacerlas, como tiro con arco, esgrima o backgammon. De momento no la ha decepcionado.

Hallie se echó a reír.

—¡Menuda es tu madre!

—Sí, lo sé. —Aparcó en el estacionamiento del Sea Grille, apagó el motor y la miró—. Es como tú.

Por un instante, siguieron sentados en el coche, mirándose, y Hallie tuvo el impulso casi irresistible de inclinarse para besarlo. Pero besar a Jamie ya era algo familiar para ella porque lo hacía todas las noches.

Estuvo a punto de soltar una risa tonta al pensar en lo asombrado que se quedaría él si lo besara. Sonrió, se volvió y bajó del coche.

9

—Bueno, ¿cómo te ves dentro de... digamos cinco años? —preguntó Jamie mientras le rellenaba la copa a Hallie por segunda vez. Él no bebía. Su excusa era que conducía, pero en realidad, sabía que no debía mezclar el alcohol con la medicación que estaba tomando.

Hallie sonrió.

—Pareces un psicólogo. —Bajó la voz—. ¿Cómo te sientes al heredar una casa y un paciente de la *jet set*?

Jamie hizo una mueca.

—Ojalá mi padre no hubiera mandado el avión —dijo—. Estoy pagando las consecuencias. ¿Cómo están las vieiras?

—Geniales. Estupendas. ¿Quieres emborracharme?

—Sí —contestó él con una expresión tan lasciva que ella se echó a reír—. ¿Cuál es tu futuro soñado?

—Me temo que no soy muy creativa. Me va más lo ordinario.

—¿Qué quieres decir con eso?

Hallie bebió otro sorbo de vino. El precioso restaurante, el hombre guapo y el vino estaban destrozando su reserva natural.

Jamie comía en silencio, a la espera de su respuesta. Nunca lo había visto con otra ropa que no fuera deportiva, de modo que la camisa almidonada y la chaqueta, que apostaría cualquier cosa a que estaba hecha a medida, así como los pantalones con la pulcra raya sobre la rodillera, lo hacían parecer recién salido de un sueño.

Inspiró hondo antes de contestar:

—Lo que muchas mujeres quieren: un hogar, un marido, unos hijos, un buen trabajo. ¿Ves? Ya te he dicho que soy una persona muy normal y corriente.

—A mí no me pareces tan corriente. Creía que las mujeres de hoy en día querían trepar por el escalafón directivo y convertirse en directoras de empresas multimillonarias.

—A lo mejor sí, pero a mí nunca me ha interesado eso. ¿Qué me dices de ti? ¿Qué quieres tú?

Jamie estuvo a punto de decir «Volver a ser como era», pero no lo hizo.

—Básicamente lo mismo.

—Pero en tu caso en una mansión con pasillos de mármol.

Jamie frunció el ceño.

—Mi familia no es así. Somos... —Se interrumpió porque quería que la conversación se centrara en ella—. Ahora eres la propietaria de dos casas, ¿qué vas a hacer con ellas?

Hallie gimió.

—No lo sé. No he tenido tiempo de pensar en el futuro. Le cedería la casa de Boston a mi hermanastra, pero ella la vendería y... —Bebió más vino. ¡No quería hablar de Shelly!—. ¿Alguna sugerencia?

—Vende la casa de Boston y quédate en Nantucket.

—¿Y cómo me gano la vida? Además, la casa de Boston tiene una buena hipoteca. Cuando me hice con ella, estaba en muy malas condiciones y tuve que pedir dinero para repararla. Si la vendo, cubriría algunas deudas, pero no todas. Así que ¿cuánto tiempo podría vivir con los pocos beneficios y pagar los impuestos de la casa de Nantucket? Y ya has visto los precios de Bartlett's Farm. La isla es cara.

—Parece que lo has pensado a fondo. Seguro que necesitan

fisioterapeutas en la isla. O podrías trabajar con los clientes en el gimnasio.

—Tardaría años en hacerme con una lista de clientes privada, ¿de qué vivo mientras? ¿Por qué sonríes?

—Me impresiona lo práctica que eres —contestó él, pero en realidad estaba pensando en que era libre—. Has dicho que quieres un marido. ¿Tienes ya candidato?

—No, nadie —contestó Hallie, pero apartó la vista. Esa tarde la había llamado la madre de Braden.

—Está fatal —había dicho la señora Westbrook, con un deje alegre en la voz.

—¿Cómo? —había preguntado Hallie—. ¿Ha pasado algo?

La señora Westbrook le había contado encantada que a su hijo le habían dado calabazas y que estaba deprimido.

—Te lo envío, Hallie. Con la esperanza de que... —No había terminado la frase, pero las dos supieron a qué se refería.

—¿En qué estás pensando? —preguntó Jamie, que fruncía el ceño de nuevo.

Hallie apuró la copa de vino y él se la rellenó.

—En una casita —contestó ella—. Eso me gustaría. No una monstruosidad con un recibidor de tres alturas y ocho cuartos de baño. ¿Y tú?

—Una casa enorme en el campo, con un porche donde pueda sentarme a contemplar la lluvia.

Hallie pensó que tal vez fuera el comentario más personal que le había hecho.

—Y un jardín en el que se mezclaran verduras y flores. ¿Sabías que si plantas perejil junto a los tomates, los insectos se mantienen alejados? O eso se supone.

Jamie asentía con la cabeza.

—Y lo cercaremos todo y plantaremos girasoles en la parte trasera.

—Atraerán a los pájaros, que se comerán las verduras.

—En ese caso, pondremos un espantapájaros.

—Y tendría unas cuantas gallinas —siguió ella—. Mis abuelos tenían gallinas y yo recogía los huevos. Creo que es bueno que los niños tengan tareas y que sepan de dónde sale la comida. ¿Has visto alguna vez una gallina de cerca?

—¿Estás de coña? Mi familia prácticamente está formada por granjeros. Mi tía Samantha, que vive en la puerta de al lado, cultiva casi todo lo que nuestra familia y la suya comen. Soy capaz de pelar las mazorcas de maíz y dejarlas completamente limpias en menos de un minuto.

Hallie lo miraba con los ojos abiertos como platos.

—No te imagino haciéndolo. Dar vueltas con tu avión privado, sí, pero...

—¿Tener un avión privado es motivo para pintar a toda mi familia de la misma manera? Oye —dijo con seriedad—, mi padre y su hermano trabajan con dinero. Compran y venden cosas, y se les da muy bien, pero tienen que estar cerca de los mercados de valores. Los dos tuvieron el buen tino de casarse con mujeres que querían un hogar y una familia, no la vida de la alta sociedad, así que se mudaron a Chandler, Colorado, para estar cerca de la familia. Pero mi padre y mi tío necesitan un medio de transporte para ir a trabajar. Ir desde Chandler a Nueva York en vuelos comerciales hace que estén mucho tiempo alejados de sus familias.

—Así que se compraron un avión —dijo Hallie—. ¿Quién lo pilota?

—Mi prima Blair, pero con la condición de que no haga piruetas acrobáticas. Al menos, no con pasajeros a bordo.

Hallie se echó a reír.

—Ya me cae bien.

Jamie la miró con expresión seria.

—No soy como crees ni tampoco me criaron como te imaginas. De niño, tenía tareas y deberes.

—¿Y por qué no estás en casa, en Chandler, con ellos? ¿Por qué venir a Nantucket con una desconocida?

—Yo... —comenzó, pero un camarero se acercó para retirar los platos vacíos y no continuó. Cuando se quedaron solos de nuevo, cambió de tema—. Pero funciona bien, ¿no? Formamos un buen equipo.

Otra ocasión en la que no iba a revelarle nada personal, pensó ella. De repente, se sintió desanimada. Hasta ese momento no se había dado cuenta, pero lidiar con una historia de fantasmas le había proporcionado la distracción perfecta para no tener que pensar en el futuro. ¿Qué iba a hacer? ¿Debería buscar trabajo en Nantucket y vivir en la preciosa casa antigua que había heredado? ¿O debería venderla?

—Creo que te he molestado —dijo Jamie—, y no era mi intención.

—La verdad es que no sé qué hacer. —A lo mejor era por el vino o tal vez fuera porque Jamie parecía interesado en lo que tenía que decir, pero quería hablar. Se sorprendió al darse cuenta de que Jamie tenía razón: había pensado a fondo en su futuro.

Jamie pidió un postre de chocolate y dos tenedores, y mientras lo compartían, le contó lo que se le había pasado por la cabeza. Si conseguía un trabajo en Nantucket, ¿ganaría lo suficiente para cubrir el mantenimiento de una casa antigua? Si la vendía, ¿qué pasaría con los objetos del salón del té?

—Siento cierta obligación hacia todos esos objetos porque están relacionados con un antepasado mío —adujo.

—Seguro que el señor Huntley tendría respuestas para algunas de estas preguntas. —Jamie hizo una pausa—. A Chandler le vendría bien contar con una fisioterapeuta. Es un condado vaquero y hay muchas lesiones. Podrías...

—¿Vivir a costa de tu familia rica? —terminó por él con más rabia de la que creía posible—. No, gracias. No acepto caridad. ¿Has terminado? Me gustaría volver a casa.

—Hallie, lo siento. No era mi intención...

Hallie se puso en pie.

—Tranquilo. No debería haberte hablado de mis problemas. Ha sido una cena estupenda y te lo agradezco. Has sido muy amable al invitarme.

Jamie pagó la cuenta y después regresaron al coche, pero Hallie seguía avergonzada. Le había revelado demasiado a ese hombre que vivía en un mundo muy distinto del suyo. Él no tenía que preocuparse por cosas como dónde conseguir su próximo trabajo o vender o no una casa. Y a juzgar por lo que contaba de sus parientes, no contaba con una Shelly entre sus filas.

Cuando estuvieron en el coche, Jamie preguntó:

—¿Tu amigo Braden forma parte de ese futuro tuyo?

Estuvo a punto de decir que no, pero cambió de idea.

—A lo mejor. Si tengo mucha, pero que mucha suerte.

—Es bueno saberlo —replicó Jamie, que arrancó para recorrer el corto trayecto de vuelta a casa en silencio.

Cuando Hallie escuchó el primer gemido, no sabía si era suyo o de Jamie. Estaba tan cansada que apenas podía abrir los ojos y estuvo en un tris de volver a dormirse. Pero un gemido más fuerte la instó a apartar el edredón y a dirigirse a trompicones al dormitorio de Jamie.

Como de costumbre, se sacudía en la cama.

—Tranquilo —le dijo, pero no con el tono de infinita paciencia y comprensión que solía emplear. Estaba demasiado cansada para ser comprensiva.

Como era habitual, le colocó una mano en la mejilla.

—Estás a salvo. —Bostezó—. Estoy aquí y... ¡Ay! —El enorme brazo de Jamie la rodeó y la obligó a tumbarse en la cama junto a él.

Con un solo movimiento, Jamie se colocó de costado y la pegó contra su cuerpo.

—Hora de los arrumacos —dijo y, por una milésima de segundo, pensó en intentar zafarse, pero después cerró los ojos y se quedó dormida.

Hallie sabía que estaba soñando. Se encontraba fuera del salón del té, la puerta estaba abierta de par en par y el interior era precioso. En el centro del salón se habían dispuesto cuatro mesitas, cada una con un mantel, vaporoso y exquisito, de algodón blanco. En un lateral de la estancia se encontraba la enorme vitrina, con los estantes llenos con los platos que Jamie y ella habían encontrado, solo que en ese momento estaban relucientes. De hecho, todo era bonito y acogedor.

Sin embargo, lo que atraía la mirada de Hallie no eran los objetos, sino la guapísima mujer sentada en el asiento acolchado del otro extremo del salón. Hallie no creía haber visto a nadie más hermoso en la vida. Llevaba el pelo oscuro recogido en la coronilla, de modo que el peinado resaltaba unas facciones exquisitas.

Hallie se la imaginaba en la portada de todas las revistas de moda, y a juzgar por el cuerpo que ocultaba el precioso vestido de seda, incluía la de *Sports Illustrated*.

Hallie quiso decirle algo a la muchacha, pero antes de poder dar un paso, otra mujer, igual de guapa, pasó a través de ella.

Hallie jadeó por la sorpresa, pero ninguna de las dos mujeres parecía consciente de su presencia. «Es un sueño», se recordó ella, y se quedó en el vano de la puerta, observando y escuchando.

—Me preguntaba dónde te habías metido —le dijo Hyacinth a su hermana al entrar en el precioso salón del té. Había atravesado casi media estancia antes de reparar en el hombre bajito sentado en las sombras, detrás de la mesa más alejada—. ¡Ah! —exclamó por la sorpresa.

Juliana estaba sentada en el asiento acolchado, con la vista clavada en el jardín. Llevaba puesto su vestido de novia, de seda azul grisáceo que se asemejaba al color de sus ojos.

—Ha sido idea de Parthenia, y Valentina la ha respaldado —explicó ella—. Han insistido en que me hagan un retrato el día de mi boda. Ven a sentarte conmigo.

Hyacinth se sentó junto a su hermana, con el vestido de seda de color rosa palo que le sentaba tan bien, y miró al hombre de pelo oscuro mientras este sacaba sus botes de tinta.

—¿Habla nuestro idioma?

—Ni una palabra.

—En ese caso, su silencio será una bendición —replicó Hyacinth—. La casa ya está tan llena de invitados que tengo ganas de correr y esconderme.

Juliana no se dejó engañar por el tono alegre de su hermana. Llevaban juntas desde que nació, pero al día siguiente se marcharía de la isla para vivir con la familia del hombre que pronto se convertiría en su esposo. Abrió los brazos y Hyacinth apoyó la cabeza en su hombro.

La nueva postura provocó una retahíla de sonidos furiosos por parte del artista, pero Juliana se limitó a agitar una mano. O las pintaba juntas o no las pintaría a ninguna.

—¿Cómo voy a vivir sin ti? —susurró Hyacinth.

—No será por mucho tiempo. Leland ha dicho que te reunirás con nosotros en primavera. Tiene un primo que va a venir de visita. Creo que Leland quiere que te cases con él.

Hyacinth se echó a reír.

—¿Quiere darle la vuelta a la tortilla? ¿Ahora soy yo la que va a ser emparejada en vez de encontrarle pareja a otro? Pero nuestro pobre padre no soportaría la idea de que las dos nos fuéramos.

Juliana miró al artista, que había dejado de quejarse y que estaba dibujando a las dos muchachas.

—¿Crees que padre se presentará en Boston con su remo para ahuyentar a tus pretendientes?

—Seguramente —contestó Hyacinth—. Lo he visto hace poco y jamás había visto a nadie más desolado. Estaba sentado, solo, y echaba a cualquiera que se le acercase.

—Después de la ceremonia, tengo que acordarme de pasar tiempo con él. No puedo dárselo todo a Leland. Al menos, todavía no.

Cuando Hyacinth levantó la cabeza para mirar a su hermana, el hombre empezó a quejarse de nuevo. Quería que se quedaran quietas. Se volvió hacia él y le regaló su sonrisa más dulce, de modo que el artista se calmó.

—¿Quieres mucho a tu Leland? —preguntó Hyacinth en voz baja—. ¿Con toda el alma? ¿Para toda la eternidad?

—Sí —contestó Juliana, que se echó a reír—. Al principio no, no como todo el mundo cree. Solo tú sabes lo que pasó en realidad aquel día.

—Cuéntamelo otra vez —dijo Hyacinth—. Cuéntamelo una y mil veces.

—Todo el mundo cree que fue amor a primera vista, pero Leland... —Esperó a que su hermana fuera completando la historia. Se habían reído por la anécdota muchas veces.

—Leland se había quedado dormido sobre su escritorio —terminó Hyacinth—. Había apoyado la cabeza sobre una litografía recién impresa.

Juliana sonrió.

—La tinta se había despegado y en la mejilla tenía la imagen de dos gansos y...

—Y la palabra "vende" escrita al revés —terminó Hyacinth por ella.

—Sí —confirmó Juliana—. Tenía la mejilla vuelta en mi dirección, de manera que yo era incapaz de mirar otra cosa.

—Y todo el mundo creyó que te habías enamorado de él a primera vista —concluyó Hyacinth.

Juliana sonrió al recordarlo.

—Sobre todo Leland.

—Pero él sí se enamoró de ti nada más verte.

—Eso dice él —repuso Juliana—. Pero fueran cuales fuesen sus verdaderos sentimientos, le infundió el valor necesario para... —Tomó una honda bocanada de aire.

—Besarte en la despensa. —Hyacinth suspiró.

—Siempre me he preguntado si habría sido tan valiente de haber sentido alguna vez el remo de nuestro padre en el trasero.

—Eso hizo que muchos de nuestros pretendientes salieran corriendo —dijo Hyacinth—. Yo sigo esperando el hombre que desafíe su ira.

—Ha habido muchos así —aseguró Juliana—. Caleb Kingsley trepó por la pérgola y llegó casi a la ventana de tu dormitorio antes de que padre lo escuchara y comenzara la persecución. ¡Bien rápido que corre Caleb! Habría sido un buen marido.

—No estoy segura. Creo que Valentina y él forman mejor pareja. Ella corresponde la enorme pasión de Caleb. Yo prefiero una vida más tranquila. —Hyacinth tomó a su hermana de la mano—. ¿Cómo voy a servir nuestros tés sin ti?

—¿Cómo podré conocer a toda la familia de Leland sola? —preguntó Juliana—. Son muy elegantes. Su madre se mareó por las olas en el trayecto hasta la isla. Y su hermana me preguntó si sé tocar a Mozart.

—¿Y qué le contestaste?

—Que no sabía quién era Mozart, pero que soy capaz de tocar Lame Sally's Jig con una garrafa.

—¡No serías capaz!

—No —dijo Juliana—, no fui capaz. Pero estuve a punto. —Miró a su alrededor un momento y pensó en todas las risas y los buenos ratos que habían pasado allí—. Echaré de menos este salón y esta isla todos los días de mi vida. Prométeme una cosa.

—Lo que quieras —repuso Hyacinth.

—Que si algo me sucediera, si...

—¡No! —la interrumpió Hyacinth—. No pienses así el día de tu boda. Trae mala suerte.

—Pero algo me impulsa a decirlo. Si no me sale todo bien, tráeme de vuelta a esta casa, a esta isla. Deja que descanse aquí para siempre. ¿Me lo prometes?

—Sí —prometió Hyacinth en voz baja—. Y yo te pido lo mismo. Tenemos que estar siempre juntas.

Juliana le dio un beso a su hermana en la frente.

—Será mejor que salgamos o padre creerá que alguien nos ha raptado y sacará los remos. —Miró al hombrecillo—. ¿Ha terminado?

El hombre asintió con la cabeza al tiempo que se levantaba y dejaba el retrato en la vitrina para que se secase. En él se veía a dos preciosas muchachas, sentadas la una al lado de la otra, con las cabezas juntas y la ventana tras ellas. Junto a su retrato, se encontraba el que había realizado un poco antes del novio.

Las hermanas, seguidas de cerca por el artista, casi habían llegado a la puerta cuando esta se abrió de repente y apareció su amiga Valentina.

Ella también era guapísima, pero con un aura apasionada y vibrante, lo que ofrecía un gran contraste al lado del sereno encanto de las hermanas.

—Tienes que ir a la iglesia —dijo Valentina—. Ya creíamos que os habíais fugado con un par de apuestos tritones.

—Prefiero a Leland —repuso Juliana.

—Y yo me reservo para Neptuno —replicó Hyacinth—. Me gusta su tridente.

Entre carcajadas, salieron del salón. Ninguna se percató de que una ráfaga de aire se coló en la estancia e hizo que los retratos se pegaran a la parte trasera de la vitrina. Cuando la puerta se cerró, las hojas se deslizaron por detrás del mueble y quedaron ocultas. Y más tarde, en mitad de la tragedia acaecida aquel día, a nadie se le ocurrió buscar los retratos.

Cuando Jamie se despertó, no sabía dónde estaba. Tal como se había convertido en costumbre, lo atenazó el pánico. ¿Dónde estaba su equipo? ¿Dónde estaban sus compañeros de armas? ¿Dónde estaban las salidas y las entradas?

Extendió un brazo en busca de lo que necesitaba. ¿¡Por qué se había quedado dormido!? ¿Por qué no se había asegurado de que todos estaban a salvo?

Al escuchar el llanto de una mujer, recordó a Valery. Había intentado ayudarla, pero un médico lo había inmovilizado.

—Quédese quieto, señor. No puede levantarse. Parece que Freddy Krueger ha estado jugando por aquí.

—¡Sargento! —gritó alguien—. ¡Cierre el pico!

Jamie no cejó en su empeño de levantarse. Su trabajo era ayudar. Era su responsabilidad. Se lo debía. Estaban bajo su protección.

Se debatió todo lo que pudo hasta que alguien le inyectó morfina y perdió el conocimiento.

Tardó varios minutos en librarse del pánico y recordar que estaba en Nantucket. Se sorprendió al ver que tenía a Hallie entre los brazos, pero no era ella quien lloraba. Hallie se movía, inquieta, rozándole las piernas con las suyas, como si tratara de decirle algo, aunque no entendía las palabras.

Se preguntó qué hacía en su cama. ¿Le habría dicho la verdad cuando aseguró que la asustaban los fantasmas? ¡Joder!, pensó. Si no se tomara esas dichosas pastillas para dormir, la habría escuchado. Desde luego que habría sabido cuándo necesitaba su ayuda.

—Tranquila —le dijo al tiempo que le apartaba el pelo de la cara—. Tranquila. Estoy aquí. Estás a salvo.

—Juliana —susurró ella con voz entrecortada. Juliana ha muerto.

Hallie estaba soñando con los fantasmas, se dijo, y la abrazó con más fuerza. A lo mejor tenía razón y deberían mudarse a la casa de Jared. A lo mejor...

Un relámpago en el exterior hizo que perdiera el hilo de sus pensamientos, y con el fogonazo de luz vio a una muchacha junto a la cama, mirándolos. Era guapísima y lucía un vestido de talle alto del color de... ¿Cómo lo había llamado el señor Huntley? Había dicho algo de una tormenta. Sobre el pelo oscuro llevaba un velo blanco. Era una novia.

Por un segundo, la muchacha lo miró con una sonrisa y después asintió con la cabeza, como haciéndole saber que la complacía ver que estaba consolando a Hallie.

—¿Juliana? —susurró él y le tendió la mano. Pero con el siguiente relámpago, la muchacha desapareció. Y con ella se fue la inquietud de Hallie, de modo que se quedó relajada entre sus brazos.

Jamie frunció el ceño durante un rato, mientras intentaba averiguar qué había visto, pero después una profunda sensación de tranquilidad se apoderó de él. Por primera vez en más de un año, su mente se llenó con algo distinto del recuerdo de las armas, de las bombas, del miedo y... de la muerte.

A medida que su cuerpo se relajaba, comenzó a ver una casa. Tenía dos plantas, con un gran porche delantero, y a la derecha había una estancia acristalada. Se sintió flotar, suspendido sobre la tierra, y pudo ver el interior de esa habitación. Estaba junto al dormitorio principal, y sabía que Hallie la había convertido en una habitación infantil. Había dos cunas, pero una estaba vacía en ese momento, y a Jamie lo asaltó la conocida sensación de pánico. Sin embargo, en la otra cuna había dos niños pequeños, idénticos, tal y como lo fueron Todd y él. Y tal como ellos hacían, esos niños se negaban a dormir separados.

La visión, el sueño o lo que fuera, logró que Jamie se sintiera mejor de lo que se había sentido en... No recordaba haberse sentido tan bien en la vida. Abrazó a Hallie con más fuerza, sonrió por la forma en la que sus piernas se entrelazaron y se sumió en un profundo y tranquilo sueño, por primera vez en muchísimo tiempo.

10

—Está dormido —anunció la voz de un niño que trataba de susurrar.

—Te lo dije —replicó su hermana.

—Mamá ha dicho que no lo despertemos.

La niña miró a su alrededor.

—Podemos volcar esa silla y así no lo despertaríamos nosotros. O podríamos...

—¿Quién es ella? —preguntó el niño. Estaba señalando por encima de Jamie a la cabeza de Hallie, que apenas era visible porque estaba cubierta por el edredón.

—La señora de los ejercicios —contestó la niña, que quería aparentar que estaba informada. Era tres minutos mayor que su hermano y se tomaba muy en serio esa diferencia de edad. Al ver que Jamie movía un poco los ojos, supo que estaba despierto y se vio obligada a contener una risilla por la emoción—. Seguramente tenía frío. Jamie está muy gordo así que a su lado seguro que estaba calentita. Seguro que...

—¿Quién está gordo? —gruñó Jamie, que procedió a levantarlos del suelo a ambos y a meterlos en la cama.

La niña se lanzó sobre Jamie y este empezó a hacerle cosquillas, pero el niño se apartó de él para acercarse a Hallie y observarla.

—Chitón —le decía Jamie a su hermana pequeña—. Hallie está intentando dormir. Cuidarme la deja agotada.

La niña se quedó tumbada sobre Jamie y lo miró con el ceño fruncido por la concentración.

—¿Te has tirado al suelo y te has puesto encima de ella?

Jamie sintió un ramalazo de culpa. La primera época después de su regreso del hospital fue la peor. Cualquier ruido, cualquier movimiento rápido, cualquier espacio cerrado lo hacía reaccionar. Pero le sonrió a su hermana.

—Solo dos veces, pero ¿sabes qué? Le ha encantado.

—Si le gustas, es que seguro que está loca —replicó su hermana con seriedad.

—Me las pagarás por decir eso. —Jamie empezó a hacerle cosquillas a la niña otra vez.

Cuando Hallie empezó a despertarse, creyó que seguía soñando. En su mente había dulces caseros y champán que sabía que uno de los Kingsley había llevado desde Francia. Y escuchaba niños riéndose. Sonrió mientras abría los ojos y vio que la estaba mirando un niño pequeño que se parecía mucho a Jamie. Tenía unas pestañas preciosas. Le devolvió la sonrisa.

Pero en ese momento el brazo de Jamie aterrizó sobre su cabeza para evitar que otro niño cayera sobre ella. Jamie se colocó de costado, de modo que sintió todo su cuerpo pegado a su espalda. Y, en ese momento, ella reparó en los ojos de los dos niños que no dejaban de mirarla.

Jamie empezó a mordisquearle una oreja. Seguía tan adormilada que sonrió por lo que estaba sucediendo, convencida de que no podía ser real.

—¿Estás enamorada de mi hermano? —le preguntó la niña.

—Creo que lo está —respondió Jamie—. No puede mantenerse alejada de mí ni siquiera por la noche.

Hallie comenzaba a espabilarse.

—¡No digas eso! —Le dio un guantazo en la cabeza y se volvió para mirarlo—. Para que lo sepas, estoy en la cama contigo porque... —Dejó la frase en el aire con los ojos tan abiertos que las pestañas casi le llegaban al nacimiento del pelo.

—Buenos días —dijo una voz masculina muy grave.

Jamie rodó hasta ponerse de espaldas en la cama y cerró los ojos.

—Dime que es una grabación y que no está aquí de verdad.

El primer impulso de Hallie fue salir de la cama, pero luego recordó que solo llevaba puesta una camiseta vieja de manga corta y, además, estaba inmovilizada por la pesada pierna de Jamie con la aparatosa rodillera.

Logró incorporarse hasta quedar sentada en el colchón con un niño a cada lado, todos mirando por encima de Jamie. Hallie acababa de ver a dos tíos buenísimos. Ambos debían de medir más de metro ochenta, y eran delgados pero con hombros anchos. Llevaban camisas de algodón y pantalones de pinzas con raya. Sus caras parecían salidas directamente de la televisión: rasgos marcados, narices aristocráticas y labios como los de una escultura griega. Uno tenía el pelo negro azabache y los ojos casi igual de oscuros. Con la ropa adecuada, parecería un pirata. El otro era igual de guapo, pero tenía el pelo más claro y los ojos de un tono castaño dorado. Si fuera una película, interpretaría al Capitán América.

—¿Son de verdad? —le susurró Hallie a la niña.

Los hombres sonrieron y sus ojos adquirieron un brillo travieso.

—Supongo —contestó la niña con despreocupación—. Se les da muy mal montar a caballo, pero eso es porque son...

—A ver si lo adivino —la interrumpió Hallie—. Son Montgomery.

Los hombres se echaron a reír.

—Nuestra reputación nos precede.

El moreno dijo:

—Soy Adam y este es mi primo Ian.

Jamie abrió por fin los ojos.

—Creía que no llegaríais hasta la semana que viene. —Parecía molesto.

—La tía Cale quería ver la vieja casa que han comprado —adujo Ian, sonriéndole a Hallie, que trataba de peinarse con los dedos.

—¿Quiénes han venido? —quiso saber Jamie.

—¡Todo el mundo! —exclamó el niño mientras se ponía de pie en la cama—. Soy Max y esta es Cory. Jamie y Todd son nuestros hermanos.

Hallie cogió a Max de la mano para que no se cayera de la cama. Todavía estaba mirando a los dos hombres, sonriéndoles, cuando entró otro, algo que la obligó a parpadear con rapidez. Era alto, aunque un poco más bajo que los otros, y tenía la constitución de un oso. La camiseta se ceñía a unos músculos que parecían moverse aun cuando estaba quieto. En cuanto a su tableta de chocolate... no estaba segura, pero parecía de las macizas.

Por último lo miró a la cara. «Dulce» era el único adjetivo que se le ocurría para describirlo. Pelo corto y oscuro un poco ondulado, ojos azules y un hoyuelo en la barbilla.

Max gritó:

—¡Raine! —Y se bajó de la cama de un salto.

Sin dejar de mirar a Hallie, el hombre cogió al niño y lo sostuvo con el brazo derecho. Al ver que estiraba el brazo izquierdo, la niña usó el estómago de Jamie para tomar impulso y saltó para que el recién llegado la cogiera. Raine los abrazó a los dos, y los niños le devolvieron el gesto, enterrando las caras en su musculoso cuello.

Hallie no acertó a hacer otra cosa que no fuera quedarse sentada contemplando la escena. A la izquierda, estaban los dos hombres delgados y elegantes. A la derecha, el hombre corpulento que abrazaba a los dos preciosos niños. Y Jamie seguía tumbado en la cama.

—Creo que he muerto y he ido al Cielo —susurró.

—¡Fuera! —gritó Jamie mientras se sentaba en la cama—. ¡Todos fuera!

Ninguno se movió.

—¿Jamie y tú sois pareja? —preguntó Adam.

—No, la verdad es que no —contestó Hallie, que señaló la cama—. Esto ha pasado porque... Bueno, a ver... es que... —No quería avergonzar a Jamie hablando de sus pesadillas, pero tampoco quería que creyeran que había algo entre ellos cuando no lo había. La verdad fuera dicha, los cuatro eran tan guapos que apenas podía hablar de forma coherente.

—¡Fuera! —masculló Jamie—. Ahora mismo.

Los tres hombres se marcharon con otras tantas sonrisas deslumbrantes y los niños los siguieron.

Cuando estuvieron a solas, Jamie la miró y le dijo:

—¿Por qué estás conmigo en la cama?

Hallie no quería explicarle nada. De modo que apartó la sábana y el edredón, y se levantó.

—Tengo que vestirme. Nos vemos abajo. —Y se fue corriendo.

Hallie tardó un buen rato en vestirse. Sacó la ropa nueva que había comprado en Zero Main y se arregló el pelo a conciencia.

Mientras se arreglaba, recordó el sueño con las Damas del Té. Normalmente, los sueños se olvidaban pronto, pero ese se le había quedado grabado. Recordaba hasta el más mínimo detalle. Mientras se ondulaba el pelo con la tenacilla, recordó los dibujos que se habían caído detrás de la vitrina.

¡Tenía que hablar con Jamie! Tenía que contarle el sueño y tenían que apartar el pesado mueble de la pared para comprobar si realmente los dibujos seguían allí.

Una vez vestida y mientras bajaba la escalera, escuchó voces y risas. ¿Habían llegado más Montgomery-Taggert? Pero no, en la cocina encontró a los tres hombres guapos de antes y a los niños, con alguien más.

Jamie estaba sentado a la mesa y parecía que le estaba costando mucho controlar su temperamento. A su lado, se encontraba un hombre que Hallie no había visto nunca, aunque supuso que debía de ser un Taggert. No era tan alto como Jamie, pero se parecía un poco a él, aunque era más corpulento y no tan guapo.

Cuando Adam la vio, dejó de hablar y se apartó. Ian, y después Raine, hicieron lo mismo. Los niños se aferraron a Raine mientras la miraban en completo silencio. Le habían dejado hueco para que siguiera caminando hasta la mesa a la que se sentaban los dos hombres.

¿Qué narices estaba pasando?, se preguntó mientras echaba a andar. Jamie no la estaba mirando.

Se detuvo al llegar a la mesa. El desconocido la miraba con expresión interrogante, como si esperara algo.

—Hola —dijo ella—. Soy Hallie, ¿y tú eres...?

—Todd —contestó el hombre, que se puso de pie y le tendió la mano—. Soy el hermano de Jamie.

Después de ese momento, todos empezaron a hablar a la vez. Salvo Jamie, claro, que se levantó con la ayuda de las muletas y sin mirarla siquiera abrió la puerta de la despensa y desapareció en su interior, tras lo cual cerró la puerta a su espalda.

Hallie quería ir tras él y contarle el sueño, pero estaba rodeada de cuatro hombres increíbles cuyo único objetivo en la vida parecía el de complacerla. Le preguntaron qué le apetecía desayunar. Mientras empezaban a prepararlo todo, vio que alguien había llenado su frigorífico con comida otra vez.

Uno a uno los hombres le fueron contando las distintas dolencias y lesiones que habían padecido y le preguntaron cómo tratarlas. También le preguntaron cuánto cobraba por un masaje.

Después del desayuno, los hombres, salvo Todd y Jamie, la acompañaron hasta el gimnasio para que pudiera empezar a tratarlos. Eran un trío muy simpático y disfrutó de su compañía, aunque al mismo tiempo no dejó de preguntarse dónde se había metido Jamie.

A la hora del almuerzo, logró detener a Cory, que atravesaba el jardín a la carrera.

—¿Dónde está tu hermano?

—¿Cuál de ellos? —le preguntó la pequeña a su vez. Llevaba una espada de madera que no paraba de agitar en el aire—. Tengo cinco.

—¿En serio? —replicó Hallie—. Jamie. ¿Dónde está?

—Con Todd. Siempre están juntos.

—Por favor, ¿podrías ir en busca de Jamie y decirle que debemos empezar con los ejercicios de su rodilla?

—No vendrá —contestó Cory—. Todd no lo dejará. —Y siguió corriendo hasta el otro extremo del jardín.

Hallie vio que alguien había abierto la enorme puerta roja para que los familiares que se alojaban en el hostal pudieran entrar y salir a su antojo. Ian le había dicho que algunos se estaban hospedando en Kingsley House, en la casa de Toby y en varios hoteles de la isla. Le contó todo eso como si fuera algo normal, pero para Hallie, que solo tenía un familiar a quien no le unía vínculo de sangre alguno, era todo lo contrario. Al recordar las bromas de Jamie cuando le dijo que lo sabía todo sobre los primos y que tenía familiares de todo tipo, sexo y edad, no pudo contener una carcajada.

En ese momento, Adam estaba en la camilla de masajes tumbado boca abajo, con ese precioso cuerpo desnudo salvo por la toalla blanca que le tapaba el trasero. Era un hombre agradable con un cáustico sentido del humor y la había felicitado por haber logrado aliviar la tensión de sus hombros.

—Hemos visto los utensilios de cocina que están sobre las sábanas ahí fuera —dijo—. ¿Los has encontrado en la casa?

Hallie recordó todo lo que había sucedido antes de encontrar todas esas cosas. Sería demasiado hablarle sobre un par de fantasmas casamenteros y sobre el sueño tan vívido en el que había visto a las chicas. Además, eso era algo entre Jamie y ella.

De modo que le habló sobre las puertas cerradas con llave y

le dijo que el señor Huntley les había dado la llave y que al abrir habían encontrado una habitación polvorienta.

Adam se movió para colocarse de espaldas sobre la camilla, tapado solo por la toalla.

—¿Jamie y tú habéis limpiado la estancia? ¿Os habéis divertido haciéndolo?

—Pues sí —contestó sonriendo, mientras le pasaba las manos untadas con aceite por el pecho.

Adam estaba en perfecta forma física, pensó. Seguramente corría además de practicar algún tipo de arte marcial. Tenía los músculos relajados. No estaba tan tenso como Jamie. Era fácil trabajar con él, hablar con él y seguramente sería agradable llegar a conocerlo bien.

Pero no era Jamie.

Después del almuerzo, que comió en el exterior con Adam, Ian, Raine y los niños, comenzó a trabajar con Ian. Se encontraba en tan buena forma física como Adam y era igual de agradable. Pero mientras que Adam poseía una intensidad que resultaba intimidante, Ian era todo sonrisas y carcajadas.

Raine se subió a la camilla a las tres. Para entonces, Hallie estaba frustrada por su fallo a la hora de dar con Jamie. No los había visto, ni a él ni a su hermano, desde antes del desayuno.

Sonrió al ver el enorme cuerpo de Raine. Se parecía más a Jamie que los otros.

—¿Dónde está? —le preguntó mientras empezaba a trabajar con sus músculos. No especificó a quién se refería.

—Con Todd —respondió Raine.

De los tres hombres, era el menos hablador, pero supuso que era quien más veía y escuchaba.

—¿Se está escondiendo de mí? —preguntó al tiempo que detenía las manos.

—Supongo que sí —reconoció Raine.

—¿Y vosotros estáis entreteniéndome para que no me dé cuenta?

—Sí —respondió sin más.

Hallie quería pensar que no se sentía dolida por el comportamiento de Jamie, pero sí que lo estaba.

—Jamie tiene... —empezó Raine.

Hallie sabía que iba a decir «problemas», pero no quería escucharlo.

—Unos modales terribles —concluyó ella, y escuchó que Raine reía entre dientes.

—Malísimos —convino él.

Siguió masajeándolo en silencio, más que nada porque necesitaba toda su energía para trabajar en los enormes y poderosos músculos de Raine.

Los hombres insistieron en invitarla a cenar y fueron a Kitty Murtagh's. Era una antigua taberna y Hallie se lo pasó muy bien, aunque echó de menos a Jamie.

Al pensarlo, tuvo ganas de darse de cabezazos contra la pared. Todas las mujeres del restaurante la miraban con envidia. Dado que los niños se pasaron la velada corriendo entre ella y Raine, parecía que eran una pareja casada y que los niños eran suyos. De hecho, en más de una ocasión pilló a Raine mirándola con disimulo de una forma que le provocaba escalofríos en la espalda. De todo el grupo de guapos que había conocido, él era su preferido de lejos. Le gustaba esa forma de ser tan silenciosa, su sentido del humor y su capacidad para escuchar. Dicho de otro modo, todo aquello que le recordaba a Jamie era lo que le gustaba.

Cuando regresaron a la casa, los hombres estaban discutiendo quién iba a dormir en la cama de la planta baja. Al principio, pensó que tal vez creyeran que Nantucket era un lugar peligroso, pero después comprendió que estaban preocupados por las pesadillas de Jamie.

Tal vez lo estaban protegiendo a él o querían protegerla a ella. Fuera lo que fuese, no le gustaba lo que veía.

Pese a todas sus protestas, los echó de la casa. Los Montgomery parecían dispuestos a quedarse de todos modos, pero Raine los convenció a todos de que se marcharan.

Subió a la planta alta con la esperanza de que Jamie estuviera allí, pero no lo encontró. En la casa reinaba un silencio inquietante que no le gustaba ni un pelo. Jamie había estado en la casa desde el primer día. Era la casa de los dos, no solo de ella.

Se dio una ducha e intentó recuperar la compostura. Había tenido claro desde el principio que Jamie Taggert no era para ella. Sus primos se habían pasado el día mencionando universidades, países y acontecimientos, incluso deportivos, que ella conocía solo porque había leído sobre ellos. Una vez que la rodilla de Jamie se curara, se subiría al avión de la familia y jamás volvería a verlo. Como mucho, recibiría alguna tarjeta de felicitación por Navidad.

Cuando salió de la ducha, se puso un pijama en vez de su acostumbrada camiseta ancha y echó a andar hacia la cama. Sin embargo, quería comprobar si Jamie había regresado. Su cama estaba vacía.

Su determinación se desinfló al instante.

—¡Joder, Todd! —exclamó en voz alta, y después se dijo que debía calmarse.

El quid de la cuestión era por qué le molestaba tanto que Jamie no estuviera en la casa. La verdad, no eran pareja ni nada del estilo. Así se lo había asegurado a sus primos, y les había dicho la verdad.

Regresó a su cama y se quedó dormida casi al instante. A las dos de la mañana se despertó, algo que se había convertido en una costumbre. Se quedó tendida en la cama y aguzó el oído, pero no escuchó nada. Ni gemidos ni gruñidos. Encendió la luz y atravesó la sala de estar en dirección al dormitorio de Jamie.

La lámpara de su mesilla estaba encendida, pero la cama seguía vacía. Llevada por un impulso, abrió la puerta del armario. ¿Habría hecho el equipaje para volver a Colorado? ¿Recibiría una tarjeta de agradecimiento asegurándole que se lo había pasado muy bien con ella?

Sin embargo, su ropa seguía en el armario. La mayoría eran prendas deportivas, anchas, para que lo cubrieran de arriba abajo, y las únicas prendas de vestir eran las que se había puesto para la cena.

En el gancho de la puerta había un albornoz grande, y se lo puso. Acto seguido, se arrebujó con él un instante. Bajó descalza la escalera y vio que la planta baja también estaba desierta. Jamie no estaba durmiendo en la cama estrecha del salón.

Al ver que había luz en el salón del té, abrió la puerta. En el rincón más alejado de la estancia se encontraba un hombre alto, de pelo canoso, que llevaba una elegante bata azul y unas pantuflas. Estaba sentado en el viejo sofá, leyendo.

—¡Ah! —exclamó al verla, y pareció que fuera la persona que más deseaba ver en el mundo.

—O eres un fantasma o eres el tío Kit —dijo Hallie.

El hombre soltó el libro y se quitó las gafas, tras lo cual se puso en pie.

—Eres muy perspicaz. Esta noche tengo la impresión de que puedo ser las dos cosas. El té está caliente y el acompañamiento me resulta delicioso. Tal vez te apetezca una taza.

—Me encantaría. —Se sentó en uno de los sillones mientras él servía el té. Tras doblar la rodillas y colocar los pies en el asiento, miró a su alrededor.

No había visto la estancia desde que Jamie y ella la limpiaron. A la tenue luz de la lámpara de pie, parecía muy bonita y tenía un encanto especial.

Miró de nuevo a Kit.

—Supongo que deberíamos presentarnos como Dios manda. Soy Hyacinth Lauren Hartley, más conocida como Hallie.

—Yo soy, tal como has deducido, Christopher Montgomery, más conocido como Kit. —Sonrió—. O tío Kit. Bueno, y ya que nos hemos presentado, ¿qué haces vagando por la casa a estas horas de la madrugada?

—Buscaba a Jamie. ¿Por qué no estás durmiendo?

—Estoy seguro de que mi sobrino está con Todd, pero no sé dónde están. —Soltó la taza—. En cuanto a mi incapacidad para dormir, ¿puedo confiar en ti?

—Por favor.

—En primer lugar, debo pedirte disculpas por haber entrado sin permiso en tu casa. A veces, mi escandalosa familia me resulta insoportable. Cuando me dijeron que los habías echado a todos de tu casa, sentí que acababa de dar con un ser afín.

Hallie sonrió. Era un hombre muy guapo, de unos sesenta años, y tenía algo que la hacía sentirse segura y cómoda.

—Encontré la puerta de esta estancia abierta y decidí entrar para dormir. —Señaló con la cabeza hacia el asiento acolchado de la ventana, donde había una manta y una almohada—. Pero me despertó un sueño...

—A ver si lo adivino —lo interrumpió Hallie—. Dos preciosísimas mujeres que bien podrían ser conejitas de *Playboy* porque tienen tipazo. —Bebió un sorbo de té—. Solo es una suposición.

Por un instante, Kit pareció atónito, pero luego se echó a reír.

—La vida que he llevado hace que sea difícil sorprenderme, pero tú lo has conseguido. Ahora estoy intrigado. ¿Tú también has soñado con ellas?

—Sí, y también conozco su historia. ¿Te apetece...?

—¿Que si me apetece escucharla? Sí, muchísimo.

Hallie tardó casi una hora en contarle todo lo que sabía sobre las muchachas. Kit le hacía alguna pregunta de vez en cuando.

—¿Jamie ha recibido alguna noticia de su madre, sobre su propia investigación? ¿Has dicho que fue una caja lo que te golpeó la cabeza? ¿Qué había dentro? ¿De verdad están los dibujos detrás de la vitrina?

La respuesta a cada una de sus preguntas era:

—No lo sé.

—Qué interesante —dijo Kit cuando acabó, y sirvió más té—. ¿No crees que es interesante que después de una hora el té siga caliente y aún siga habiendo pastas y dulces en abundancia?

—Siempre es así. A veces llegamos a la casa y descubrimos que la vecina nos ha preparado un té espectacular. Jamie come mucho, pero siempre hay suficiente, y sí, la tetera siempre está caliente. —Lo miró—. Lo siento, pero no te he dejado hablar sobre el sueño.

—Ha sido muy breve. Había dos mujeres preciosas y una de ellas dijo: «Debes encontrar al primo de Leland.» Tuve la impresión de que me hablaba a mí. Eso fue todo. No pasó nada más.

—Me pregunto si es el primo de Leland que le iban a presentar a Hyacinth —dijo, refiriéndose a su propio sueño.

—Tendré que decirle a Jilly que lo investigue. Es la genealogista de la familia. Ah, pero, espera un momento, que ella es la novia que va a casarse. Sin duda estará muy ocupada. ¿La conoces?

—No. Llevo todo el día rodeada de hombres. Raine me ha dicho que estaban entreteniéndome para que no me percatara de que Jamie había desaparecido. ¡Pero sí que lo he notado! —Dijo lo último con tanta vehemencia que después se sintió avergonzada—. Lo siento. Es que necesito trabajar con su rodilla.

—Sí, por supuesto. —Kit sonreía—. ¿Me permites un consejo?

—Por favor.

—Mi familia no es apta para cobardes.

Hallie esperó a que ahondara en el comentario, pero no lo hizo. Y se quedó sin saber a qué se refería.

—Y ahora, querida —dijo Kit, despachándola abiertamente—, creo que deberíamos tratar de dormir un poco antes de que amanezca. Estoy seguro de que los diablillos de Cale se escaparán y aparecerán tan pronto como les sea posible. Parecen fascinados con la «señora de los ejercicios» que tiene a todos los jóvenes arremolinados a su alrededor.

—Solo por curiosidad, ¿no hay chicas jóvenes en la familia? Además de Cory, quiero decir.

—En realidad, hay un variado e interesante grupo de mujeres y estoy seguro de que aparecerán pronto. Y otra cosa, Hallie, querida...

—¿Qué?

—Tal vez deberíamos mantener esto... —Hizo un gesto con la mano para abarcar la estancia—. Mantener esto en secreto en la medida de lo posible. Sin embargo, mañana apelaré a la fuerza bruta de unos cuantos Taggert para mover la vitrina y ver qué hay detrás.

—Y yo buscaré la caja que me golpeó en la cabeza.

—Y yo veré qué ha descubierto Cale.

—Pero, por favor, recuerda que Jamie también está involucrado en esto —señaló Hallie—. Hay que contárselo todo.

Por un instante, Kit la miró como si intentara descifrar algo.

—¿Qué es lo que más te gusta de mi sobrino?

—Entre otras cosas, que me hace reír.

Por segunda vez, Kit la miró con una expresión asombrada en su apuesto rostro.

—Esa es una respuesta excelente y te puedo asegurar que no me la esperaba en absoluto.

11

A las cuatro de esa tarde, Hallie estaba lista para cerrar la puerta del jardín y colocar un cartel que prohibiera el paso. Un interminable goteo de invitados masculinos a la boda había ido para pedirle cita, algún consejo para una lesión o directamente para solicitar una sesión de masaje. Todos habían pagado el precio que ella había estipulado y le habían dejado una generosa propina. Pero, en su opinión, lo que en realidad querían era conocerla.

«¿¡Por qué!?», se preguntó. Ni que fuera a formar parte de la familia. Aunque no le importaría. Todos los hombres eran muy amables, guapos, inteligentes, educados y con unos modales exquisitos. Salvo Todd. Todd le caía fatal.

Sabía que parte de la animadversión que existía entre ellos era culpa suya. Por la tarde, le dolían los brazos y los hombros por ofrecer masaje tras masaje. En un momento dado, hubo tres jóvenes sentados bajo el cenador con una toalla como única prenda de ropa. Se habían lavado con la ducha exterior, pero en vez de vestirse, se habían colocado las toallas en torno a la cintura y habían esperado su turno en la camilla de Hallie.

Todos fueron tan amables que, cuando le llegó el turno a Todd, su actitud la dejó de piedra.

En cuanto se tumbó bocabajo, desnudo, en la camilla, dijo:
—¿Qué intenciones tienes con mi hermano?

172

Era bastante tarde y ella estaba cansada.

—Secuestrarlo y quedarme con su avión —le soltó antes de pensar.

Hallie sabía que Jamie se habría echado a reír, pero Todd no lo hizo. Cuando sintió que se tensaba bajo sus manos, suspiró.

—No tengo «intenciones» más allá de rehabilitar su rodilla. Ya se ha perdido varias sesiones, además de sus ejercicios de respiración. ¡Y le hacen mucha falta!

—¿Qué quiere decir eso?

Hallie frunció el ceño. A lo mejor su animadversión se debía a los celos. Todd no era tan guapo como su hermano ni tan musculoso, y empezaba a creer que tampoco tenía demasiado seso. Habló despacio y vocalizando muy bien.

—Jamie se lesionó la rodilla esquiando, lo operaron y necesita que la rodilla le vuelva a funcionar. Me han contratado precisamente para eso.

—Me refiero a lo de los ejercicios de respiración —masculló Todd—. ¿Para qué sirven?

Hallie puso los ojos en blanco.

—Para ayudarlo a respirar.

—¿Por qué estabas en la cama con él? —preguntó Todd, con el tono de voz del agente de la ley que ella sabía que era.

No le cabía la menor duda de que Todd quería que le hablara de las pesadillas de Jamie. La noche anterior, Hallie se dio cuenta de que la familia estaba al tanto, pero algo le impedía compartirlas.

—Por el sexo. Fue increíble —contestó—. Toda la noche.

Todd aferró la toalla, se dio la vuelta en la camilla, se sentó y la fulminó con la mirada.

—No me gusta que me mientan.

—Y a mí no me gusta que intentes usarme de espía. Hemos terminado. —Cogió una toalla, se limpió las manos y se alejó.

Uno de los hombres le preguntó si se encontraba bien, pero ella siguió caminando sin contestar.

Cuando llegó a la casa, la rodeó en dirección al salón del té. A lo mejor allí encontraría tranquilidad.

Por algún motivo, no se sorprendió al ver a Jamie junto a una mesa donde se había dispuesto un suculento banquete. ¿Habría pasado Edith por allí con su carrito?

—¿Dónde te has metido? —le soltó con voz furiosa.

—Has tenido un mal día, ¿a que sí? —Cuando Jamie vio que se le llenaban los ojos de lágrimas, apoyó las muletas en la pared y abrió los brazos, y ella corrió hacia él.

La abrazó, con la cara pegada a su torso, de modo que Hallie podía escuchar los latidos de su corazón. Su cuerpo, grande y fuerte, era como una isla de tranquilidad en mitad del caos de los dos últimos días.

Jamie la apartó demasiado pronto y la miró a la cara como si quisiera leerle el pensamiento.

—Ven —dijo él en voz baja—. Edith nos ha traído la comida. Siéntate y dime qué has estado haciendo.

Hallie se quedó quieta y, por un segundo, creyó que Jamie la iba a besar.

Sin embargo, no lo hizo.

—Pareces agotada.

—Gracias —replicó con sarcasmo—. Parece que la hora que me he pasado con las tenacillas no ha servido de nada.

Con una carcajada, Jamie le apartó la silla para que se sentara.

—¿Estás de coña? Mis primos están loquitos por ti. Creen que eres guapa y lista, y que tus manos son mágicas.

Hallie sirvió el té.

—Tu hermano me odia. —El silencio de Jamie hizo que lo fulminara con la mirada—. Se supone que tienes que decirme que no me odia, que solo se muestra... no sé, cauteloso o algo así.

—Más bien te está protegiendo de mí.

—¿Te importaría asegurarle que no estoy pensando en secuestrarte ni en seducirte o lo que sea para conseguir el avión privado de la familia?

Jamie casi se atragantó con una de las galletas de anís que tanto le gustaban.

—¿Eso es lo que le has dicho que ibas a hacer?

Hallie se encogió de hombros antes de mirarlo.

—Más o menos. ¿Me he pasado?

—Con él, sí. —Jamie seguía riéndose.

—¿Crees que me esposará?

—Qué imagen más provocadora —dijo él en voz baja, y la miró con tanta pasión que a Hallie se le erizó el vello de la nuca.

—Jamie... —susurró al tiempo que se inclinaba hacia él.

Jamie se apartó al instante y cambió de expresión.

—Bueno, dime a quién has conocido.

Hallie tardó un momento en recuperar la compostura. De acuerdo, lo había echado de menos, pero era cosa suya, no de él. Jamie era su paciente y tal vez, sin duda, se estaban haciendo amigos, pero era lo único que habría entre ellos.

—A tu tío Kit. —Le agradó ver la sorpresa en la cara de Jamie.

—Ni siquiera sabía que estaba en la isla.

—Eso es porque te escabulliste a alguna parte. Si te hubieras quedado y me hubieras dejado tratarte, habrías visto a todos tus parientes. Dime una cosa, ¿cómo se reproduce tu familia sin mujeres?

La sonrisa volvió a la cara de Jamie.

—Las mujeres están inmersas en las festividades nupciales: pasteles, flores, quién se sienta dónde y... cosas que no sé. Le dije a la tía Jilly que viniera a verte. Creo que es demasiado para ella.

—Sí, mándamela.

Jamie extendió una mano y le apartó un mechón de pelo de los ojos.

—Quiero saber por qué estabas en la cama conmigo.

Ella pensó con rapidez.

—Escuché un ruido y cuando fui a investigar, tiraste de mí y me obligaste a meterme en la cama contigo. Me hiciste trabajar tan duro durante el día que estaba demasiado cansada para levantarme. —Lo miró a la cara, a la espera de que le hiciera más preguntas.

Jamie se tomó su tiempo para volver a hablar, como si estuviera decidiendo si continuar el interrogatorio o no.

—¿Cuándo has visto a mi tío Kit?

—A las dos de la mañana, aquí. Tomamos el té juntos. Parece que ha estado soñando con las Damas del Té.

Jamie abrió los ojos como platos.

—¿Sí? ¿Qué ha soñado?

Hallie abrió la boca para contárselo, pero no lo hizo.

—No pienso decírtelo hasta que te tenga en la camilla. Quiero echarle un vistazo a tu rodilla, y vuelves a caminar inclinado. Y... —Lo miró con los ojos entrecerrados—. Quiero que te quites la ropa.

De inmediato, Jamie se tensó en la silla.

—¿No has sobado a bastantes hombres en los últimos días?

—Pues sí, y todos son perfectos ejemplares de masculinidad. Nunca he visto tanta perfección junta. No necesitan nada de mí.

—Pero ¿yo sí? —Jamie había inclinado la cabeza y hablaba en voz baja.

Hallie le cubrió una mano con una de las suyas.

—Sí, tú sí. Acumulas mucha tensión en el cuerpo y yo puedo ayudarte.

Jamie se puso en pie de forma tan brusca que la silla acabó tirada en el suelo. Cuando el golpe reverberó en la estancia, cogió la muleta de forma que parecía estar a punto de defenderlos de algún peligro.

Hallie lo miró, estupefacta.

—¡Jamie! ¿Estás bien?

Pasó un rato antes de que Jamie pareciera reconocer lo que lo rodeaba. Recogió la otra muleta y se apoyó en ellas. Cuando miró a Hallie, lo hizo con expresión fría y distante.

—No necesito ayuda —dijo con retintín—. No necesito lástima. No necesito... —Dejó la frase en el aire, cruzó la estancia a toda prisa y se fue, cerrando de un portazo al salir.

Hallie no daba crédito. No tenía ni idea de lo que acababa de suceder. ¿Por qué se había enfadado tanto? Normalmente, cuando le preguntaba si necesitaba ayuda, él sonreía y le decía que sí. De hecho, fingía necesitar ayuda con las muletas, con los paseos por el jardín o cuando subía y bajaba la escalera. Así que, ¿qué lo había hecho cambiar?

«¡Todd!», se dijo. Él era quien lo había cambiado todo. En cuanto llegó, se había hecho con su hermano y se lo había llevado. ¿Estaba celoso? ¿Estaba resentido por que Jamie y ella estuvieran...? ¿Haciendo qué? ¿Haciéndose amigos? Pero ¿no había dicho Jamie que su hermano era el motivo de que él estuviera en la isla?

Hallie se quedó sentada a la mesa, pasmada. No sabía qué estaba pasando. Cuando fue a coger la tetera, le temblaban las manos, pero daba igual porque el té estaba helado.

—Así es como me siento —susurró. Enterró la cara en las manos y se permitió llorar un rato. Después, echó un vistazo por la bonita habitación—. No sé si hay fantasmas aquí, pero desde luego que me vendría bien un poco de ayuda. Ahora mismo mi vida está en pleno cambio y no sé si será para bien o para mal. Jamie me gusta mucho. Me digo que no es para mí, pero después lo miro y... No sé, me siento atraída por él. —Guardó silencio, sintiéndose muy tonta por hablar con personas que no existían, pero parecía incapaz de parar—. El señor Huntley dijo que solo la gente que no ha conocido a su Amor Verdadero puede veros. Dado que yo no puedo, supongo que ya lo he conocido. Es Braden, claro. El hombre que sobresale por encima de todos. Incomparable y perfecto.

Solo encontró silencio. Pero decir lo que sentía en voz alta había logrado que se sintiera mejor. Inspiró hondo un par de veces y se puso en pie. Miró la tetera fría y la comida que no habían tocado, y supo que tenía que recogerlo todo, pero no lo hizo. Solo quería meterse en una bañera a rebosar de agua caliente y dejar de pensar.

Cuando entró en la cocina, se encontró con Raine. Se le iluminó la cara al verla y Hallie pensó en lo sencillo que sería dedicarle toda su atención. Raine era muy agradable, guapísimo y todo lo demás.

Sin embargo, solo consiguió ofrecerle una media sonrisa mientras deseaba que se fuera.

Él captó la indirecta.

—Me los llevaré a todos —le dijo—. Descansa. Hoy has trabajado mucho.

—Gracias —replicó, y cuando llegó a la planta alta, se percató de que la casa estaba vacía.

Llenó la bañera de agua todo lo caliente que pudo y se quedó dentro hasta que se enfrió. Mientras estaba en la bañera, tomó una decisión. Se desentendería del aspecto personal de su relación con Jamie y se concentraría por completo en el aspecto profesional. Esa familia la había contratado para rehabilitar su rodilla lesionada y eso haría.

Kit le había dicho: «Mi familia no es apta para cobardes», pero ella se estaba comportando como una. Estaba dejando que un puñado de hombres encantadores la distrajera de su objetivo de conseguir que Jamie mejorase. Y el peor de todos ellos era Todd.

Mientras se secaba y se ponía el pijama, se juró que al día siguiente haría todo lo necesario para trabajar con Jamie. Ni sus estallidos de mal genio ni la brusquedad de su hermano ni la encantadora interferencia de sus primos la alejarían de su objetivo.

Cuando por fin se metió en la cama, se sentía muchísimo mejor... salvo por la soledad de esa casa vacía. ¿Por qué le parecía tan pequeña cuando Jamie estaba allí y tan grande cuando no estaba?

«¡Compórtate como una profesional!», se ordenó mientras se acurrucaba para dormir. Pero, como siempre, se despertó a las dos de la madrugada y, antes de pensar siquiera, hizo ademán de salir de la cama. Pero en ese momento fue como si viera y escuchara el frufrú de la seda, y una gran calma se apoderó de ella, de modo que se tumbó de nuevo.

Cuando volvió a despertarse, miró el despertador y vio que eran casi las seis de la mañana. Por regla general, se habría vuelto a dormir, pero estaba bien espabilada.

—¡Jamie! —exclamó al tiempo que saltaba de la cama.

Esa era la hora en la que solía entrenar, de modo que seguramente estuviera en el gimnasio en ese momento. Corrió al cuarto de baño, y se puso a toda prisa la ropa interior, los pantalones cortos, la camisa y las sandalias. Mientras bajaba la escalera corriendo, se recogió el pelo en una coleta.

Salió en tromba por la puerta trasera y atravesó corriendo la hierba cubierta de rocío, y la primera persona a la que vio fue Todd. Estaba fuera del gimnasio, con unos pantalones de deporte y una camiseta de manga corta, secándose el pelo con una toalla. Parecía recién salido de la ducha.

Cuando vio a Hallie, abrió los ojos como platos y echó una miradita a la ducha al aire libre.

Hallie no tardó mucho en comprender lo que pasaba. Jamie y Todd ya habían terminado el entrenamiento diario, Todd se había duchado y Jamie estaba haciéndolo en ese momento.

Se dirigió a la ducha. No sabía qué iba a hacer, pero pensaba ponerle fin a toda esa tontería en ese preciso instante.

Todd plantó su enorme cuerpo delante de ella.

—Mi hermano quiere intimidad —dijo con algo que solo podría describirse como un gruñido.

Hallie lo fulminó con la mirada.

—¿En serio? ¡Pues yo quiero hacer mi trabajo! Apártate.

Era un hombre muy grande y se quedó donde estaba. Estaba decidido a no dejarla pasar, aunque intentó rodearlo. Se fulminaron con la mirada, pero ninguno cedió.

Fue Jamie quien acabó resolviendo el asunto. Abrió la puerta de madera y salió al sendero de piedra. Llevaba una toalla en torno a la cintura y la rodillera que le cubría la pierna derecha, pero el resto estaba al descubierto.

Por fin, Hallie pudo ver el secreto que ocultaba. Desde la cintura hasta los hombros, así como la pierna izquierda, tenía todo el cuerpo plagado de cicatrices. Había desgarros y cortes, puntos en los que parecía haber perdido piel y músculo. Era como si lo hubieran arañado con unas garras metálicas, como si le hubieran desgarrado la piel y se la hubieran vuelto a coser.

Al ver por primera vez la mutilación de lo que fue en otro tiempo un cuerpo perfecto, Hallie creyó estar a punto de desmayarse, echarse a llorar o ponerse a vomitar. O las tres cosas a la vez.

Jamie se estaba secando y ella estaba oculta tras Todd, de modo que no sabía que estaba allí.

—Te acompaño de vuelta a la casa —dijo Todd, con un susurro apenas audible.

Hallie lo miró a la cara y vio una expresión que le provocó ganas de abofetearlo. Tenía una mueca desdeñosa en los labios. Suponía que Hallie querría salir corriendo. Sin dirigirle la palabra, Hallie lo rodeó y se acercó a Jamie.

Cuando la vio, se quedó blanco. Durante un segundo, la retó con la mirada a decir algo, pero después se irguió y clavó la mirada en el vacío.

Mientras él se ponía en posición de firmes, ella lo rodeó para examinar sus heridas. La mayoría eran superficiales, pero algunas habían afectado a los músculos. Era incapaz de imaginarse el dolor que había soportado cuando resultó herido y después, mientras se curaba y recuperaba la fuerza física.

Al llegar de nuevo frente a él, Jamie seguía mirando por encima de su cabeza. Parecía esperar que hiciera el siguiente movimiento, pero la emoción que cobraba vida en su interior comenzaba a devorar la compasión que sentía. Recordaba todos los trucos y las medias verdades que había puesto en práctica Jamie para ocultarle lo que veía en ese momento.

Extendió una mano y rozó con la yema de un dedo el extremo de una larga cicatriz que iba desde su hombro hasta su abdomen.

—¿Militar? —preguntó ella.

—Sí. —No la miró.

Un movimiento captó su atención. Adam, Ian y Raine entraban en ese momento por la puerta del jardín. Habían ayudado a Jamie con sus mentiras.

—Tenéis una hora para abandonar mi propiedad —anunció al tiempo que echaba a andar hacia la casa. Todd estaba allí, pero no lo miró. Andaba deprisa, con zancadas que expresaban toda la rabia que sentía.

Jamie la agarró del brazo.

—¿Qué dices?

Hallie se detuvo.

—Lo que has oído. Largo. No quiero volver a veros a ninguno en la vida.

—Lo entiendo —dijo él—. Te doy asco.

Se volvió para mirarlo.

—¡No me hables en ese tono! Me has insultado... has insultado mi profesionalidad. Me has humillado. —Lo fulminó con la mirada—. ¡Me has traicionado! —Echó a andar de nuevo.

Jamie se plantó delante de ella para bloquearle el paso.

—¿Qué dices? ¿Cómo te he traicionado?

Su torso surcado de cicatrices quedaba justo delante de ella.

—¿Qué creías que iba a pasar cuando te viera? Cuando viera esto.

—Que me tendrías lástima. —Hablaba en voz baja.

—Ya. Como he dicho, has insultado mi profesionalidad, has insultado mi profesión. —Intentó rodearlo, pero Jamie se lo impidió. Se quedó donde estaba, con los brazos cruzados por delante del pecho, pero se negaba a mirarlo.

—Hallie, por favor, es que no quería que tú... que...

—Que yo ¿qué? ¿Que fuera capaz de ayudarte? ¿Creías que era una de esas muñequitas con las que te relacionas cuando vas por el mundo en tu avioncito privado? Ah, ¡espera! Que eso también es mentira, ¿no? Querías que pensara que eras una especie de *playboy* ricachón con un ego enorme. ¡Me has ocultado tu condición de militar! Desconocer la principal causa de tus problemas físicos me ha dificultado mucho el trabajo.

Se volvió para mirar a los cuatro hombres que estaban un poco apartados, mirándolos. Todos parecían alucinados por su reacción.

—Todos vosotros lo habéis ayudado a ocultarme esto —dijo Hallie, tan cabreada que casi no le salían las palabras—. Me disteis el trabajo, pero luego me impedisteis llevarlo a cabo. Quiero que os vayáis. ¡Ahora mismo! —Echó a andar de nuevo.

Jamie la persiguió con sus muletas.

Cuando Hallie llegó a la casa, no entró por la cocina. A saber si habría gente allí. En cambio, rodeó la casa y abrió de par en par la puerta del salón del té. Por suerte, estaba desierto.

Jamie la seguía de cerca.

—No era mi intención ocultarte nada —le aseguró él con voz contrita—. Solo quería ser normal, nada más. Mi familia me trata como si fuera una delicada copa de cristal capaz de romperse si dicen una palabra más alta que otra.

Se volvió hacia él.

—¿Normal? ¿Te parece que la situación es normal? —le preguntó, alzando la voz al pronunciar la última palabra—. Estás aislado con tu fisioterapeuta personal. Tenía que estar al tanto de tus heridas, pero te has dedicado a jugar al escondite como si fueras un niño. A ver, ¿qué tiene esto de normal?

Jamie se acercó a ella con paso no demasiado firme.

—La parte de que seas fisioterapeuta no es el problema, el problema es que eres muy guapa y muy deseable. Desde que te vi, me muero por ponerte las manos encima. —La miraba con una sonrisa muy dulce.

—¿Se supone que ahora me voy a lanzar a tus brazos? —preguntó Hallie—. ¿Es lo que crees que voy a hacer? Tú admites que estás dispuesto a meterte en la cama conmigo y se supone que yo tengo que perdonarte sin más, ¿es eso?

—En fin, creía que sería distinto si lo sabías y que... —Jamie se dio cuenta de que, con cada palabra que pronunciaba, la cabreaba más. Por un instante, le pareció escuchar la carcajada del señor Huntley mientras le decía que él nunca se había «enfrentado a una mujer furiosa por las mentiras de un hombre». Lo cierto era que no sabía qué decir ni qué hacer para que lo perdonase.

Hallie retrocedió al ver que daba un paso hacia ella.

—Hallie, por favor, deja que te lo explique —le pidió—. Creía que... —Dejó la frase en el aire, porque tres de sus primos estaban al otro lado de la ventana, detrás de Hallie. Sujetaban hojas de papel con algo escrito. La de Adam decía «Discúlpate». Ian había escrito «Suplica». Y la hoja de Raine decía «Dile que te has equivocado».

—Lo siento —se disculpó Jamie—. Me he equivocado. Solo he pensado en mí, en nada más.

—¡Sí, precisamente! —exclamó Hallie—. Has sido muy egoísta.

Jamie dio otro paso hacia ella, pero, una vez más, Hallie retrocedió.

—Solo quería un respiro de tanta compasión, nada más —se disculpó Jamie, y la voz le salió del corazón.

—¿Por eso has permitido que haya estado a punto de volverme loca preguntándome qué te pasaba? ¿Y todo porque creías que te tendría lástima?

Los hombres del exterior asintieron con la cabeza al escucharla.

—Sí, así es —contestó Jamie con la cabeza gacha.

—Eso es una falta de respeto a mi profesionalidad.

Fuera, los hombres asintieron con la cabeza de nuevo.

—Lo siento muchísimo y tienes toda la razón. No te respetaba, ni a ti ni a tu profesionalidad, y solo estaba pensando en mí. Es que... —Dejó la frase en el aire al ver que sus primos negaban con la cabeza enfáticamente. Raine se llevó la mano a la boca e hizo como que cerraba una cremallera.

Mientras Hallie miraba su cuerpo casi desnudo, sintió que la rabia la abandonaba en parte. Seguía cubierto solo por la toalla y la rodillera. De cerca, los cortes y los desgarros parecían peor que a primera vista.

—¿Qué más? ¿Padeces síndrome de estrés postraumático?

—Sí. Yo... —Jamie dejó de hablar.

—¿Cuando la puerta se cierra de golpe?

—Me pongo en modo defensivo —contestó él.

Hallie asintió con la cabeza.

—¿Tu miedo a salir de la propiedad?

—Multitudes, desconocidos, lugares que no conozco, todo eso... —Inspiró hondo. Para un hombre, era duro admitirlo—. Me da miedo.

—¿Qué medicación tomas?

—Pastillas para dormir, para la ansiedad, para la depresión. —Hizo una pausa—. Pero, Hallie, desde que estoy contigo, estoy mejor. Has sido lo mejor que me ha pasado. Has... —En esa ocasión, cuando dio un paso hacia ella, Hallie no retrocedió.

—¡Un momento! Se lo contaste al señor Huntley, ¿verdad? Le contaste a un completo desconocido lo que estabas sufriendo, pero a mí no. No, a mí me dejaste para que lo averiguara solita. Estoy aquí para ayudarte, pero te negaste incluso a quitarte la camiseta. Eres... —Estaba a unos pocos pasos de ella y la idea de lo que había debido de sufrir Jamie empezaba a calar en su mente. La rabia empezaba a ceder ante las lágrimas.

—Hallie, lo siento —repitió él, con un hilo de voz—. Lo siento de verdad. Solo quería que me vieras como a un hombre completo, no como a uno herido. No quería que creyeras que estaba tarado.

La rabia volvió en parte, pero por otro motivo.

—¿Te das cuenta de la tontería que estás diciendo? Eres más hombre que cualquiera que haya conocido. Te preocupas por... por todo el mundo. Eres gracioso, listo y... Creía que empezábamos a ser amigos. Pero te has largado con tu hermano y me has dejado aquí con tus primos desnudos.

Jamie empezaba a comprender que ella no le iba a tener lástima. Todd lo había convencido para que se alejara un par de días de ella, a fin de que tuvieran tiempo para reflexionar. Sin embargo, Jamie se había vuelto loco al pensar que Hallie conocería a hombres que no habían sufrido las atrocidades de la guerra y de la vida. Y ella los había reducido a «primos desnudos». No sabía muy bien si echarse a reír o a llorar por la alegría.

Les hizo un gesto a sus primos para que se fueran antes de dar un paso hacia ella.

—Cometí una estupidez y fui muy egoísta porque no sabía que existieran mujeres como tú. Supuse que eras como todas las demás y que al ver mi cuerpo se te revolvería el estómago.

—Hablaba con el corazón. Su orgullo, su virilidad, también eran patentes. Admitir sus defectos era tan doloroso como las heridas que le cubrían el cuerpo—. Hallie, tengo problemas, muy gordos, y de verdad que no tengo ni idea de cómo lidiar con ellos. No puedo dormir sin pastillas. No...

—Tampoco duermes bien con ellas —lo interrumpió Hallie—. De no ser por los besos que te doy, te habrías caído de la cama la primera noche que pasé aquí.

Jamie abrió los ojos como platos.

—¿Qué besos?

—A las dos de la madrugada, todas las noches, estoy junto a tu cama intentando tranquilizarte. La única manera de conseguirlo es con besos y abrazos. Y a veces durmiendo en tu cama, como si fuera tu peluche preferido. Eres como un niño pequeño. Salvo que... —Fue incapaz de seguir con la bravuconada. Extendió una mano y se la colocó en el pecho, sobre las cicatrices. Algunas eran de quemaduras—. Podría haberte ayudado —terminó con un hilo de voz.

—Ahora lo sé, pero no entonces. —Jamie le acarició el lóbulo de una oreja—. Eres guapísima, mientras que yo soy... espantoso. Mis primos son perfectos y yo soy...

—¡Mucho más interesante! —exclamó Hallie—. Ellos son perfectos, ¡perfectos! No tienen una sola marca en sus cuerpos inmaculados, pero tú... tú has hecho algo por los demás y también por tu país. Tú... —Intentaba contener las lágrimas—. Tú eres mucho más hombre de lo que ellos lo serán jamás.

Cuando Jamie le tendió los brazos, tenía los ojos llenos de lágrimas, de modo que Hallie fue hacia él. Durante un instante, la abrazó como otras veces, como si fueran amigos, y ella analizó todo lo que había pasado.

Sin embargo, mientras estaban allí de pie, con los cuerpos pegados, Hallie se dio cuenta de que a Jamie se le había caído la toalla en algún momento. Y de que estaba muy excitado. Sentía su erección a través de la fina tela de los pantalones cortos. ¡Al parecer ciertas partes de su cuerpo estaban en perfectas condiciones!

Cuando se apartó de él, su intención era la de bromear. Pero la expresión que vio en sus ojos evaporó su buen humor. Había pasado mucho tiempo desde su último novio y Jamie Taggert era un hombre muy deseable.

Durante un segundo, Jamie la miró en silencio, y ella supo que vio la respuesta afirmativa en sus ojos.

Después, él inclinó la cabeza y la besó, pero fue un beso muy fugaz. Se apartó de ella y la miró con asombro.

—¡Lo recuerdo! —exclamó—. Recuerdo el sabor de tus besos.

Esbozó una sonrisa al escucharlo, pero la pasión de Jamie se hizo con el control. En cuestión de segundos, Hallie estaba desnuda de cintura para abajo y tenía la camisa abierta.

Nunca antes había experimentado semejante deseo, semejante energía y excitación. Jamie la apartó del campo de visión de la ventana, la pegó contra la pared y la instó a subir una pierna. Un movimiento que ella aprovechó para rodearle la cadera.

La penetró con un ímpetu que Hallie no había sentido antes y exhaló un largo suspiro.

—Ooooooh.

Al parecer, todo en Jamie era grande.

—¿Te he hecho daño? —Parecía preocupado.

—Ya lo creo —contestó ella, con la cabeza apoyada en la pared y los ojos cerrados—. Creo que a lo mejor no salgo de esta.

Jamie soltó una carcajada.

—Ya somos dos. —La besó en el cuello.

Sus fuertes y profundas embestidas le provocaron escalofríos de placer por todo el cuerpo. El deseo, el anhelo, se apoderó de ella. Jamie la instó a levantar la otra pierna, de modo que le abrazaba las caderas por completo mientras él se hundía en ella una y otra vez.

El pensamiento racional, su misma esencia, abandonó a Hallie mientras se entregaba una y otra vez a ese hombre. Su mente, su cuerpo y su alma se transmutaron en sentimientos y sensaciones.

Con la espalda apoyada en la pared y las piernas rodeándole las caderas, Hallie levantó los brazos. El cambio de postura hizo que llegara todavía más adentro.

Cuando el estallido final llegó, la asaltó una oleada de placer tras otra hasta alcanzar la liberación. Hallie pasó de ser una torre de fortaleza a una muñeca de trapo. Si Jamie no la hubiera sujetado, se habría caído al suelo, pero la rodeó con los brazos y la pegó a su torso desnudo.

Jamie caminó los dos pasos que los separaban del viejo sofá y se tumbó en él, con la pierna herida estirada en el suelo y Hallie encima.

Ella seguía teniendo el sujetador y la camisa, pero estaba desnuda de cintura para abajo. Mientras yacían tumbados, Jamie le acarició el trasero, disfrutando de sus curvas.

En cuanto a Hallie, tardó un rato en recuperar la compostura. Estaba flotando en una deliciosa bruma de sensaciones y parecía incapaz de volver a la realidad.

—¿Estás bien? —le preguntó él en voz baja.

—Sí. —El torso de Jamie estaba muy calentito. No era suave, sino que sentía sus duros contornos. Le pasó una mano por las costillas y por el costado, sobre las protuberantes cicatrices que encontró en esa zona.

Muy despacio, recordó dónde se encontraba... y con quién. Acababa de violar una de las reglas de su profesión al acostarse con un paciente.

No quería hacerlo, pero se obligó a apartarse de su cuerpo, grande y calentito, para sentarse en el borde del sofá, rozándolo con la espalda. Había un cojín en el suelo, de modo que se lo puso en el regazo y empezó a abrocharse la camisa... aunque era una tontería, porque le faltaban casi todos los botones. Vio uno de los botones brillar en el suelo, junto a la pared, donde acababan de... Inspiró hondo. Había cosas que tenía que decir y temía la reacción de Jamie.

—Esto no puede repetirse —dijo en voz baja—. No tenemos...

—¿Una relación formal? —sugirió él con voz alegre.

Hallie lo miró, sorprendida. Según su experiencia, cuando se le decía a un hombre que no habría repeticiones, aunque la decisión fuera consensuada, se cabreaba. Sin embargo, Jamie la miraba con una sonrisa. Estaba tumbado en el sofá, con un musculoso brazo detrás de la cabeza, y lucía una sonrisilla en su apuesto rostro.

Hallie acabó frunciendo el ceño.

—¿Estás de acuerdo?

—Lo entiendo —contestó él—. No crees que tengamos un futuro juntos y además soy paciente tuyo. Por si fuera poco, un tío va a venir a verte un día de estos. No quieres complicaciones.

—Ajá —replicó ella. Eso era justo lo que tenía en mente, así que ¿por qué la irritaba tanto que él dijera lo mismo?

—Una pregunta —dijo Jamie—. ¿Me convenciste de que me mudara al dormitorio de la planta alta para no tener que deambular a oscuras? Por lo de mis pesadillas, digo.

—Pues sí.

—¿Te inventaste que te daban miedo las guapísimas Damas del Té para evitarte el paseo?

Dejó de fruncir el ceño y sonrió al escucharlo.

—Eso mismo. Solté una trola gordísima y mis pies bien que me lo agradecen. De hecho, todo el cuerpo me lo agradece, porque la primera noche la pasé en el sofá. ¡Casi muero congelada!

Jamie adoptó una expresión tan dulce que estuvo a punto de inclinarse hacia él y besarlo.

—Gracias —dijo él—. Dame la toalla, ¿quieres? A menos que te apetezca otra sesión de sexo entre amigos.

Sabía a lo que se refería, que estaba preparado de nuevo... y ella no se atrevió a mirar, porque de lo contrario se le echaría encima.

Durante unos segundos, sus miradas se encontraron y Hallie estuvo a punto de sucumbir. Aunque sabía que no debía hacerlo, se inclinó hacia delante al tiempo que empezaba a cerrar los ojos.

Sin embargo, de repente, Jamie se incorporó y estuvo a punto de tirarla del sofá. Un fuerte brazo la atrapó al tiempo que salía de detrás de ella. Hallie cayó contra el respaldo y lo vio cruzar la estancia en toda su gloriosa desnudez. Así que también tenía unas cuantas cicatrices por detrás, pensó. En fin, más que unas cuantas, pero no le restaban belleza.

Jamie se enrolló la toalla en la cintura y después se volvió para ofrecerle su ropa.

Hallie no se había movido. Lo sucedido no parecía haberlo afectado en lo más mínimo, pero no se podía decir lo mismo de ella. Pero ¿no lo había tomado siempre por un niño rico que daba vueltas por el mundo en su avión privado? A lo mejor estaba acostumbrado a esas cosas. Sin embargo, acababa de descubrir que era un hombre que había servido a su país y que casi había muerto en el proceso. Esas dos imágenes no cuadraban. ¿Quién era el verdadero Jamie Taggert?

—Voy al dormitorio a cambiarme de ropa —anunció él—. No quiero que los niños me vean así. ¿Todavía quieres que me suba a la camilla?

—Sí, claro.

—Nos vemos en el gimnasio en una hora.

Antes de que Hallie pudiera replicar, atravesó la puerta que daba a la cocina y la cerró a su espalda.

Una vez que se vistió, Hallie echó un vistazo por el desierto salón del té. ¡Qué comprensivo era Jamie!, se dijo. Se habían dejado llevar y habían echado un polvo. Por supuesto, era comprensible, teniendo en cuenta la confluencia de emociones. En primer lugar, ella acababa de descubrir lo que le había estado ocultando, después había visto con sus propios ojos la gravedad de sus heridas y después habían tenido una discusión. La rabia siempre elevaba la temperatura, ¿no?

Visto de esa manera, tenía sentido. Dos personas jóvenes y sanas, con él cubierto por una toalla (que además se le había caído al suelo)... cualquiera habría hecho lo mismo. Era algo natural. Si en vez de Jamie se hubiera tratado de su primo Raine, seguramente también habría pasado.

Aunque, nada más pensarlo, Hallie supo que era mentira. Había deseado a Jamie desde el primer día que miró por la ventana y lo vio.

De modo que ya había pasado y tenía que olvidarse del asunto. Tal como Jamie había dicho, Braden llegaría al cabo de unos días y después... ¿Quién sabía lo que podía pasar?

Claro que si todo iba bien, ¿por qué tenía ganas de gritarle a James Michael Taggert? ¿Por qué tenía ganas de montarle una buena? ¿Cómo se había ido así sin más? Se había comportado como si nada hubiera pasado. Incluso había hablado de que se fuera con Braden.

¿¡Acaso su encuentro no había significado nada para él!?

—¡Hombres! —exclamó en voz alta antes de entrar en la cocina. Cerró la puerta tras ella con más fuerza de la debida. Cierto que no rompió cristal alguno, pero desde luego que retumbaron.

En la planta alta, Jamie sintió, al igual que escuchó, el portazo que resonó como un trueno, y por primera vez desde que salió del hospital, no dio un respingo. En cambio, sonrió. Estaba muy preocupado por la reacción de Hallie cuando viera su cuerpo, pero como ya estaba resuelto ese tema, no había más obstáculos. Al menos, ninguno de importancia. Un rubio en plan Montgomery era lo de menos.

Sin dejar de sonreír, se metió en la ducha. Quería estar muy limpio para el masaje que estaba a punto de recibir.

12

Cuando Hallie llegó al gimnasio, Jamie ya estaba tumbado bocabajo en la camilla de masaje, con una toalla minúscula cubriéndole un poquito.

Verle así hizo que recuperase la perspectiva profesional y se concentrara en el trabajo. Empezó a pasarle las manos por la espalda, examinando las cicatrices mientras pensaba cómo trabajar sobre él.

—¿Cómo te...? —No terminó la pregunta.

Aunque él sabía lo que le estaba preguntando.

—El Humvee explotó. Una pierna, la cabeza y los hombros quedaron bajo el cuerpo de una compañera, de lo contrario también habrían sufrido daños.

—¿Y tu amiga?

—No sobrevivió.

—¿Valery es...?

—La mejor de todos nosotros. No pude asistir a su funeral, pero después pude hablar con su marido y...

—Tranquilo —dijo Hallie. Jamie había empezado a tensar el cuerpo, agarrotando los músculos—. Se acabó la conversación. Respira como te he enseñado e intenta dejar la mente en blanco. Piensa en un lugar que te haga feliz.

—El salón del té se me viene a la cabeza.

Hallie se alegró de que no pudiera verle la sonrisa.

—Piensa en algo más relajante. A lo mejor un sitio al que ibas de niño, con hierba e iluminado por el sol.

Cuando Jamie empezó a relajarse, supo que se estaba internando en un lugar remoto.

—Hay una casa con porche —susurró él.

Hallie empezó a trabajar.

—Tú relájate.

Sabía lo bastante de anatomía para imaginarse lo que había provocado las heridas de Jamie y lo que habían tenido que hacer para reparar los daños. El hecho de que no se hubiera desangrado era un milagro. Los cuidados médicos debieron de ser excepcionales. Había partes de su cuerpo que no se habían curado del todo, de modo que trabajó a su alrededor, consiguiendo que sus músculos se relajaran poco a poco. Otras zonas estaban endurecidas por las cicatrices, y deseó haber trabajado con él desde el principio, justo después de que lo hirieran. Podría haber suavizado la piel y evitado que cicatrizara de esa manera.

Sin embargo, estaba segura de que Jamie no se lo habría permitido en aquel entonces. Se recordó que era muy cabezota y que solo estaba trabajando con él en ese momento por casualidad.

Se pasó más de una hora trabajándole la espalda antes de estar convencida de haber hecho todo lo posible. Le dolían los brazos, pero no pensaba parar.

—Date la vuelta —dijo, y lo ayudó en la medida de lo posible. La rodillera le dificultaba los movimientos.

—Gracias —repuso él, con los ojos cerrados.

Sabía a qué se refería, ya que empezaba a notar cómo lo abandonaba la tensión.

Mientras le quitaba la rodillera y empezaba a trabajar en la pierna herida, se le ocurrió que la historia que había contado acerca de cómo se había lesionado era una versión edulcorada. ¿Se habría asustado por algún ruido y se habría olvidado de que estaba esquiando? ¿Se habría tirado al suelo para ponerse a cubierto y habría caído sobre la rodilla?

Jamie tenía los ojos cerrados y ella no pensaba preguntarle. Le colocó de nuevo la rodillera y empezó con la otra pierna. Se percató de dónde estaban las heridas y trabajó sobre ellas.

Al notar que Jamie se estaba quedando dormido, supo que el tratamiento estaba surtiendo efecto. Tenía la cara relajada. ¡Se estaba quedando dormido sin necesidad de pastillas! El hecho de haber logrado algo así hizo que se sintiera como si hubiera escalado una montaña.

Cuando por fin terminó, llevaba trabajando con él durante casi dos horas. Se sentía débil, incluso temblorosa, a causa del cansancio. Había sido una mañana muy larga. Se había levantado muy temprano, después se llevó la impresión de su vida al descubrir la verdad sobre Jamie y luego... luego...

Con una sonrisa, le acarició a Jamie la mejilla. Si alguien se merecía un descanso, era ese soldado herido.

Retrocedió, se llevó las manos a la base de la espalda y se estiró. Le encantaría volver a la casa, pero no se atrevía a dejarlo solo. Su enorme cuerpo ocupaba toda la camilla. Si sufría una de sus pesadillas, se caería al suelo.

Echó un vistazo a su alrededor en busca de alguien que lo vigilase, pero no había nadie en el jardín. El día anterior, Ian había dicho que la familia iría a la playa, así que seguramente estarían todos allí. Estaba a punto de acercar una silla cuando la puerta roja se abrió y dejó paso a un hombre al que no había visto antes. Parecía mayor, con canas en las sienes, y parecía una versión más corpulenta de Jamie. La palabra «toro» acudió a su mente. Era evidente que se trataba de uno de los Taggert.

El hombre la vio enseguida, como si la estuviera buscando. Con una sonrisa, Hallie le hizo un ademán para que se acercase.

Cuando el hombre estuvo casi a su altura, le preguntó con una voz ronca y grave:

—¿Necesitas ayuda?

—¿Le importaría vigilar a Jamie mientras yo vuelvo a la casa? —susurró ella—. Deje que duerma y no haga nada para que se

194

despierte. Si empieza a... esto... a soñar, haga algo agradable, como cantarle una nana. Pero, pase lo que pase, no permita que se caiga de la camilla.

El hombre la miraba con expresión rara, como si intentase averiguar a qué estaba jugando.

Hallie andaba de espaldas hacia la casa.

—Claro que seguramente ya sepa todo esto, ¿no?

—No todo —contestó el hombre—. Vete. Yo lo cuido.

Hallie se resistía a marcharse.

—No puede dejarlo ni un minuto. Cuando empieza a moverse, es rápido y muy fuerte.

—No dejaré que se caiga. Te lo prometo —dijo el hombre y, por primera vez, sonrió—. Ahora, vete antes de que se despierte y quiera que le hagas la manicura y la pedicura.

Hallie se echó a reír y corrió de vuelta a la casa.

—Papá —dijo Jamie al despertar. Su padre estaba sentado en uno de los sillones de madera, leyendo un periódico. Jamie se percató de que estaba arropado con una manta y de que seguía sobre la camilla de masaje—. Creo que me he quedado sopa.

—Has estado durmiendo alrededor de una hora —repuso su padre—. La mitad de la familia ha venido a echarte un vistazo. Me ha costado la misma vida evitar que Cory se te suba encima.

Jamie se pasó la mano por la cara.

—¿He...?

Kane sabía que su hijo estaba refiriéndose a las pesadillas.

—Has tenido una leve. Esta muchacha, Hallie, parece sentarte bien.

Kane observaba a su hijo mientras se esforzaba con toda su alma en no dejar que el miedo que sentía asomase a sus ojos. Casi había perdido a su hijo en la guerra, y desde que Jamie volvió, se pasaba el día preocupado por la posibilidad de que lo abrumaran el dolor, la culpa y todo lo que había padecido. Kane había leído demasiado acerca de la tasa de suicidios entre los soldados jóvenes como para desentenderse del tema.

—Pues sí —convino Jamie, pero no añadió nada más.

Sin embargo, Kane se percató de que la expresión de su hijo se suavizaba y de que miraba a su alrededor para comprobar si ella andaba cerca. Cuando Jamie intentó incorporarse, resistió el impulso de ayudarlo. Y cuando la manta cayó a un lado, fue incapaz de reprimir una mueca al ver el cuerpo desfigurado por las cicatrices. Eso no era lo que se imaginaba para un hijo cuando se le cambiaban los pañales y se le tendían los brazos para que diera sus primeros pasos.

Jamie vio la mueca y tiró de la manta para cubrirse.

—¿Quieres hablarme de ella?

—No —contestó Jamie—. Todavía no. —No dejaba de mirar hacia el jardín.

—Se ha ido a echar una siesta —le explicó Kane—. Tu madre fue a la casa para ver si se encontraba bien y estaba tirada en la cama, dormida. Tengo que pedirte un favor.

—¿De qué se trata? —preguntó Jamie, con voz recelosa.

—Que cuides de tu tía Jilly esta noche. Vamos a ir a cenar todos juntos y creo que puede ser demasiado para ella. Lo hemos arreglado para que Hallie y tú cenéis con ella y con el tío Kit esta noche, en la casa. Algo más tranquilo.

Los dos sabían que Kane estaba mintiendo. Una cena con la familia entera, seguramente en algún restaurante donde habrían reservado todas las mesas, sería demasiado para Jamie. Los niños gritando y correteando por todas partes; los adultos riéndose, encantados de verse... Sería un lugar tan ruidoso como un campo de batalla.

—Me parece bien —accedió Jamie, pero no miró a su padre a los ojos—. ¿Cuándo va a venir el novio?

—En cuanto pueda. Hablando de novios: la boda de Graydon es mañana por la mañana. Algunos de los niños van a verla en una pantalla en Kingsley House. ¿Quieres ir allí o mejor que te llegue la señal aquí?

Jamie apartó la vista de nuevo y tragó unas cuantas veces antes de contestar. Sabía que su familia tenía buenas intenciones. Sus constantes cuidados y su preocupación estaban motivados por el amor. Lo sabía y lo agradecía. Sin embargo, esos días con Hallie, días en los que le habían gritado, le habían dicho que tenía que hacer cosas, habían sido los mejores desde que lo sacaran del amasijo de hierros del vehículo acorazado.

—Mejor que llegue la señal aquí —contestó al cabo de un rato.

—Todd me ha dicho...

—No lo mandes a él —se apresuró a decir Jamie.

Kane abrió los ojos como platos. Desde que nacieron, los gemelos habían sido inseparables. La única discusión que tuvieron fue cuando Jamie anunció que iba a alistarse para servir a su país. Todd se volvió loco, se puso a gritarle a su hermano y le dijo que era un imbécil, que podían matarlo. Hicieron falta tres Montgomery y un Taggert para sujetar a Todd, mientras que Jamie se quedaba de pie, sin dar su brazo a torcer.

—Todd querrá ver la boda contigo.

—Sí, lo sé —reconoció Jamie, pero se había puesto colorado—. Pero Hallie y él no se llevan bien. No deja de ponerla a prueba.

—¿Cree que es una cazafortunas?

—Cree que me dejará cuando se canse de mi... de mi... —Fue incapaz de terminar la frase y de mirar a su padre a los ojos.

—¿Y tú qué crees?

—Que si es lista, saldrá corriendo. —Se estaba rascando una de las cicatrices que tenía en las costillas.

—Pues yo creo que, si es lista, pasará por alto unas pocas picaduras de mosquito y verá a mi hijo.

—Gracias —dijo Jamie, que miró a su padre a los ojos.

—¿Tienes hambre? Tu madre ha vuelto a llenaros el frigorífico hasta los topes. Se está convirtiendo en una gran amiga de la mujer del señor Huntley, Victoria. Creo que van a colaborar en un libro. Una especie de misterio con un fantasma de por medio. Tu madre ha descubierto muchas cosas sobre los fantasmas de tus Damas del Té y le ha pasado la información a Kit.

Jamie asintió con la cabeza. Sabía lo que estaba haciendo su padre. Estaba reuniendo a Jilly y a Kit, los dos integrantes más tranquilos de toda la familia, con su hijo herido. Desde luego que era un gesto bienintencionado, pero Jamie fue incapaz de reprimir el resentimiento que lo embargó. Tenía que tratarlo de forma diferente, pero eso no significaba que quisiera ser diferente. El pobrecito Jamie.

—Me parece genial —dijo al tiempo que se bajaba de la camilla—. El tío Kit y Hallie se conocieron a las dos de la madrugada y ya son amigos.

—¿En serio? —preguntó Kane al tiempo que le pasaba a su hijo la ropa—. Pero Kit no habla con nadie.

—Todo el mundo habla con Hallie y le cae bien a todo el mundo —le aseguró Jamie, que parecía haberse puesto a la defensiva. Como estaba de espaldas a su padre, no pudo ver la sonrisa que esbozó Kane Taggert y que brotaba de su corazón. Esa chica le había devuelto la vida a su hijo, y le estaba muy agradecido.

—Eso tengo entendido. Raine no deja de hablar de ella.

—¿Eso qué quiere decir? ¿Que ha pronunciado dos frases?

—¡Cuatro! —contestó Kane, y se echaron a reír, disolviendo la tensión entre ellos.

Una vez que Jamie estuvo vestido, movió varias veces los hombros.

—Me siento mejor después del masaje de Hallie. Deberías decirle que te dé uno.

—Creo que voy a dejarla descansar. Parece que todos los hombres de la familia se han pasado por aquí. Vamos, a ver qué nos ha dejado tu madre para comer. —Le pasó un brazo a su hijo por encima de los hombros y echaron a andar hacia la casa.

—Hola —dijo Hallie cuando vio a Jamie entrar en la cocina. Después de la siesta, podía pensar con más claridad... y en ese momento recordaba a Jamie sujetándola contra la pared—. ¿Te sientes mejor? —consiguió preguntarle.

—Mucho mejor —le aseguró él.

Hallie estaba a punto de añadir algo más, pero tras Jamie apareció ese hombre tan grande.

—Creo que ya conoces a mi padre.

—Pues sí —reconoció Hallie mientras le estrechaba la mano—. Pero no sabía quién era. Señor Taggert, ¿le apetece algo de comer? Aunque creo que es su mujer la que nos llena el frigorífico.

—O Edith con su carrito de golf —apostilló Jamie, y Hallie y él se miraron mientras compartían el chiste.

—Me encantaría —contestó Kane, que se sentó a la mesa. Escogió el asiento que había contra la pared y se dispuso a observar a su hijo y a esa chica sobre quien casi toda la familia había estado cantando alabanzas.

Quiso conocerla el primer día que llegaron a la isla, pero Cale, su mujer, se lo había impedido.

—Sabrá que la estás examinando, que la estás juzgando —le advirtió Cale.

—Solo quiero conocerla, nada más. No voy a juzgarla.

—¡Ja! —exclamó Cale. Quieres saber si es merecedora de estar junto a tu hijo herido. Te comportarás como Todd y lo convertirás en la investigación de un crimen. La pobrecilla saldrá corriendo.

—¿Y tú no vas a interrogarla? —preguntó Kane, más furioso de lo que le habría gustado.

—¡Yo lo analizaría todo sobre ella! —replicó Cale. Era bastante menuda y su marido era muy grande, pero jamás se había sentido intimidada por su tamaño—. La observaré como si la tuviera bajo el microscopio. —Comenzó a alzar la voz—. Como se le ocurriera decirle a nuestro Jamie una palabra que no fuera amable, cariñosa y protectora, le sacaría los ojos. Le...

Kane la estrechó entre sus brazos.

—Vale. Los dos nos mantendremos alejados.

Cale intentó calmarse.

—Jamie y Todd han estado hablando todos los días y no sé qué está haciendo esa chica, pero a Jamie le gusta. —Desde que resultó herido, le habían presentado a media docena de estupendísimas mujeres. «Rutilantes reinas de belleza», las había llamado la familia. Licenciadas por Vassar que habían conseguido dinero trabajando de modelos. Sin embargo, Jamie había prestado tan poca atención que Cale le había preguntado a su médico si podría tener alguna herida que lo afectara en el campo sexual. Pero no, esa parte de su cuerpo salió intacta.

Kane se enfureció cuando su mujer le contó lo que había hecho. Por suerte, Jamie no se enteró.

Una y otra vez, a la familia le habían dicho que esperase, que debían darle tiempo a Jamie para recuperarse. Cuando Todd les contó la idea de llevarse a Jamie del adorado hogar familiar, lejos de sus cuidados y de su preocupación, todos se opusieron. Sin embargo, Todd contó con el apoyo de un par de médicos. Solo después de que la familia accediera, se lo comunicaron a Jamie.

Al principio, accedió, pero a medida que se acercaba el día de la partida, empezó a echarse atrás. De alguna manera, Todd y Raine consiguieron convencerlo de que se fuera.

De modo que Kane estaba viendo a la chica por primera vez. Era bastante guapa y con tantas curvas como un muñeco de nieve. Mientras observaba a Jamie y a Hallie, juntos delante del fregadero, no dejaba de pensar en las bellezas altas y delgadas que la familia le había presentado a Jamie. Parecía que en lo tocante al sexo opuesto, se cumplía el refrán que rezaba: «De tal palo tal astilla.»

Hallie dejó una bandeja con *crudités* y salsas en la mesa, y mientras Kane empezaba a comer, se fijó en cómo se movían por la cocina. Hablaban en voz baja, aunque tampoco parecían necesitar de muchas palabras mientras trabajaban juntos.

Se produjo un momento interesante después de que Jamie dijera algo y Hallie se echara a reír. Estaban junto al fregadero, separados por unos pocos centímetros, de espaldas a él, y se miraban a los ojos. Se produjo tal chispa que Kane dejó un trozo de zanahoria a medio camino de su boca.

Alguien había mojado, pensó, y sacó el móvil. Quería decirle a su mujer que el largo celibato de Jamie había terminado.

Sin embargo, cuando Hallie se volvió y le preguntó si quería té helado o limonada, Kane soltó el móvil.

—Té —contestó, y apoyó la espalda en el respaldo de la silla, incapaz de borrar la sonrisa que le iluminaba la cara—. ¿Qué habéis estado haciendo? —preguntó cuando los tuvo sentados delante de él.

Jamie conocía bien a su padre y, cuando levantó la cabeza, en sus ojos había un brillo muy elocuente. Kane miró a los ojos a su hijo un segundo y después sonrió con más ganas. Se comunicaron en silencio.

Hallie empezó contándole cosas de Edith, de las elaboradas comidas que les llevaba, y de su costumbre de hablar con los fantasmas de las damas.

Al principio, Jamie se quedó callado y dejó que Hallie llevara el peso de la historia, pero cuando llegó a la visita del señor Huntley, se unió.

Kane siguió sentado, escuchando, con una sonrisa. No le interesaba demasiado la historia de los fantasmas, aunque sabía que a su mujer sí, pero se alegraba muchísimo de ver a su hijo tan animado.

Cuando se quedaron sin salsa, Jamie se levantó y sacó una

botella del frigorífico. No pareció un gesto relevante para Hallie, pero para Kane fue importantísimo. Después de que Jamie volviera a casa, envuelto en vendajes, con las heridas abiertas, siempre había alguien cerca para ofrecerle lo que necesitara. En ese momento, iba con muletas y llevaba esa enorme rodillera con férula tan molesta, pero él iba en busca de lo que necesitaba. Ni Hallie ni él parecían creer que sus problemas físicos fueran una excusa válida para que se quedara sentado y se lo sirvieran todo en bandeja.

—Casi se me olvida —dijo Hallie—. Tenemos que mover la vitrina del salón del té. —Cuando Jamie se sentó de nuevo, ella le cogió las muletas y las apoyó contra la pared.

—¿Por qué? —preguntó Jamie.

Hallie parecía sorprendida.

—¡Acabo de darme cuenta de que no te he hablado de mi sueño! Vi a las damas. Después de contárselo al tío Kit, dijo que teníamos que conseguir que unos cuantos Taggert movieran la vitrina para comprobar si lo que soñé sucedió de verdad.

—¿Se lo contaste a mi tío pero no a mí?

Kane le dio un buen mordisco al sándwich para no soltar una carcajada al escuchar el tono incrédulo de su hijo, tal vez incluso un poco dolido, por haberlo dejado al margen.

—Fue la mañana que me desperté en tu cama con los niños saltando sobre nosotros, y luego aparecieron tus primos desnudos. Me dejaron tan pasmada que se me olvidó el sueño. Si no hubieras... —Dejó la frase en el aire y miró a Kane—. Lo siento. No estaban desnudos. Al menos, no en aquel momento.

Kane levantó una mano.

—No te preocupes por mí. Habla con total libertad.

Jamie fulminaba a Hallie con la mirada.

—Podrías habérmelo dicho después. Podrías haberte escapado un ratito de tu harén y contarme lo de tu sueño con los fantasmas.

—Tú estabas escondido con tu hermano, ¿o no te acuerdas?

¡No te encontraba! Les pregunté a todos por ti, pero no abrieron la boca. Y sigo sin saber dónde te metiste.

—Estaba ocupado —adujo Jamie—. Bueno, ¿qué soñaste?

—Pues ahora no te lo voy a decir. Esperaré a la noche y os lo contaré a todos.

—Pero acabas de decir que el tío Kit ya está al tanto.

—Sí, pero me mandó un mensaje de correo electrónico en el que me decía que estaba leyendo toda la información que tu madre le había entregado y que durante la cena de esta noche nos contaría lo que había descubierto. Y también me ha dicho que tu tía Jilly va a descansar un rato de las actividades nupciales para echarle un buen vistazo al árbol genealógico de los Hartley. Esta noche nos va a decir lo que ha averiguado. Estoy ansiosa por que llegue la cena. ¿Qué crees que debemos preparar? ¿Vieiras? Son una especialidad local.

Jamie la miraba boquiabierto, totalmente alucinado.

—¿El tío Kit te ha dado su dirección de correo electrónico?

—Sí. ¿Tú no la tienes?

—Pues no. Es una persona muy reservada...

Durante un momento, se miraron como si estuvieran a punto de lanzarse a una discusión acalorada. Kane creyó que tendría que intervenir, pero después los dos se echaron a reír.

—¿Qué? ¿Ahora vas a fugarte con el tío Kit? —preguntó Jamie con voz risueña.

—No. Me interesa más Raine. ¿Crees que podría convencerlo para que moviera la enorme vitrina?

—Yo podría...

—Ah, no, de eso nada —lo cortó Hallie—. Podrías lesionarte de nuevo la rodilla y todavía me duelen los brazos por todo el trabajo de esta mañana hasta relajar esos duros músculos tan tensos que tienes. No vas a usar ninguno de esos músculos mientras yo ande cerca.

—Creía que te gustaban mis duros músculos. —Su significado era más que evidente.

—¡No sobre una camilla de masaje! Ahora mismo necesitamos a Raine y a otro de esos parientes que tienes más grandes que un toro para mover esa vitrina. —Jadeó y se volvió hacia Kane—. Lo siento. No era mi intención ofender a nadie. —Se estaba poniendo colorada.

—Al menos, los Taggert servimos para algo —repuso Kane al tiempo que se levantaba—. Jamie, llama a tu primo Raine y dile que venga, a ver qué podemos hacer con ese mueble. Hallie, ven conmigo y enséñamelo. —Miró a Hallie y después a su hijo—. Si sois capaces de estar separados un rato, claro.

—Puedo andar y mandar un mensaje al mismo tiempo —le aseguró Jamie mientras cogía las muletas, ya que era evidente que no quería quedarse atrás.

Sin embargo, cuando trastabilló, Hallie le dijo:

—Dame el teléfono.

Jamie obedeció y fueron juntos al salón del té.

13

Kit llegó con Raine, que llevaba una enorme caja con documentos. Los tres Taggert parecieron sorprendidos cuando el hombre alto y elegante saludó a Hallie besándola en las mejillas.

—Tienes muy buen aspecto, querida —comentó Kit.

—He tenido una mañana interesante —replicó ella, que pasó por alto el resoplido de Jamie.

—Eso me han dicho. —Kit asintió con la cabeza para que Raine dejara la caja en la mesa auxiliar—. ¿Deberíamos vaciar la vitrina antes de moverla?

Kane soltó un resoplido idéntico al de su hijo.

—Creo que podremos moverla aun estando llena. —Miró a Raine y juntos lograron apartar el pesado y antiguo mueble de la pared, y después se alejaron—. Toda vuestra —le dijo Kane a Hallie, dándole a entender que ella podía mirar primero.

Apoyados contra la pared que habían dejado a la vista había dos trozos de papel antiguo, uno de ellos de unos veinticinco centímetros por treinta, y el otro tendría la mitad de ese tamaño. Lo que hubiera escrito en ellos estaba de cara a la pared, oculto a la vista. El hecho de que hubieran estado en ese lugar, sin tocar durante doscientos años, no sorprendió a Hallie. Su sueño había sido tan claro, tan real, que era como si lo hubiera vivido.

Cuando cogió los papeles, un sobre cayó hacia delante. En él había un nombre escrito con una preciosa caligrafía: «Kit.» Con un movimiento rápido para que no la vieran, Hallie se escondió el sobre debajo de la camisa, tras lo cual se puso en pie y dejó los papeles boca abajo en una de las mesas de té.

Mientras los hombres devolvían la vitrina a su sitio, buscó la mirada de Kit, que comprendió que tenía algo que enseñarle. Al pasar a su lado, Hallie le entregó el sobre con disimulo.

Una vez que todos estuvieron reunidos en torno a la mesa, Hallie dijo:

—¿Estáis preparados?

—Conteniendo el aliento —contestó Kit.

Hallie le dio la vuelta al trozo de papel más grande. La tinta estaba exactamente igual que como la había visto en el sueño. Dos jóvenes guapísimas estaban sentadas juntas en el asiento acolchado de la ventana, una con la cabeza apoyada en el hombro de la otra. Sus preciosos vestidos parecían envolverlas.

El artista había captado lo que parecía tristeza en sus ojos. Pero eso era algo comprensible. El día de la boda de Juliana, las hermanas sabían que ese sería su último momento juntas en la misma casa. Al día siguiente, Juliana tendría que marcharse con su nuevo marido. Lo que no sabían era que, al cabo de una semana, la muerte las separaría de todo aquello que amaban.

Hallie miró a Kit con expresión interrogante y él le hizo un gesto afirmativo con la cabeza. Sí, esas eran las chicas que había visto.

—¿Y qué hay en ese? —preguntó Kane.

Hallie le dio la vuelta al otro papel y jadeó. Era un retrato de su padre. Llevaba una camisa con un cuello muy alto y tenía el pelo más largo de lo habitual. Parecía muy joven, pero desde luego que era su padre.

—Sea quien sea, se parece a ti —comentó Jamie—. Tenéis los mismos ojos.

Miró a los hombres reunidos en torno a la mesa y todos asintieron, expresando su acuerdo.

Hallie cogió el retrato.

—Supongo que es Leland Hartley, mi antepasado. —Miró a Jamie, al padre de este y a Raine, percatándose del parecido entre ellos.

Su padre había sido la única persona que había conocido de la rama paterna de la familia, pero en las manos tenía la prueba de la existencia de otra persona con la que compartía un vínculo de sangre.

Cuando miró a Jamie, él pareció entenderla. Ese descubrimiento requería un poco de intimidad.

—Vale, ya es suficiente —dijo Jamie—. Todos fuera.

—Estoy completamente de acuerdo. —En cuanto Kit echó a andar hacia la puerta, señaló con la cabeza la enorme caja que descansaba junto al sofá—. Creo que el contenido te resultará interesante. —Y se marchó con Raine.

Kane se detuvo al pasar junto a su hijo.

—Tu madre enviará la cena más tarde, así que no debéis preocuparos de nada. Pasadlo bien. —Y con una afectuosa sonrisa, salió del salón del té.

Hallie miró a Jamie.

—No pensará que tú y yo... estamos... juntos, ¿verdad? Vamos, que no se ha enterado de que esta mañana hemos... —Fue incapaz de decir lo que pensaba.

Jamie no quería mentir, pero tampoco quería confesar, de modo que guardó silencio.

Pero Hallie lo entendió. Sí, Kane lo sabía. Avergonzada, salió por la puerta.

—Creo que tengo que limpiar el gimnasio, así que será mejor que me vaya. —Sin embargo, las compuertas del cielo parecieron abrirse de repente y empezó a llover. Hallie regresó al interior a la carrera y cerró la puerta tras ella.

—Estás mojada —comentó Jamie—. Quédate ahí. —Fue a la cocina y volvió con un montón de paños secos. Tras colocarle uno en la cabeza empezó a secarle el pelo.

—Tengo que subir para cambiarme de ropa.

De repente, Jamie no quería que abandonara la estancia. No quería que ninguno de los dos tuviera que abandonar la estancia. Cogió la manta que estaba doblada sobre el asiento acolchado de la ventana y se la colocó sobre los hombros. La lluvia caía con fuerza en el exterior y la escuchaban golpear los cristales. Era una fuerte tormenta de verano.

Al ver que Hallie empezaba a tiritar, Jamie le pasó un brazo por los hombros.

—Parece que va a durar un buen rato. ¿Qué te parece si enciendo el fuego y repasamos el contenido de la caja que ha traído el tío Kit? Además, podrás contarme ese sueño que has tenido y que parece ser real.

Hallie se puso el paño de cocina en el cuello.

—Creo que es una buena idea. ¿Sabes encender el fuego?

Jamie no pudo evitar menear la cabeza con incredulidad.

—Por supuesto. He visto cómo el mayordomo lo hacía cientos de veces.

Hallie abrió los ojos de par en par.

—No tenemos mayordomo y soy de Colorado. Soy capaz de encender fuego sobre la nieve.

—¿En serio? —Hallie se sentó en uno de los extremos del sofá, envuelta en la manta.

—Mira y aprende —dijo él.

Tardó solo unos minutos en conseguir que el fuego crepitara en la chimenea. Las antiguas ventanas se agitaban por culpa del azote del viento, pero el interior era acogedor y calentito, y la luz del fuego alegraba el ambiente.

Hallie apoyó la espalda en un cojín y estiró las piernas. Por algún extraño motivo, su ropa ya no parecía estar húmeda.

—Esto es muy agradable.

Una vez que Jamie se sentó en el otro extremo del sofá, Hallie dobló las rodillas y colocó los pies en el sofá. Jamie estiró los brazos, le cogió los pies para instalarla a estirar las piernas y, en cuanto tuvo sus pies en el regazo, empezó a masajeárselos.

—No creo que esto sea apropiado —comentó Hallie, que hizo ademán de zafarse de sus manos, pero él se lo impidió.

—A ver si lo entiendo —dijo Jamie—. Esta mañana me has obligado a tenderme desnudo en una camilla, tapado solo por una toalla del tamaño de un paño de cocina, y me has tocado por todos sitios. La parte interna de los muslos, por debajo del ombligo, por todos lados. Y eso sin tener en cuenta el polvo de antes. Y ahora, ¿no te puedo tocar los pies?

Hallie no pudo evitar echarse a reír.

—Supongo que dicho así, no puedo negarme. Además, es maravilloso. —Le estaba acariciando los pies con sus fuertes manos, y Hallie cerró los ojos.

—No estás acostumbrada a que la gente te complazca, ¿verdad? —le preguntó Jamie.

—Se puede decir que no.

—¿Tu hermanastra no te ha agradecido de ninguna manera todo lo que has hecho por ella?

En esa ocasión, fue Hallie quien resopló.

—No, ese no es el estilo de Shelly. ¿Puedes acercar la caja que ha traído Kit?

De nuevo, Jamie comprendió que acababa de decirle que dejara el tema.

—Claro —respondió—. ¿Te importa si me quito la sudadera? Aquí dentro hace calor.

Al verla asentir con la cabeza, se pasó la sudadera por la cabeza. Debajo llevaba una sencilla camiseta blanca de manga corta, lo que dejaba a la vista las cicatrices que tenía en los brazos. Cuando los estiró para coger la caja, Hallie distinguió el contorno de más cicatrices en su espalda.

—¿Te tapas los brazos con camisetas de manga larga solo cuando hay gente ajena a la familia? —le preguntó.

—¡No! —Jamie abrió la caja—. Tengo que taparme cuando estoy con la familia. Si no lo hago, a mis tías se les llenan los ojos de lágrimas y empiezan a preguntarme si pueden hacer algo por mí. Mis tíos me dan palmaditas en la espalda y aseguran que este país tiene suerte de contar con hombres como yo.

—¿Y tus primos?

—Ellos son los peores. Me dicen: «Jamie, ¿por qué no te sientas ahí y nos miras mientras nos divertimos?» o «¿No haremos demasiado ruido mientras jugamos al tenis de mesa?».

Hallie intentaba no reírse.

—¿Al tenis de mesa?

—Bueno, a lo mejor no juegan a eso, pero está claro que no me invitan a jugar con ellos al rugby.

—Pero alguien te llevó a esquiar.

—Ese fue Todd. Aunque el amor me llevó de vuelta al hospital.

—Creo que tu familia hizo bien en protegerte. Aunque el esquí fue lo que te trajo aquí. —Movió los dedos de los pies, que seguían en su regazo.

—Pues sí. A lo mejor estoy en deuda con mi hermano. Por favor, no se lo digas. —Jamie se inclinó hacia delante como si fuera a besarla.

Sin embargo, Hallie se apartó.

—Bueno, ¿qué hay en la caja?

—Papeles. En fin, si te movieras hasta este extremo del sofá no tendrías tanto frío. Soy una persona muy caliente.

—No tengo frío en absoluto. Quiero ver lo que nos ha traído el tío Kit.

—Hablando de él, ¿qué le has entregado a mi tío mientras los demás estaban distraídos?

—¿Te has dado cuenta?

—Por supuesto. ¿Qué era?

Le contó lo del sobre que había encontrado dirigido a Kit.

—¿Crees que esta noche durante la cena nos dirá qué había dentro?

—Si lo hace, es porque está loco por ti.

Hallie se echó a reír.

—No lo creo, pero gracias por el cumplido.

Jamie se colocó la caja en el regazo y ambos echaron un vistazo al contenido. En la parte superior, había un sobre grueso y, debajo, un montón de papeles sueltos, fotocopias en su mayoría.

—¿Nos dividimos el contenido? —sugirió Hallie—. ¿Tú te quedas con el sobre y yo con los papeles?

—No. Lo haremos juntos. No más secretos.

—Me gusta eso —replicó Hallie—. Bueno, ¿qué hay en el sobre?

Jamie desenrolló el cordoncillo que cerraba el sobre.

—Me apuesto lo que sea a que esto es de la tía Jilly.

—No entiendo cómo puede hacerlo. Teniendo en cuenta que va a casarse dentro de dos días, ¿no debería ser esa su principal preocupación?

—Nunca le ha gustado el caos que se origina con los grandes acontecimientos familiares. La madre de Raine está aquí y es capaz de organizar una guerra. Seguro que la tía Jilly la ha mirado con cara de pena y la tía Tildy ha cogido las riendas. Y, después, la tía Jilly se ha escondido en algún sitio con un ordenador, dispuesta a investigar... algo que le encanta. —Sacó los documentos—. Por cierto, quien se lleve a Raine, se lleva a su madre.

—Después de verlo mover esa vitrina tan pesada, tal vez merezca la pena. Casi pensaba que se le iba a desgarrar la camiseta. ¡El increíble Hulk en carne y hueso! —Soltó un suspiro exagerado.

—¿Ah, sí? —replicó Jamie, que se desperezó y levantó los brazos por encima de la cabeza, haciendo que el tamaño de sus bíceps se duplicara.

Hallie fingió no darse cuenta, pero la temperatura de la estancia pareció subir de repente. Se quitó el paño de cocina del cuello y salió de debajo de la manta. Extendió un brazo y Jamie le pasó un papel.

Era un árbol genealógico similar al que había visto durante

211

el vuelo hasta Nantucket, pero ese estaba organizado de forma distinta. En vez de bajar desde su padre hasta ella, ese árbol estaba dedicado a otra rama de la familia.

Hallie se irguió de repente.

—¿Estoy leyendo esto bien? —Se inclinó hacia Jamie para que viera el papel—. Aquí dice que tengo un familiar. ¡Vivo! —Señaló la línea donde lo especificaba—. También se llama Leland y tiene treinta años.

Jamie la estaba mirando fijamente. No comprendía el concepto de no tener familia conocida.

—¿Es mi primo?

Jamie cogió el papel y le echó un vistazo.

—Compartís como antepasado a Leland Hartley, que se casó con Juliana Bell. Así que sí, sois primos lejanos.

—¡Madre mía! —exclamó Hallie mientras se dejaba caer de nuevo contra el respaldo del sofá—. Me pregunto cómo es. ¿Dónde fue al colegio, a qué se dedica? —Jadeó—. ¡A lo mejor está casado y tiene hijos! Podría ser tía.

Jamie no fue capaz de señalarle que, en ese caso, los niños también serían sus primos. Pero claro, en su propia familia, «tío» y «tía» solían ser títulos de cortesía.

Jamie cogió un papel del montón que tenía en el regazo.

—A ver. El Leland Hartley de la generación actual creció en Boston y se graduó en Harvard en Ciencias Empresariales. Después, trabajó en una granja durante tres años para poder... Mmm, no entiendo esto. —Estaba tomándole el pelo a Hallie.

Hallie le quitó el papel de la mano y leyó en voz alta.

—Es paisajista. Viaja por todo el país diseñando parques. No está casado y no tiene hijos. —Miró a Jamie—. Su empresa tiene una página web.

Jamie se lo estaba pasando en grande viéndola tan entusiasmada y emocionada.

—Qué pena que sea tan feo.

—¿Cómo dices?

Le entregó una foto que Jilly debía de haber sacado de la página web.

Leland Hartley era un hombre muy guapo. Y, además, parecía una versión más joven de su padre. El pelo y la ropa eran distintos, pero podría decirse que eran idénticos. Miró a Jamie.

—Se parece tanto a ti que podría pasar por tu hermano mayor —comentó Jamie.

A Hallie se le llenaron los ojos de lágrimas al instante.

—Quiero conocerlo. Después de que se te cure la pierna, volveré a Boston y... —No terminó la frase porque no quería que Jamie pensara que su rehabilitación era un impedimento para ella.

—¿Ves esto? —le preguntó Jamie al tiempo que levantaba un sobre grande de color crema—. ¿Sabes lo que es?

—No. ¿Debería?

—Es una invitación para la boda de la tía Jilly. Ha escrito una nota sugiriendo que le escribas una carta a Leland, incluyendo una copia de este árbol genealógico, y que lo invites a la boda.

Hallie tardó un instante en comprender lo que le estaba diciendo.

—¡Es una idea maravillosa! ¡Ay, Jamie! Eres genial. Tu familia al completo es maravillosa. —Se inclinó sobre los papeles que Jamie tenía en el regazo, le tomó la cara entre las manos y lo besó con pasión antes de apartarse.

—Eres capaz de hacerlo mejor —dijo él.

Hallie estaba de pie frente a la chimenea y no parecía haberlo escuchado.

—¿Dónde se alojará? Si puede venir, claro. Tal vez esté ocupado con un proyecto y no pueda. O a lo mejor no le interesa conocer a una prima lejana. ¿Debería hablarle de los fantasmas? ¡No! Definitivamente no. Si se lo digo, seguro que no viene. Quizá... —Miró a Jamie... que estaba sonriendo al ver su entusiasmo.

—¡Ya sé! Le arrojaré a mi madre. Ella lo llamará, le hablará sobre ti y conseguirá que venga. Es muy persuasiva.

—¿Lo haría? Por mí, quiero decir.

Había tanto trasfondo en esa pregunta que Jamie no supo bien por dónde empezar. Hallie lo había hecho reír, y solo por eso su madre haría cualquier cosa por ella.

—Ajá, lo hará. Pero querrá escuchar hasta el más mínimo detalle de la historia, así que prepárate.

Hallie unió las manos detrás de la espalda y empezó a pasear de un lado para otro.

Jamie sonrió mientras la observaba. Le hacía gracia el ceño fruncido que tenía debido a la concentración. Sin embargo, la sonrisa empezó a flaquear al cabo de unos minutos. Él podía permitirse reírse por la idea de querer relacionarse con un familiar porque él los tenía en abundancia. Pero ¿cómo sería no tener ninguno?

Cuando estaba en Afganistán, la idea de su familia, de regresar a casa, lo ayudó a seguir adelante. Cada vez que repartían la correspondencia, había cartas de su familia. Sus padres le escribían constantemente. Las cartas de su madre estaban llenas de anécdotas divertidas y tiernas de todos los miembros de la familia. Sus hermanos, incluso los pequeños Cory y Max, le habían mandado dibujos, regalos y comida.

Cuando veía que alguno de sus compañeros no recibía carta, le pedía a su madre el favor de que le dijera a la familia que le escribieran. Al cabo de una semana, llegaban montones de cartas de los Montgomery-Taggert.

Jamie vio cómo Hallie cogía de nuevo el documento que le aseguraba que tenía un pariente lejano y lo leía de nuevo. Parecía estar memorizándolo, estudiándolo, tratando de descubrir a la persona real que se ocultaba tras el nombre.

Recordó lo que Todd le había dicho sobre su hermanastra y los comentarios tan espantosos que Hallie había hecho al descuido sobre la vida que había llevado después de que su padre contrajera matrimonio por segunda vez. ¿Qué le había pasado?

Mientras la observaba, comprendió que las heridas de Hallie

no eran visibles como las suyas. Ella no necesitaba llevar manga larga para ocultar las cicatrices, pero en ese momento acababa de llegar a la conclusión de que tal vez tuviera heridas tan profundas como las suyas.

Se sacó el móvil del bolsillo y pulsó el botón para llamar a su madre, que respondió al instante.

—¡Jamie! —exclamó Cale con un deje de pánico en la voz—. ¿Estás bien? ¿Me necesitas? Estoy justo al lado. Tildy me tiene enterrada debajo de un montón de cintas, pero me alegrará dejarla sola. Puedo...

—¡Mamá! —la interrumpió él, haciendo que Hallie se detuviera y lo mirara—. Estoy bien. No me encontraba tan bien desde antes de... Bueno, que estoy genial.

Hallie se sentó en el borde del sofá y lo miró.

—Sé que estás ocupada —siguió Jamie—, pero tengo una cosa urgente que quiero que hagas. ¿Le has dicho a la tía Jilly que localizara al pariente de Hallie?

—No —contestó Cale con la voz muy seria—. ¿Qué pasa?

—Quiero que lo traigas. Ahora mismo.

Hallie contuvo el aliento.

—¿Puede oírme? —susurró Cale.

—No —contestó Jamie con voz alegre—. En absoluto.

—Has dicho pariente, en singular. Es un hombre. ¿Solo hay uno, además de la hermanastra de la que he oído hablar?

—Sí, mamá, precisamente. —Jamie levantó el pulgar en dirección a Hallie. Si había algo de lo que su madre sabía mucho, era sobre familias fracasadas. Solo había visto a los parientes de su madre en una ocasión, y había sido un desastre. Una hermana había amenazado con escribir unas memorias llenas de mentiras sobre Cale si no le daba varios millones. Jamie no sabía qué fue lo que hizo su padre, pero la hermana se largó y jamás habían vuelto a saber de ella—. ¿Crees que puedes conseguir que este hombre venga a la boda?

—Si es posible, lo haré. —Cale bajó la voz—. Pero antes haré unas cuantas llamadas y daré con alguien que lo conozca. Una vez que compruebe que es buena persona, enviaré el avión para que lo recoja.

—Genial —dijo Jamie—. Mantenme informado de todo.

—Por supuesto. Y, Jamie, cariño, ¿cómo estás? Pero dime la verdad.

—Es tal como querrías que fuera. —Estaba mirando a Hallie y sonriendo.

Cale contuvo el aliento.

—¿Empiezas a sanar?

—Sí, lo has pillado.

—Vale —replicó ella—. Me iré a algún sitio a llorar ahora mismo y después haré unas cuantas llamadas. ¡Oh, no! Aquí viene Tildy. Tengo que esconderme. Jamie, te quiero más de lo que te imaginas. —Y cortó.

Jamie soltó el teléfono y miró a Hallie.

—Estará aquí tan pronto como mi madre consiga traerlo. Lo que significa que seguramente llame a la puerta en cualquier momento.

Hallie estaba más relajada.

—Siento mucho haberme emocionado tanto con este tema. Es que nunca he soñado siquiera que pudiera pasar algo así. La familia de mi madre al parecer solo tiene hijos únicos, no hay más hermanos, y mi padre creció bajo la tutela del estado.

Jamie estuvo a punto de hacer una broma afirmando que debía de ser un alivio, pero se contuvo. Quería que Hallie le contara qué había pasado con su hermanastra, pero a esas alturas sabía muy bien que no debía preguntarle abiertamente.

—¿Tienes alguna amiga que quieras invitar a la boda? El banquete será un bufet libre, así que habrá sitio para mucha gente. —Le entregó algunos papeles que había sacado de la caja.

La lluvia caía con fuerza y el fuego resultaba muy agradable. Hallie había estirado las piernas y sus pies le rozaban una cadera. La pierna sana estaba junto a Hallie, pero la lesionada estaba casi fuera del sofá. Se movió para que sus piernas quedaran juntas y después colocó la manta sobre ambos.

Hallie parecía estar a punto de protestar, pero guardó silencio al ver que un relámpago iluminaba la estancia.

—Menuda tormenta. ¿Por qué no han avisado los del servicio meteorológico?

—Mi padre dice que las tormentas en Nantucket no son para mojigatos.

—Parece tener razón. En todo caso, no tengo amigas a las que invitar. Unas cuantas amigas del trabajo, pero no mantengo mucha relación con ellas.

Jamie cogió una copia de un artículo del periódico local fechado en 1974 y leyó en voz alta las primeras líneas. Una pareja joven de luna de miel se había alojado en el hostal Sea Haven. La mujer fue a la policía y aseguró que su marido había estado hablando con dos mujeres en la casa de al lado y que le habían dicho que se divorciara.

—¡Escucha esto! —exclamó, y siguió leyendo—: Cuando la policía investigó el asunto, descubrieron que la estancia donde el marido aseguraba haber tomado un té con las jóvenes estaba cerrada con llave y, tras abrirla, vieron que estaba llena de polvo.

Jamie le enseñó el papel a Hallie. Había una foto del salón del té de muy mala calidad en blanco y negro, y parecía tan sucio como estaba cuando ellos lo vieron por primera vez.

Hallie le quitó la página y siguió leyendo en voz alta:

—«Cuando lo interrogaron, el marido le aseguró a la policía que las dos guapísimas jóvenes con las que había tomado el té eran fantasmas. Aseguró que los espíritus se le aparecieron porque aún no había encontrado a la mujer a la que querría con todo su corazón. Añadió que debía liberarse para poder buscarla.» ¿Y eso sucedió durante su luna de miel? —preguntó—. ¡Con razón se cabreó su mujer! —Siguió leyendo. Al parecer, el dueño de la casa, Henry Bell, había negado la existencia de fantasmas. Aseguró que la estancia estaba cerrada cuando compró la casa y que como en aquel entonces no necesitaba más espacio, la dejó tal como estaba—. ¿Crees que Henry dijo la verdad? —preguntó.

—Creo que mentía como un bellaco —contestó Jamie.

—Estoy de acuerdo. Creo que Henry estaba enamorado de ellas. —Soltó el papel—. Acabo de recordar el bastidor con el bordado. Estaba en el porche y le hiciste una foto.

Sus miradas se encontraron y, al instante, Hallie se puso en pie y atravesó la casa para ir en busca del bastidor mientras Jamie buscaba la foto en su móvil. Al ver que Hallie no regresaba, la llamó, pero no obtuvo respuesta. La llamó dos veces más en vano.

Un relámpago cegador fue seguido casi al instante por un trueno tan enorme que la casa pareció agitarse desde los cimientos. La desaparición de Hallie, la luz y el estruendo del trueno se parecían mucho a lo que Jamie había experimentado en el frente. Se tiró del sofá al suelo, golpeándose con fuerza. No recordaba dónde estaba, pero tenía que salir de allí.

Estaba reptando por el suelo sobre el estómago, arrastrando la pierna lesionada, y manteniendo el cuerpo pegado al suelo.

Hallie entró con una bandeja cargada de cosas para tomar el té y una bolsa echada al hombro.

—Mira lo que nos ha traído Edith. Siento mucho haber tardado tanto, pero es que no encontraba la bandeja. ¿Jamie? ¿Te has caído?

Tras soltar la bandeja y la bolsa en un aparador para mirarlo con atención, comprendió que no estaba en su sano juicio. Se comportaba como durante sus pesadillas. Estaba despierto, pero no lo estaba.

—¡Jamie! —exclamó—. Soy yo, Hallie. Estás a salvo. —Sin embargo, no obtuvo respuesta. ¡Estaba reptando en dirección a la chimenea! Le colocó las manos en los hombros y tiró de él, pero siguió avanzando—. ¡Jamie! —gritó, pero de nuevo fue en vano. ¿Qué podía hacer?—. Ayudadme —susurró. Jamie estaba a escasos centímetros del fuego—. ¡Por favor, ayudadme para que sepa qué debo hacer! —gritó a pleno pulmón.

De repente, enderezó la espalda y cuadró los hombros.

—¡Soldado! —gritó—. ¡Alto!

Jamie se detuvo.

Hallie encendió las dos lámparas de pie de la estancia a fin de conseguir más luz. Cuando miró hacia atrás, vio que Jamie seguía inmóvil en el suelo, con la cara enterrada entre los brazos. Se arrodilló junto a su cabeza y le acarició el pelo.

—Vete —lo oyó decir—. No quiero que me veas así.

Hallie se sentó a su lado.

—No voy a irme.

Jamie volvió la cabeza hacia el lado contrario.

—¡Vete de aquí! —gritó—. ¡No quiero verte!

Hallie no se movió.

—Grítame todo lo que quieras, pero no pienso irme.

—¡Te he dicho que te vayas! —insistió Jamie, hablando entre dientes.

Hallie siguió sentada donde estaba, a su lado, esperando. Sabía que estaba avergonzado, lo percibía. Era como si esa sensación llenara la estancia. Estaban rodeados por oleadas de arrepentimiento y de pena, de miedo y de impotencia.

Jamie se puso de espaldas sobre el suelo, con las manos en el pecho, que aún subía y bajaba con rapidez.

Hallie siguió esperando. Si algo había aprendido en la vida, era a ser paciente. Desde que tenía once años y su padre apareció en casa con una nueva esposa y una preciosa hijastra, Hallie se vio obligada a cultivar la paciencia. Era una semilla que había plantado aquel primer día y que había crecido con la fuerza y la rapidez de la habichuela mágica de Jack.

Jamie tardó un poco en controlar la respiración y su corazón necesitó tiempo para recobrar el ritmo normal. Vio que tenía una lágrima en el rabillo de un ojo.

«Qué horrible debe de ser para un hombre», pensó ella. Cargar con la responsabilidad de ser fuerte en todo momento, de no demostrar debilidad alguna. Una pérdida de fuerza lo había hecho pensar que era menos de lo que supuestamente debía ser. La debilidad le había arrebatado lo que era.

Por fin, Jamie volvió la cabeza hacia ella. Un poco, pero lo suficiente para que Hallie viera que había recuperado la compostura.

Hallie no dijo nada, se limitó a darse unas palmaditas en el regazo a modo de invitación.

Él no titubeó mientras colocaba la cabeza en su regazo y la abrazaba por la cintura.

—Yo...

Hallie le colocó un dedo sobre los labios. No quería escuchar una disculpa.

Durante un instante, la abrazó con tanta fuerza que Hallie apenas podía respirar, pero no intentó zafarse de sus brazos. En cambio, siguió acariciándole el pelo y esperando a que se tranquilizara. Cuando sintió que sus brazos por fin se relajaban, dijo:

—Edith nos ha traído té. ¿Te apetece un poco?

Aunque tardó en contestar, acabó asintiendo con la cabeza. Hallie esperó a que se sentara y, cuando lo hizo, no le sorprendió comprobar que no la miraba a los ojos. Jamie trató de ponerse en pie y estuvo a punto de irse al suelo porque perdió el equilibrio. El instinto de Hallie fue el de ayudarlo, pero no lo hizo. Al contrario, se alejó para ir hasta el aparador en busca de la bandeja del té y después la dejó sobre la mesa auxiliar. Jamie estaba sentado en el sofá.

—Mira esto. —Hallie abrió la bolsa y le arrojó el bastidor—. ¿Ves la diferencia?

Jamie seguía sin mirarla, y Hallie se percató de que le costaba trabajo enfocar la vista para observar el bordado.

—Sigue igual.

—Eso es lo que pensé al principio, pero mira bien.

Jamie cogió el teléfono y comparó la labor con la foto que había hecho el primer día.

—Esto es amarillo. —Por fin la miró a los ojos.

—Exacto. El primero que vimos tenía pájaros, pero este tiene narcisos. Aquí están los pájaros. —Le entregó la funda de un cojín y Jamie colocó las dos cosas sobre la mesa.

—Esto es un poco espeluznante.

—Lo es y mucho —lo corrigió ella, mientras le ofrecía una taza de té con seis tipos distintos de galletas en el platillo.

Jamie bebió un sorbo y dijo:

—Hallie, yo... —No parecía encontrar las palabras que quería decir—. No le he hecho daño a nadie —dijo por fin—. Si alguna vez lo hubiera hecho, no habría permitido que me trajeran a este sitio para estar a solas con una chica. —Respiró hondo—. Es que a veces no sé dónde estoy. —Guardó silencio—. Las cosas que he dicho no las decía en serio.

Hallie asintió para hacerle saber que lo entendía.

—Lo sé. —Presentía que Jamie no quería hablar más del tema. Pero no le importaba, porque ella también tenía cosas de las que no quería hablar. Jadeó y dijo—: ¡La caja! Nos hemos olvidado de la caja.

—¿De qué estás hablando?

—De la caja que me golpeó en la cabeza. ¿No te acuerdas? Te asustaste porque creíste que iba a desangrarme y me lavaste el pelo. Me convertí en Meryl Streep luchando por sus kikuyus y... —Lo miró y vio que no la entendía—. Déjalo, es una cosa de chicas. Iré en busca de la caja, pero tú te quedas aquí. ¿Vale?

—Sí —respondió en voz baja—. Me quedaré aquí esperándote. Pero esta vez no tardes mucho.

Aunque no estaba segura, Hallie creía que tal vez acababa de bromear sobre lo ocurrido.

Fue a la despensa, pero no encendió la luz. En cambio, se apoyó en la pared y se llevó las manos a la cara. ¡La escena con Jamie la había asustado mucho! No sabía cómo ayudarlo. ¿Debía dejarlo para que se recobrara él solo? ¿O era mejor intervenir y hacer algo?

Cuando cerró los ojos, creyó escuchar unas palabras:

«Los soldados varían de una guerra a otra. Este responde al amor.»

Abrió los ojos al instante, pero no había nadie con ella. Sin embargo, sabía quién le había hablado. Era la misma voz que le había dicho qué dormitorio elegir, qué órdenes debía darle a un soldado. En ese momento le estaba ofreciendo consejo.

—¡Hallie! —gritó Jamie.

—Estoy aquí —le dijo—. Volveré en cuanto la encuentre.

—En ese momento, el resplandor de un relámpago iluminó la antigua caja como si alguien hubiera encendido un foco sobre ella y Hallie puso los ojos en blanco—. ¿Por qué no me sorprende? Me apuesto lo que sea a que el té sigue hirviendo.

Al escuchar lo que parecían las carcajadas de dos mujeres jóvenes, salió corriendo de la despensa.

14

—¿Estás bien? —le preguntó Jamie.

—Sí —contestó ella, mientras cogía la caja. Sorbió un poco por la nariz y esbozó una sonrisa. No iba a permitir que Jamie viera lo mucho que la había asustado.

Al entrar en el salón del té, vio que Jamie caminaba hacia ella con las muletas. Sin embargo, antes de que pudieran hablar, escucharon que alguien llamaba a la puerta.

—Se acabó la diversión —murmuró él.

Jamie señaló la caja con un gesto de cabeza y Hallie la dejó en una de las baldas de la vitrina, tras lo cual él abrió la puerta.

Era Ian.

—Me han ordenado que traiga todo lo necesario para servir la cena esta noche en esta estancia. El señor Huntley y su esposa van a enviar la cubertería y la vajilla desde Kinsgley House. Tenéis que vestiros. —Ian entró—. ¡Esto es una sauna! ¿Habéis encendido el fuego?

—Sí —contestó Jamie—. Con la tormenta hacía frío.

—¿Qué tormenta? —preguntó Ian—. Hoy hemos estado en la playa y hacía tanto sol que casi nos hemos asado. Hemos gastado no sé cuántos botes de crema protectora.

—A lo mejor ha sido una tormenta muy localizada —replicó Jamie.

Ian le quitó los pasadores a las dos hojas de la puerta y las abrió de par en par. Fuera la hierba estaba seca. No había ni una sola gota de agua en las losas del suelo.

Hallie estaba detrás de Jamie, mirándolo todo sin dar crédito.

—Interesante.

—Deberíais compartir lo que hayáis estado bebiendo —comentó Ian, que estaba mirando hacia el jardín.

Raine y Adam se acercaban a la casa cargados con unas cajas enormes, y tras ellos caminaba una mujer de mediana edad.

—¿Esa es la tía Tildy? —preguntó Jamie.

—¿Quién si no?

Jamie se volvió hacia Hallie y le dijo:

—Tenemos que salir de aquí lo antes posible.

—Pero quiero conocerla —protestó Hallie mientras Jamie se colocaba detrás de ella y empezaba a empujarla.

—A menos que quieras contarle todos tus secretos, incluido el asunto con tu hermanastra y el pasaporte, lo mejor será que salgas de aquí antes de que llegue la tía Tildy.

Hallie parpadeó un par de veces y después salió disparada hacia la escalera.

—La cena estará lista dentro de una hora —anunció Ian mientras ellos se alejaban—. Y hemos instalado la pantalla en el salón mientras vosotros dos sobrevivíais a la terrible tormenta. ¿Los truenos eran tan fuertes que no nos habéis oído?

Hallie se detuvo al llegar a la parte superior de la escalera y miró a Jamie.

—O los dos estamos locos o...

—O las damas están jugando con nosotros —concluyó Jamie.

—No sé tú, pero yo prefiero estar loca —dijo Hallie.

—Estoy de acuerdo. ¿Qué había en la caja?

—No me ha dado tiempo a mirar. Tengo que vestirme. Si tus primos traen una vajilla, ¿va a ser una cena elegante?

—Ponte el vestido negro que llevaste la noche que salimos a

cenar. Pero que sepas que si el tío Kit está involucrado, igual se presenta con esmoquin. Y la tía Jilly puede...

—¿Por qué no me habías dicho nada de esto? Debería haber empezado a arreglarme hace horas. ¡Joder! —Corrió a su dormitorio para meterse en la ducha.

Al cabo de unos minutos, mientras trataba de arreglarse el pelo con las tenacillas, Jamie llamó a la puerta de su dormitorio.

—¿Estás vestida? —le preguntó.

—Lo suficiente. —Llevaba la ropa interior y un albornoz.

Jamie entró, vestido con la ropa que llevaba la noche que salieron a cenar.

—No hace falta que te hagas eso en el pelo. Estás genial cuando lo llevas liso y recogido.

—Me alegra oírlo, pero no es del todo cierto —replicó—. ¡Vaya por Dios! —La estaban llamando por teléfono.

Jamie cogió el móvil de la mesilla y miró el nombre que salía en la pantalla, si bien no dijo nada.

—¿Quién es?

Jamie le pasó el teléfono en silencio. En letras mayúsculas rezaba BRADEN.

—Seguramente sea su madre. —Hallie soltó las tenacillas, cogió el teléfono y se alejó hacia la sala de estar—. ¿Hola? —preguntó con voz titubeante.

—¿Hallie?

—¡Braden! ¿Cómo estás? ¿Y cómo está tu madre?

—Todos estamos bien. ¿Te pillo en mal momento?

—En absoluto. Estoy a tu entera disposición.

Jamie la miraba desde el vano de la puerta.

—Tenemos que bajar a recibir a los invitados —dijo en voz muy alta.

—No estás sola —señaló Braden—. ¿Y tienes invitados? ¿Alguien conocido?

—No, no los conoces —contestó Hallie mientras miraba a Jamie con el ceño fruncido y le hacía señas para que se marchara.

Sin embargo, lejos de hacerlo, Jamie se sentó en una silla con las manos en el regazo. Al parecer, tenía toda la intención de quedarse allí.

Hallie le dio la espalda.

—Me han dicho que vas a venir a la isla.

—Sí —confirmó Braden—. Voy a ir. Hallie, tengo que decirte algo y espero que no te moleste. Quería escuchar las dos versiones de lo que ha pasado entre Shelly y tú, de modo que la he visto varias veces. Incluso la llevé un día al despacho.

—Ah. —Hallie se dejó caer en el asiento acolchado del ventanal—. A ver si lo adivino. Crees que lo hizo mal, pero que en el fondo tenía un buen motivo para hacer lo que hizo.

Braden soltó una carcajada.

—No, no he cambiado.

Hallie sonrió de nuevo.

—¿Ha puesto mi casa a la venta?

—No, y no va a hacerlo —le aseguró Braden con voz firme—. Pero le ha tirado los tejos a mi jefe.

—¡No me digas!

—Pues sí —repuso Braden—. Ya te digo. Hallie, tengo que acabar de preparar unos documentos en el despacho y seguiremos hablando cuando llegue a Nantucket. Pero, respóndeme con sinceridad, ¿pasa algo si Shelly sigue viviendo en tu casa durante una semana más? Ha conseguido un trabajo en una cafetería para poder subsistir, pero no puede hacerse cargo de la hipoteca. Una vez que aclaremos todo esto, la sacaré de ahí.

—Que se quede. Yo seguiré pagando la hipoteca mientras esté aquí. Avísame cuando estés de camino. Tengo una habitación de invitados y... —Dejó la frase en el aire al ver que Jamie la miraba echando chispas por los ojos—. Estaré aquí —dijo al final.

—Hallie, estoy deseando volver a verte. Tal vez cuando llegue no todo tenga que ser trabajo y podamos jugar un poco.

—Me encantaría —replicó ella—. Me gustaría mucho.

Se despidieron y colgaron. Hallie siguió sentada un instante, con el teléfono en las manos y reflexionando sobre lo que acababa de decirle Braden. ¿Que podían jugar un poco?

Regresó al presente cuando Jamie se puso en pie y vio que se marchaba... y en ese momento comprendió que acababa de cederle su dormitorio a Braden.

—No me refería a que...

—No pasa nada —la interrumpió él—. Es tu amigo y quieres que venga. ¿Crees que debería ponerme corbata esta noche?

—No —contestó—. Jamie, yo...

Cuando se volvió hacia ella, vio una expresión fría y distante en su rostro.

—Hallie, todos tenemos un pasado lleno de secretos. Cuando llegue tu amigo, me marcharé y podrá quedarse con el dormitorio que está junto al tuyo. Y, sí, esta mañana cuando tú y yo... en fin, no le des mucha importancia. Podría haber pasado con cualquiera. —Se marchó a su dormitorio y cerró la puerta.

Hallie lo siguió y a punto estuvo de llamar para que le abriera. ¡Necesitaban hablar! Sin embargo, un vistazo al reloj le indicó que solo disponía de unos cuantos minutos antes de bajar para recibir a los invitados.

Aunque le costó trabajo subirse la cremallera del vestido, lo consiguió. Una vez que lo tuvo puesto, le sorprendió descubrir que le quedaba muy grande. Le sobraba un pellizco de tela en la cintura.

Jamie la estaba esperando en el distribuidor, con la misma expresión distante de antes.

—¡Por el amor de Dios! —exclamó Hallie—. ¿Te ha dado un ataque de celos porque he hablado con otro hombre?

—¿Hablar? Más bien te has derretido. ¡Oh, Braden! —exclamó con voz de falsete—. Eres tan fuerte y tan listo, y yo soy una pobre florecilla desvalida...

Hallie intentó no reírse.

—Estás celoso. Para que lo sepas, conozco a Braden Westbrook de toda la vida. Me llevaba a caballito cuando era pequeña.

—¿Y cuántos años tenías cuando empezaste a planear tu boda con él?

—Ocho —contestó sin pensar.

—Acabas de darme la razón —replicó él, ufano.

Hallie apretó los puños a ambos lados del cuerpo.

—Tengo derecho a hablar con quien yo quiera y como quiera, y tú no tienes derecho...

—Detesto interrumpiros —dijo una voz grave y masculina desde la planta baja—, pero vuestros invitados están de camino. —Ian los miraba con curiosidad. Se alejó con una sonrisilla en los labios.

—Seguiremos hablando después —dijo Jamie mientras le indicaba con un gesto que lo precediera por la escalera.

—No hay más que hablar —replicó Hallie entre dientes—. Braden es... —Se detuvo al ver el salón del té. Habían movido los muebles a fin de dejar un espacio central que estaba ocupado por una mesa redonda con servicios para cuatro personas y una mantelería blanca. La vajilla era de porcelana Herend, y brillaba a la luz de las velas diseminadas por la estancia. En el aire flotaban los aromas de la comida, del vino y de las flores—. Esto es exquisito —dijo al tiempo que le sonreía a Adam, a Ian y a Raine, que estaban vestidos de punta en blanco a un lado del salón.

—Hemos venido para serviros —anunció Adam. Sus ojos oscuros estaban creados para verlos a la luz de las velas. Adam Montgomery podría ser el protagonista de una novela romántica ambientada en la Regencia inglesa.

—Vendréis todos mañana para ver la boda, ¿verdad? —le preguntó, acercándose a él.

—¡Fuera! —dijo Jamie—. Nos serviremos nosotros mismos.

—Si nos necesitáis... —dijo Raine al tiempo que echaba a andar hacia la puerta situada tras ellos.

—Pero ¿se puede saber qué te pasa? —preguntó Hallie.

—¿Por dónde empiezo? A ver, estuve en una guerra y resulta que el vehículo en el que viajaba voló por los aires y...

—¡Ni se te ocurra culpar de tu mal humor a la guerra! Esto no tiene nada que ver con...

—¿Interrumpo? —preguntó Kit desde el vano de la puerta—. Me han dicho que entrara.

—Por favor, pasa. —Hallie le dio la espalda a Jamie.

Kit se apartó para dejarle paso a una mujer y Hallie por fin vio a la novia, Jilly.

Era una mujer muy guapa, de rostro dulce, incluso etéreo. Era delgada y llevaba un vestido de gasa que le sentaba estupendamente a su piel clara.

—Si lo preferís, podemos volver en otro momento —dijo con una voz tan dulce como su rostro.

—No, tranquila —replicó Hallie—. Es que Jamie es idiota. —Se llevó una mano a los labios al instante—. ¡Lo siento! Es tu sobrino y... —Deseó que la tierra se abriera y se la tragara en ese momento.

Jilly se echó a reír.

—Puede serlo, sí. —Sonrió al tiempo que alborotaba el pelo de Jamie con una mano—. Todd es peor.

—¿A que sí? —repuso Hallie, que acabó poniendo los ojos en blanco—. Lo siento mucho. La verdad es que esta noche no paro de meter la pata.

Kit hizo las presentaciones. Llevaba un traje oscuro, sin corbata, y a juzgar por el modo en que sus ojos recorrieron el salón, supo que estaba controlándolo todo. No le sorprendió ver que se detenía en la caja que ella había dejado en una balda de la vitrina.

—¿Te importa si uso el baño? —le preguntó Jilly—. Hallie, si pudieras decirme dónde está...

—Por supuesto. —La acompañó y juntas atravesaron el oscuro salón. Le sorprendió ver la enorme pantalla plana que habían instalado en un extremo de la estancia, con las sillas ya preparadas para el público. ¿Cómo era posible que ni Jamie ni ella hubieran escuchado ruido alguno mientras lo colocaban todo? Pero claro, los truenos de la tormenta (la que no se había producido) debían de haber sofocado el ruido.

Esperó a que Jilly saliera del cuarto de baño, pero tuvo la impresión de que la mujer estaba vomitando. Llamó con delicadeza a la puerta.

—¿Te encuentras bien?

Jilly abrió la puerta y Hallie vio que tenía muy mal color de cara.

Reaccionó de inmediato llevándola hasta la bañera para que se sentara en el borde. Tras coger una manopla, la empapó con agua fría.

—¿Y si te llevamos al hospital?

—No —rehusó Jilly—. Fue igual la última vez. Se me pasará en unos minutos. Déjame aquí sentada.

Hallie llenó un vaso de agua y se lo ofreció. ¿Esa mujer tenía algún problema físico? ¿Alguna enfermedad? A lo mejor... se apartó para escurrir la manopla. «Fue igual la última vez», había dicho.

—¿De cuánto estás? —le preguntó.

Jilly suspiró.

—De unos dos meses. Nadie lo sabe, ni siquiera mi futuro marido.

Hallie frunció el ceño al escuchar la respuesta.

—No, no es eso. Es que ahora mismo está en Lanconia. Conoce a la novia de Graydon desde que era pequeña. Yo también iba a ir, pero adelantaron la boda porque Toby está embarazada... algo que solo sabe la familia.

—¿Toby es la novia?

—Sí —contestó Jilly—. Al final, Graydon llegó a un punto en el que no podía resistir más y... —Agitó la mano en el aire—. Es una historia muy larga, pero el caso es que no hay muchos días entre mi boda y la suya, y usé esa excusa para no acompañar a Ken. Si le hubiera dicho que estoy embarazada, no habría ido.

—Y se habría perdido la boda. —Hallie se inclinó, le colocó las manos a Jilly en el cuello y comenzó a darle un masaje.

—Si una sola persona de mi familia sospechara que estoy embarazada, las noticias correrían como la pólvora. Y Ken se sentiría ofendido por no haber sido el primero en enterarse.

—Tendremos que mantenerlo en secreto hasta su regreso. Quedará entre nosotras. Y mañana te daré un masaje en la camilla y nos libraremos de la tensión que tienes en los hombros. —Miró a Jilly a los ojos—. Todo saldrá bien. De hecho, ¿por qué no te quedas aquí esta noche? Si tienes náuseas a esta hora, supongo que la gente no tardará mucho en adivinar el motivo. —Se percató de que Jilly empezaba a relajarse—. Será mejor que regresemos para que los hombres no se preocupen. —Enjuagó la manopla.

—¿Sobre qué estabais discutiendo Jamie y tú? Si se me permite preguntar, claro.

—He estado hablando con un amigo por teléfono y Jamie se ha puesto muy desagradable. —Miró a Jilly—. ¿Crees que se ha puesto celoso?

—Es probable —contestó Jilly, tras lo cual la cogió de la mano—. Gracias. Gracias por esto y sobre todo por conseguir que Jamie reaccione con normalidad. Hace años que no estaba realmente con nosotros. ¿Tiene eso sentido?

—Muchísimo —le aseguró Hallie—, pero de todas formas no pienso consentirlo.

Jilly frunció el ceño.

—No creo que estés al tanto de los problemas de Jamie, de...

—¿De sus ataques? ¿De sus pesadillas? ¿De sus temores durante el día a día? Sí, lo sé todo sobre ellos y entiendo perfectamente lo que le pasa. Pero es que yo también tengo mis problemas. He pasado muchos años controlada por otras personas y ya no pienso permitirlo más.

231

Jilly pareció sorprendida un instante, pero después sonrió.

—¡Madre mía! Creo que lo que estás haciendo funciona. ¿Nos vamos?

Cuando regresaron al salón del té, Jilly rechazó un cóctel y Hallie le ofreció un zumo de naranja. Jamie todavía tenía el ceño fruncido y no le quitaba los ojos de encima a Hallie.

Jilly se acercó a Kit.

—Si ese chico la pierde, será lo peor que haya hecho en la vida.

—Estoy totalmente de acuerdo —replicó Kit.

—¿Qué haces aquí? —le preguntó Todd a su hermano.

Era la mañana posterior a la cena y Jamie estaba sentado junto a la piscina de la casa de un tal Roger Plymouth. Aunque no conocían al dueño, le habían dicho que estaba en Lanconia, asistiendo a la boda, y que por eso la casa se encontraba vacía.

Las seis habitaciones estaban llenas de solteros de la familia Montgomery-Taggert, que habían accedido alegremente a pasar unas vacaciones en Nantucket para asistir a la boda de la tía Jilly. Pero claro, los Montgomery accedían a ir a cualquier sitio donde hubiera agua, y los Taggert habían ido porque Jilly era de las suyas.

En ese momento, todos se encontraban en Kingsley House o en la casa de Hallie, preparándose para ver la boda de Graydon por la tele. Todd estaba arreglado y llevaba en la mano las llaves del coche, como si estuviera listo para irse. Pero Jamie se había puesto un bañador y estaba tomando el sol. Sabía que sus heridas se beneficiarían de los rayos ultravioletas, pero no estaba dispuesto a mostrar las cicatrices delante de otra persona que no fuera su hermano. O Hallie, añadió para sus adentros:

—¿Cómo dices? —replicó.

—Te he preguntado qué haces aquí. Papá dijo que instalaran la pantalla plana en casa de Hallie para que pudierais ver la boda con tranquilidad. Pero te presentaste aquí anoche y ahora te veo ahí sentado. La boda va a empezar sin ti.

—Hallie ha invitado a la mitad de los Montgomery y a todos los Taggert a su casa. Al menos, eso me ha parecido. —Él mismo se percató de la nota enfurruñada de su voz.

Todd se guardó la llave en el bolsillo y se sentó en una hamaca, a la sombra.

—Me quedaré aquí contigo. Por si...

—Por si ¿qué? —replicó Jamie—. ¿Por si necesito algo? ¿Por si pasa algún avión y me acojono y me tiro a la piscina?

Después de dos años, Todd ya estaba acostumbrado a los cambios de humor de su hermano. Tan pronto sonreía como se enfadaba en cuestión de segundos. Aunque no lo afectaban, sabía muy bien que el problema de Jamie era la chica.

—Mi antiguo yo habría ido tras ella.

Todd miró los rayos de sol que se reflejaban en la piscina.

—No estoy muy seguro, pero creo que esta chica no le habría dado mucho juego a tu antiguo yo.

—¿Qué significa eso? ¿Que prefiere a los tarados?

Todd estaba controlando su temperamento, pero no le resultó sencillo.

—¿Por eso te echó de la casa anoche? ¿Porque eres un soldado herido?

—¡Por supuesto que no! Hallie no es así. —Jamie respiró hondo—. Jilly no se sentía bien, así que Hallie sugirió que se quedara con ella, porque allí estaría más tranquila. Fue una buena sugerencia. Kit me trajo en el coche de Hallie.

—¿Qué pasó anoche durante la cena? ¿Algo malo?

—No —contestó Jamie—. Todo salió bien. El tío Kit y Hallie parecen haber formado una especie de pacto sobre las Damas del Té. Hallie nos describió su sueño y el tío Kit nos contó que las había visto y yo dije que había visto a una de ellas.

—No me habías dicho que habías visto un fantasma —replicó Todd con voz agria. No le resultaba fácil guardarse sus opiniones. Esa chica, Hallie, parecía estar alejando a su hermano de él. Era como si estuviera estirando tanto el vínculo entre gemelos que tal vez acabara rompiéndolo. La guerra no lo había logrado, pero esa chica guapa de Boston podría acabar separándolos.

El problema era que Todd no se fiaba de ella. Sabía que su hermano estaba loco por la chica, pero no creía que ella sintiera lo mismo. Sí, le gustaba y no se había sentido asqueada al ver sus heridas y sus cicatrices, eso era un punto a su favor. Pero no percibía que sus sentimientos fueran profundos.

Esa mañana temprano, Todd había llamado a su tío Kit y le había preguntado si sabía qué era lo que tenía tan enfadado a su hermano.

—Ha vuelto al estado en el que se encontraba hace meses. ¿Qué ha pasado?

—Creo que se trata de un episodio de celos —contestó Kit—. Durante la cena, Hallie mencionó que había hablado con un chico llamado Braden, que vendrá pronto. La verdad, yo no le di mucha importancia, pero Jamie se puso tan colorado que parecía haber comido algo envenenado. Debería esforzarse por controlar sus emociones.

Todd era de la misma opinión, pero no pensaba ponerse del lado de nadie contra su hermano.

—¿Sabes quién es el tal Braden? —le preguntó Kit.

—Sí, pero no lo conozco —contestó Todd. Siendo un agente de la ley, no iba por ahí hablando de lo que sabía—. Nos vemos luego. —Después de colgar, pensó en lo que sabía sobre Braden Westbrook. Cuando fue a visitar a su madre, la mujer no paró de repetir lo mucho que le gustaría que su hijo se casara con Hallie.

—Todo el mundo se queja de las suegras —dijo la señora Westbrook—, pero nadie piensa en lo que sufrimos las madres. Me asusta que mi hijo acabe con alguien como... como Shelly.

—¿Qué opina Hallie de su hijo?

—Cree que nadie lo sabe, pero Ruby, la difunta madrastra de Hallie, y yo pensábamos que si Braden decía: «Hallie, tírate a ese volcán por mí», ella lo haría sin titubear. Esa es la clase de madre que quiero para mis nietos. ¿Me entiende?

—La entiendo, sí —contestó Todd.

Aunque no le había hablado a su hermano de la conversación, la recordaba perfectamente.

El motivo de su preocupación era que Hallie fuese muy buena en su trabajo y que, para ella, Jamie solo fuera un paciente. Se preocupaba por él y haría todo lo que estuviera en su mano para ayudarlo a curarse, pero nada más. El día que había descubierto lo graves que eran las heridas que había sufrido Jamie, lo que más le preocupaba era el insulto que suponía el comportamiento de Jamie para su profesión.

Todd temía que cuando la rodilla de Jamie se hubiera curado por completo y pudiera andar de nuevo, Hallie considerara que su labor había acabado. Se despediría de él con un beso en la mejilla e iría en busca de su siguiente paciente. Si a eso se le añadía todo lo que había sufrido Jamie, Todd no estaba seguro de que su hermano pudiera recuperarse.

—Deja de pensar tanto y vete —dijo Jamie—. Diviértete. Estaré bien aquí. En realidad, me apetece descansar un poco. Me sentaré aquí al sol y dejaré que me cure.

Todd lo miró.

—Quieres que vaya a la casa y que después te haga un informe, ¿verdad?

—Ajá —reconoció Jamie con una sonrisilla.

Todd se puso en pie.

—Cogeré uno de los coches que Plymouth dijo que podíamos usar, pero te dejaré el Range Rover. Las llaves están en la cocina.

—No iré —dijo Jamie—. No quiero arruinarle la diversión a nadie.

—No lo harás —replicó Todd, aunque sabía que discutir con

él sería en vano—. Pero, para que lo sepas, si Raine le tira los tejos, no pienso mover un dedo. No le pondría la zancadilla ni por mi propio hermano.

Jamie soltó una carcajada y se despidió de su hermano agitando la mano.

15

Hallie se despertó presa del pánico. ¡No había ido a tranquilizar a Jamie a las dos de la madrugada! Estaba en un tris de saltar de la cama cuando recordó que se había ido con el tío Kit después de la cena.

Era demasiado temprano, de modo que se quedó en la cama, abrazó la almohada y recordó lo sucedido durante la cena. Las Damas del Té se convirtieron en las protagonistas de la velada, ya que cada uno de ellos contó lo que había experimentado al respecto.

Jilly demostró ser un público maravilloso. No dejó de expresar su sorpresa o su alegría por todo lo que se revelaba.

Hallie describió su sueño y les enseñó los retratos que había ocultos tras la enorme vitrina.

—¿¡Habíais oído algo semejante!? —preguntó ella.

—Pues Toby y Graydon... —dijo Jilly, que dejó la frase en el aire—. No, da igual.

Jamie les contó que había visto el fantasma de una muchacha muy guapa y que había escuchado «Juliana ha muerto», pero no dijo que fue Hallie quien pronunció esas palabras. Eso hizo que Jamie y Hallie les contaran la historia de Caleb acerca del motivo por el que las jóvenes se convirtieron en fantasmas.

—Me gustaría leer los documentos que cuentan la historia —dijo Hallie.

—Dudo mucho que haya alguno —replicó Jilly.

Los otros tres la miraron con expresiones penetrantes, pero ella se limitó a sonreír.

—Kit comentó algo de una caja que habías encontrado.

Hallie se levantó y sacó la antigua caja de madera del estante para dejarla en mitad de la mesa.

—No la he abierto. Jamie estaba... —Se interrumpió. No había necesidad de mencionar el ataque de pánico de Jamie.

Sin embargo, Jamie estaba en familia.

—No tuvo tiempo de abrir la caja porque yo estaba desquiciado, arrastrándome por el suelo presa del pánico —les explicó él—. La vieja historia de siempre.

Kit y Jilly lo miraron con expresiones compasivas... algo que inquietó a Hallie.

—Lo raro de los ataques de pánico de Jamie es que darle abrazos y besos es lo único que lo calma. Empiezo a preguntarme si no se los inventa.

Hallie seguía de pie y, por un segundo, los tres la miraron sin dar crédito. Kit fue el primero en echarse a reír, seguido de Jilly. Jamie le tomó la mano y le besó la palma.

Después de eso, no quedó ni rastro del malhumor de Jamie.

Durante los postres, Kit les enseñó la tarjeta que estaba dentro del sobre dirigido a su nombre. «Encuéntralos», decía la preciosa caligrafía.

Se pasaron la tarjeta de unos a otros, pero ninguno sabía a qué se refería.

—¿A quiénes tenemos que encontrar? —preguntó Hallie.

—¿Quién ha desaparecido? —quiso saber Jamie a su vez, pero Kit se quedó callado.

La caja estaba llena de recetas, y parecían extenderse a lo largo de varios siglos y de varios continentes.

—¡Mira! —le dijo Hallie a Jamie al tiempo que sostenía una tarjeta amarillenta—. Es la receta de esas galletas que tanto te gustan. —El comentario hizo que se pusieran a hablar de las maravillosas comidas que Edith les dejaba—. Tienen calorías por un tubo —aseguró Hallie—, pero nos lo comemos todo.

—No veo que te sienten mal —repuso Jamie—. Ese vestido te quedaba muy ceñido.

—Lo sé. Creo que es por todo el trabajo con tus primos desnudos. Conseguir relajar los tensos músculos de Raine seguramente queme unas dos mil calorías.

Jamie gimió.

—¿Veis lo que tengo que aguantar?

Hallie vio de soslayo que Kit y Jilly se miraban con una sonrisa.

Con todo, fue una velada estupenda... y Jamie accedió a que su querida tía Jilly se quedase a pasar la noche. Kit dijo que llevaría a Jamie a una casa donde podría dormir.

—Te veré mañana para la boda —dijo Hallie cuando se despidieron en la puerta.

—Sí —replicó Jamie con voz titubeante—. Puede. —Antes de que ella pudiera preguntarle qué quería decir, se volvió hacia Kit—. Será mejor que nos vayamos.

Kit se llevó a Jamie en el coche de Hallie, mientras que Jilly se quedaba en la casa. Hallie miró a la otra mujer y la mandó a la cama.

—Pero debería ayudarte a limpiar.

—De eso nada —sentenció Hallie, que se quedó de pie mientras la observaba subir la escalera.

Cuando Jilly desapareció de su vista, Hallie regresó al salón del té y comenzó a recoger los platos. La casa estaba sumida en un extraño silencio y deseó que Jamie estuviera con ella. Le gastaría bromas, de modo que la tarea sería mucho más amena.

Casi había terminado cuando se sentó en el sofá y enterró la cara en las manos. ¡Había sido un día larguísimo! Ver las cicatrices de Jamie, huir de él y cabrearse mucho para después... para después sentir esos labios sobre los suyos, ese cuerpo desnudo contra el suyo. Luego, tendidos en el sofá con las piernas entrelazadas mientras la tormenta rugía en el exterior y el fuego crepitaba dentro. Recordó el ataque de pánico de Jamie y lo inútil que ella se había sentido, pero, al mismo tiempo, Jamie había logrado que se sintiera necesitada.

Echó un vistazo por la estancia. El fuego casi se había consumido, casi todas las velas estaban apagadas y los platos de la mesa estaban vacíos.

¿Por qué se había cabreado tanto Jamie por Braden? Jamie debía de saber que lo que estaba sucediendo en ese momento era temporal. Era una fantasía. El ambiente romántico de una casa antigua con sus preciosos fantasmas, los guapísimos hombres que pululaban por la zona, las comilonas que parecían salir de la nada... No era real.

No dejaba de pensar en la vida que llevó con sus abuelos. Había sido alegre, feliz y despreocupada. Pero todo terminó de golpe un día.

No le cabía la menor duda de que cuando la rodilla de Jamie se curase, él también se iría.

Se puso en pie y se detuvo junto a la mesa. Estaba demasiado cansada para terminar. Ya lo recogería por la mañana. Apagó las pocas velas que quedaban encendidas y subió a su dormitorio. Diez minutos después, dormía como un tronco.

En ese momento, ya había amanecido y deseaba poder quedarse en la cama, pero escuchó cómo corría el agua por las cañerías y supo que Jilly ya se había despertado. Debería comprobar que estaba bien.

Se vistió a toda prisa y atravesó la sala de estar. El dormitorio tenía la puerta abierta y Jilly estaba metiéndose en la cama de nuevo.

—Buena idea —dijo ella, y Jilly señaló con un gesto de la cabeza el otro lado de la cama.

Hallie rodeó la cama y se tendió sobre la colcha junto a Jilly.

—Creo que es la primera mañana que me parece real que vaya a tener otro bebé —dijo Jilly.

—¿No lo habías planeado?

—Tengo cuarenta y tres años. No, no lo había planeado.

Las dos volvieron la cabeza y se miraron con una sonrisa.

—Haces que me acuerde de mi hija —comentó Jilly—. Ya está en la universidad y no necesita a su madre. ¿Qué me dices de ti?

—No recuerdo a mi madre, pero disfruté de una abuela joven y vital, y con eso me bastó. ¿Se alegrará Ken cuando se lo digas?

—Estará en el séptimo cielo. Su primera mujer, Victoria, y él solo tuvieron una hija. ¿Conoces a alguno de los dos?

—No. Parece que solo conozco a hombres guapos y altos que se quitan la ropa nada más verme.

Jilly se echó a reír.

—Todos menos Jamie.

Hallie gimió.

—¡Conseguir que se quitara la ropa fue una hazaña! Me entraron ganas de estrangular a Todd. ¿Por qué le caigo tan mal?

—Solo quiere proteger a su hermano. Cuando Jamie le dijo que iba a alistarse en el ejército para servir en Afganistán, Todd casi se volvió loco. Le aterraba la idea de perder a Jamie.

—Pero ¿Todd no corre el riesgo de recibir un balazo en su trabajo?

—Si me estás pidiendo que te explique la lógica masculina —repuso Jilly—, no puedo complacerte. Todd quería ser policía o sheriff desde pequeño. Todos los Halloween se disfrazaba de lo mismo. Cuando era niño, Cale le compró la colección completa de vídeos de Mayberry. Los veía mientras Jamie veía dibujos animados.

—¿No veía vídeos de soldados?

—No —contestó Jilly—, y creo que en parte por eso Todd se alteró tanto. Es un hombre muy puntilloso. No le gustan las sorpresas. —Miró a Hallie—. ¿Estás preparada para el día de hoy?

—Eso creo. No le he dado muchas vueltas. Jamie y yo hemos estado tan ensimismados con los fantasmas que apenas hemos hablado de la boda de su primo. Parece mucho trabajo montar una tele exclusivamente para verlo en vivo. Supongo que los novios han contratado a profesionales para hacerlo.

Jilly enarcó una ceja y miró a Hallie.

—No tienes ni idea, ¿verdad? ¿Nadie te lo ha dicho?

—Se ve que no, porque no tengo la menor idea de lo que dices.

Jilly se recostó en la cama.

—Si no fueran tan grandes, les daba una azotaina a mis sobrinos. ¿Por dónde empiezo? Durante la Segunda Guerra Mundial, J. T. Montgomery se casó con la princesa Aria de Lanconia, y juntos se convirtieron en reyes. Cuando su hijo tenía cuarenta años, abdicaron y le cedieron el trono.

Hallie miraba a Jilly sin dar crédito mientras empezaba a comprender dónde acabaría la historia.

—Graydon Montgomery, el novio, es el nieto de J. T.

—Oh —dijo Hallie—. Oh.

—Eso mismo —repuso Jilly—. Es una boda real. Graydon se convertirá en el próximo rey de Lanconia y Toby será la reina. ¿Y nadie te lo ha contado?

—No me han dicho ni media palabra.

—Entiendo la postura. Para ellos, Graydon solo es uno más de los chicos que ven en verano. La familia se mueve entre Maine y Colorado. Solemos dejar las puertas abiertas y tener mucha comida, y los niños corretean a sus anchas. Supongo que es un poco caótico.

—Me parece el paraíso —repuso Hallie, que seguía pensando en la boda—. He invitado a Adam y a los demás a ver la boda aquí. ¿Cuántos crees que aparecerán?

Jilly tardó un momento en contestar.

—Respetarán las necesidades de Jamie, así que no habrá demasiados.

—¿Solo los hombres que pueden lidiar con él físicamente si... si algo sucede?

—Sí —contestó Jilly, que miraba el ceño fruncido de Hallie—. Por favor, dime qué piensas.

—Con razón Jamie se enfada con sus primos —dijo Hallie—. Seguro que sabe el motivo por el que solo se acercan a él los jóvenes más fuertes. Y los dos pequeños a los que pueden quitar de en medio antes de que vean algo. Supongo que por eso aparecieron todos cuando los niños se metieron en la cama con nosotros. —Cerró los ojos.

—¿Estabas en la cama con Jamie? —preguntó Jilly.

Hallie agitó una mano.

—No es lo que piensas. Fue cosa de sus pesadillas. —Estaba pensando en todo lo que había averiguado.

—Hallie, no quiero ponerme pesada contigo, pero si Jamie y tú vais a tener relaciones sexuales, tienes que usar protección.

—¿Tiene alguna enfermedad de transmisión sexual?

—No, es imposible. El hospital lo comprobó todo y desde que salió no ha tenido... Siento tener que revelar secretos. No, el problema es que los Taggert parecen ser muy fértiles. Yo soy un ejemplo. Cale jura y perjura que sus dos pequeños fueron concebidos porque mi hermano y ella compartieron una cuchara. No es asunto mío, pero a veces, con la emoción del momento, la gente puede olvidarse de ciertas cosas.

Hallie soltó el aire que había estado conteniendo.

—Ya. Las toallas se caen al suelo y, de repente, tienes delante toda esa piel cálida y dorada.

—Lo entiendo perfectamente —aseguró Jilly—. Un hombre sale de la ducha con una barba de dos días y, de repente, te alegras muchísimo de haber lavado la alfombra del baño, porque la tienes contra la espalda.

—¿Qué tienen los músculos de los hombres que están conectados directamente con las rodillas de las mujeres? Si flexionan un bíceps, allí que se dobla una rodilla.

—Ken puede mirarme por encima de una taza de café y ya estoy de espaldas. Es como si mi mente se fuera de vacaciones.

—Creo que está relacionado con la procreación —le dijo Hallie.

—Si las mujeres no disfrutáramos del aspecto de los hombres y solo pudiéramos escucharlos, no nacerían niños en la vida —sentenció Jilly.

Hallie se echó a reír.

—Creo que tienes razón.

—No quiero ser cotilla, pero ¿se han caído muchas toallas delante de ti? —preguntó Jilly.

—Esto... —dijo Hallie.

—¿Hay alguien por ahí? —preguntó una voz masculina desde la planta baja—. Tenemos comida.

—Y cerveza —añadió otra voz.

Hallie se sentó en la cama.

—No hace falta que te vistas a la carrera. Yo me encargo de los hombres.

—Se te acaba de iluminar la cara —dijo Jilly—. ¿A quién esperas ver en la planta baja?

El primer instinto de Hallie fue contestar con la verdad, pero luego dijo:

—A Max.

Acto seguido, salió corriendo del dormitorio. Se metió en su propio baño y se maquilló con la esperanza de no parecer que iba maquillada.

Hizo ademán de coger las tenacillas del pelo, pero no lo hizo. En cambio, se recogió la melena en una coleta. «Con el pelo liso y recogido», en palabras de Jamie.

Raine la esperaba al pie de la escalera, con una sonrisa. ¡Menuda estampa para despertarse por las mañanas! «Músculos masculinos y rodillas femeninas», pensó.

—Buenos días —lo saludó.

Raine le colocó las manos en la cintura y la levantó los dos últimos escalones.

—Buenos días. La tía Cale ha hablado con tu primo, Leland, y vendrá para la boda de la tía Jilly.

—Es estupendo —replicó Hallie—. Por favor, dale las gracias de mi parte.

Adam rodeó a Raine.

—Estas son de anoche. A ver qué te parecen. —Le ofreció una galleta, pero cuando Hallie intentó cogerla, la apartó. Tuvo que probarla directamente de su mano.

Ian llegó por la espalda de Hallie.

—Prueba esto. —Sostenía en alto una copa para que bebiera. Era de un vino blanco afrutado.

—¡Delicioso!

—¡Hallie! —gritaron Max y Cory mientras corrían hacia ella a toda velocidad.

Raine los atrapó del cuello de la camiseta y solo los soltó cuando dejaron de moverse.

Cuando Hallie se agachó, los dos niños la abrazaron.

—Mamá ha dicho que podemos quedarnos solo si tú dices que vale —anunció Cory.

—Vale, claro que vale. Pero tenéis que decirme quién es quién en la boda. No conozco a ninguno.

Ian y Adam se habían ido, pero Raine seguía de pie a su lado, mirándola con una sonrisa.

—Hay gente a la que no conocemos —dijo Cory con seriedad—. El tío Graydon es un Montgomery, pero no vive en Maine. —Lo dijo como si fuera una cosa rarísima.

Max se inclinó para hablarle a Hallie al oído.

—Jamie no está —susurró el niño.

—¿Eso te pone triste? —le preguntó Hallie, que también susurró.

—Sí. Nuestro hermano estuvo a punto de morir. Lo vimos en el hospital, y papá y mamá lloraron mucho.

Cory se apartó y Hallie abrazó al niño pequeño.

—Jamie ya está mejor, ¿a que sí?

Max se apartó un poco para mirar a Hallie, de modo que su carita quedó muy cerca de la de ella.

—Mi madre dice que tú haces reír a Jamie y que te quiere por eso.

—¿En serio?

—¡Max! —gritó Cory—. Papá ha mandado magdalenas y dice que no se lo digas a mamá. —Los niños se alejaron corriendo.

Hallie se puso en pie y miró a Raine.

—Abandonada por las virutas de chocolate.

Raine se inclinó y le dio un beso en la mejilla.

—Todos te damos las gracias —dijo en voz baja antes de apartarse—. Ven a comer, anda, y luego veremos cómo se casa un Montgomery.

Lo dijo como si el evento le pareciera un imposible.

—A veces, cuando besas a una rana, se convierte en príncipe —dijo ella.

Raine se echó a reír.

—Lo del príncipe no lo sé, pero que hay ranas, seguro.

Durante la siguiente hora, hubo tal bullicio que Hallie no tuvo tiempo de pensar. Otro Montgomery, llamado Tynan, y un Taggert, llamado Roan, aparecieron, los dos jóvenes y guapísimos. Una parte de Hallie se molestó al ver que no aparecía ninguna mujer.

Cuando preguntó por ellas, Roan dijo:

—Creo que se están haciendo la manicura y arreglándose el pelo. Hemos decidido dejarlas tranquilas.

Adam se inclinó hacia ella para susurrarle:

—Es joven. Las mujeres están dándole al tequila y leyendo libros guarros. Nos han desterrado. No estamos a la altura de sus fantasías.

Hallie seguía riendo por esa imagen cuando Jilly bajó la escalera.

—Creo que me voy a Kingsley House. Mis hermanos han montado una pantalla para que Kit y yo, así como otras personas más tranquilas, veamos la boda. Puedes venir si te apetece.

—No, me quedo —replicó Hallie.

Jilly la miró con expresión penetrante.

—Si quieres ver a Jamie, creo que no va a aparecer por aquí. Hay demasiado ruido y demasiada gente para él. Podrías ir adonde está, pero te perderías la boda.

—Quiero verla.

—¡Tía Jilly! —exclamó Ian, que la alzó en volandas y empezó a hacerla girar—. ¿Vas a bailar conmigo en tu boda?

—¿Y conmigo? —preguntó Adam en cuanto Ian la dejó en el suelo. Adam empezó a bailar con ella por la estancia. La condujo a través de la enorme despensa hasta el salón del té.

Hallie los siguió y se llevó una grata sorpresa al ver que alguien había recogido lo que quedaba de la cena de la noche anterior. Las mesas estaban replegadas contra la pared.

Raine atrapó a Hallie entre sus brazos y comenzó a bailar con ella, dando vueltas. Para ser tan grande, se movía pero que muy bien. Empezó a sonar la música y Hallie fue pasando de unas manos a otras. ¡No dejaba de reír y se lo estaba pasando en grande!

—La boda está a punto de empezar —anunció alguien, y todos pasaron al salón, menos Jilly, que se escabulló por la puerta lateral.

Condujeron a Hallie al sofá que había justo delante del enorme televisor. Adam estaba a punto de sentarse a un lado y Raine al otro cuando los niños se abalanzaron corriendo y ocuparon dichos sitios.

—¡Mocosos! —exclamó Adam—. ¿No es hora de que os vayáis a la cama?

—Es de día y soy capaz de correr más que tú —dijo Cory.

—Y yo soy capaz de nadar más que tú —replicó Adam mientras se sentaba al lado de la niña. Le dio un beso en la coronilla... y se tuvo que limpiar la boca—. Tienes arena en el pelo.

—Hace que los chicos me dejen tranquila —repuso Cory.

—Tengo que recordar el truco —dijo Hallie.

—A ti no te funcionaría —le aseguró Raine en voz baja, sin apartar la vista de la tele.

—¡Roan! —gritó Adam por encima del respaldo del sofá—. Palomitas. —Miró a Hallie—. Es para lo único que sirven los críos como él.

—A mí no se me ocurre que pueda hacer otra cosa —replicó ella.

—¡Mirad! Es Graydon —chilló Cory mientras señalaba con la mano.

En la pantalla, había aparecido una foto de dos personas guapísimas. Graydon era alto y de pelo oscuro, mientras que su novia, Toby, era alta y rubia.

—Son guapísimos —dijo Hallie.

—Graydon es un Montgomery —explicó Ian con orgullo. El comentario le valió que le tirasen palomitas.

Se pasaron casi una hora viendo cómo llegaban los invitados a la enorme catedral de Lanconia, donde se celebraría la boda. El presentador fue diciendo los nombres de los diplomáticos y de los embajadores a medida que fueron llegando. Cuando se trataba de invitados a título personal, todo el mundo hizo comentarios y dio explicaciones.

—¡Es el señor Huntley! —exclamó Hallie, que abrió los ojos como platos—. ¿¡Quién es la mujer que lo acompaña!?

—Es su mujer, Victoria —contestó Adam en voz baja, y se hizo un repentino silencio en la habitación.

Victoria Huntley era una mujer deslumbrante. Llevaba un vestido verde que se ajustaba a las estupendas curvas de su cuerpo. Un sombrerito perfecto decoraba su magnífico pelo rojo.

—Es despampanante —dijo Hallie. Al ver que nadie respondió al comentario, miró a su alrededor. Todos los hombres de la sala, incluso Max, miraban a la mujer con los ojos abiertos de par en par y completamente atónitos.

Hallie y Cory se miraron con cara de asco. Cory cogió el mando a distancia y apagó la tele.

—¡Vaya!

Cuando los hombres comenzaron a gritar y a buscar el mando para encender la tele, Hallie y Cory chocaron los cinco.

Junto a ellos, Raine y Adam se reían en silencio.

Hallie vio que Todd entraba por la puerta de la cocina. Al mirarla, le hizo un gesto con la cabeza, pero no saludó mientras se dirigía al fondo del salón del té y se sentaba en la vieja silla del escritorio.

Cuando Hallie vio a Jared y a su mujer en la tele, se quedó de piedra. Alix era guapa, pero también parecía muy lista. No era la clase de mujer que había pensado que querría pescar a un famoso arquitecto. Cuando Alix se volvió un poco, Hallie se dio cuenta de que estaba embarazada.

—Otra más —dijo Hallie, más para sí misma.

Sin embargo, Raine la oyó y, durante un segundo, la miró como si intentase averiguar qué había querido decir. Devolvió la vista a la tele y justo antes de llevarse una palomita a la boca, preguntó:

—¿La tía Jilly está bien?

—Sí, sí —contestó Hallie.

Raine no la miró de nuevo, pero a juzgar por la sonrisa que esbozó, Hallie supo que había averiguado el estado de su tía. Raine y ella compartían un secreto.

Cuando los invitados por fin estuvieron sentados, llegaron el novio y su hermano. Los dos lucían uniformes azul oscuro, resplandecientes por los botones dorados y las charreteras.

—Hombres de uniforme —dijo Hallie con un suspiro.

—Jamie tiene un uniforme —comentó Max.

—Supongo que sí —repuso Hallie, que sonrió por la imagen.

A Graydon y a su hermano, Rory, se les unió otro hombre muy alto, con piel dorada como la miel y pelo negro. Andaba con un paso muy majestuoso.

—Es Daire —dijo Raine—. Es lanconiano.

—Bonito país —repuso Hallie con admiración.

Los tres hombres recorrieron el largo pasillo hasta el altar de la impresionante catedral. Había tantas flores que Hallie casi se imaginaba oliéndolas. A continuación, aparecieron las dos damas de honor, una mujer muy alta con una larga melena negra y otra más bajita pero muy guapa.

—Lorcan y Lexie —explicó Adam—. Lexie y Toby vivían juntas en la casa que hay al final de la calle.

La imagen se trasladó a un hombre alto y de pelo oscuro que estaba entre los invitados. Era tan guapo que Hallie se quedó sin aliento.

—¿Quién es ese?

Durante un segundo, nadie contestó.

—El marido de Lexie —dijo Adam—. Roger Plymouth.

Hallie le dio un toque a Cory con el codo.

—¿Qué te parece?

La niña se encogió de hombros.

—Nicholas es mejor.

Hallie miró a Adam con expresión interrogante.

—Es un primo Montgomery, el hijo de la tía Dougless. No ha venido.

—Qué pena —replicó Hallie con un suspiro exagerado. Echó un vistazo a su alrededor y miró a los hombres que la rodeaban—. Supongo que tendré que conformarme con los troles que me han tocado.

Se escucharon gemidos de dolor, como si hubiera herido sus sentimientos, y Hallie se echó a reír. Era agradable, pensó, encajar tan bien. Aunque solo fuera temporal, era maravilloso formar parte de una familia.

Las cámaras mostraron la llegada de la novia en un carruaje

con enormes ventanas y adornado con miles de florecillas azules. Era una imagen tan bonita que todos se quedaron callados.

El carruaje se detuvo delante de las puertas de la catedral y Toby descendió.

Lucía un sencillo vestido de satén blanco con un sobrevestido de delicado encaje. El presentador anunció que había sido confeccionado a mano por miembros de la tribu Ulten de Lanconia. El vestido tenía mangas largas y escote alto. Habría resultado muy decoroso de no ser porque se ceñía perfectamente a la excelente figura de Toby. Los diamantes brillaban en su pelo y tenía la cara cubierta por el velo. La cola del vestido era tan larga que las damas de honor tardaron varios minutos en sacarla del carruaje.

Un hombre algo mayor, muy guapo, salió de las sombras y le ofreció su brazo.

—¿Es su padre? —preguntó Hallie.

—Sí —contestó Raine.

Adam se inclinó sobre Cory.

—La madre de Toby se llevó tal impresión cuando se enteró del compromiso de su hija con un príncipe que tuvieron que llamar a una ambulancia para que recuperase el sentido.

—Creo que Toby parece una princesa —dijo Cory.

—Yo también —convino Hallie.

Todo el mundo se quedó en silencio mientras las dos damas de honor, seguidas de Toby, recorrían el pasillo hacia el altar. Cuando la novia llegó junto al novio, incluso a través del velo, la sonrisa enamorada fue más que evidente.

Hallie suspiró.

—Desde luego que el novio le gusta y creo que él está a punto de echarse a llorar.

—¡Los Montgomery no nos echamos a llorar! —protestó Tynan.

Raine se inclinó hacia Hallie y dijo en voz baja:

—Los Taggert sí.

—Raine, eres un... —Fue incapaz de encontrar una palabra que lo definiera, de modo que le sonrió. Solo cuando la ceremonia dio comienzo, se volvió hacia la pantalla.

Algunas partes de la ceremonia oficiada por una persona lujosamente vestida eran en lanconiano, pero no comprender las palabras no le restaba mérito a la preciosa boda. Hallie le echó el brazo por encima del hombro a Cory y las dos suspiraron mientras miraban la tele. En cuanto a los hombres, permanecían en silencio. Parecía ser el protocolo aceptado que no se grabara el beso de los novios, pero en cuanto los declararon marido y mujer, todos los presentes en el salón de Hallie comenzaron a vitorear.

Adam cogió a Cory y bailó con ella por la estancia, mientras que Raine se subió a Max a los hombros.

—Ahora soy una princesa —chilló Cory.

—Y yo soy un caballero —gritó Max.

—A ver, ¿ahora tenemos títulos o algo? —preguntó Roan.

Hallie no sabía si lo decía en broma o no, pero era maravilloso formar parte de la celebración. Subieron el volumen de la tele de modo que el repique de las campanas de Lanconia resultó casi ensordecedor.

Ian tomó a Hallie de las manos y empezó a bailar con ella una especie de polca. Entre las vueltas y las risas, Hallie estaba mareada. Cuando Ian la condujo junto a la puerta, Hallie vio a dos preciosos fantasmas, de pie, observándolos... y las muchachas no parecían contentas. Fue algo muy rápido, pero Hallie tuvo la sensación de que la estaban poniendo sobre aviso por algún motivo.

Cuando Ian le hizo dar una vuelta completa y regresó al mismo punto, la puerta ya estaba desierta. Seguro que habían sido imaginaciones suyas.

—Ahora viene el banquete —gritó Adam al tiempo que se la quitaba a Ian de las manos—. Cámara privada. Solo para nosotros. ¿Quieres ver la tarta? Mide por lo menos dos metros y medio.

—¡Me encantaría! —contestó Hallie a voz en grito. No sabía qué altavoces habían montado, pero sonaban tan fuerte que tenía la sensación de estar en mitad de la multitud de lanconianos que vitoreaban—. ¿Hay alguna oveja negra en tu familia? ¿O sois todos perfectos?

—¡Ian! —gritó Adam—. Hallie quiere saber si tenemos algún bala perdida en la familia.

—Ranleigh —repuso Ian mientras se alejaba bailando.

Adam asintió con la cabeza.

—Sí, Ranleigh es tu hombre.

—¿Cuándo puedo conocerlo? —preguntó Hallie con una carcajada.

Adam hizo ademán de contestar, pero, de repente, se hizo el silencio. La tele seguía puesta, pero le habían quitado el sonido. Todo el mundo dejó de bailar, de reír y de hablar.

—¿Otra vez por la mujer del señor Huntley? —quiso saber Hallie, que miró a Adam—. Creo que voy a chivarme a su marido de lo que hacéis. Seguro que...

Dejó la frase en el aire porque todo el mundo miraba un punto situado detrás de ella... justo donde creía haber visto a las Damas del Té un momento antes. Hallie soltó a Adam de las manos y se dio media vuelta muy despacio, segura de que vería a dos fantasmas semitranslúcidos allí plantados.

En cambio, vio a Jamie. Iba apoyado en las muletas y cuando sus ojos se encontraron, la miró con una sonrisa.

Hallie no comprendía lo que pasaba. Todo el mundo seguía paralizado, mirando fijamente a Jamie.

Se apartó de Adam y se acercó a Jamie.

—Has venido justo a tiempo para ver la recepción. —Le hizo un gesto con la cabeza para que la siguiera, pero él no se movió.

Roan fue quien rompió el silencio.

—Jamie —dijo, en voz calmadísima—, ¿te acerco una silla?

—Siéntate aquí —recalcó Ian.

—¿Qué necesitas? —preguntó Raine.

Hablaban en voz muy baja y mucho más despacio de lo habitual... y ella no entendía el motivo. Todd seguía al fondo de la estancia, cerca del viejo escritorio de Jamie, y en sus ojos pudo ver una mezcla de preocupación y de impotencia.

Cuando Hallie miró de nuevo a Jamie, por fin lo comprendió. En el día a día, se comportaban con normalidad cuando estaban con Jamie. Pero en mitad de ese caos, su reacción era algo que los preocupaba. Habían dejado de reírse por lo que él había sufrido.

Si bien era evidente que lo querían mucho y que se preocupaban por él, el estómago de Hallie se encogió al ver cómo lo aislaban por su comportamiento.

—Creo que será mejor que me vaya —dijo Jamie, que hizo ademán de salir por la puerta.

Hallie no sabía qué hacer para acabar con todo aquello, pero ¡joder, tenía que hacer algo! Se puso de puntillas y le susurró a Jamie al oído:

—Como te vayas con el rabo entre las piernas, no te vuelvo a dar un masaje en la vida.

Cuando él la miró a la cara, tenía una sonrisilla en los labios.

—No puedo arriesgarme a que eso ocurra, ¿verdad?

—Pues no, no puedes. —Lo miraba fijamente, con todo lo que guardaba en su interior para obligarlo a quedarse. ¡Le dolía ver cómo le daban de lado!

Adam retrocedió para que Jamie pudiera llegar hasta el sofá. Hallie los observó, tan serviciales y tan preocupados, tan atentos y tan amables... con un cabreo tan monumental que tenía ganas de pegarles un tiro. Ni siquiera Shelly con su egoísmo la había cabreado tanto en la vida.

No podía sentarse. En cambio, fue a la cocina. Tenía que alejarse de todos ellos.

Se detuvo al llegar a la antigua encimera, apoyó las manos en ella y clavó la vista en la ventana. Temblaba por la rabia que la consumía. ¿Cómo podían estar haciéndole eso? Jamie había bromeado acerca de que su familia lo trataba como si fuera de cristal, pero no lo había entendido del todo. Ella se había reído con las imágenes que sus palabras crearon. Pero lo que acababa de ver no le hacía ni pizca de gracia.

Tras ella, escuchó que encendía de nuevo la tele, pero con el sonido bajísimo. Al nivel de una casa donde vivían ancianos. Al nivel de «No vayas a despertar a tu padre». Al nivel de «No vayas a provocarle un ataque de pánico a Jamie».

—Quieren más patatas fritas —escuchó que alguien decía a su espalda. Era la voz de Cory.

Hallie se obligó a tomar unas cuantas bocanadas de aire antes de darse la vuelta para mirar a la niña. Estaba de pie con un enorme cuenco vacío y la miraba con una expresión casi temerosa en los ojos.

—¿Estás enfadada con Jamie? —A Cory le temblaba el labio inferior.

Hallie le quitó el cuenco de las manos y lo dejó en la mesa.

—No, qué va. Pero estoy muy enfadada con todos los demás.

Cory parpadeó al escucharla, pero después sonrió.

—Entonces vale. Yo me enfado con ellos a todas horas. Pero si le gritas a Jamie, puede ponerse malo otra vez.

—¿Todo el mundo se calla cada vez que Jamie entra en una habitación?

—Sí —contestó Cory, que bajó la voz antes de añadir—. A veces Jamie no recuerda dónde está.

—Lo sé —replicó Hallie—, pero creo que ya está mucho mejor.

Hallie se irguió. A juzgar por lo que tenía entendido, Jamie volvió de la guerra hacía bastante tiempo y había mejorado muchísimo. Pero seguían tratándolo como si hubiera salido del hospital el día anterior. Ojalá encontrara la manera de hacerles ver que Jamie ya no necesitaba lo que estaban haciendo... al menos, que ya no necesitaba que se callaran.

De repente, se le ocurrió algo, aunque trató de desterrar la idea. Podría salirle el tiro por la culata y, si fallaba, empeoraría la calidad de vida de Jamie. Podría reforzar la espantosa manera en la que su familia lo trataba, aunque los guiara el cariño.

Claro que, pensó, a lo mejor podía ayudar. Miró a Cory.

—¿Se te da bien hacer ruido?

—Mi padre dice que es lo que mejor se me da —contestó ella.

Hallie asintió con la cabeza.

—Quiero que traigas a Max a la cocina. Tengo un trabajo para vosotros.

Cory no titubeó y salió corriendo en busca de su hermano.

Cuando volvieron a la cocina, Hallie había sacado tres ollas grandes y tres cucharones. Le dio una olla a cada niño con su respectivo cucharón y se quedó otro para ella.

—Voy a ponerme en la puerta y cuando golpee la olla con el cucharón, quiero que vosotros hagáis lo mismo. Quiero que gritéis y chilléis y golpeéis la olla y hagáis todo el ruido del que seáis capaces. ¿Podréis hacerlo?

Max tenía los ojos abiertos como platos.

—Pero Jamie se asustará.

Hallie se arrodilló delante del niño.

—¿Recuerdas que me has dicho que tu madre cree que yo estoy consiguiendo que Jamie mejore?

—Sí.

—Pues necesito que confiéis en mí. ¿Podrás hacerlo?

Max titubeó un momento, pero después asintió con la cabeza.

El corazón se le iba a salir del pecho cuando se acercó a la puerta, pero la escena del salón afianzó la certeza de que tenía que hacer lo que había pensado.

El ambiente alegre había desaparecido. La tele seguía encendida, pero a un volumen tan bajo que apenas se podía escuchar. Todos estaban sentados muy tiesos, con la vista clavada en la pantalla. Nadie reía, y los comentarios se hacían en la voz más baja posible.

Lo peor de todo era que Jamie se había levantado del sofá y estaba cerca de la puerta. Todd estaba detrás de él. Iba a marcharse para que los demás pudieran disfrutar. Estaba poniendo a los demás por encima de sus necesidades.

¡Joder con todos ellos!, pensó Hallie. Inspiró hondo antes de gritar:

—¡Oye, Taggert!

El sonido reverberó en el silencioso salón y todos los hombres la miraron, pero Jamie sabía que se refería a él. Cuando se volvió hacia ella, durante un brevísimo segundo, Hallie vio la soledad en su mirada. Estaba rodeado de gente que lo quería muchísimo, pero se sentía más solo que ninguno.

Lo miró fijamente a los ojos... y le suplicó con la mirada que confiara en ella.

Jamie parecía desconcertado, ya que no comprendía lo que ella intentaba decirle. Todd le colocó una mano en el hombro y lo instó a salir, pero Jamie se quedó allí plantado, sin apartar la vista de Hallie.

Ella no apartó la vista de Jamie mientras levantaba la olla y el cucharón. Cuando golpeó la olla, el estruendo fue tal que hasta ella hizo una mueca... al igual que todos los demás, Jamie incluido. Pero él no se movió.

—¿Qué narices estás haciendo? —preguntó Roan, que dio un paso al frente. Raine extendió un brazo y detuvo a su primo.

Jamie se quedó quieto, observando a Hallie, confiando en ella.

A su espalda, los mellizos se lo pasaron de lo lindo haciendo mucho ruido. Golpes, gritos y saltos.

Hallie mantuvo los ojos en los de Jamie mientras caminaba muy despacio, seguida de los niños. Era un minidesfile.

Los demás no hicieron ruido alguno, se quedaron donde estaban, mirándolos.

Cuando estuvo a escasos centímetros de Jamie, se detuvo y soltó la olla y el cucharón de golpe, que cayeron al suelo a sus pies. A su espalda, los niños se detuvieron y permanecieron en silencio, a la espera de lo que Hallie hiciera a continuación.

El silencio resonaba en la estancia. Hallie y Jamie se quedaron de pie, mirándose a los ojos sin hablar.

Sin embargo, Jamie sabía lo que ella estaba haciendo, y la gratitud que se reflejó en su cara hizo que a Hallie se le llenaran los ojos de lágrimas.

Raine fue el primero en romper el silencio.

—Jamie, te reto a un pulso para poder sentarme junto a Hallie —dijo con voz normal. No con ese susurro antinatural, no con la voz que se usaba con un inválido. La típica bravuconada entre hombres.

Jamie seguía mirando fijamente a Hallie a los ojos.

—Me temo que tendré que romperte el brazo.

—A ver si alguien sube el volumen de la dichosa tele —dijo Adam—. No me entero de nada con todo el ruido que está haciendo Jamie.

En cuestión de un segundo, el volumen volvió a subir. No estaba tan alto como antes, pero sí bastante alto. Ian le echó un brazo a Jamie por los hombros y se lo llevó.

—¿Te apetece una cerveza?

—¿Con todas las pastillas que me tomo? —preguntó Jamie—. Empezaría a ver monos voladores. ¿Hay refrescos?

Hallie se quedó donde estaba un momento. Jamie la miró por encima del hombro, pero inmediatamente después la rodearon un montón de primos. Los mellizos querían hacer más ruido, así que les dijeron que fueran en busca de su padre para volverlo loco.

Todo lo que sucedía era de una normalidad maravillosa. Justo lo que Jamie había dicho que quería.

Hallie consiguió regresar a la cocina y, una vez allí, las piernas le fallaron y tuvo que sentarse en una silla. Temblaba de arriba abajo. Podría haberle salido el tiro por la culata. Podría haberle provocado un trauma a Jamie de por vida. Enterró la cara entre las manos.

—Tu instinto ha acertado —señaló una voz delante de ella. Era Raine.

No se apartó las manos de la cara.

—Podría haber fallado estrepitosamente. —Tenía la voz ronca por las lágrimas que amenazaban con escaparse.

Raine la tomó de las manos y se las apartó de la cara, de modo que lo miró.

—Pero no has fallado. Y no actuabas a tontas y a locas. Lo conoces. Has pasado mucho tiempo con él. Hiciste una suposición acertada con respecto a Jamie. No la basaste en un estudio académico, sino en un hombre y en su situación concreta.

Hallie parpadeó para contener las lágrimas.

—Supongo que es verdad.

—Yo sé que es verdad. —Raine seguía sujetándole las manos—. Has hecho algo maravilloso por todos nosotros.

—¿Cómo está?

Raine echó la silla hacia atrás, miró hacia el salón y volvió a sentarse bien.

—Se está riendo. Adam y él están viendo la tele y están discutiendo sobre una tontería de las gordas que un Montgomery está haciendo.

—Es maravilloso —dijo Hallie, pero se dio cuenta de que las lágrimas comenzaban a deslizarse por sus mejillas.

Raine se levantó y la pegó a su cuerpo.

—Te ordeno que salgas en busca de aire fresco. Date un paseo por el pueblo y cómprate algo bonito. Te lo mereces.

—Gracias —repuso ella—. ¿Crees que él...?

—Dime que no vas a preguntar cómo estará Jamie sin ti.

Hallie sonrió.

—Supongo que no.

—Vete. Sal por el salón del té, así nadie te verá. Están grabando la boda, la puedes ver después. —Se escuchó una salva de carcajadas procedentes del salón y Raine sonrió—. Cuando haya menos ruido.

Hallie asintió con la cabeza y salió de la casa a través del salón del té.

16

Hallie deambuló por el pueblo, admirando tiendecitas llenas de joyas, ropa y muebles. En parte, se sentía como si estuviera flotando. Había corrido un enorme riesgo con Jamie. El hecho de haber ganado parecía irrelevante.

No paraba de repetirse que nunca, jamás de los jamases, debía hacer algo parecido, pero tal como había dicho Raine, lo suyo había funcionado porque conocía a Jamie.

Mientras miraba los escaparates, siguió pensando en él. ¿Qué ropa le sentaría bien? ¿Qué le gustaría a él que se pusiera?

El escaparate de una zapatería le hizo recordar sus bromas sobre los zapatos planos que había comprado el día que el señor Huntley los visitó. Al pasar junto a una tienda de chucherías, recordó lo mucho que le habían gustado los arándanos bañados en chocolate que le había comprado.

En realidad, no parecía haber nada que no le recordara a él. Esa mañana, cuando Jamie llegó a la casa, deseó que todo el mundo desapareciera para que ellos pudieran ver la boda a solas. De esa manera, estarían los dos solos, tal como estaban durante sus primeros días de estancia.

Pero la familia de Jamie era agradable. Abrumadora, sí. Invasiva, tal vez. Jamie la había puesto sobre aviso, le había dicho que si la agobiaban, los echaría de la casa. Pero había sido divertido poder reírse con ellos. Bailar. Celebrar. Participar de su felicidad.

Después de la boda de Jilly, se marcharían y Jamie y ella recuperarían su casa.

¡No!, se dijo. Después de la boda, se marcharían y ella seguiría trabajando en la rehabilitación de Jamie. Pero cuando se recuperara, Jamie también se marcharía.

«Y, después de eso, ¿qué?», pensó. Había conocido a tan pocos isleños que estaría sola en Nantucket, una vez que acabara su trabajo de rehabilitar a un único paciente. Su compañero de casa se iría. Lo único que le quedaría sería una casa con un par de fantasmas.

En definitiva, era una perspectiva desalentadora, y necesitaba decidir qué iba a hacer. Su primera idea fue la de hablar del tema con Jamie, pero ¿cómo iba a hacerlo? ¿Cómo iba a preguntarle qué hacer con su vida una vez que él se fuera?

¡Ni hablar!

Una vez que llegó al paseo marítimo, se dirigió a un restaurante, se sentó en la terraza y pidió un té y una ensalada.

—Hola —la saludó una voz femenina.

Al alzar la vista, Hallie descubrió a una mujer de mediana edad, muy guapa, con el pelo rubio y los ojos azules. La había visto en algún sitio y tardó unos minutos en reconocerla.

—En la contra de los libros.

—Sí. Soy Cale, la madre de Jamie. ¿Puedo sentarme contigo?

—Por favor —respondió Hallie—. Ya he pedido, pero si quieres, te invito a algo.

—Un té, si acaso. —Le hizo una seña al camarero—. Raine dice que te ha echado de casa, por eso te estaba buscando. Siento mucho no haber ido a verte para presentarme, pero pensábamos que era mejor dejarle espacio a Jamie. Tenemos la costumbre de agobiarlo. Creo que ha sido la decisión acertada.

—Está mejorando.

—Gracias a ti —señaló Cale.

—Es un hombre fuerte y gran parte del mérito es suya por haber trabajado.

—Me habían dicho que eras modesta, pero esto es demasiado. Cualquier fisioterapeuta podría haberlo ayudado con la rehabilitación física, pero tú has estado trabajando con el problema subyacente.

Mientras le colocaban el plato con la ensalada en la mesa, Hallie pensó que debería mostrarse halagada y agradecer esas palabras. Estaba hablando con la madre de Jamie, que era una de las escritoras más famosas del mundo. La situación era un poco intimidante.

Hallie decidió ser honesta.

—No puedo achacarme todo el mérito de su éxito porque todo lo que he hecho ha sido de forma accidental. En ocasiones, he pensado que Jamie acabaría volviéndome loca. ¡Conseguir que se quitara la ropa ha sido una pesadilla!

—¿Ah, sí? —replicó Cale mientras bebía un sorbo de té—. Cuéntamelo todo.

Cuando Hallie empezó a hablar, no hubo quien la detuviera. Empezó por el principio, con la negativa de Jamie a desnudarse, siguió con sus pesadillas y con los besos a los que recurría para tranquilizarlo.

—De pequeño era igual —le aseguró Cale—. El niño más cariñoso del mundo. Todd siempre ha sido más reservado, pero a Jamie le encantaban los arrumacos.

Hallie bebió un sorbo de té y pensó: «Todavía le gustan.»

—¿Por qué fue a la guerra?

—La pregunta del millón —respondió Cale—. Se la hemos hecho todos miles de veces. Al final, se resume en que lo hizo por razones de conciencia. Porque sentía que tenía mucho mientras que hay otros que no tienen nada. Quería compartir su buena suerte.

—Eso es lo que me imaginaba. En el fondo, es el hombre más bueno que he conocido en la vida.

—¿Ah, sí? —repuso Cale, fingiendo una tranquilidad que no sentía, porque su corazón de madre latía a toda pastilla. Nada le gustaba más que oír que sus hijos eran los seres humanos maravillosos que ella sabía que eran.

—Supongo que te han contado lo que ha pasado hoy.

—Sí —dijo Cale—. Lo sé. Cory me lo ha contado con todo lujo de detalles. Piensa que eres maravillosa y la verdad es que no suelen gustarle mucho los adultos, aunque adora a sus hermanos. Cuando Jamie estaba a las puertas de la muerte, temí perderla también a ella.

—Lo siento mucho —replicó Hallie—. Debió de ser espantoso para todos.

Cale la estaba observando con atención.

—Según me han contado, tú tampoco has tenido una vida fácil. Jared me ha hablado de tu hermanastra.

Hallie se acomodó en la silla mientras la camarera se llevaba su plato.

—Estamos solucionando ese problema.

—Si no hubieras vuelto a casa antes de tiempo para descubrir lo que estaba sucediendo, tal vez ahora mismo tu hermanastra estaría cuidando de mi hijo sin tener cualificación alguna. No quiero ni pensarlo.

Hallie se echó a reír.

—Shelly es guapísima y siempre sale de cualquier aprieto. Jamie se las habría apañado bien con ella.

—Pues creo que en eso te equivocas —dijo Cale.

—Pero no conoces a mi hermanastra. —Hallie no quería seguir hablando de Shelly—. ¿Cómo van los preparativos para la boda? ¡Ay, no! —Miró la hora—. Le prometí un masaje a Jilly y ya voy tarde. ¡Necesita un masaje!

—¿Porque está embarazada? —preguntó Cale.

—Se supone que nadie lo sabe.

Cale sonrió.

—Si los Taggert son buenos en algo, es en engendrar niños, y sabemos perfectamente cuándo hay uno de camino. Mi suegra me dijo que traía gemelos cuando estaba de cuatro semanas. Me reí de ella. Le dije que era demasiado mayor y que ya había tenido hijos. Pero, como habrás podido comprobar, Cory y Max vinieron al mundo.

—¿No te sientes afortunada?

—Pues sí —contestó Cale—. En todos los aspectos de mi vida. Veo que llevas unas cuantas bolsas, pero ¿te importaría acompañarme a un par de tiendas? Hay una joyería en esta misma calle que me gustaría ver. Todo es artesanal.

—Me encantaría, pero debo ir a ver a Jilly.

—Cuando salí, tenía la intención de echarse una siesta, y ella no lo sabe, pero Ken viene de camino. Él podrá relajarla mucho mejor que tú.

—Estoy segurísima —repuso Hallie con una sonrisa—. Pero si tienes su número de teléfono, me gustaría llamarla.

—Desde luego —dijo Cale, que añadió para sus adentros el adjetivo «responsable» para describir a la chica.

La hija de Jilly cogió el teléfono y le dijo que su madre estaba durmiendo, pero que no le importaría posponer el masaje. Hallie pagó la cuenta y se marchó con Cale.

—Me gusta mucho —le dijo Cale a su marido por teléfono. Hallie estaba en un probador, poniéndose un vestido para la boda—. No para de hablar de Jamie.

—Algo comprensible teniendo en cuenta que más o menos llevan un tiempo viviendo juntos —señaló Kane.

—Jamie vivió dos años con Alicia, y nunca la oí decir que a Jamie le gustaban las galletas con anís en grano o que quisiera una casa con un porche. Además, pensar en un pollo que no estuviera asado y en el plato le habría provocado un ataque de pánico.

Kane puso los ojos en blanco.

—Vale, lo pillo. Toda la familia sabe que odiabas a Alicia. Se ha ido, así que ya no hay peligro de que se case con Jamie. Cale, cariño mío, ¿podemos dejar que sea nuestro hijo quien decida con quién quiere vivir?

—Los hombres sois idiotas en lo referente a las mujeres. ¿Te acuerdas cuando tú...?

—¡Otra vez no! —la interrumpió Kane—. Eso pasó hace casi treinta años.

Cale respiró hondo.

—Sí, lo sé y te he perdonado, pero aún me preocupo. Todd está más callado que de costumbre, y eso también me preocupa.

—Creo que deberías dejarlos tranquilos y permitir que los chicos arreglen sus propias vidas.

—Supongo que tienes razón. Hazme un favor, ¿quieres? Pregúntale a Kris si se ha traído aquel vestido de encaje de Dolce que se compró en Navidad. Si no lo ha traído, que alguien lo envíe. Creo que a Hallie le quedaría genial y puede ponérselo para la boda de Jilly.

—No le estarás comprando muchas cosas a Hallie, ¿verdad?

—No. Ni siquiera la he invitado a almorzar, porque pensé que si lo sugería, ella podía negarse. Tiene un espíritu muy independiente.

—Interesante —dijo Kane—. Tiene un espíritu independiente y una hermana mentirosa, ladrona y tramposa. ¿Te suena de algo?

Cale hizo una mueca.

—Alégrate de que ya estemos casados, porque si me lo pidieras otra vez, a lo mejor me negaba.

—Anoche no decías lo mismo.

—Sexo sí. Conversación no.

—Me parece estupendo —dijo Kane.

—Sí, bueno... tengo que irme. Hallie se acerca. Y que no se te olvide que le he dicho sí al sexo.

—Siempre lo tengo en cuenta —replicó Kane antes de colgar.

Hallie se divirtió mucho comprando con la madre de Jamie, una experiencia nueva para ella. Antes de que sus abuelos se fueran, Hallie era demasiado pequeña como para preocuparse mucho por la ropa. Cualquier cosa que fuese rosa y brillara le gustaba.

Después de que se marcharan, Ruby se encargaba de las compras. Un proceso que consistía en el mismo comentario por parte de Ruby: «Tal vez encontremos algo que te quede bien en la sección de tallas grandes.» En aquel entonces, Hallie tenía una talla normal, pero comparada con la esquelética Shelly, parecía enorme.

Estar con Cale y escuchar sus opiniones sobre lo que le sentaba bien y lo que no había sido maravilloso. Estaban en la tercera tienda cuando dos chicas muy guapas pasaron frente al escaparate.

—Son Paige y Lainey —dijo Cale—. ¿Te importa si les digo que nos acompañen?

—Yo... mmm... —Hallie titubeó. Las chicas eran altas y delgadas, y casi tan guapas como Shelly. ¡No quería probarse ropa con ellas cerca!

Cale pareció entender las dudas de Hallie.

—Son agradables. Confía en mí —añadió por encima del hombro mientras salía de la tienda, tras lo cual regresó con las dos chicas.

Una vez dentro y tras mirarlas de cerca, Hallie no pudo evitar quedarse boquiabierta.

—Sois Adam e Ian.

Las chicas rieron.

—Exacto. Adam es mi hermano —dijo Lainey—, e Ian es el hermano de Paige.

Hallie las miraba con curiosidad.

—Si os parecéis tanto a vuestros hermanos, ¿Raine también tiene una hermana que se parezca a él?

Las tres estallaron en carcajadas.

—Raine tiene un hermano pequeño, nada más. Ninguna hermana.

—Creo que es lo mejor —comentó Hallie, provocando otra nueva oleada de risas.

Si comprar con Cale le había parecido divertido, lo fue mucho más con las dos chicas. Era una experiencia nueva para Hallie. Después de que Ruby y Shelly llegaran a su vida, el dinero empezó a escasear. El sueldo de su abuelo, que llevaba una asesoría contable, desapareció y con el huerto desmantelado, las facturas por la comida (casi todas de restaurantes de comida rápida) empezaron a subir. A eso había que añadirle las interminables clases de Shelly y la ropa que necesitaba para las audiciones, de modo que apenas quedaba para más.

En ese momento de su vida, Hallie podía permitirse ropa nueva. Pero lo más divertido era reírse con otras mujeres. Cale se apartó un poco y observó a las chicas moverse por las tiendas, observándolo todo.

—Hallie —dijo Lainey—, esto te quedaría genial. Pruébatelo. —Era un bonito vestido de algodón con el talle ceñido y escote bajo.

—Nunca me he puesto un vestido así. La parte de arriba no es muy discreta que digamos.

—Esa es la cuestión —replicó Lainey.

Paige estuvo de acuerdo.

—Si tuviera tu delantera, llevaría vestidos de verano hasta para ir a esquiar. Y me agacharía mucho.

Hallie seguía sin verlo claro.

—A Jamie le gustaría —terció Cale, y después sonrió cuando vio que Hallie le quitaba el vestido de las manos a Lainey.

—Muy bien —dijo Paige—. Alicia solía ponerse muchos... —Dejó la frase en el aire al ver las miradas que le echaban Lainey y Cale—. A Jamie le encantará.

Hallie estaba en el probador, oculta por la cortina.

—¿Quién es Alicia?

—Una antigua novia —contestó Lainey—. De hace mucho, mucho tiempo. ¿Qué te parece mi hermano Adam?

—Es intenso —respondió Hallie mientras salía del probador con el vestido de color melocotón y una rebequita de punto. La verdad era que tenía mucho escote, pero le sentaba muy bien.

—¿A que sí? —replicó Lainey—. Siempre le digo que debería animarse un poco. Tienes que comprártelo. Lo han hecho para ti.

—Cory dice que Adam estaba bailando en tu casa —señaló Paige—. Eso no es normal en él.

—Todo el mundo estaba celebrando la boda real —adujo Hallie.

Paige se detuvo con una chaqueta de cuero muy mona en la mano.

—¿Jamie también?

—Él no bailó —contestó Hallie—, pero creo que se quedó para ver el banquete por la tele después de que yo me marchara. —Siguió echando un vistazo por los percheros y al alzar la vista se percató de que las chicas la miraban.

—¿Con toda la gente que había? —le preguntó Lainey—. Sé que todos son familia, pero...

—Diles lo que has hecho —la interrumpió Cale—. Cory lo ha bautizado: «La marcha de la olla.»

—¡No me han dicho nada! —exclamó Lainey, asombrada.

—Estaba muy asustada —confesó Hallie, y después les contó la historia desde el principio.

—¿Qué hiciste cuando te diste cuenta de que era la presencia de Jamie el motivo de que todos se callaran?

Siguieron comprando mientras Hallie hablaba. Pero no les explicó lo asustada que estaba ni lo mal que podría haber salido. Después, les dijo lo que había dicho Raine.

Cuando estuvieron en la calle, Lainey y Paige tomaron la delantera y Cale y Hallie las siguieron.

—Raine parece caerte muy bien —comentó Cale.

—Sí. Ha sido amable conmigo y es un hombre muy perspicaz. —Hallie vio que Cale fruncía el ceño—. Pero no es Jamie —añadió.

El ceño de Cale desapareció de inmediato, mientras tomaba a Hallie del brazo.

—¿Te apetece cenar esta noche en Kingsley House?

—Gracias por la invitación, pero tengo una sesión con Jamie. —No sabía muy bien si debería decir que estaba deseando pasar una noche tranquila en casa. Aunque el día había sido emocionante, tenía ganas de contarle a Jamie todo lo que había pasado y... En fin, quería quedarse a solas con él.

—Lo entiendo —repuso Cale—. Tengo que hacer una cosa más. Comprarles ropa a mis hijos mayores. Han venido casi sin nada de equipaje. Es una lástima que no tengas tiempo para ayudarme a elegir algo. Yo podría comprar ropa para Todd mientras tú eliges algo para Jamie.

—¡Ah! —exclamó Hallie con los ojos abiertos como platos—. Creo que puedo hacerlo. Jamie prácticamente no tiene ropa, casi todo son prendas deportivas. Necesita unas cuantas camisetas y algunas camisas. El azul es su color. No el azul marino, sino uno más claro. Y unos cuantos jerséis para la noche. He visto algunos blancos de algodón que a lo mejor le gustan. Sencillos, pero de buena calidad, que es lo que le gusta. Y necesita calcetines. A lo mejor podríamos...

Cale volvió la cabeza para que no la viera sonreír. Ah, sí, a las madres les encantaban las personas que querían a sus hijos.

Jamie estaba tumbado en el sofá del salón del té, con un brazo sobre la cara y la cabeza en el cojín con la funda de los pájaros bordados. Le había costado, pero por fin había conseguido echar a todos sus parientes de la casa y estaba disfrutando del silencio. Si Hallie regresara de una vez, todo sería perfecto. Raine le había dicho que la había mandado a comprar algo, y que también le había aconsejado que se tomara un poco de tiempo libre y dejara de cuidarlos un rato.

Sonrió al pensar eso. Hallie cuidaba de la gente. Ya fuera un codo de tenista de un Montgomery o un dorsal de Raine. Hallie siempre estaba ayudando a alguien.

Esa mañana había sido horrible para él. Después de que Todd se fuera de la casa de Plymouth, se sintió dividido entre el deseo de interponerse entre Hallie y sus primos, y el deseo de quedarse donde estaba. Hallie ganó.

Cuando Jamie llegó a su casa, las cosas eran peor de lo que imaginaba. Todos estaban bailando. Sus sofisticados primos Montgomery estaban bailando valses con Hallie, como si se encontraran en algún baile elegante.

Por si eso no fuera poco, el ruido estuvo a punto de matarlo. Habían instalado un sistema de sonido similar al que se usaba en las salas de conciertos, de modo que se escuchaban campanas, gritos alegres y música a todo trapo. Su mente comenzó a girar y girar. Todd lo vio desde el otro extremo de la estancia y corrió para ayudarlo.

Sin embargo, en ese momento Ian lo vio en la puerta y silenció el televisor. Todos comprendieron qué había pasado: el aguafiestas de Jamie había llegado.

Se dio media vuelta ayudado por las muletas para salir pitando, no sin antes mirar a Hallie. Quería decirle que estaba allí por si lo necesitaba. Pero ¿a quién quería engañar? Hallie estaba bailando y se lo estaba pasando en grande. No necesitaba que le recordaran la carga que suponía para ella el soldado herido.

Estaba a punto de marcharse cuando la escuchó decir que no podía irse. Sin embargo, un vistazo a sus primos le dijo que debía marcharse. ¿Cómo iban a divertirse si él estaba presente?

Hallie lo convenció de que se quedara, pero los demás parecían tan sumisos que le resultó insoportable. Se levantó para marcharse.

Cuando vio a Hallie en la puerta de la cocina armada con una enorme olla y un cucharón se quedó en blanco. ¿Iba a cocinar para todos? Sin embargo, su cara lucía la expresión más seria que le había visto hasta el momento. Era como si sus ojos trataran de decirle algo... si bien no era capaz de entenderlo.

Al primer golpe, comprendió lo que estaba haciendo. Los retoños y ella empezaron a hacer ruido, pero sin que lo alterara. Era el ruido inesperado y la cacofonía, los sonidos que no alcanzaba a identificar, lo que lo desquiciaba.

Mantuvo los ojos en Hallie mientras se acercaba a él, aporreando la enorme olla y con los niños detrás, cual patitos ruidosos.

Cuando llegó hasta él, quiso besarla. Quiso abrazarla y besarla para transmitirle toda la gratitud y el aprecio que sentía. Ella nunca lo había tratado como si estuviera a punto de romperse. Nunca se había asustado por sus ataques. Nunca...

Siguió de pie, mirándola, y en ese momento sus primos reaccionaron. Ian estuvo a punto de llevarlo a rastras hasta el sofá, mientras que los demás empezaban a decir tonterías.

Jamie se dejó hacer porque quería demostrarles que era capaz de participar, como hacía antes, pero también quería ir en busca de Hallie.

Cuando por fin le pareció adecuado ofrecer una excusa para marcharse, Hallie se había ido. De modo que acabó sentado en la parte posterior con su hermano, comiendo palomitas y viendo cómo su principesco primo cortaba una tarta nupcial gigantesca con una espada.

Cada pocos minutos, echaba un vistazo para comprobar si Hallie había vuelto, pero no lo hizo. Al cabo de un rato, Todd y él se fueron al gimnasio para entrenar un rato. Raine los acompañó y estuvieron allí unas cuantas horas.

Cuando regresó a la casa, Hallie seguía sin aparecer. Se duchó, se puso ropa limpia y bajó para comer algo. Ese día nadie había servido el té y lo echaba de menos. No, en realidad, lo que echaba de menos era sentarse con Hallie. ¿Qué narices estaba haciendo? ¿Dónde se había metido?

Empezó a agitarse tanto que comprendió que debía calmarse, de modo que se trasladó al salón del té. Allí era donde tanto tiempo había pasado con Hallie, donde habían compartido risas y... un momento muy íntimo y demasiado rápido.

Se tumbó en el sofá, el mismo sofá donde se habían sentado juntos para hablar de fantasmas mientras un alegre fuego crepitaba en la chimenea. Alguien llamó a la puerta, sobresaltándolo. ¿Ya había llegado a casa?

Estaba a punto de ponerse en pie cuando vio que la puerta se abría y entraba su padre.

—Hola, papá —lo saludó y volvió a tumbarse.

—Conozco esa cara —comentó Kane con una sonrisa—. No soy la chica.

—No, me alegro de verte. ¿Va todo bien?

—Sí —respondió Kane mientras tomaba asiento en un sillón, cerca de su hijo. Como siempre, lo examinó de arriba abajo, contento de verlo entero, contento de que estuviera vivo—. Tu madre ha ido al pueblo en busca de Hallie.

—¿La ha visto alguna vez?

—Claro. Vio a tu Hallie dormida, ¿no te acuerdas?

—No es mía —puntualizó—. No lo es.

—De eso quería hablarte.

Jamie había cerrado los ojos.

—Sé cómo se hacen los niños y le demostraré respeto por la mañana.

Al ver que Kane guardaba silencio, Jamie comprendió que se había pasado de la raya.

—Lo siento. Es que llevo un día de perros.

—Eso me han dicho. Tu hermana pequeña nos ha contado todos los detalles. Está muy contenta, porque ya no tiene que pasar por tu lado de puntillas.

—¿Alguna vez lo ha hecho? —Jamie se sentó y le sorprendió ver lo serio que estaba su padre. Había visto esa expresión en particular muy pocas veces durante su vida. Una de ellas fue la noche que se marchó a la guerra—. ¿Qué pasa?

Kane respiró hondo.

—¿Sabes cómo nos conocimos tu madre y yo?

—Claro. Lo he oído miles de veces. Llevaste a unas mujeres de excursión y ella formaba parte del grupo. Mamá dice que primero se enamoró de Todd y de mí. Que lo tuyo fue después.

Kane sonrió por los recuerdos.

—Eso es cierto. Estaba tan loca por vosotros que me daba miedo que os secuestrara. —Hizo una pausa—. ¿Te ha hablado alguna vez sobre las mujeres que la acompañaban?

—Sí, solía hacernos reír a Todd y a mí con esa historia. Una animadora, una herbolaria y otra más. No recuerdo a qué se dedicaba.

—Da igual. Creo que si en aquella época hubiera ido al psicólogo me habrían diagnosticado síndrome de estrés postraumático, si acaso en aquel entonces ya le habían puesto nombre. Todavía seguía sufriendo por la muerte de tu madre biológica. Al menos, esa era mi excusa. Una de las mujeres se parecía a mi difunta esposa, y me lancé a por ella de cabeza. Como un toro. Nada podía apartarme del camino, ni el sentido común ni la inteligencia.

Todo eso era nuevo para Jamie, que trató de no demostrar sorpresa.

—¿Ni siquiera mamá?

—Ella mucho menos. Tardé bastante en comprender lo mucho que tu madre significaba para mí. No te imaginas lo cerca que estuve de perderla.

—Pero hiciste el numerito de James Bond con el helicóptero. Mamá dice que fue el súmmum del romanticismo.

Kane levantó una mano.

—Tenía que hacer algo grandioso para tapar mi estupidez. Pero, antes de llegar a eso, tuve que llegar al punto en el que me vi obligado a tragarme el orgullo y admitir que había elegido mal. Cuando por fin recuperé el sentido común, tu madre estaba allí. Aún creo que la conquisté porque es escritora.

—¿Me lo explicas?

—Si una criatura tan maravillosa como ella hubiera ido de un lado para otro en vez de mantenerse encerrada en casa con sus libros, otro hombre se la habría llevado antes que yo.

Jamie sonrió, pero había escuchado la historia de labios de su madre sobre lo mal que lo había pasado mientras esperaba a su padre. Cale pensaba que su padre no la quería. Jamie levantó la cabeza.

—Esto va de Hallie, ¿verdad?

—Solo trato de que aprendas de mis errores. Necesitas decirle algo a Hallie. No lo pospongas. No lo dejes en el aire.

—¿No te parece que es un poco pronto? —preguntó Jamie—. Hallie y yo hace muy poco que nos conocemos.

—Cierto, pero os he visto juntos y... —Guardó silencio—. Es tu vida y juré que sería tu madre la que interfiriera en estos asuntos. Pero, en este caso, quería ofrecerte mi opinión.

—La verdad es que no estoy seguro de ser un hombre con el que deba lidiar una mujer —dijo—. Todavía no. Pero gracias a Hallie estoy progresando con rapidez. Cuando me cure por completo, podré pensar en «hablar» con una chica, tal como tú lo describes.

—Me parece sensato —replicó Kane—. Tan pronto como vuelvas a ser el de antes, deberías hablar con Hallie. Dime una cosa, ¿todavía piensas que el champán es un grupo nutricional por sí solo?

Jamie gimió.

—Papá, eso fue una única noche. Era un niñato que quería impresionar. Desde entonces, me han pasado muchas cosas. La universidad y la guerra. ¿Se te han olvidado?

—No. ¿Y a ti?

Jamie frunció el ceño.

—Tengo las cicatrices que me recuerdan el paso por una de ellas.

—Tienes muchas cicatrices, ¿verdad? —Kane se puso en pie—. Tengo que irme. Mi mujer y mis hijos me necesitan.

—Sutil, papá. Muy sutil.

Kane echó a andar hacia la puerta.

—Tu madre me enseñó a decir lo que debía decir en el momento adecuado. Si quieres venir a cenar esta noche, vamos a reunirnos todos en Kinsgley House. Hemos decidido librar a los restaurantes de la presencia de la familia.

—Creo que Hallie y yo nos quedaremos esta noche en casa. Tenemos cosas de las que hablar y... —Dejó la frase en el aire al percatarse de la miradita que le echaba su padre.

—Una chica que prefiere quedarse contigo en casa en vez de salir de fiesta. No es exactamente lo que le habría gustado al antiguo Jamie, ¿verdad? Hasta mañana. —Y se marchó, tras cerrar la puerta al salir.

Jamie se dejó caer de nuevo en el sofá.

—¿Veis lo que tengo que aguantar? —preguntó, sin dirigirse a nadie en particular. Aunque después supuso que las Damas del Té estarían allí.

Cogió la caja con los documentos de la investigación de Jilly y empezó a ojear fotocopias. Una fotografía se cayó al suelo y la cogió. Era la colorida fotografía de un anillo de compromiso recortada de una revista. Un anillo muy sencillo y muy elegante que creyó que a Hallie le gustaría.

Al cabo de un segundo, arrojó la foto a la mesa auxiliar.

—Vosotras también, chicas.

Mientras se tumbaba en el sofá y empezaba a leer, creyó escuchar a dos mujeres que reían.

17

Cuando Hallie regresó a la casa, ya eran más de las seis. Cargaba con tantas bolsas que le costaba andar. Cale se había ofrecido a mandarle a unos de los «chicos» para que la ayudaran, pero Hallie había rechazado el ofrecimiento. Esperaba de todo corazón que Edith se hubiera pasado con su carrito de golf lleno de comidas del mundo, de modo que Jamie y ella pudieran comer y hablar.

Quería contarle a quién había conocido ese día y preguntarle por otros miembros de la familia de los que había oído hablar. Y tal vez sacaría a colación el nombre de Alicia y le preguntaría quién era. Estaba ansiosa por enseñarle la ropa que le había comprado. Tal vez incluso lo convenciera de que se lo probase todo para ella.

Hallie pensó en que irían al gimnasio y en cómo guiaría a Jamie a través de sus ejercicios. Comprobaría qué tal se le estaba curando la rodilla.

Y tal vez una toalla se caería de nuevo al suelo.

Cuando llegó a la puerta principal, se sorprendió al ver que estaba cerrada. Miró en el bolso, pero no encontró las llaves. Cuando levantó el llamador de bronce con forma de delfín y golpeó dos veces, nadie acudió a la puerta, y tampoco vio luces en las ventanas.

Recogió el montón de bolsas y rodeó la casa. Tal como les

277

habían dicho, la puerta del salón del té tenía vida propia. A veces, se abría nada más tocar el pomo, pero otras estaba cerrada a cal y canto.

Se alegró al ver que, en esa ocasión, no solo no estaba echada la llave, sino que una de las hojas estaba entreabierta.

—¿Es una invitación? —les preguntó con voz risueña a los fantasmas que residían en la casa—. ¿O me queréis ayudar con todas estas bolsas?

Dejó las bolsas en el suelo, junto al sofá, y encendió la lámpara de la mesita auxiliar. Guiada por un impulso, sacó toda la ropa de Jamie y comenzó a extenderla sobre los muebles. Había jerséis, camisas e incluso pantalones que había escogido con la ayuda de su madre.

—Se puede enrollar las mangas —le había dicho a Cale.

—A Jamie no le hará gracia —había contestado la madre de Jamie—. Tiene los brazos... Quiere llevarlos cubiertos.

—Creo que debería superar el tema, ¿no te parece?

—Sí —había respondido Cale con una sonrisa—. ¿Crees que conseguiremos que se ponga unas sandalias?

Se habían mirado a la cara y sacudido la cabeza. Imposible, habían decidido. En el caso de Jamie, o iba descalzo o llevaba zapatos cerrados, nada de soluciones intermedias.

Cuando Hallie escuchó ruido procedente de la cocina, atravesó la despensa. Al igual que la puerta del salón del té, esa puerta estaba entreabierta. Estaba a punto de entrar en la cocina cuando vio a Todd. Estaba de pie, mientras que Jamie estaba sentado a la mesa y tenía las muletas apoyadas en la pared.

—Solo te pido que tengas cuidado con Hallie —dijo Todd—. No confundas la gratitud con el amor.

Sin importar lo que pudiera decir a continuación, Hallie no quería enterarse, dio un paso hacia delante para anunciar su presencia, pero la puerta de la cocina se movió como si fuera a cerrarse. El movimiento fue tan desconcertante que retrocedió y se sumió en la oscuridad de la despensa.

—No confundo nada —replicó Jamie—. Me gusta mucho. Ya has visto lo que ha hecho hoy. Ha logrado más que todos esos psicólogos que me han estado viendo.

Hallie no tenía el menor interés en lo que Todd dijera, pero sí le interesaba saber lo que pensaba Jamie. Se apoyó en la estantería y prestó atención.

—Para ser justos con esos buenos profesionales —indicó Todd—, ha pasado mucho tiempo desde entonces.

—Pero Hallie...

—Que sí —lo interrumpió su hermano—, que Hallie es una gran fisioterapeuta. Lo que hace parece magia, y su instinto acerca de lo que hace falta es increíble. No pienso discutirlo. Lo que me preocupa es que te vea como un paciente, nada más. ¿Seguirás gustándole cuando ya no te acojone una tormenta?

—¿Quién dice que me recuperaré? —Había un deje furioso en la voz de Jamie.

—Lo harás —le aseguró Todd—. Ese no es el problema. Sabes que siempre he querido que te trate, pero ahora que la he visto... No sé, falta algo. Creo que se está enamorando de la familia, no de ti. Deberías haberla visto durante la boda. Estaba coqueteando y compartiendo secretitos con Raine, hasta tal punto que cualquiera los habría tomado por una pareja. No la rebajo como persona. Es que creo que no sabe bien a quién quiere. —Todd hizo una breve pausa—. Hallie ha vivido casi sin familia desde siempre. Se muere por una familia como la nuestra. Ahora mismo, creo que aceptaría a cualquiera que le pidiese matrimonio. O a lo mejor está empecinada en Braden. —Todd levantó la cabeza—. No te has acostado con ella, ¿verdad?

—Eso no es de tu incumbencia.

—Genial —replicó Todd con sarcasmo—. Ojalá hayas usado protección. Por cierto, ¿dónde está?

—Está de compras con mamá y con algunas de las chicas. —La voz de Jamie sonaba seca.

—Entonces volverá en cualquier momento —dijo Todd—. Querrá contarte lo maravillosa que es nuestra familia. Será mejor que me vaya. No le caigo bien.

—Ahora mismo, a mí tampoco me caes demasiado bien —repuso Jamie.

—Tú piensa en todo lo que te he dicho, ¿vale? Eres un buen partido y quiero asegurarme quién pesca a quién.

—Creo que deberías irte ya —dijo Jamie.

—Vale, ya he dicho lo que quería decir, así que no lo volveré a repetir. Nos vemos mañana.

Hallie seguía apoyada en la estantería. Escuchó cómo se abría y se cerraba la puerta trasera, y al cabo de un momento también escuchó cómo Jamie se levantaba y salía de la casa.

Pasó un rato antes de que fuera capaz de apartarse de la estantería y regresar al salón del té. La ropa que había extendido con tanta alegría para que la viera Jamie seguía allí. Cuando recogió un jersey, le temblaban las manos.

¿De verdad se había puesto en ridículo delante de toda su familia? Recordaba bailar y reír con ellos... ¡Y los masajes! ¿Habían creído que solo intentaba hacerse un hueco en su maravillosa y rica familia?

Dobló la ropa de Jamie y la apiló con pulcritud en el sofá. Todd había dicho que estaba tan desesperada por tener una familia que aceptaría a cualquier hombre que le propusiera matrimonio.

¡Y Raine! Incluso Cale le había preguntado qué había entre Raine y ella.

Recogió las bolsas. En la primera estaba el precioso vestido veraniego que Lainey y Paige habían elegido. ¿Las chicas también se habían reído de ella?

Echó a andar hacia la puerta situada en el extremo más alejado de la habitación. Estaba cerrada.

—Vale —dijo en voz alta—, ya he oído lo que queríaias, así que dejadme salir.

No le sorprendió en lo más mínimo que la puerta se abriera sola.

—Gracias —dijo, y subió la escalera hacia su dormitorio, donde cerró la puerta con llave.

Media hora después estaba en la cama, despierta. La alegría de la excursión de compras había desaparecido por completo y solo podía pensar en las palabras de Todd. Lo que más la cabreaba, lo que más le dolía, era que Todd tenía razón. Estaba desesperada por formar parte de una familia. Había estado coqueteando con los parientes de Jamie. No lo había reconocido hasta ese momento, pero por fin se daba cuenta de que, desde que los conoció, se había imaginado formando parte de la enorme familia Montgomery-Taggert.

Sin embargo, Todd también se equivocaba. Prefería a Jamie. Desde el día que se conocieron, habían trabajado juntos, habían hablado y habían reído como si se conocieran desde siempre. Las heridas de Jamie eran lo de menos. Su risa y su preocupación por los demás era lo que más le gustaba de él.

En cuanto a lo que había dicho Todd de que se casaría con cualquiera de ellos, desde luego que era mentira. Adam era demasiado distante. Una mujer tendría que esforzarse al máximo para llegar a conocerlo. Ian parecía que sería la mar de feliz viviendo en mitad del campo, en una tienda de campaña. En cuanto a Raine... en fin, Raine no tenía nada de malo.

Salvo que no era Jamie.

En cuanto a Todd, no le gustaba ni un pelo. ¿Cómo podía ser el hermano de Jamie? Ni siquiera se parecían. Y cuanto más tiempo pasaba con él, menos atractivo lo veía.

Claro que sabía que la opinión que tenía de ellos no era el problema. El problema era cómo la veían a ella.

A lo largo de toda la vida, siempre había tenido objetivos. El único momento en el que estuvo a punto de tirar la toalla fue cuando se enteró de que su padre había permitido que su fondo para la universidad se gastara en las numerosas clases de Shelly. Fue una discusión espantosa. Ruby se había echado a llorar y había dicho que cuando Shelly fuera una actriz, una cantante o una modelo famosa, lo devolvería todo.

—Lo recuperarás todo —le aseguró Ruby, con unos ojos que fueron preciosos en otro tiempo cuajados de lágrimas.

Hallie se llevó un mazazo. Como de costumbre, su padre lidió con el problema subiéndose al coche y marchándose. Mientras salía por la puerta, masculló:

—Lo siento, Hallie. Creía que a estas alturas el dinero ya habría sido repuesto.

Hallie sabía que Ruby lo había convencido para que creyera que Shelly siempre estaba a un pequeño paso del éxito. Claro que Ruby era lo bastante lista como para no permitir que presenciara una de las clases de Shelly.

Sin embargo, Hallie las había visto y oído. Shelly era incapaz de afinar aunque le fuera la vida en ello, no sabía actuar y era un pato mareado en las clases de baile. Ni siquiera era capaz de andar por la pasarela como le pedían en las clases para ser modelo. En opinión de Hallie, cuanto más la presionaba Ruby, peor lo hacía Shelly en las clases. De hecho, creía que lo hacía mal a propósito.

En una ocasión, después de que Hallie recogiera a su hermanastra de una clase, dijo:

—Si no quieres tener tantas clases, deberías decírselo a tu madre.

—Supongo que tú lo bordarías en todas, ¿no? —replicó Shelly con voz desagradable—. ¿Estás escondiendo una voz portentosa?

Hallie se limitó a suspirar. Era una pérdida de tiempo intentar hablar con Shelly de cualquier tema.

El espantoso día que le dijeron que el dinero que habían guardado para su formación universitaria había desaparecido,

Hallie entró en estado de *shock*. Su padre se fue enseguida. Ruby abrazaba a Shelly como si quisiera protegerla, desafiando con la mirada a Hallie para que dijera algo negativo.

Sin embargo, Hallie sabía que tener una rabieta no devolvería el dinero a su cuenta bancaria. Salió de la casa y, sin pensar siquiera en lo que hacía, cruzó la calle para entrar en la casa de los Westbrook.

Solo Braden estaba en casa. En aquella época, ya estudiaba Derecho y tenía una novia. Le abrió la puerta a Hallie, pero apenas si la miró.

—Tengo algo en la sartén —dijo él.

Lo siguió a la cocina y se sentó en uno de los taburetes que había junto a la encimera. Estaba demasiado pasmada como para hablar.

Braden volcó la tortilla en un plato.

—He vuelto a casa sin avisar, pero mi madre se ha ido de todas maneras a pasar el fin de semana fuera —explicó él—. Parece que la luna de miel ha terminado. Tengo que apañármelas solo. Lo peor de todo es que solo sé preparar tortillas, así que me como dos al día. —Puso el plato delante de Hallie—. Anda, cómetela.

—No puedo. Es... —Temía seguir hablando porque se echaría a llorar—. Si tu madre no está en casa, debería irme.

—No —repuso él con firmeza—. Los dos tenemos que comer porque necesitamos fuerzas para lo que está por llegar.

Hallie lo miró.

—Sé que no soy mi madre, pero vas a contarme con todo lujo de detalles lo que Shelly y Ruby te han hecho esta vez.

Hallie lo miró, espantada.

—No puedo... —susurró.

—¿No puedes hablar con un amigo? No me lo creo. ¿Eres lo bastante mayor para beber café?

—Tengo dieciocho.

—¿En serio? —preguntó Braden. Le dio la espalda mientras

preparaba otra tortilla. En el tostador, el pan saltó cuando estuvo listo—. ¿Puedes sacarlo? Y échale mucha mantequilla a la mía. Necesito la energía para contarte lo que me ha hecho mi novia.

Hallie se bajó del taburete y se acercó al tostador.

—¿Qué te ha hecho?

—No. Tú primero, pero seguro que te gano, me cuentes lo que me cuentes.

—Mi padre ha dejado que Ruby y Shelly se gasten el fondo que mis abuelos crearon para mí. No sé cómo voy a pagar la universidad.

Braden se quedó parado con el plato en la mano mientras la miraba fijamente.

—Hallie, eso es muy gordo. ¿Ha volado todo?

—Hasta el último centavo.

—¿Tu padre se ha ido?

—Tan deprisa que seguramente a estas alturas ya esté en Tejas.

Braden meneó la cabeza.

—Menuda familia la tuya. Vamos, llevémonos la comida al estudio. Tenemos que dar con la manera de conseguir que tu diminuto cerebro vaya a la universidad.

Lo siguió por el pasillo y pasaron horas decidiendo lo que Hallie iba a hacer. Braden hizo unas cuantas llamadas y buscó por internet.

Al final, Hallie no consiguió matricularse en la universidad que había soñado, pero sí consiguió ir. Y le fue tan bien que consiguió una beca parcial para el segundo curso. Sin embargo, el verano posterior a su primer curso, Ruby y su padre murieron en un accidente de coche y tuvo que dejar de lado su formación para cuidar de Shelly.

Cuando escuchó los pasos de Jamie en la escalera, regresó al presente. Pese a las muletas y a la rodillera, hacía poco ruido. Lo escuchó entrar en su dormitorio y abrir el grifo de la ducha. Tras un breve silencio, escuchó que bajaba de nuevo.

Unos pocos minutos después, Jamie volvía a subir la escalera, pero con paso titubeante. Lo primero que se le pasó a Hallie por la cabeza fue que otra vez se había lesionado la rodilla, y la asaltó el impulso de correr hacia él. Pero no lo hizo.

Cuando Jamie llamó con suavidad a su puerta, no respondió, pero tenía la sensación de que escuchaba a Todd gritar en su cabeza. Repitiendo sin cesar lo que había dicho.

—¿Hallie? —dijo Jamie—. He preparado un poco de té. Tiene mucha leche, como nos gusta.

«No seas cobarde», se dijo antes de levantarse de la cama. Descolgó la bata que estaba al fondo del armario, se la puso y abrió la puerta.

Para su consternación, Jamie iba sin camiseta. Llevaba unos pantalones de deporte que a duras penas se le quedaban en las caderas. Con un ligero tironcito del cordón, caerían al suelo. Pese a todas las cicatrices, estaba tan bueno que se le desbocó el corazón. Si las palabras de Todd no siguieran resonando en su cabeza, se lo llevaría a rastras a la cama.

Pero no lo hizo. En cambio, esbozó una sonrisa serena y le quitó las dos tazas de té de las manos.

—¿Cómo has conseguido subir la escalera con las muletas y esto en las manos?

—Juliana y Hyacinth las subieron por mí.

No se echó a reír al escucharlo, y cuando Jamie dio un paso al frente como si fuera a entrar en su dormitorio, Hallie pasó a su lado y fue a la sala de estar. Se sentó en el asiento acolchado, dejó una taza en el alféizar de la ventana y empezó a beber de la otra.

Se percató de que Jamie fruncía el ceño mientras se volvía y se sentaba en el otro extremo del asiento.

—¿No tienes frío? —le preguntó ella.

—Sigo sudando. Hoy he hecho entrenamiento doble. El primero fue con Todd y con Raine.

«Mi enemigo y mi supuesto amante», pensó, pero no lo dijo en voz alta.

—Siento no haber trabajado en tu rodilla hoy.

—Lo que hiciste esta mañana fue la mejor terapia que he recibido.

—Supongo que soy buena en mi trabajo. —Incluso ella notó la rabia subyacente en su voz.

—¿Estás bien? ¿Ha pasado algo?

—Tengo nostalgia de mi casa —dijo—. Supongo que estar con tu familia me hace echar de menos a la mía. El cumpleaños de mi padre es dentro de unos días y lo echo muchísimo de menos. Solíamos ir desde Boston a Fort Lauderdale para ver a mis abuelos. Pasábamos toda una semana con ellos.

—¿De verdad? —Jamie parecía sorprendido—. Nunca hablas de tu padre ni de tu madrastra, ni de Shelly.

—Supongo que es verdad. A lo mejor se debe a la muerte de mi madre, pero mi padre y yo estábamos muy unidos. Me compró un móvil cuando tenía cinco años y me llamaba todos los días. Cuando me hice mayor, me incluyó en su trabajo. A los diez años, ya era prácticamente su secretaria.

—¿No es pedirle demasiado a un niño?

—¡Me encantaba! —exclamó Hallie—. Hacía que me sintiera necesitada. Llamaba y me decía que tenía una pregunta sobre un medicamento. Sabía que yo me habría leído toda la información, así que conocía la respuesta. Mis profesores se reían al escucharme soltar los principios activos de los medicamentos. Hicieron una campaña antidroga en mi colegio y me llamaron para que diera consejos.

—No tenía ni idea —repuso Jamie.

Se había apoyado en un cojín y estaba para comérselo. No tenía ni un gramo de grasa. La única luz era la procedente del dormitorio, que se filtraba a través de la puerta abierta, y resaltaba sus músculos. Habría sido facilísimo soltar la taza e inclinarse hacia delante. Conocía lo que se sentía al pasar las manos por su piel.

Pero no, las palabras de Todd resonaban con más fuerza en su cabeza.

Jamie se pasó una mano por el abdomen desnudo.

—Oye, creo que yo también he perdido peso. —Como Hallie no hizo comentario alguno, añadió—: ¿Qué me dices de Ruby?

Hallie soltó una carcajada seca.

—¡Menudo personaje! Nunca limpiaba, era incapaz de cocinar y no comprendía el concepto de organización, ¡pero era graciosísima! Si nevaba, nos sacaba a Shelly y a mí a la calle para hacer muñecos de nieve, que adornábamos con todas las joyas que Ruby tenía. Nuestra muñeca de nieve era toda una dama con pendientes de circonitas de diez centímetros y tiara.

Jamie la miraba, sorprendido.

—Tenía la impresión de que las cosas en tu familia eran distintas. ¿Qué me dices de tu hermanastra?

Hallie tardó en contestar. Si bien podía edulcorar la imagen de Ruby y de su padre, sabía que le faltaba la creatividad necesaria para lavar la imagen de Shelly.

—Aprendimos a vivir juntas —dijo Hallie—. Pero siempre conté con Braden y con su madre, que vivían enfrente, e hicieron que la vida fuera soportable.

—Braden parece haber jugado un papel muy importante en tu vida.

Hallie vio cómo Jamie apretaba los dientes al pronunciar el nombre y se alegró.

—Pues sí. Cada vez que Shelly me hacía una jugarreta, Braden estaba allí para hacerme reír. Me decía lo lista que era y lo bien que le caía yo a los demás. Es un hombre honrado y muy cariñoso.

—Supongo que te alegrarás de verlo cuando llegue —replicó él en voz baja.

—Me muero de ganas.

Cuando miró a Jamie a los ojos, vio algo parecido al dolor.

De no haber oído lo que Todd había dicho, le habría contado que Braden siempre la había tratado como a una niña aun siendo ya una adulta.

Sin embargo, no tranquilizó a Jamie y esperó en silencio. Si había una posibilidad de que existiera algo permanente entre ellos, ¿no sería lógico que dijera algo? Aunque solo fuera de forma velada.

Pero Jamie se quedó callado.

Hallie dejó la taza vacía en el alféizar de la ventana y se levantó.

—Tengo que volver a la cama. Gracias por el té. Ha sido un gesto muy amable.

—Has dicho que tienes nostalgia de tu hogar, pero las personas que quieres... ya no están. ¿Eso quiere decir que en realidad echas de menos a Braden?

—Supongo que sí —contestó Hallie, aunque era mentira. Pero dejar que Jamie creyera eso era mejor que el hecho de que creyera lo que Todd le había dicho, que estaba desesperada por su familia. ¡Qué palabra más espantosa! «Desesperada.» Se detuvo junto a la puerta del dormitorio—. Tengo que pedirte un favor.

—Lo que sea —dijo él.

La expresión de sus ojos la instaba a acercarse a él. Era una especie de vacío que ya había atisbado en otras ocasiones, pero que nunca duraba mucho tiempo. En ese momento, parecía haberse instalado de forma permanente.

—¿Podrías pedirle a tu familia que no venga mañana?

Los ojos de Jamie relucieron.

—¿Quieres que nos quedemos aquí los dos solos? A mí también me gustaría. Podríamos...

—No, no me refería a eso. Todo esto... —Hizo un gesto con la mano para abarcar la casa—. Todo esto me ha hecho reflexionar. Estoy soltera y sin compromiso, y tengo buenas referencias. Puedo vivir en cualquier parte de Estados Unidos. ¡No! En cualquier parte del mundo. Así que voy a intentar buscar traba-jo en un sitio estupendo. ¿Crees que tu padre podría darme una carta de recomendación?

—Sí. Todos los miembros de mi familia te darían cartas de recomendación estupendas. Mis tíos conocen a gente que po-dría ayudarte a encontrar trabajo... si es lo que quieres. —Su voz tenía un deje resignado, como si supiera que acababa de perder algo importante.

—Es muy amable, pero no, gracias. Me gustaría que me con-tratasen por méritos propios, no porque conozco a la gente ade-cuada. Estaba pensando que, dentro de una semana, te habrás curado lo suficiente para no necesitar supervisión las veinticua-tro horas. En cuanto te vayas, yo podré marcharme y hacer cual-quier cosa. Ver mundo. —Lo miró con la sonrisa más dulce de la que fue capaz—. Tengo una deuda con tu familia. Entre todos me habéis hecho ver las posibilidades. Buenas noches. Nos ve-mos mañana.

Jamie no replicó, se quedó mirándola.

Hallie entró en el dormitorio y cerró la puerta tras ella. Mientras se apoyaba en la madera, fue incapaz de contener las lágrimas que asomaron a sus ojos. Quería saber si podría haber algo más que una relación profesional entre James Taggert y ella, y por fin conocía la respuesta. Parecía que el ataque de ce-los por Braden había sido solo eso. Un macho que marcaba su territorio.

Lo de buscar trabajo en otra parte fue una idea que se le ocu-rrió en ese momento. ¿Qué esperaba que dijera Jamie? «¿No, no te vayas. Quédate conmigo y conozcámonos mejor?»

¡Menuda ridiculez!

Pero aunque las palabras de Todd le habían hecho mucho daño, sobre todo lo referente a su padre, también recordaba lo que había dicho acerca de su trabajo. A lo mejor no era lo bastan-te buena para formar parte de su ilustre familia, pero era buena en su trabajo. Había usado palabras como «magia» e «increíble».

Se metió en la cama y apagó la luz, pero no se durmió. Esperó hasta escuchar que Jamie regresaba a su dormitorio. Andaba con paso más lento, como si le doliera la pierna. Solo al escuchar que soltaba las muletas comenzó a relajarse.

—¿Ya estáis contentas? —susurró en la oscuridad, dirigiéndose a los fantasmas que habitaban la casa—. Vaya casamenteras...

Tenía ganas de echarse a llorar, pero después empezó a tranquilizarse. Cuando se enteró de que las Damas del Té se aparecían solo ante las personas que todavía no habían encontrado su Amor Verdadero, supuso de inmediato que el suyo era Braden. Solo tenía que demostrarle que había crecido y él se daría cuenta de lo compatibles que eran. Disfrutarían de una vida llena de risas y de buenos momentos. Se conocían, se comprendían. Así que ¿por qué no ir un paso más allá?

—¿Es eso? —susurró—. ¿Me estaba acercando demasiado a Jamie? ¿Me estaba olvidando de Braden? ¿Es mi Amor Verdadero?

Fue incapaz de permanecer despierta. Mientras escuchaba el frufrú de una falda de seda, el sueño se apoderó de ella. No se despertó a las dos de la madrugada, y si Jamie tuvo una pesadilla, no se enteró.

18

Hallie dejó en la mesa los documentos que acababa de imprimir y se acomodó en la silla. Tenía los hombros tensos después de haber pasado casi todo el día delante del ordenador. Cuando se despertó esa mañana, se propuso mantenerse todo lo distante de Jamie que fuera posible. Se comportaría con él de forma profesional y nada más. Nada de bromas ni de tomaduras de pelo. Se limitaría a hacer su trabajo de la mejor manera posible.

Jamie había accedido a su petición y su familia se había mantenido apartada, de manera que habían pasado el día solos.

A primera hora de la mañana, tuvieron la primera sesión de rehabilitación de la rodilla de ese día. No fue un masaje, sino ejercicios de terapia. Se percató de que su cuerpo estaba tenso otra vez, pero no hizo nada al respecto para aliviar dicha tensión.

Jamie solo hizo un comentario referente a su silencio.

Estaba observándolo mientras él levantaba peso con la pierna y comprendió que le dolía porque tenía la frente llena de sudor. Sin embargo, no se quejó. Lo que dijo fue:

—Si quieres hablar, estoy aquí.

A modo de respuesta, Hallie lo miró con serenidad, pero no dijo nada.

Desde que se conocieron, él había sido el centro de atención, y por un buen motivo. Sus heridas de guerra, el accidente mientras esquiaba, sus temores, todo eso tenía prioridad.

Sin embargo, ese día ella había sido la protagonista. Jamie había dejado a un lado lo que sintiera por el hecho de que quisiera solicitar otro trabajo y se había propuesto ayudarla. Había hecho algunas llamadas y había conseguido información. Su tío Frank había hecho algunas sugerencias muy buenas.

—El problema es que tengo poca experiencia como fisioterapeuta —reconoció Hallie mientras le echaba un vistazo a su currículo actualizado—. En masajes, sí. Y también he trabajado a tiempo parcial en un hospital con un tutor estupendo, pero...

—Deberías incluir lo que hacías con tu padre —sugirió Jamie.

—¿Cómo voy a poner eso en el currículo? ¿Quieres que ponga que cuando tenía catorce años el director me llamaba para preguntarme sobre las drogas que habían encontrado en un registro ilegal de las taquillas de los alumnos? Los chicos guardaban oxicodona en botes con etiquetas correspondientes a antihistamínicos. —Miró a Jamie con los ojos como platos.

—¿Crees que el director te daría una buena recomendación?

—Más bien sería fantástica. —Se volvió hacia el monitor—. Gracias —dijo.

Jamie estuvo todo el día en la estancia, leyendo una de sus novelas policíacas preferidas. Era natural comentar con él lo que estaba escribiendo o descubriendo en sus búsquedas por internet.

—¿Qué tal San Francisco? —le preguntó—. Podría buscar trabajo allí.

—Una ciudad preciosa. Difícil para conducir por las cuestas, pero muy bonita.

—Portland también me gusta. O tal vez debería ir al sur. Arizona, quizá. O California.

—Todos tendrán suerte si los eliges —le había dicho él, tras lo cual había seguido leyendo.

Solo en una ocasión Jamie sugirió Colorado.

—A mi familia le encantaría si vivieras allí.

Las palabras que había dicho Todd regresaron a la mente de Hallie y su rostro lo demostró.

—Vale —dijo Jamie, que levantó las manos en señal de rendición—. Lo pillo. Ya te has cansado de nosotros.

—Tu familia es estupenda —replicó Hallie—, pero quiero hacerlo por mi cuenta. —Al ver que Jamie se limitaba a asentir con la cabeza, Hallie pensó en lo sorprendente que era el hecho de soltar un topicazo y que alguien se lo creyera.

En cualquier película o serie de televisión había una chica espabilada afirmando que quería abrirse camino por sus méritos, de manera que cuando ella decía lo mismo, nadie parecía dudarlo.

Sin embargo, en el fondo no quería abrirse camino por su cuenta. Le encantaría contar con algo de ayuda y conseguir un trabajo en algún sitio donde conociera a alguien. ¿Cómo iba a lograrlo sola? ¿Cómo iba a conseguir un apartamento, amueblarlo, conocer a gente, hacer vida social y también labrarse una vida laboral? ¿O debería quedarse en Nantucket e intentar conocer gente en la isla?

Eso sí, no permitió que Jamie se percatara de sus dudas.

Cuando llegó la tarde, había enviado más de veinte mensajes de correo electrónico solicitando ayuda. Le había pedido a gente que le diera cartas de recomendación, había preguntado por posibles puestos de trabajo en diversas instituciones, e incluso había impreso algunas páginas de lugares donde vivir en algunas ciudades muy elegantes. Sin embargo, la idea de dejar su casa de Nantucket le provocaba una enorme tristeza.

A la hora de cenar, y después de que prepararan juntos la comida, Jamie le recordó que la boda de Jilly se celebraba al día siguiente.

—¿Quieres acompañarme?

—No sé si debería ir —contestó ella.

—Mamá ha enviado un vestido para que te lo pongas. Me dijo que era precioso.

—No puedo aceptar...

—Es un préstamo —la interrumpió Jamie, que parecía nervioso—. No un regalo. Es de una de mis primas y podrás devolverlo pasado mañana. —Le cubrió una mano con una de las suyas—. Hallie, por favor, dime qué hemos hecho mi familia o yo para ofenderte.

Ella apartó la mano.

—Nada. Todos sois perfectos. Es una auténtica alegría miraros y tenéis personalidades interesantes. No tenéis ni un solo defecto.

—Vale —replicó él—. Pero que sepas que la tía Jilly se ofenderá si no asistes. ¿Qué pasó entre vosotras la noche que ella y el tío Kit vinieron a cenar? Me ha llamado dos veces preguntando por ti.

—Nada —respondió, incapaz de mirarlo a los ojos. Aunque algunas mujeres de la familia estuvieran al tanto del embarazo, pocos de los hombres lo sabían. Y hasta que no supiera que Ken ya estaba al tanto, no pensaba decir una sola palabra.

—Vale —repuso Jamie, que se levantó de la mesa.

—¿No quieres postre?

—No, gracias —rehusó—. Deja todo esto así, que yo lo recojo luego. Voy un rato al gimnasio.

Hallie, por supuesto, no dejó que fuera él quien recogiese la cocina. Una vez que estuvo todo en orden, se detuvo a pensar qué podía hacer. La enorme pantalla de televisión seguía aún en el salón y podía ver algo, o podía ir al salón del té y leer todo lo que Cale había descubierto.

Sin embargo, no soportaba la idea de entrar en la estancia. La ropa de Jamie seguía allí, en el sofá, y no quería ni verla. La ropa que había comprado para ella aún estaba en las bolsas, en su dormitorio.

Como siempre, cuando Jamie no estaba cerca, la casa parecía

muy grande y vacía. «Como mi vida», pensó, pero desterró el pensamiento al instante.

Eran las nueve de la noche y Jamie aún no había regresado a la casa. Hallie sintió la tentación de ir al gimnasio, pero no lo hizo. En cambio, subió a la planta alta y se metió en la cama con la intención de leer una de las novelas que tenía en su lector de eBook. No obstante, se quedó dormida al instante y ni siquiera oyó a Jamie cuando subió la escalera.

La despertó un golpe. Al principio, no sabía lo que era y siguió tendida en la cama hasta que se dio cuenta de que estaban llamando a la puerta principal.

—¡Jamie! —exclamó, pensando que le había pasado algo. Salió de la cama de un salto y corrió hacia la escalera.

Sin embargo, vio que Jamie estaba a mitad de camino, aferrado al pasamanos y sin las muletas. Cuando se volvió para mirarla, Hallie vio que tenía la cara demudada por la preocupación y comprendió que estaba pensando que algo malo le había pasado a alguien de su familia.

—Quédate ahí —le dijo—. Yo me encargo.

—Tu familia no llamaría —señaló ella mientras pasaba corriendo a su lado y abría la puerta.

Descubrió a un chico que podría ser universitario, pero al que no conocía. La sonrisa tonta que tenía en los labios le indicó que había estado bebiendo.

—Nos dijo que se quedaba en Hartley House. Nos ha costado encontrar el sitio. —Hablaba con dificultad—. Si eres Hallie, dice que te quiere.

—¿Quién dice eso? —quiso saber ella.

Jamie estaba detrás de ella y abrió la puerta de par en par. Como era más alto, pudo ver por encima de la cabeza del desconocido. Tras él había dos chicos más que sostenían a un tercer hombre. El susodicho tendría unos treinta años, llevaba un traje arrugado, tenía el pelo rubio oscuro y era evidente que estaba como una cuba.

—¿Cuánto ha bebido?

—Mucho —contestó el chico—. Nos dijo que quería regresar a la universidad y empezar de nuevo.

—¿¡Quién!? —gritó Hallie.

El chico se apartó.

—¡Braden! —Hallie corrió hacia él.

—Hallie —la saludó Braden con una sonrisa y los ojos casi cerrados—. Eres muy guapa. No recuerdo que fueras tan guapa. —Sonrió y miró a los tres chicos que lo rodeaban—. ¿No os dije que era genial?

—Sí, lo dijiste —contestó el chico que había llamado a la puerta mientras la miraba con admiración antes de clavar la vista en Braden—. ¿Podemos dejarlo contigo?

—Llevadlo arriba, al dormitorio de la izquierda —contestó Jamie.

—Pero ese es tu dormitorio —protestó Hallie.

—Tengo la impresión de que querrás estar cerca de él esta noche y no hay sitio para que duermas abajo.

—Pero tú... —Se hizo a un lado para dejar que los chicos arrojaran de mala manera el equipaje de Branden al interior de la casa y lo subieran a empujones por la escalera.

—No te preocupes por mí —dijo Jamie—. Tú cuida a tu amigo.

En parte, Hallie se alegró de escuchar las palabras de Jamie, pero también se enfadó. ¿Adónde se habían ido aquellos celos tan maravillosos?

—¡Y ponte ropa! —añadió Jamie.

Hallie se echó un vistazo. La camiseta de manga corta que llevaba le dejaba las piernas a la vista. Cuando subió la escalera delante de Jamie, tal vez contoneó las caderas algo más de la cuenta.

Entró en su dormitorio para ponerse unos vaqueros y maquillarse un poco la cara de dormida que tenía. ¡Era Braden! ¡Estaba en Nantucket!

Cuando salió al distribuidor, los universitarios acababan de salir del otro dormitorio.

—Ese tío sí que sabe —comentó uno de ellos.

—¿Braden? —preguntó Hallie—. ¿Os ha ofrecido algún consejo legal?

—¿Él? No. —Se echaron a reír—. Nos ha dicho que nos mantengamos alejados de las mujeres toda la vida.

—Lo ha pasado mal últimamente —replicó Hallie—. ¿Necesitáis que os lleve a algún sitio en coche?

—No, iremos andando. —Bajaron la escalera y se detuvieron al llegar abajo—. Es demasiado mayor para emborracharse así. Será mejor que lo obligues a quedarse en casa contigo.

—Lo haré, gracias —repuso Hallie. Cuando se marcharon, entró en el dormitorio de Jamie.

Braden estaba en la cama, incorporado sobre los codos y sonriendo.

—Ha vomitado fuera —dijo Jamie—, así que mañana estará mejor. Le hemos quitado la ropa y le he prestado una de mis camisetas. Todavía apesta, pero no estaba dispuesto a meterlo en la ducha y lavarlo. —La miró—. A lo mejor a ti sí te gustaría hacerlo.

—Paso, pero gracias por todo lo que has hecho. No me gusta que tengas que salir de tu cama. ¿Quieres dormir en la mía?

Jamie tardó un poco en contestar.

—Aceptaré la invitación cuando tú duermas conmigo. —Se apartó de ella—. Te dejo con él. Intenta que beba agua. Aunque estoy seguro de que ya sabes lo que tienes que hacer. —Salió del dormitorio.

—Hallie —dijo Braden en cuanto se quedaron solos.

—¿Cómo estás? —le preguntó ella mientras se inclinaba. Jamie tenía razón. ¡Apestaba!

—He estado mejor.

Hallie fue al cuarto de baño, cogió una manopla que empapó con agua fría y regresó junto a la cama para ponérsela a Braden en la frente. Consideró la idea de acercar un sillón a la cama, pero la descartó porque era muy bajo. De modo que se sentó en el borde del colchón, sobre el cobertor.

Braden tenía los ojos rojos y parecía incapaz de enfocarlos. Le cogió una mano y le besó el dorso.

Hallie se inclinó hacia él y le apartó el pelo de la frente. Era de un precioso tono rubio. Cuando era más joven, casi lo tenía blanco. A su madre le encantaba decir que siempre lo elegían para que hiciera de ángel en las representaciones del colegio. En cuanto a ella, le encantaba tocarle el pelo, la cara y el cuello.

Braden le besó la mano otra vez.

—He complicado las cosas.

—¿Qué cosas?

—Mi vida.

Hallie soltó una carcajada.

—Qué va. Tu madre dice que estás a punto de que te nombren socio y vas a ser el más joven del bufete en conseguirlo.

Braden agitó la mano en el aire.

—Ese soy yo. El mejor abogado de Boston. Gano todos los casos. Así equilibro mi vida, porque en la faceta personal lo pierdo todo. ¿Sabes que les he propuesto matrimonio a tres mujeres?

—Sí —contestó ella.

Braden gimió.

—Por supuesto que lo sabes. Mi madre te lo ha dicho. Una me dijo que no y las otras dos dijeron que sí, pero luego me dejaron tirado. Debería comprar anillos de compromiso al peso. Se lo comentaré al joyero. Con todos los que compro, debería invertir en una mina de diamantes.

—¿No te devolvieron los anillos? —quiso saber Hallie.

—La última sí. —Con un gemido, señaló sus vaqueros, colgados en el respaldo de una silla—. Mira en el bolsillo.

Hallie se bajó de la cama y buscó en los bolsillos hasta que dio con el anillo. Relucía a la luz de la lámpara. En el centro había un diamante rodeado por lo que parecían docenas de diamantes más pequeños. Además de rodear el diamante más grande, descendían por los laterales.

«Hortera» fue la primera palabra que se le ocurrió nada más verlo.

—¿Zara... se llamaba Zara? ¿Fue ella quién eligió esto?

—Sí, fue ella —confirmó Braden.

—Creo que a Shelly le encantaría —comentó Hallie mientras regresaba a la cama, junto a él.

Braden gimió.

—Esa es tu peor sentencia.

Hallie estaba jugando con el anillo.

—Me dijiste que habías llevado a Shelly al bufete.

—Sí. Pero si te cuento la verdad, me odiarás.

Hallie cogió una botella de agua que estaba sobre la mesilla y le sostuvo la cabeza a Braden mientras bebía.

—No, no te odiaré.

Él le besó la palma de la mano.

—¿Por qué no puedo casarme con alguien como tú?

—No tengo la menor idea —respondió Hallie con seriedad—. En mi opinión, ese es uno de los grandes misterios del universo.

Braden se echó hacia atrás para mirarla y parpadeó en un intento por enfocar la mirada.

—Estás distinta. Ha pasado algo. Has cambiado.

—A lo mejor el hecho de salir de la casa donde crecí me ha hecho ver las cosas de otra manera.

Braden la estaba mirando.

—Te veo muy bien. Y me refiero a que estás muy, muy bien.

Hallie sintió que se ruborizaba.

—Todo parece estupendo cuando se está borracho. Bueno, ¿qué pasó con Shelly como para que yo acabe odiándote?

Braden volvió la cara.

—La utilicé. La utilicé, simple y llanamente.

—¿Sexo? —Hallie trataba de parecer una mujer de mundo, pero estaba clavándose las uñas en las palmas de las manos.

—¡Madre mía, no! ¿Por quién me has tomado? Utilicé a Shelly para no parecer un fracasado. Le puse unos zapatos de diez centímetros de tacón, un traje de Chanel y la llevé al trabajo para lucirme a su lado. Quería que Zara viera que no lo estaba pasando mal por que me hubiera cambiado por un diamante más grande, una casa más grande, una vida más grande. —Soltó el aire de golpe—. Pero me salió el tiro por la culata. Shelly le tiró los tejos a uno de los socios. Cuando él me lo contó, me dijo que si quería llegar a ser socio, necesitaba otro tipo de mujer como esposa. Me dijo que debería buscar a alguien que creara un hogar para mí, alguien capaz de ejercer de anfitriona para los clientes. Alguien con quien pudiera tener hijos. —La miró—. Se refería a alguien como tú, Hallie.

Ella se echó a reír.

—Soy la vecina. Con la vecina solo se casan los hombres que vienen de otro lado. A ellos les parecemos exóticas.

Braden le cogió las manos.

—He pensado en ti durante estos últimos días. Eres perfecta. Siempre lo has sido. Y siempre te he querido. Lo sabes, ¿verdad? Y eres una santa. Te hiciste cargo de tu familia sin quejarte siquiera.

—Nunca he dejado de quejarme. Pregúntale a tu madre. Ella ha sido mi paño de lágrimas. —Hallie hizo ademán de bajarse de la cama, pero él se lo impidió aferrándole una mano.

—¿Tienes el anillo?

Se lo entregó y él se lo colocó en el anular de la mano izquierda.

—Piénsalo, ¿quieres?

—Creo que esta es la mejor proposición matrimonial que un borracho me ha hecho en la vida.

A Braden se le estaban cerrando los ojos.

—¿Te han hecho muchas? Te lo pregunto porque yo lo hago

como el que come pipas. Cásate conmigo, sé la madre de mis hijos, vive en una casa de cuatro dormitorios y tres cuartos de baño, sal a cenar conmigo los viernes por la noche y ven a ver cómo entreno al equipo de fútbol infantil. ¿Por qué a las mujeres de hoy en día les repele tanto todo eso?

—No tengo la menor idea —contestó Hallie con sinceridad mientras se ponía en pie, le quitaba la manopla de la cabeza y lo arropaba.

—Dime que sí —murmuró Braden—. Últimamente he escuchado muchas negativas.

—Sí —dijo ella—. Mañana por la mañana no recordarás nada de esto, así que acepto. Y ahora duérmete para que puedas acompañarme mañana a la boda.

—Shelly me dijo que los colores de su boda serían el morado y el verde. ¿Quedan bien?

—¿Qué hacíais Shelly y tú hablando de sus planes de boda? —quiso saber, pero Braden ya estaba dormido.

—¿Se puede saber qué narices te has puesto? —masculló Jamie entre dientes cuando Hallie entró a la mañana siguiente en la cocina.

Ella se miró los vaqueros y la camiseta de manga corta, sin entender a qué se refería.

—Me cambiaré antes de la boda. Espero que tú también lo hagas. —Jamie llevaba unos pantalones de deporte y una camiseta de manga larga, dos prendas que le tapaban todo el cuerpo como era habitual.

Jamie se dio media vuelta, le cogió la mano izquierda y se la levantó.

—¿Qué es esto?

El enorme anillo de compromiso brilló a la luz de la mañana.

—¡Ah! Eso. No he podido quitármelo. ¿Quedan más muffins de arándanos? Creo que a Braden le gustarían. —Intentó pasar junto a Jamie, pero él no se movió. Se limitó a quedarse plantado, mirándola.

—¿Estás pensando casarte con él?

Hallie soltó una carcajada mientras lo rodeaba y echaba a andar hacia el frigorífico.

—Es posible. Me lo ha pedido y le he dicho que sí, así que a lo mejor lo hago. Pero, claro, estaba borracho. Si te hubieras quedado un rato más, a lo mejor te lo habría pedido a ti.

Jamie se quedó plantado en mitad de la cocina, echando chispas por los ojos.

—Si crees que esto es una broma, ¿por qué llevas el anillo?

Hallie estaba buscando comida en el frigorífico. Necesitaba ir a comprar. Con dos hombres que alimentar en la casa, tendría que comprar un montón de cosas. Cuando cerró la puerta, se encontró con Jamie al lado.

—¿Hallie? —dijo él como si estuviera recurriendo a toda su paciencia para hablar con ella—. ¿Qué está pasando?

Hallie vio una cesta cubierta por una servilleta grande, con un surtido de muffins. También había una tetera caliente. Cuando se sentó y empezó a comer, Jamie tomó asiento a su lado. Estaba esperando a que ella hablara.

Hallie suspiró. Estaba claro que no iba a dejar el tema.

—Braden lo ha pasado mal últimamente. Bueno, tal vez no últimamente. Más bien desde que se fue a la universidad. Supongo que podría decirse que no tiene suerte en el amor.

—¿Me estás diciendo que unas cuantas mujeres le han dado calabazas y que ahora va detrás de ti?

—Sí, quiero decir, no. Anoche estaba de bajón, eso es todo, y me enseñó el anillo que le habían devuelto.

—¿Y te lo pusiste?

—En realidad, él me lo puso en el dedo. Intenté quitármelo antes de acostarme, pero se me quedó atascado y esta mañana tampoco he podido quitármelo. —Levantó la mano—. ¿Qué te parece?

—Hortera. Llamativo. No te pega. ¿Te importa si intento quitártelo?

—Adelante.

Jamie la invitó a que se levantara y la llevó hasta el fregadero donde pasaron casi media hora intentando quitarle el anillo. Lo intentó con jabón en pastilla, con jabón líquido, con aceite, con mantequilla y con grasa de beicon. Nada logró sacar el anillo.

Hallie mantuvo la sonrisa en todo momento. Le gustaba estar cerca de Jamie, le gustaba ver lo concentrado que estaba en quitarle el anillo.

—Creo que tengo el dedo hinchado —dijo— y hasta que no vuelva a la normalidad, no podré quitarme el anillo.

—Hay una caja de herramientas en...

—¡No! —gritó ella, que cerró el puño y levantó la mano—. ¿Podemos limitarnos a desayunar, por favor? ¿A qué hora es la boda?

—A las diez. Ya te enseñé la iglesia. Después de la ceremonia, nos trasladaremos a la capilla de Alix para la recepción. Han instalado carpas muy grandes.

—Suena genial. ¿Habrá música?

—Hasta la madrugada. Háblame de ti y de Braden. ¿Él es el motivo por el que ayer estabas enfurruñada?

—¡Yo no estaba enfurruñada! Solo quería... —No pensaba ponerse a la defensiva—. Braden es mi amigo y siempre ha estado ahí para ayudarme. Cada vez que me pasaba algo malo... o bueno, podía contar con él. Ni siquiera habría ido a la universidad de no haber sido por él.

—¿Qué hizo?

—Es una historia larga y aburrida, pero de no haber sido por él, seguramente habría pasado del instituto a trabajar en una hamburguesería. Pero además de todas las cosas importantes, Braden me enseñó a montar en bicicleta. Cuando se me rompía un juguete, él me lo arreglaba. Una vez, cuando estaba en el instituto, se enteró de que iba a salir con un chico que él conocía y

303

fue a buscarme. Sabía que ese chico solía alardear de lo que hacía con las chicas en el asiento trasero del coche de su padre. En aquel momento, me enfadé mucho con él, pero después me enteré de que estuvo a punto de violar a una chica. Braden me salvó. ¿Lo ves? Entre nosotros hay una historia muy larga.

—Me recuerda a mi hermana pequeña y a mí —comentó Jamie—. La acompañé la primera vez que montó a caballo y la primera vez que saltó obstáculos con su poni. Me he convertido en un experto a la hora de arreglar muñecas descabezadas. Incluso puedo hacerle una trenza a una Barbie.

—Pero vosotros dos sois familia. Las cosas son distintas entre Braden y yo.

—Eso parece —replicó Jamie—, si te ha propuesto matrimonio. ¿Ya habéis fijado la fecha? ¿Habéis elegido los colores de la boda?

Hallie se levantó de la mesa.

—Eres un capullo y no quiero seguir hablando de esto. Mañana iré al hospital y preguntaré si tienen alguna vacante temporal libre. —Dejó los platos en el fregadero.

Jamie se acercó a ella.

—Es imposible que estés pensando en regresar a Boston para vivir en una casita preciosa con él. ¿Eso es lo que de verdad quieres? ¿Un lugar sin fantasmas? ¿Sin molestos primos desnudos? ¿Sin un hombre al que se le vaya la pinza cuando escucha un golpe fuerte?

—¡Ya vale! —exclamó Hallie—. Braden es... —No estaba segura de cómo sucedió, pero, de repente, el enfado se transformó en pasión.

Jamie la atrajo hacia él y la besó. Al principio, fue un beso dominante y ella trató de alejarse. Sin embargo, sentir ese cuerpo tan grande junto al suyo despertó el deseo de pegarse a él. Los labios de Jamie empezaron a besarla con suavidad y el beso se tornó más apasionado. Sintió el roce de su lengua contra la suya.

Se le olvidó dónde estaba y quién era. Solo importaban ese hombre y ese momento.

Jamie la levantó del suelo y la sentó en la mesa sin que ella protestara. Le introdujo las manos bajo la camiseta y le desabrochó el sujetador. Dejó de besarla el tiempo justo para pasarle la camiseta por la cabeza, de modo que se quedó desnuda de cintura para arriba. Al cabo de un segundo, él también estaba sin camiseta.

Sintió aquel torso tan precioso, aun lleno de cicatrices, pegado a sus pechos. El roce ardiente de su piel desnuda contra la suya.

El corazón le latía a toda pastilla y apenas podía respirar. Jamie le estaba besando los pechos, el cuello y después regresó a los labios. Lo único que Hallie quería era que el resto de la ropa que los cubría desapareciera.

—¿Hallie? —escuchó que la llamaba Braden—. ¿Dónde estás?

Tardó unos segundos en recordar dónde estaba y quién la estaba llamando. Le dio un empujón a Jamie, pero vio que él tenía los ojos vidriosos, como si estuviera en otro mundo.

—¡Jamie! —masculló en voz baja—. ¡Suéltame! —Lo empujó con fuerza—. Aquí —dijo, dirigiéndose a Braden mientras se agachaba y se bajaba de la mesa para alejarse de Jamie. Tras coger la camiseta corrió hasta la despensa. En ese momento, recordó que su sujetador nuevo de encaje rosa y negro seguía en la cocina, colgado del respaldo de una silla.

Asomó la cabeza por la puerta y miró a Jamie. Estaba poniéndose la camiseta.

—¡Eh! —exclamó al tiempo que señalaba el sujetador.

Jamie estaba a punto de cogerlo cuando Braden apareció por la puerta.

—Buenos días —dijo al entrar.

Jamie se colocó entre el recién llegado y la silla. Se llevó la mano a la espalda y cogió el sujetador.

—¿Cómo te encuentras hoy? —le preguntó Jamie a Braden mientras se alejaba hacia la despensa.

—No muy bien, pero mejor de lo que pensaba. ¿Hay café? ¿Dónde está Hallie? Esta es su casa, ¿no? —Braden se pasó una mano por la cara—. No recuerdo mucho de anoche, pero sé que la vi aquí, ¿verdad?

—Claro que la viste. Ha salido. Voy a buscarla. —Jamie entró en la despensa, cerró la puerta tras él y le dio el sujetador a Hallie—. ¡Ni siquiera se acuerda de lo que pasó anoche y tú llevas su anillo! —susurró.

—Date la vuelta —replicó ella, también susurrando.

—¿Estábamos a punto de hacer el amor por segunda vez y ahora no puedo verte?

—Un polvo en la mesa de la cocina o contra la pared no es hacer el amor. Eso son dos personas que llevan mucho tiempo a dos velas y que se descontrolan por culpa de la situación.

—Llevo «controlándome» más de dos años y he estado en situaciones más propicias que esta.

Hallie le dio la espalda para quitarse la camiseta. Después, se colocó los tirantes del sujetador y trató de abrochárselo. Sin embargo, le temblaban tanto las manos que fue incapaz de hacerlo.

—¡Quita! —exclamó Jamie, enfadado—. Déjame a mí. —Se lo abrochó en un pispás.

Hallie se volvió para mirarlo.

—Se te da muy bien, ¿no? —le soltó igual de enfadada que él.

Jamie tenía los ojos clavados en el sujetador de encaje diseñado para elevar y aumentar. Y cumplía su cometido a la perfección.

—Tengo primas —dijo en voz baja.

—¿Qué significa eso?

—Que las primas crecen con los primos. He abrochado muchos biquinis a lo largo de mi vida. —La miró otra vez a los ojos—. Eso es lo que hacen los parientes. Se ayudan unos a otros.

Hallie se pasó la camiseta por la cabeza.

—Supongo que eso significa que crees que Braden y yo estamos emparentados. Bueno, pues no lo estamos. ¿Te apartas para que pueda ir a verlo?

—Por supuesto. Vuelve con un tío que viene de rebote y que te ha dado un anillo de compromiso usado que ni siquiera te gusta.

—Otra vez te estás comportando como un capullo. —Aferró el pomo de la puerta mientras se volvía para mirarlo—. No vas a contarle a Braden lo... lo nuestro, ¿verdad?

—¿La atracción sexual tan intensa que hay entre nosotros? ¿Que cada vez que nos acercamos la ropa sale volando? ¿Eso es lo que no debería decirle?

Hallie fue incapaz de contener una carcajada.

—Lo adornes como lo adornes, no se lo digas, ¿vale? Sin importar lo que pienses, Braden es alguien real para mí.

—¿Y yo no? —replicó Jamie en voz baja, sin rastro del enfado.

—Tu familia y tú sois una fantasía. ¿Me lo prometes?

Jamie cerró los ojos un momento.

—Sí, mantendré la boca cerrada. ¿Quieres algo más? ¿Un contrato firmado con sangre?

—¡Eres increíble! Compórtate y no le hagas daño a Braden.

—¿Que no le haga daño? —repitió él—. ¿Por qué piensas que podría...?

Sin embargo, Hallie había salido ya de la enorme despensa y había cerrado la puerta tras ella. Jamie se apoyó en la pared y cerró los ojos. Necesitaba controlarse.

Escuchó algo, como si algún objeto de los que descansaban en las baldas se hubiera movido. Abrió los ojos y vio que se había caído al suelo un molde pequeño de madera, que se encontraba junto a la puerta de entrada al salón del té. Cuando lo recogió para ponerlo de vuelta en la balda, vio los montones de ropa que había en el sofá. Comprendió enseguida que la ropa era para él y supuso que Hallie la había traído después de haber ido de compras.

¿Por qué lo había dejado todo en el salón del té? ¿Por qué no le había enseñado lo que había comprado?

Lo único que tenía claro era que Hallie estaba muy enfadada con él por algo, pero desconocía el motivo. Durante todo el día anterior, Hallie se había alejado cada vez que se acercaba a ella. Había estado concentrada en la tarea de intentar encontrar trabajo en algún lugar del país. Si a él se le ocurría mencionar que tal vez le gustaría seguir viéndola una vez que sanara su rodilla, ella reaccionaba con furia.

De modo que decidió replegarse, fingió estar leyendo un libro y se limitó a contestar sus preguntas. Tuvo que morderse la lengua para no decir:

—Yo padezco síndrome de estrés postraumático, pero ¿qué te pasa a ti?

Al final, pensó que el mal humor de Hallie no le permitiría reírse de la broma.

Pero, por la noche, la llegada de ese abogado rubio, hediondo y borracho, la ablandó por completo. Al cabo de un instante, abandonó su actitud distante y gélida, y se convirtió en una chica atenta y agradable al borde del desmayo en cuanto vio a ese tío delgado y paliducho que llevaba la camisa manchada de cerveza vomitada.

Jamie estaba seguro de que se había ganado el cielo esa noche. Había ayudado a su rival a meterse en la cama, había comprobado sus constantes vitales e incluso le había dicho a los chicos que lo ayudaran a asearlo un poco.

Todo por Hallie.

Cogió un jersey del sofá. Era exactamente del tipo que a él le gustaban: de buena calidad, pero sencillo. Lo opuesto a ese espantoso anillo de compromiso que Hallie llevaba prácticamente soldado al dedo.

—Habéis sido vosotras dos, ¿verdad? —preguntó en voz

alta, dirigiéndose a los espíritus que habitaban la estancia—. Sois dos cotorras bienintencionadas que queréis que Hallie acabe con un hombre en sus cabales, no con un tarado como yo. Esa es la explicación a todo esto, ¿verdad? —Arrojó el jersey al sofá—. ¡Idos todos al cuerno! —Se dio media vuelta caminando con la ayuda de las muletas y salió por la puerta. Tenía que arreglarse para la boda de su tía y, tan pronto como acabara, se iría a casa. Regresaría a Colorado, un lugar donde solo los caballos pisoteaban los corazones de los hombres.

En el salón del té, dos preciosas jóvenes se miraron la una a la otra y sonrieron. En su experiencia, a veces había que acicatear a un hombre para conseguir que hiciera lo que debía hacer.

19

—Hallie —dijo Braden cuando la vio entrar en la cocina. Se había duchado, lavado el pelo y llevaba una de las sudaderas de Jamie... que le quedaba enorme—. Empezaba a pensar que eras producto de un sueño.

—No, soy muy real. ¿Quieres café? También hay muffins en la mesa.

—Pues tengo bastante hambre, pero no veo los muffins.

Hallie apartó la vista de la cafetera y vio que la cesta había desaparecido. Miró debajo de la mesa, pero tampoco estaba allí.

—¿El viento se los ha llevado? —preguntó él.

—Algo parecido. ¿Y una tostada? —Tuvo que volverse para que Braden no la viera ruborizarse. Seguro que cuando Jamie la tiró encima de la mesa, la cesta salió volando.

—Hallie, estás estupenda. ¿Has perdido peso?

—Eso creo, pero no sé cómo. Hay un hostal aquí al lado y la madre de la dueña nos trae unos festines increíbles con galletas y dulces, y nos lo comemos todo.

—¿Ese plural se refiere a tu paciente y a ti? ¿Es el tío grandullón que acabo de conocer? ¿El de las muletas?

—Sí, ese es Jamie. Fue el que te metió en la cama anoche.

—Tengo que darle las gracias.

Hallie le dejó delante un plato con una tostada untada de mantequilla.

—Llevas un anillo muy interesante —comentó Braden.

Hallie se dio un tironcito, pero el anillo no salió.

—Lo siento. No he conseguido quitármelo. Jamie también lo ha intentado, pero sin suerte. —Le sirvió una taza de café—. Si hoy no pruebo la sal, seguro que puedo quitármelo.

—Creo que te queda bien. Esto... por casualidad... no te pediría que te casaras conmigo, ¿verdad?

Hallie sonrió mientras cascaba los huevos y los echaba en un cuenco.

—Me temo que lo hiciste, pero no voy a obligarte a cumplir tus palabras.

Braden no replicó hasta que Hallie le ofreció un plato con huevos revueltos y jamón, y se sentó en frente de él con una taza de café.

—Tomé el ferry lento que viene a la isla, el que permite traer el coche —explicó Braden—. Quería tener tiempo para pensar.

—¿En serio? —Hallie bebió un poco de café—. ¿Sobre tu relación con Zara? ¿Sobre tu trabajo? —No pensaba recordarle que la noche anterior le había dicho que el socio de su bufete le había recomendado que se casara y tuviera hijos.

—Ninguna de las dos cosas. Estaba pensando en ese viejo refrán que dice lo de tropezar dos veces con la misma piedra y tal. Eso es lo que hago yo. Me enamoro de mujeres despampanantes a las que solo les importa mi sueldo. No les importo yo, sino lo que pueden conseguir a mi costa. En cuanto encuentran a alguien que parece escalar más rápido, me dan la patada y me dejan tirado, como una serpiente que mude de piel.

—Bonita metáfora.

—¿Te sorprendo? Supongo que como siempre te he visto como a una niña, lo normal es que modere mis palabras. Pero ya no me lo pareces. Estás buenísima.

Hallie se echó a reír.

—Gracias.

—El asunto es que me he pasado el trayecto en ferry pensando en nosotros. Me gustaría que nos conociéramos mejor... pero de otra manera. ¿Crees que es posible?

Lo que Braden estaba diciendo era maravilloso, un sueño hecho realidad. Pero, al mismo tiempo, algo la inquietaba, aunque no sabía muy bien de qué se trataba. Tal vez fuera la palabra «despampanante». Había dicho que solían gustarle las mujeres «despampanantes», pero en ese momento quería probar algo distinto... y ese algo parecía referirse a ella. Era como si estuviera convencido de que ella no le daría la patada.

—¿Sabías que fui yo quien sacó ese sobre del maletero de tu coche? —preguntó Braden.

Hallie estaba tan sumida en sus pensamientos que al principio no sabía a qué se refería. Pero después puso los ojos como platos. Si el sobre con los documentos que tenía que llevarle a su jefe hubiera estado en el maletero, donde los dejó, no habría tenido que volver a su casa para buscarlos. De no haber vuelto, no se habría enterado de que Shelly intentaba robarle la casa que le habían dejado a ella en herencia.

—Sabía que Shelly estaba tramando algo —siguió Braden—. Le pidió prestado a mi madre un juego de té muy elegante. No me imaginaba a un novio de Shelly bebiendo té en una tacita de porcelana. Supuse que debías enterarte de lo que pasaba, de modo que crucé la calle a la carrera y saqué lo que parecía un sobre importante de tu coche, y luego lo dejé en tu puerta. Estuve observando hasta que Shelly lo recogió.

—¿Por qué no me dijiste sin más lo que sospechabas?

Braden meneó la cabeza.

—Hallie, cariño, de haberte dicho que Shelly estaba tramando algo, no habrías vuelto a casa hasta después de medianoche. Tu padre y tú siempre habéis huido de Shelly. Tú sigues haciéndolo.

Era la primera noticia que Hallie tenía.

—¿De verdad lo hago? Siempre he creído que me enfrentaba a ella.

—Supongo que lo haces a veces. —No la miró a los ojos—. Ahora que he experimentado en primera persona sus jugarretas egoístas, comprendo mejor lo que has pasado. —Braden extendió un brazo por encima de la mesa y le tomó una mano—. Ojalá te hubiera ayudado más cuando eras pequeña.

—No podrías haber hecho nada, y me ayudaste mucho. —Sonrió—. Recuerda que de no ser por ti, no habría ido a la universidad. Y ahora te debo todo esto. —Hizo un gesto para abarcar la casa. «Y no habría conocido a Jamie», pensó, pero no lo dijo en voz alta. Apartó la mano de la de Braden—. Voy a asistir a una boda que empieza en hora y media. Puedes quedarte aquí o acompañarme. ¿Te has traído ropa elegante?

—Soy abogado, claro que me he traído trajes. Pero no tengo ni idea de dónde están.

—Voy a buscarlos —dijo, pero Braden la agarró del brazo.

—Hallie, estoy diciéndolo todo mal, pero quiero que pienses en nosotros. Podríamos tener una buena vida juntos. No he pensado en otra cosa durante los últimos días y creo que podría funcionar. Ya formas parte de mi familia.

—Braden, es todo demasiado repentino e inesperado. No sé qué decir.

—Lo sé, y es culpa mía. Debería haber tenido el sentido común de ver lo que tenía delante de las narices. Pero no fue así. ¿Me prometes que lo pensarás? Podemos hablar después. No me iré hasta que lo hagamos.

—De acuerdo —dijo ella—. Te lo prometo. Pero tengo que arreglarme.

—Claro. Estoy impaciente por pasar tiempo con tu nuevo yo. Creo que podríamos llegar a algo.

Parecía estar negociando un contrato. Lo miró con una sonrisilla y salió a toda prisa de la habitación. En ese preciso momento, no podía pensar en lo que Braden le había dicho. Solo pensaba en ver a Jamie. Su discusión la había alterado. ¿Qué sentía él?

Subió la escalera, pero Jamie no estaba en la planta alta. Habían hecho la cama y la enorme bolsa de cuero para trajes estaba encima. Sin necesidad de que alguien se lo dijera, supo que era de Braden. Casi podía oírlo decir que esa bolsa era típica de un abogado que estaba subiendo en el escalafón. Braden siempre le había dado mucha importancia a su imagen.

Jamie no estaba en la planta alta. Parecía que se había marchado a la boda sin ella. Antes que ella, se corrigió. No podía culparlo por querer pasar tiempo con su familia.

Solo cuando volvió a su dormitorio y abrió el armario, vio el vestido. No era un vestido cualquiera, era El Vestido. Solo había visto prendas así en las estrellas de cine. Era corto, con un escote redondo, sin mangas, muy sencillo. Pero de sencillo no tenía nada. Estaba confeccionado con un encaje de color rosa claro muy raro, una mezcla de croché con bordado, todo bajo una capa finísima de tul.

Hallie había dicho que no quería ponerse un vestido de la familia de Jamie, pero eso fue antes de ver ese vestido. Sin necesidad de probárselo, supo que le quedaría bien. No habría entrado en él antes de llegar a Nantucket (demasiados donuts a medianoche y poco ejercicio), pero en ese momento sí entraría.

En el suelo, había un par de zapatos de tacón de color crema con un adorno de pedrería en la punta. En el interior se podía leer MANOLO BLAHNIK.

Durante un segundo, Hallie sopesó la idea de desechar el conjunto. Había comprado un vestido azul marino más que respetable para la boda.

Pero después vio la etiqueta del vestido que lo identificaba como un Dolce & Gabbana y se decidió.

Bajó corriendo para decirle a Braden dónde estaba su equipaje y que se iba a vestir.

—Te veo dentro una hora —le gritó mientras regresaba a la planta alta. Entró en el cuarto de baño, se peleó con las tenacillas y consiguió recogerse el pelo en la coronilla. Alrededor de la cara le caían unos mechones, enmarcándosela.

Si algo había aprendido viviendo con Shelly era a maquillarse. Tenía una paleta de sombras bien grande y usó todos los tonos tierra. El colorete siguió a la base de maquillaje y después se delineó el contorno de los labios.

Cuando acabó de peinarse y de maquillarse, volvió al dormitorio y se desnudó por completo. Se alegró de tener un conjunto de ropa interior blanco monísimo.

El vestido le sentaba tan bien como parecía. Tenía un forro de un tejido sedoso que se deslizó por su piel. Y le quedaba como un guante... al igual que los zapatos. Vio una cartera de mano adornada con pedrería en un estante y se apresuró a meter en ella las llaves, la tarjeta de crédito, un poco de efectivo y una barra de labios.

Casi temía mirarse al espejo. Cuando lo hizo, descubrió a una persona distinta de la que solía devolverle la mirada. Braden tenía razón. Algo había cambiado en su interior.

Alguien llamó a la puerta de su dormitorio y lo primero que pensó fue: ¡Jamie!

Sin embargo, se encontró a Braden al otro lado, ataviado con un traje oscuro. Tuvo la gran satisfacción de verlo quedarse sin aliento, y también parecía incapaz de articular palabra.

Hallie dio una vuelta completa.

—¿Qué tal estoy?

—Estás... —Braden solo atinaba a mirarla boquiabierto—. Estás deslumbrante —dijo al fin—. ¿Seguro que eres la niñita con las rodillas desolladas que vivía al otro lado de la calle?

—La misma que viste y calza. —Ah, pero ¡qué bien sentaba que un hombre la mirase como lo estaba haciendo Braden! Era una clase de poder que nunca antes había sentido. Los hombres solían decirle: «Hallie, ¿sabes si tu padre puede prestarme un martillo?»

Pero en ese preciso instante, Braden la miraba tal como los hombres miraban a Shelly. «¿Quieres que te traiga algo?», le preguntaban a su hermanastra. O tal vez «¿Puedo hacer algo por ti?».

—¿Nos vamos? —preguntó Hallie, con un deje muy comedido.

—Será un honor acompañarte —contestó Braden, que le ofreció el brazo.

La acera delante de la iglesia estaba abarrotada de personas, todas muy bien vestidas.

De repente, Braden se detuvo y la pegó a él.

—Hallie, ese de ahí es Kane Taggert, y a su lado está su hermano, Michael. Y el hombre de la izquierda es Adam Montgomery.

—¿De verdad? Seguro que es el padre de Adam. Tengo que ir a presentarme. —Hizo ademán de dar un paso, pero Braden no se movió.

—Hallie, parece que no te das cuenta de quiénes son estas personas. Son dueños de empresas. De empresas muy gordas. Llevamos años intentando que los Montgomery-Taggert se pasen a nuestro bufete. Si consiguiéramos controlar un uno por ciento de sus negocios, sería un bombazo. Si yo lo consiguiera, podría ganarme la entrada por la puerta grande.

Hallie se dio cuenta de lo que estaba diciendo.

—Preferiría que no hablaras de negocios hoy. Son personas muy agradables, no clientes potenciales. —Cuando miró a Braden, vio que tenía los ojos como velados—. Allí está el tío Kit. Tengo que hablar con él. ¿Por qué no...? —Kit ya se estaba alejando—. Te veo dentro —le dijo a Braden antes de dejarlo para correr hacia la iglesia.

—Hallie, cariño, estás preciosa —dijo Kit.

—Gracias. Tengo que pedirte un favor.

—Lo que sea. —Empezaron a subir los escalones de la iglesia.

—¿Podrías buscar a Raine y pedirle que se quede hoy con Jamie? Jamie está de mal humor y me temo que el ruido pueda causarle problemas.

—¿Y crees que nuestro joven y fuerte Raine puede sacar a Jamie de aquí antes de que se ponga en evidencia?

—Sí —contestó, agradecida al ver que la comprendía.

—Eres muy amable, sobre todo porque supongo que el mal humor de Jamie está causado por ese impresionante anillo que llevas puesto.

Hallie levantó la mano.

—Es espantoso, ¿a que sí? Pero no es mío y tampoco puedo quitármelo.

—La pregunta es cómo llegó a tu dedo.

—Acepté una proposición de matrimonio, pero no era real. —Señaló con la cabeza a Braden, que mantenía una apasionada conversación con el padre de Jamie... quien a su vez fruncía el ceño—. Ay, no, tengo que rescatar a Braden antes de que un Taggert lo pisotee.

Kit se echó a reír.

—Supongo que es tu prometido. Lo que me gustaría saber es por qué no se lo pides tú a Raine. ¿Ha pasado algo entre vosotros dos?

La sonrisa de Hallie desapareció.

—Dejémoslo en que alguien cree que soy demasiado cariñosa con Raine.

—Por supuesto, ese alguien es Todd. Tienes unos cuantos problemas, ¿no?

—Sí —contestó.

Kit se colocó su mano en el brazo.

—¿Por qué no te sientas conmigo? Me aseguraré de que alguien cuide del joven James y haré todo lo que esté en mi mano para que nadie agarre a tu prometido del cuello y lo eche a la calle.

—Gracias —repuso Hallie, y lo decía de corazón.

En cuanto estuvieron dentro de la preciosa y antigua iglesia, Kit se alejó un momento para hablar con un hombre mayor que Hallie no había visto antes.

—Ya está todo solucionado —le aseguró cuando regresó a su lado—. Y ahora podemos disfrutar de la bonita boda de Jilly.

Kit la condujo a un banco en la tercera fila. Él se sentó junto al pasillo, con Hallie al lado. La iglesia estaba llena de rosas en tonos pastel: crema, rosa y amarillo. Había altos jarrones con más rosas junto al altar, y todas esas flores hacían que la iglesia oliera de maravilla.

Braden se sentó en el banco junto a ella.

—Los he conocido a los tres —anunció entre dientes mientras fingía leer el programa de la boda—. No creo que vayan a pasar sus negocios a mi bufete, al menos no de momento. Pero ya he hecho el primero contacto. —Se volvió para mirarla—. Hallie, no tenía ni idea de que conocías a esta gente.

A Hallie le costó mucho no mirar a Braden con el ceño fruncido.

A medida que fueron llegando los invitados, saludó a todos los que conocía. Lainey y Paige le dijeron que el vestido le sentaba de maravilla. Adam le pidió que le reservase un baile. Ian le dijo que quería presentársela a sus padres. Raine la miró y la saludó con un breve gesto de cabeza, indicándole que había recibido el mensaje, pero no le dirigió la palabra.

En dos ocasiones, Hallie se volvió para ver si Jamie había llegado, pero no estaba. Kit le dio unas palmaditas en la mano.

—Jamie se va a quedar fuera hasta que todo el mundo se haya sentado. Está bien cuidado, así que deja de preocuparte.

Hallie jugueteó con el anillo y se dio unos tironcitos, pero no se movió. A su lado, Braden no dejaba de volverse para mirar a los invitados.

—¿Me permites? —le preguntó Kit al tiempo que le levantaba la mano izquierda a Hallie. Le examinó el dedo y se lo masajeó un poco. Le dio un tirón al anillo, pero no se movió—. Si creyera en estas cosas, diría que está embrujado.

—Yo también lo creo —repuso Hallie—. Pero no entiendo el

motivo. ¿Se supone que tengo que casarme con Braden? —Miró al susodicho, que estaba medio vuelto, observando cómo Kane y Cale recorrían el pasillo en busca de sus asientos.

Kit se inclinó hacia ella.

—Se dice en la familia que llevas enamorada de este joven desde que eras una niña.

—Seguro que el rumor ha partido de Todd. Me gustaría... —Apretó los dientes, incapaz de continuar.

—¿Quieres que te dé clases de boxeo? —le preguntó Kit con un deje guasón.

—Sí, por favor —respondió Hallie—. Me gustaría ser lo bastante fuerte para... En fin. ¿Qué puedes contarme? ¿Has investigado más?

Kit se metió la mano en el bolsillo de la chaqueta y sacó la tarjeta que habían encontrado detrás de la vitrina, la que decía «Encuéntralos» con la misma caligrafía antigua que ella había visto en el sobre.

—La única pregunta que queda por responder es a quién tengo que encontrar —dijo Kit.

Cuando empezó a sonar la música, Kit se guardó la tarjeta en el bolsillo y Hallie se enderezó en el banco.

Braden se volvió hacia el frente.

—¿Quién es el hombre mayor que tienes al lado? —le preguntó a Hallie en un susurro.

—Es el hombre en el que Ian Fleming basó su James Bond y es capaz de matar con un solo golpe, así que compórtate.

Braden se quedó de piedra al escucharla.

—¿Quién eres? —La miraba como si nunca la hubiera visto.

—Creo que está saliendo a la luz mi verdadero yo —respondió Hallie, que clavó la vista al frente, donde una mujer comenzaba a cantar.

Se produjo un breve silencio cuando terminó el solo, antes de que empezara el coro. Un hombre alto, de pelo castaño y ojos azules, se detuvo junto al banco.

—¿Eres Hallie? —preguntó en voz baja—. Solo quería presentarme. Soy...

—Leland —dijo ella—. Te pareces a mi padre. Por favor, siéntate con nosotros. —Le hizo un gesto a Braden para que dejara espacio, pero él protestó—. Leland es mi primo —le explicó Hallie, y Braden se movió a regañadientes para que Leland pudiera sentarse junto a ella. Hallie no podía apartar la vista de su cara.

—Y tú te pareces a la hermana de mi padre —señaló Leland. Se fijó en el anillo que llevaba al dado—. Estás comprometida.

—Hala. Más familia. Pero no, no estoy comprometida —repuso Hallie.

—Sí que lo está —la corrigió Braden desde el otro lado de su primo.

Leland miró a Kit por encima de la cabeza de Hallie.

—Nuestra Hallie es una chica muy popular —terció Kit.

La música comenzó a sonar de nuevo y no pudieron seguir hablando.

Minutos después, el novio y Jared salieron de la sacristía para colocarse junto al altar. Mientras Jared miraba a la multitud, le regaló una sonrisa a Hallie.

Braden se inclinó sobre Leland.

—¿También conoces al famoso arquitecto? ¿Quién será el siguiente? ¿El presidente?

—Chitón —lo reprendió Hallie, que apoyó la espalda en el banco.

Leland la miraba con expresión interrogante, pero Hallie se limitó a encogerse de hombros. Kit tenía un brillo risueño en los ojos.

Cuando empezó a sonar la música que anunciaba la llegada de la novia, todos se pusieron de pie. El vestido de Jilly era sencillísimo: de escote alto y manga larga. Pero la tela estaba adornada con hileras de diminutas lentejuelas plateadas. Según iba pasando, los invitados jadeaban al descubrir la espalda del vestido. La llevaba cubierta por un tul casi invisible que resaltaba la preciosa espalda de Jilly y el escote le llegaba por debajo de la base de la espalda.

—¡Eso sí que es un vestido! —exclamó Hallie.

Kit sonrió.

—Nuestra Jilly siempre ha sido un poco osada.

—Cuando me... —Hallie dejó la frase en el aire. Estaba segura de que si mencionaba el matrimonio, Braden haría algún comentario. ¿Qué leches le pasaba? Todo lo que había soñado a lo largo de su vida se estaba haciendo realidad, pero lo que sentía era una tremenda tristeza.

No podía evitarlo, así que miró una vez más hacia la parte posterior de la iglesia. Sentado en el último banco, en el lado del pasillo, estaba Jamie acompañado por Raine. La miraba fijamente, con el ceño fruncido, pero Hallie le sonrió, contenta al verlo a salvo. De repente, la sensación de que algo faltaba desapareció.

Se volvió hacia delante y miró a Leland. Cuando su primo le sonrió, se sintió bien. Eran familia. A su alrededor, estaban los parientes de Jamie, pero ese hombre, Leland Hartley, estaba emparentado con ella.

Él pareció darse cuenta de lo que estaba pensando. Leland metió la mano en el bolsillo de la chaqueta y sacó algo. Era una vieja fotografía, de principios del siglo XX, en la que se veía a una mujer muy guapa disfrazada con un vestido de cuello alto de encaje. Parecía un vestido de la época de Isabel I. Al pie se podía leer Emmeline Wells.

—Tu bisabuela —susurró Leland.

Si el párroco no hubiera empezado a hablar, Hallie lo habría bombardeado a preguntas. Sin embargo, se tuvo que conformar con apretar con fuerza la foto entre las manos. Jamás había tenido noticias de la familia de su padre y solo conoció a sus abuelos maternos. Ver de repente que tenía otro lugar en el mundo la conmovió profundamente.

—Es casi tan guapa como tú —susurró Kit, y le arrancó una sonrisa a Hallie.

Después de eso, se concentró en la preciosa ceremonia.

—¿Cómo vas? —le preguntó Raine a Jamie cuando se sentó a su lado ya en la carpa, en una silla situada contra la lona.

Después de la ceremonia, los invitados se habían trasladado a una propiedad de los Kingsley, donde la hija del flamante marido de Jilly había diseñado una preciosa capilla. Jilly quiso casarse en ella, pero no tenía capacidad para albergar ni a la mitad de su extensa familia. De modo que decidió casarse en la iglesia y celebrar el banquete junto a la capilla.

—Genial —contestó Jamie, con la pierna extendida hacia delante y las muletas en una mano, como si estuviera a punto de irse—. La mujer a la que quiero lleva el anillo de compromiso de otro hombre y está bailando con todos los invitados.

—Interesante descripción la tuya —comentó Raine—. ¿Le has dicho cómo te sientes?

—Hallie es tan amable que seguramente se casaría conmigo por lástima.

—Me parece que te equivocas —señaló Raine—. Hallie tiene ideas firmes y no hace lo que no quiere. Se niega a bailar conmigo.

Jamie resopló.

—Le van más los delgaduchos. Todos los Montgomery han bailado con ella.

—Al igual que los Taggert —apostilló Raine—. Pero conmigo se niega. Creía que estábamos trabando amistad, pero hoy ni me mira. Quería decirle que el secreto ya ha salido a la luz, pero se marchó antes de poder decírselo.

—¿Qué secreto?

—La tía Jilly está embarazada. Todas las mujeres lo sabían, pero los hombres no.

—Yo lo sabía —replicó Jamie.

—Vale, pero tú no cuentas.

—Todd me dijo que teníais un secreto, pero no le quisiste decir de qué se trataba.

—Ya conoces a Todd. De haberse enterado, habría buscado a la tía Jilly y le habría preguntado si se estaba tomando las vitaminas adecuadas. Jilly quería contárselo primero a Ken. Da igual. ¿Has conocido al primo de Hallie?

—Me lo ha presentado. Parece un tío bastante decente y está haciendo muy feliz a Hallie, así que bien.

—Pero ¿qué me dices del otro tío? Del amor de juventud.

Jamie miró a su primo con expresión furiosa.

—¡No lo es! Solo es...

—¿El qué? —preguntó Raine—. El anillo que lleva Hallie me parece bastante real. ¿Sabías que iba en serio con este tío?

—¡No! —exclamó Jamie en voz tan alta que la gente se volvió para mirarlo con preocupación—. Tengo que salir de aquí antes de que todos empiecen a susurrar por temor a molestar al soldado herido. —Se puso en pie con ayuda de las muletas.

—Yo conduzco —dijo Raine.

—¡Puedo conducir! Soy capaz de cuidarme solo.

—No vas a conducir cabreado como estás. —Como Jamie parecía a punto de protestar, Raine añadió—: Detestaría tener que darte un puñetazo y cargarte al hombro.

—Inténtalo. —Jamie lo dijo con un deje tan desafiante que Raine se echó a reír.

Tres niños pasaron corriendo a su lado y uno de ellos casi le tiró las muletas al suelo. Raine le quitó una bolsa a uno de los niños, que siguieron corriendo.

—Cómete un caramelo —sugirió Raine al tiempo que le ofrecía la bolsa—. A lo mejor te endulza el carácter.

Jamie sabía que se estaba comportando como un tonto. Metió la mano en la bolsa, sacó un puñado de M&M's morados con diminutas imágenes de los novios y se los metió en la boca.

—Vale, tú conduces.

—Buena decisión —dijo Raine, y en cuestión de minutos ya estaban en casa de Hallie.

El silencio le pareció maravilloso a Jamie, que se sentó a la mesa de la cocina mientras Raine buscaba comida en el frigorífico para preparar unos sándwiches. Raine sacó botes y bolsas que colocó en la mesa y le dio un cuchillo y algunos platos a Jamie para que pudiera prepararlos.

—A lo mejor he pasado demasiado tiempo con la tía Cale, pero lo de Hallie es un poco misterioso —dijo Raine—. ¿Qué ha pasado para que le caiga bien un día y al siguiente ni siquiera me mire?

—No lo sé. Yo les dejo los misterios a mi madre y a Todd —contestó Jamie.

—Por cierto, ¿dónde está tu hermano?

—Le pidieron que volviese al trabajo por un caso. Se fue esta mañana temprano.

Raine sirvió un poco de ensalada de col en los platos.

—Así que tengo que resolver el misterio yo solo. A lo mejor Hallie se ha hartado de nuestra familia y quiere poner distancia de por medio. ¿Te acuerdas de la última novia de Adam? Dijo que estar con nuestra familia era como vivir en mitad de un equipo deportivo. No quería relacionarse con nosotros. A lo mejor Hallie está empezando la ruptura conmigo.

Jamie puso unos pepinillos sobre varias lonchas de pavo.

—Todd cree que a Hallie le gusta más nuestra familia que yo. Cree que Hallie está tan desesperada por tener una familia propia que aceptaría a cualquiera de nosotros por tenernos a todos.

—¿Qué más cree Todd? —preguntó Raine, con una ceja enarcada.

—Le preocupa que me guste pero que yo a ella no... salvo como paciente.

—Creo que tu hermano tiene mucho rollo —dijo Raine mien-

tras cortaba un tomate—. Cuando Todd te contó todo esto sobre Hallie, ¿mencionó algo sobre mí?

—Sí. Dijo que estabais tan acaramelados durante la boda de
Graydon que le entraron ganas de tiraros un cubo de agua encima, y también que compartíais un secreto. Supongo que era lo
de la tía Jilly.

—Pues ya sé por qué Hallie se niega a bailar conmigo.

Jamie miró a su primo.

—Pero eso querría decir que sabe lo que dijo Todd. No creerás que se lo han contado las Damas del Té, ¿verdad?

—¿Que se lo han contado unos fantasmas? —preguntó Raine—. ¡Llevas demasiado tiempo aquí! Creo que Hallie escuchó
cómo el imbécil de tu hermano se iba de la lengua. ¿Dónde estabais cuando lo hizo?

Jamie abrió los ojos como platos.

—¡La ropa! —exclamó antes de coger las muletas y entrar en
la despensa. La ropa que Hallie le había comprado (su madre le
había contado toda la historia) seguía en el sofá.

Raine le estaba ofreciendo algo.

—Lo he encontrado junto a la puerta de la cocina. —Eran
las llaves de la casa de Hallie y también las del coche que Jared le
había prestado. El llavero tenía una chapita colgada que ponía
1776 y la palabra Boston.

Jamie se dejó caer en el sofá.

—Lo escuchó todo. Seguro que escuchó todo lo que dijo
Todd.

Raine cogió una pila de jerséis y los dejó en un extremo del
sofá para poder sentarse junto a Jamie.

—Mal asunto. Alguien tiene que decirle a Hallie la verdad.
Personalmente, creo que Todd debería disculparse. En cuanto a
mí, voy a decirle que... ¿Adónde vas?

Al ver que Jamie no contestaba, Raine lo siguió a la cocina.

—Creo que se me escapa algo. Llevas todo el día cabreadísimo, más tieso que un palo, y ahora sonríes. ¿Por qué?

—Creía que Hallie mantenía las distancias porque... —Inspiró hondo y miró a los ojos a su primo, que se percató de su alivio—. Porque estaba diciéndome que no quería a un tarado como yo. Que no le apetecía lidiar con un hombre que a veces no sabe ni dónde está. Pero el problema no es ese.

—¿Y cuál es? —quiso saber Raine.

—Que está enfadada conmigo. Una rabieta de chica normal y corriente. Escuchó que mi hermano decía algo malo de ella y está cabreada. Está furiosa conmigo. —Meneó la cabeza, asombrado—. Es algo normal. Puedo arreglar algo normal.

—¿En serio? —preguntó Raine—. ¿Y cómo piensas hacerlo?

—Si no te falla la memoria, sabrás que las mujeres se me daban fenomenal. Voy a demostrarle lo que siento por ella.

Raine cogió su sándwich y le dio un bocado.

—Ojalá que el pedrusco que lleva en la mano no te deje más cicatrices.

Jamie bebió un sorbo de su refresco, directamente de la lata.

—Ojalá que no. A lo mejor primero tengo que aclarar unas cuantas cosas con Braden *el Avaricioso*. Mi padre se ha cabreado tanto con ese tío esta mañana que de no ser por Hallie, lo habría tirado del embarcadero. —Jamie se dirigió a la puerta—. Siento un deseo abrumador de comer tarta nupcial. ¿Qué tal si volvemos a la boda y le decimos a la tía Jilly que le deseamos toda la felicidad del mundo?

Raine se levantó, con el sándwich en una mano y la bebida en la otra.

—Solo si conduces tú.

—No puedo... —Jamie dejó la frase en el aire—. Claro. ¿Por qué no?

Con una sonrisa, Raine salió de la casa en pos de su primo.

20

Hallie se encontraba cerca de la puerta, observando a los invitados que bailaban. Braden estaba marcándose unos pasos de baile desfasados con Lainey y Paige, y parecía encontrarse en la gloria. De vez en cuando, la buscaba con la mirada y le hacía un gesto de que todo iba bien.

Le alegraba que Braden estuviera disfrutando. Había hablado dos veces por teléfono con su madre desde que llegó a Nantucket y sabía que estaba preocupada por su hijo.

—¡Me encantaría hacerles algo horrible a esas chicas! —había dicho la mujer—. ¿Cómo es posible que sean tan crueles con mi hijo? Claro que tampoco ayuda mucho que él elija mujeres tan espantosas. Ay, Hallie, ¿por qué no es capaz de ver lo que ha tenido delante de las narices todos estos años?

Hallie sabía que se refería a ella. ¿Por qué no tenía Braden el suficiente sentido común como para ver que al otro lado de la calle había una chica que nunca le había creado problemas? Si Hallie se casaba, jamás sería infiel. Tendría dos o tres niños y sería una madre entregada. Cuando crecieran, volvería a su respetable puesto de trabajo y sería... en fin, perfecta.

«Perfecta... y aburrida», pensó mientras respondía al gesto de Braden agitando la mano. Jamás lo había visto desanimado. En el instituto, Braden era el delegado de su clase y también había sido muy popular en la facultad de Derecho. Ningún conocido se sorprendería al saber que estaba a punto de convertirse en socio de un prestigioso bufete aun siendo tan joven.

Tal como Braden afirmaba, solo las mujeres le ocasionaban problemas. Y la hermanastra de Hallie parecía haber sido la gota que colmó el vaso. Ella tenía la culpa de que Braden estuviera desesperado por emparejarse con una mujer segura. Más concretamente, con la chica que había conocido desde que nació. Hallie no podía evitar sentirse responsable por el último golpe que había recibido Braden. Ella fue quien lo involucró en el asunto de Shelly. ¡Joder! ¿Por qué su hermanastra no era capaz de comportarse ni una sola vez en su vida?

Al sentir que un brazo conocido la rodeaba por los hombros, todo pensamiento se borró de su cabeza, y se apoyó en el costado de Jamie. Él la besó en el cuello.

Al cabo de un segundo, Hallie se apartó de un respingo y lo miró, furiosa.

—Pero ¿qué te has creído?

—Solo te estaba saludando —contestó él con una sonrisa inocente—. ¿Has comido tarta?

—No. Tu familia no me ha dejado que me siente siquiera. —Había fruncido el ceño.

—Y esos zapatos parecen la mar de cómodos...

Hallie quería seguir enfadada con él, pero fue incapaz.

—Me duelen hasta las uñas.

Jamie levantó las llaves del coche que tenía en una mano.

—¿Qué te parece si yo conduzco y luego te doy un masaje en los pies?

—El paraíso —respondió ella—. Mejor que el sexo.

—Eso lo dices porque todavía no te has metido en la cama conmigo.

La expresión de sus ojos hizo que Hallie se quedara sin aliento un instante.

—Olvida el «todavía» y no puedo irme contigo. He venido con Braden.

Jamie miró hacia la pista de baile.

—No me parece que esté sufriendo mucho. —Cogió a Adam del brazo cuando este pasó por su lado—. Entretén al novio, ¿vale? Voy a llevar a Hallie a casa. Preséntale a todas las primas y menciona como de pasada el término «heredera».

—Lo haré —le aseguró Adam, que después se inclinó para besar a Hallie en la mejilla—. Hasta mañana.

Jamie se apartó para que Hallie lo precediera.

Sin embargo, antes de echar a andar, Hallie se volvió para tratar de llamar la atención de Braden. Debería decirle que se marchaba. No, debería quedarse con él. El hecho de que Jamie le hubiera dicho a Adam que mencionara el término «heredera» no dejaba de ser un golpe bajo... pero tristemente llevaba razón. Apenas unos minutos antes, Braden había sacado a colación el término, refiriéndose a Paige.

Cuando Braden la miró, Hallie señaló la puerta y le envió un beso. Él pareció estar de acuerdo con que se marchara. Se despidió de Leland agitando la mano y él le sonrió en respuesta.

Jamie abrió la lona de la puerta de la carpa para que ella pasara.

—A Braden no le preocupa mucho que te vayas con otro, ¿no?

—No creo que te vea como a un competidor.

—Pues es idiota —soltó Jamie.

Una vez fuera y mientras sorteaban la gran cantidad de coches que estaban aparcados, Hallie lo siguió hasta un enorme Range Rover negro. Jamie le abrió la puerta y se apartó para que se sentara. El vehículo era muy alto, el vestido de Hallie, muy corto y los tacones, de vértigo.

—Creo que no voy a ser capaz —dijo ella—. ¿Te importaría echarme una mano?

—No —rehusó Jamie—. Solo quiero mirar.

—¿Qué bicho te ha picado esta noche?

—¿Es que un hombre no puede ser un hombre sin más?

Hallie no comprendió la pregunta, de modo que se dio media vuelta para tratar de encontrar la manera de subirse en el coche sin que el vestido se le levantara hasta la cintura.

Al final, Jamie se compadeció de ella. Tras dejar las muletas apoyadas contra el coche, le rodeó la cintura y la levantó hasta el asiento.

—¿Mejor así?

—Sí —respondió ella, que se acomodó en el asiento mientras él rodeaba el vehículo. En el salpicadero vio una caja blanca típica de una pastelería—. ¿Qué es esto?

—La tarta. He pensado que cuando lleguemos a casa, podemos abrir una botella de champán y probarla. ¿Te parece bien?

Al ver que no contestaba, Jamie la miró. Estaba atardeciendo y la luz del sol que se filtraba entre los árboles era muy bonita. Como siempre sucedía en Nantucket, el clima era maravilloso. Jamie era consciente de que entre ellos había cosas sin aclarar.

—¿Escuchaste hablar a mi hermano? —le preguntó sin rodeos.

El primer impulso de Hallie fue decir que no. Escuchar conversaciones a escondidas era de mala educación. Pero decidió no mentir.

—Sí.

—¿Ese es el motivo por el que has estado enfadada?

Hallie se encogió de hombros.

Jamie alargó un brazo para cogerle una mano.

—Primero, fue mi hermano quien dijo esas cosas, no yo. Segundo, su trabajo consiste en no fiarse de nadie. Y tercero, me protege demasiado. Le preocupa que pueda morir en cualquier momento. Le encantaría encerrarme en una habitación, alejado de todo el mundo, para mantenerme a salvo.

—Todo lo que dijo es cierto —replicó Hallie en voz baja.

—¿Sobre Raine?

—¡No! Me gusta, pero no de ese modo —contestó ella, y después comprendió que Jamie estaba bromeando.

—Me alegro, porque Raine ha estado llorando un montón.
—Jamie arrancó el motor y dio marcha atrás.

—¿Ah, sí? ¿Lo has dejado llorar en tu hombro?

—¿Estás loca? Si se me echa encima, me aplasta. Tendrían que ingresarme otra vez y escayolarme todo el cuerpo.

Hallie intentaba no reírse.

—Supongo que tendré que prestarle el mío.

—¿Para que nos aplaste a los dos? —Jamie parecía confundido.

Hallie soltó una carcajada.

—¡Ay, te he echado de menos! —Se mordió la lengua—. Me refiero a...

—No pasa nada —la interrumpió él—. Yo también te he echado de menos. Creo que algunos de los momentos más felices de mi vida han sido los que hemos pasado solos en nuestra casita. Esas son las cosas por las que luchan los soldados.

Hallie miró por la ventana para contemplar los preciosos edificios frente a los que pasaban. Nantucket era tan bonita que parecía creada por criaturas celestiales. Tal vez fuera el ambiente, pero se relajó.

—Braden dice que he cambiado, y creo que es cierto.

En ese momento, Jamie enfilaba la estrecha Kingsley Lane con el enorme vehículo.

—¿En qué sentido has cambiado?

Hallie esperó hasta que Jamie aparcó, salió del coche y lo rodeó. Una vez a su lado, extendió los brazos, la agarró por la cintura y la bajó.

Por un instante, mientras estaban tan cerca, se miraron a los ojos, y les pareció muy natural besarse. Jamie inclinó la cabeza, pero ella se dio media vuelta para sacar del coche la caja con la tarta.

Jamie no pareció molestarse mientras la seguía hasta la puerta principal.

—Cerrada —dijo Hallie—. Como la última vez. —Le contó

a Jamie lo que pasó el día que regresó a casa después de haber estado de compras y descubrió que no encontraba las llaves y que la puerta estaba cerrada—. Creo que pretendían que entrara por el salón del té. Creo que... —Lo miró—. Creo que querían que escuchara lo que dijo tu hermano.

—¿Y eso fue lo que hizo que acabaras con ese anillo en el dedo? ¿Todavía estás intentando quitártelo o vas a dejártelo puesto?

Hallie lo miró a los ojos y se percató de que hablaba muy en serio.

—Ahora mismo, Braden necesita algo estable en su vida. Lo que no necesita es que la chica que siempre ha estado ahí lo rechace también.

Por un instante, vio que la furia relucía en los ojos de Jamie, pero desapareció enseguida.

—Es razonable. ¿Puedo llevarte al altar el día de tu boda?

Ella lo miró con los ojos entrecerrados.

—Si estás intentando bromear, no tiene gracia. —Se dio media vuelta y echó a andar hacia la puerta de doble hoja del salón del té.

—No bromeo sobre la boda de la mujer que quiero.

Al escuchar sus palabras, Hallie aminoró el paso pero no se detuvo. Al igual que sucedió la vez anterior, una de las hojas de la puertas estaba entornada. Descubrió que Edith había servido uno de sus espléndidos tés.

—Mira —dijo, y abrió la puerta por completo.

—No sé tú, pero yo estoy muerto de hambre —replicó Jamie—. Raine ha dejado el frigorífico pelado y los Montgomery, que son muy exquisitos, se han comido todo lo que han servido en la boda.

Hallie se alegró al escucharlo bromear de nuevo, tras haber dejado el tema de «la mujer que quiero». En ese momento, no se encontraba en condiciones para hablar de eso.

En el sofá aún había ropa apilada. Jamie arrojó un montón de jerséis a una silla y, tras sentarse, le dio unos golpecitos al cojín de al lado, invitándola a tomar asiento.

—Bueno, ¿qué tal es tu primo?

Hallie suspiró aliviada por el hecho de que no hubiera elegido un tema de conversación serio y se sentó a su lado. Así había sido siempre, antes de que todo se complicara con la llegada de su familia y de un hombre que era, más o menos, su novio.

—Leland es genial —dijo Hallie—. Nos hemos escapado de la gente durante una hora y hemos dado un paseo por la propiedad. Me ha hablado de su trabajo, y de lo harto que está de vivir en hoteles. Quiere asentarse en algún lugar y... ¡Ah, se me había olvidado! Me dijo que se había pasado por aquí y que había dejado la maleta y una caja llena de información para mí. —Entró en la casa a través de la despensa, pero vio que la caja se encontraba en una de las baldas. La cogió y la llevó hasta el salón del té, donde la dejó en el suelo, junto a la mesa.

—Prueba esto —le dijo Jamie, que le ofreció un sándwich pequeño para que lo mordiera. Él se comió la otra mitad.

—Está buenísimo. ¿Qué es?

—Algo de origen marino. Prefiero la ternera. Bueno, ¿qué hay en la caja?

Hallie examinó el contenido mientras comían. Había cartas, un álbum antiguo con recortes de periódico que alababan a un hombre al que describían como el mejor actor de todos los tiempos, y varias entradas de cine. En el fondo, descubrió un ramillete de flores secas envuelto en un pañuelo de seda.

Hallie leyó en voz alta mientras Jamie le daba de comer.

—Mmm, mira esto —dijo con la boca llena de tarta—. La señorita Emmeline Wells se casó con el señor Drue Hartley el 22 de julio de 1912. Son parientes míos.

Jamie se inclinó y le dio un beso en la comisura de los labios.

—Tenías un trocito de cobertura y no encontraba la servilleta.

—La tienes en la pierna.

—Ah, pues sí. ¿Qué te ha contado Leland sobre vuestros antepasados?

—Eh... —Hallie tenía problemas para recuperarse después del beso—. Ah, sí. Drue era el benjamín de la familia y a los diecinueve años se enamoró por completo de una joven actriz. Su padre, que era un empresario muy rico, le dio a elegir entre la familia o la guapa Emmeline.

—Y él, muy acertadamente, eligió a la chica —señaló Jamie—. Y esa elección al final hizo que tú estés aquí. ¿Te he dicho ya lo bien que te queda ese vestido?

—No, no lo has hecho. Pero todos los demás sí. Braden dice que solo puedo ponérmelo porque he perdido mucho peso. No sé cómo lo he conseguido consumiendo tantas calorías.

Jamie cogió los papeles que descansaban en el sofá entre ellos y los dejó en el suelo para poder acercarse a ella.

—Desde luego, Braden da mucha importancia al peso, ¿verdad?

—¿Qué estás haciendo?

Jamie le estaba acariciando el brazo desnudo.

—Bueno, ¿qué planes tiene tu primo?

—No lo sé. No tiene familia, igual que yo. Por eso decidió dejarlo todo y venir a conocerme. Podría... —Dejó la frase en el aire porque Jamie le había colocado la mano en la cintura y le estaba besando el cuello.

—Te he echado de menos cada segundo que hemos pasado separados —susurró él—. Quería que todos se fueran para que pudiéramos estar juntos.

Hallie echó la cabeza hacia atrás para facilitarle la tarea.

Mientras la besaba, susurró:

—He echado de menos nuestras conversaciones, el tiempo que pasábamos juntos y las comidas. He echado de menos saber que estabas acostada en una cama cerca de la mía. Me acordaba del día que me desperté contigo entre los brazos.

Empezó a besarle la barbilla y las mejillas. Tras aferrarle la cara entre las manos, le besó los párpados, que ella había cerrado.

—No creo que debamos hacer esto —protestó Hallie, si bien su voz carecía de convicción.

Sin soltarle la cara, Jamie esperó a que ella abriera los ojos y lo mirara.

—¿Vas a casarte con un hombre que te ve como a un premio de consolación?

—No —contestó Hallie, y al hacerlo sintió un enorme alivio. No quería desilusionar a Braden ni a su madre, pero no era capaz de seguir adelante—. No voy a hacerlo.

Jamie estaba a punto de besarla, pero un ruido hizo que se apartara de ella. Cuando miró al suelo, vio el enorme y reluciente anillo de compromiso. Se había caído del dedo de Hallie. Lo cogió entre el pulgar y el índice, y lo levantó. Estaba a punto de decir algo, pero Hallie se lo quitó y lo dejó sobre la mesa.

—Vale, ya está bien —dijo—. Te he oído hablar mucho sobre lo bien que haces el amor, pero quiero pruebas fehacientes.

Jamie sonrió, la tomó de la mano y, tras coger una muleta, echó a andar hacia la escalera. Una vez allí, dejó que ella subiera primero.

Cuando entraron en el dormitorio, Hallie se sintió un poco nerviosa.

«Y ahora, ¿qué?», se preguntó. ¿Lo harían otra vez de pie contra la pared o se meterían en la cama?

Sin embargo, Jamie asumió el control. Se sentó en el borde de la cama con las piernas separadas y la acercó a él. Después, la instó a darse media vuelta y comenzó a bajarle la cremallera del precioso vestido. Le dejó un reguero de besos en la piel que quedaba expuesta mientras le rodeaba la cintura con las manos hasta dejarlas en las caderas.

Con delicadeza, dejó que el vestido le cayera hacia delante y, después, que cayera al suelo, en torno a sus pies.

Cuando Hallie se dio media vuelta, Jamie pegó la cara a su abdomen desnudo y la besó, tras lo cual la abrazó y la estrechó contra él.

Hallie inclinó la cabeza y enterró la cara en su cuello. Lo había tocado cuando le daba masajes, pero eso no era lo mismo.

—Yo también te he echado de menos —murmuró.

Él la miró, sonriente, y cuando Hallie se inclinó para besarlo, la levantó de repente del suelo y la arrojó a la cama, sobre el cobertor.

—Ahora eres tú quien estás a mi merced —dijo, de una forma que lo hizo parecer el villano de unos dibujos animados.

Hallie se echó a reír y empezó a desabrocharle la camisa.

Sin embargo, Jamie le apartó la mano.

—No. Te toca a ti estar desnuda delante de mí.

—Qué idea más espantosa —replicó ella, que parpadeó varias veces sin dejar de mirarlo.

Jamie empezó a besarle el cuello mientras sus manos la exploraban. Aún llevaba la bonita ropa interior blanca, pero no se la quitó. Se limitó a acariciarla por todos lados a placer.

—Me has parecido preciosa desde el día que te conocí —le dijo al tiempo que dejaba un reguero de besos descendente.

Desde luego, parecía saber dónde tocarla y cómo, pensó Hallie mientras él la recorría con las manos y los labios. No supo bien cuándo le quitó la última prenda de ropa, pero en un momento dado se quedó desnuda y él la tocó sin impedimentos. Le acarició la cara interna de los muslos para que los separara. Al sentir sus labios en los pechos, arqueó la espalda.

Cuando estuvo preparada, descubrió que Jamie había llevado protección y él se encargó de ponérsela.

En cuanto la penetró, se aferró a él, encantada con el peso de su enorme cuerpo. No se había quitado la camisa, de modo que se le clavaron los botones en la piel.

Su tamaño, su peso y su olor tan masculino estuvieron a punto de volverla loca. Se corrió antes que él y Jamie la abrazó, sin dejar de acariciarle la espalda. Se limitó a abrazarla con fuerza para que disfrutara del placer.

Poco a poco empezó a moverse en su interior, despertando en ella sensaciones que no había experimentado antes. Era como si algo latente en su interior estuviera cobrando vida.

Se entregó por entero a la experiencia, disfrutando de ese hombre y del momento.

—Jamie —susurró.

—Estoy aquí —murmuró él contra su oreja—. Siempre estaré aquí.

Se quitó la camisa, y Hallie sintió el ardiente roce de su piel, la rugosidad de sus cicatrices. Le acarició la espalda sobre los bultos y las hendiduras. Y sonrió. Ese era Jamie. Ese hombre único y fascinante era Jamie.

Cuando se corrió, Jamie la estrechó contra su cuerpo. Al sentir cómo su cuerpo se relajaba sobre ella, Hallie se sintió poderosa. La necesitaba. Pese a su fuerza y a su tamaño, pese a su virilidad, estando con ella no le importaba nada eso. Con él, todo se reducía a una cuestión de confianza y, posiblemente, de amor.

Durmieron un rato, abrazados, tan juntos que eran como una sola persona. A primera hora de la madrugada, Jamie empezó a inquietarse. Una pesadilla. Como siempre, Hallie lo tranquilizó con besos. Se relajó, pero se despertó al cabo de un momento.

—¿Lo he hecho otra vez?

—Sí —contestó ella al tiempo que le apartaba el pelo de la frente.

—A lo mejor no me recupero nunca —susurró.

Su cuerpo desnudo estaba pegado al suyo, había pasado una pierna por encima de las suyas y percibía la tensión que comenzaba a invadirlo. Aunque su voz sonaba normal, Hallie sabía que lo que estaba diciendo era muy importante para él.

—Lo sé.

—No, no lo sabes —la contradijo él—. Tal vez siempre sufra pesadillas. No sé si podré tolerar algún día los ruidos fuertes. Si no te deseara tanto, no habría asistido en la vida a una boda familiar. Todas esas puertas y la gente, y el ruido...

Hallie lo besó.

—Lo sé. Todo eso forma parte de ti.

—Las cicatrices que llevo por dentro seguirán siempre ahí. Los años a lo mejor las suavizan, pero nunca desaparecerán. No puedo vivir como los demás. Debo hacer ciertos sacrificios.

Hallie no estaba segura, pero creía que tal vez estaba hablando de seguir juntos después de que la lesión de su pierna sanara. Puesto que no tenía una respuesta que ofrecerle, se limitó a seguir besándolo.

—Me gusta tu respuesta —dijo él—. Te toca a ti encima.

Jamie sonrió mientras se volvía hasta tumbarse de espaldas y después la levantó para que se colocara sobre él. Estaba más que listo.

Hallie se despertó al escuchar que corría agua. La puerta del cuarto de baño estaba abierta y vio que Jamie se encontraba delante del espejo. Solo llevaba una toalla en torno a la cintura mientras se afeitaba.

Sus miradas se encontraron en el espejo.

—Por fin te has despertado.

Hallie se desperezó a placer, sin preocuparse de mantener la sábana sobre sus pechos desnudos.

Jamie se detuvo un momento para mirarla. Cuando acabó de afeitarse, se secó la cara y se acercó a la cama para sentarse en el borde.

—Tú con solo una toalla encima —murmuró ella mientras le acariciaba un brazo—. Esa fue mi perdición la primera vez.

Jamie la besó, pero justo cuando las cosas se ponían interesantes, se apartó.

—No sé cómo quieres enfrentarte a esto, pero Adam acaba de mandarme un mensaje. Tu novio llegará en unos minutos.

Hallie le estaba besando el cuello.

—¿Quién?

—Me alegro de que no lo recuerdes —replicó Jamie, que se estiró a su lado.

De repente, Hallie se sentó.

—¡Se me había olvidado Braden!

—Comprensible. —Jamie estiró un brazo para tirar de ella y que se acostara otra vez, pero Hallie rodó hasta el extremo más alejado de la cama y se bajó.

Vio que la camisa de Jamie estaba en el suelo y la cogió. Metió un brazo en una manga y le dio la vuelta a la otra al tiempo que corría hacia el cuarto de baño.

—Se me ha olvidado por completo —dijo una vez dentro—. ¿Dónde ha dormido? ¡Ay, no! No se habrá acostado con alguna de tus primas, ¿verdad? Su madre me matará. Se suponía que debía echarle un ojo, pero no lo he hecho. Esto es un desastre.

Jamie estaba tumbado en la cama, con unos cuantos cojines bajo la cabeza.

—No a todo. Tu novio sigue siendo virgen y puro.

Hallie asomó la cabeza por la puerta para mirarlo.

—Ríete todo lo que quieras, pero Braden es responsabilidad mía. Voy a decirle que ni siquiera la chica que siempre ha estado a su lado quiere casarse con él. ¿Cómo sabes que se encuentra bien?

—Porque me han llegado un montón de mensajes. Adam dice que se llevó a Leland y a tu novio...

—Por favor, deja de llamarlo así.

—A tu ex novio a la casa de Plymouth. Como Todd se ha ido, tenían una habitación libre.

—¿Tu hermano se ha ido? —le preguntó Hallie—. Qué pena. Me habría gustado despedirme de él. A lo mejor el tío Kit puede enseñarme algún gancho especial de boxeo para despedirme de tu hermano.

Jamie rio entre dientes.

—Para que lo sepas, Todd jamás le devolvería un golpe a una mujer.

—Me alegro de saberlo. —Salió del cuarto de baño tapada con el albornoz—. Anoche hiciste que me olvidara de todo.

—¿Ah, sí? —replicó él, que abrió los brazos a modo de invitación.

Hallie se acercó, se acurrucó a su lado y empezaron a besarse. Las manos de Jamie comenzaron a explorar su cuerpo cuando se le abrió el albornoz.

—¿Hallie? ¿Estás aquí? —escucharon que decía Braden desde la planta baja.

Ella se apartó de Jamie.

—Tengo que bajar. —Al ver que no la soltaba, lo empujó con más fuerza—. Tengo que ver a Braden.

—Dile que estás ocupada.

Empujó con tanta fuerza que habría acabado en el suelo si Jamie no la hubiera sujetado mientras se levantaba.

—No puede enterarse de lo nuestro. Todavía no. Tengo que decírselo con delicadeza. Ha sufrido muchos desengaños últimamente. —Se llevó una mano a la frente—. Acabo de recordar que le prometí a Leland que esta mañana daríamos un paseo juntos por Nantucket. Y algunos de tus parientes se marchan hoy y tengo que despedirme. Tú también deberías despedirte.

—Ayer acabé harto de mi familia. ¿Cuánto tiempo necesitas para deshacerte de tu primo y de tu novio?

—Leland se va esta tarde, pero Braden... no lo sé. Ahora mismo está hecho un lío y es mi amigo. —Se acercó a la escalera para decirle que bajaría en unos minutos—. Tengo que vestirme —le dijo a Jamie mientras pasaba a su lado a la carrera—. Hazme un favor y deshaz tu cama, para que Braden piense que has dormido en ella.

—No me gusta mentir —protestó él.

Hallie le colocó las manos en la espalda y lo empujó hacia la puerta.

—Te gusta mentir para conseguir lo que quieres. ¡Vete! Y vístete.

—¿Tu novio se puede desmayar si ve las cicatrices de un soldado? —repuso él como si fuera un mártir.

Hallie se detuvo y lo miró.

—No, porque eres tan guapo que Braden se sentirá fatal.

—¿Ah, sí? —le preguntó Jamie con una sonrisa.

—¡Vete! —exclamó ella mientras abría el armario. Se detuvo un instante e inspiró hondo. Necesitaba tiempo para pensar en todo lo que había sucedido, para analizar todo lo que tenía en la cabeza: Jamie, Braden, la familia recién descubierta, Todd, y sí, claro, Jamie—. Que no se vaya todo al traste —dijo en voz alta, sin saber si estaba rezando o hablando con alguno de los fantasmas residentes que siempre parecían estar cerca—. Quiero quedarme con todo. Por favor.

No tuvo tiempo para pensar más. Había gente esperándola. Cogió la ropa y se vistió a toda prisa.

341

21

Jamie se encontraba en el gimnasio y le costaba concentrarse. Estaba tan cabreado que tenía que decirse constantemente que no debía tirar las pesas por los aires. Llevaba grabados a fuego en la cabeza los años que había pasado entrenándose con su padre y su tío. «El método lo es todo», decía su tío Mike. «Si haces un mal movimiento, puedes lesionarte los músculos.»

El motivo de que le costase tanto concentrarse en ese momento era que, en cuestión de minutos, iba a reunirse con el «novio» de Hallie para tener una «conversación». Eso era lo que había dicho durante el desayuno.

Hallie tenía mucha prisa por reencontrarse con su recién descubierto primo y por despedirse de algunos de los miembros mayores de su familia. Braden, que estaba sentado en silencio en la mesa, se había desentendido del compromiso. Adujo que tenía una resaca espantosa y no le apetecía ir a ninguna parte. Solo quería quedarse en la casa.

Jamie estaba en el fregadero cuando Braden se le acercó por detrás, algo que sin duda lo ponía nervioso, y le dijo que quería tener una «conversación» privada con él.

—¿Alrededor de las diez? Y, por favor, no le digas nada a Hallie. Esto es cosa de hombres.

Jamie solo atinó a asentir con la cabeza. Durante el desayuno, y mientras aparecían varios primos para llevarse a Hallie, no dejó de pensar en la inminente cita. ¿Ese tío iba a pedirle ayuda para quedarse con Hallie? ¿Intentaría aprovecharse de sus sentimientos para que se compadeciera de él de la misma manera que se compadecía Hallie?

Cuando la casa se quedó vacía, Jamie se fue al gimnasio en un intento por liberar parte de la tensión que se estaba acumulando en su interior. Sin embargo, se pasó todo el rato mirando el reloj, temiendo lo que se avecinaba, pero también deseando quitárselo de encima. Quisiera lo que quisiese, tenía claro que él haría lo mejor para Hallie.

A las diez menos cinco, Braden apareció en la puerta. Llevaba ropa limpia y bien planchada, mientras que la ropa deportiva de Jamie estaba empapada de sudor.

—Termina sin problemas —le dijo Braden—. Puedo esperar.

Jamie soltó las dos mancuernas de veinticinco kilos.

—No. Mejor hablamos ahora. —Parecía estar a punto de enfrentarse a un pelotón de fusilamiento. Señaló con la cabeza el cenador y los dos sillones, y Braden lo siguió.

Una vez fuera, Braden se sentó mientras que Jamie deseó haberse tomado la molestia de ducharse y de cambiarse de ropa. Guiado por un impulso, se quitó la camiseta sudada y se sentó, desnudo de cintura para arriba. Nunca estaba de más intimidar al enemigo.

Cuando Braden le vio el torso lleno de cicatrices, abrió los ojos como platos.

—¡Joder, tío! Pareces un gladiador que ha sobrevivido a la arena. Había leído lo de tus heridas, pero no es lo mismo que verlas. —Sus ojos recorrieron el torso, los hombros, el estómago y los brazos de Jamie—. Gracias —dijo—. Agradezco enormemente lo que los soldados hacéis por nuestro país. Claro que es imposible agradecéroslo lo suficiente. ¿Puedo estrecharte la mano?

Eso no era lo que se esperaba, pensó Jamie mientras extendía el brazo y estrechaba la mano de Braden. La rabia que había acumulado se convirtió en desconcierto.

—¿Qué es eso de que has leído lo de mis heridas?

Braden volvió a sentarse. Un rayo de sol le daba en la cara, de modo que cerró los ojos y disfrutó de la sensación.

—No podía permitir que Hallie viviera en este lugar con un tío del que no sabía nada, ¿verdad? El sargento Bill Murphy te manda saludos, por cierto, y dice que si alguna vez necesitas algo, puedes contar con él.

—¿Te importa decirme de qué va esto? —Había un deje amenazante en la voz de Jamie.

Braden sonrió.

—Tienes una hermana pequeña. Cuando empiece a salir con chicos, ¿tu familia no comprobará el historial del novio?

—Hallie no es tu hermana.

—Como si lo fuera —replicó Braden, que ni se inmutó por el malhumor de Jamie. Echó un vistazo por el jardín y sonrió al recordar algo—. Tenía seis años cuando sus padres la trajeron recién nacida a casa desde el hospital. Cuando mi madre y yo fuimos a verla, Hallie extendió una manita, me cogió un dedo y sonrió. Todo el mundo le dio mucha importancia y dijo que era demasiado pequeña para sonreír, pero daba igual. Durante toda la vida, cada vez que me veía, sonreía.

Jamie fue incapaz de contener el desdén.

—¿Y por eso quieres casarte ahora con ella?

—Tanto como tú quieres casarte con tu hermana pequeña. —Braden tomó aire—. Compré ese anillo en el aeropuerto. Es espantoso, ¿verdad? Sabía que Hallie lo odiaría. Por cierto, hace años le dijo a mi madre que le gustaría un diamante oval.

—Si no quieres casarte con ella, ¿por qué se lo pediste?

—Para liberarla —contestó Braden—. Verás, cuando mi madre me llamó toda histérica y me dijo que si no venía enseguida iba a perder a Hallie porque me la quitaría su paciente, supe que había llegado el momento de cambiar las cosas.

—¿En qué sentido?

Braden se tomó un momento para organizar sus ideas.

—Desde que su padre murió, la única seguridad que Hallie ha conocido somos mi madre y yo. Y ya sabes cómo son las mujeres. Si te ven como un héroe, creen que están enamoradas de ti. —Miró a Jamie—. Hasta que apareciste tú. Supe por el tono de voz de mi madre que eras distinto, de modo que usé los recursos de mi bufete de abogados para investigarte. El doctor James Michael Taggert tiene una reputación impecable. El sargento Murphy me dijo que le salvaste la pierna. Me contó que te ofrecías voluntario para ir en algunas de las misiones más peligrosas. Querías estar presente cuando alguien necesitase tu entrenamiento médico.

Jamie se encogió de hombros.

—Es lo que había que hacer.

—¡Ni mucho menos! Podrías haber trabajado en alguna clínica de lujo o que tu padre te comprase el ala de un hospital. Pero escogiste el ejército y salvar a nuestros soldados.

—No soy un héroe, si es lo que estás sugiriendo. Has dicho que has venido para liberarla.

—Quería hacerle entender a Hallie que no pasa nada por querer a otro. Y, para hacerlo, sabía que debía dejar de verme como la personificación de todas las bondades de la Humanidad. Tenía que verme como soy, un hombre con muchísimos defectos. ¿Se han reído mucho tus primos por mis bailes?

—No lo sabes bien. —Jamie miró a Braden—. ¿Me estás diciendo que todo esto ha sido una farsa?

—Sí —contestó Braden—. Bueno, ¿qué tal lo he hecho? ¿He pisado suficientes callos? Buscar a tu padre para que me transfiriera sus asuntos legales en la boda ha sido lo peor. Parecía cabreadísimo y es tan grande que empecé a sudar y tenía toda la espalda empapada. Cuando su hermano se acercó al grupo, me acojoné tanto que quería salir corriendo, pero me mantuve firme.

Jamie no daba crédito a lo que oía.

—¿Qué me dices de la primera noche? ¿Estabas borracho de verdad?

—Por favor —replicó Braden—. Aguanto bien el alcohol. Bastaron dos cervezas para que esos chicos creyeran que un vejestorio como yo estaba borracho... pero fue uno de ellos el que me vomitó encima. El asunto es que sabía que estando sobrio nunca podría pedirle matrimonio a Hallie. Pero no podía permitir que siguiera viviendo con la idea de que me dejó escapar. Además, quería veros juntos. Me bastó ver cómo os comíais con los ojos para saber lo que sentís. Bueno, ¿qué tal lo he hecho?

—De maravilla —contestó Jamie—. Me lo he tragado todo.

—Quería ser actor, pero cuando mi padre murió, supe que tenía que buscarme un trabajo de verdad. Mantener a la familia, ya sabes. Aunque si alguien de mi bufete se llega a enterar de que me he enemistado con los cabezas de familia del clan Montgomery-Taggert, me darán la patada. Tendré que ponerme a pedir en una esquina.

—No te preocupes por eso —dijo Jamie—. Ya me encargo yo. —Miraba a Braden fijamente—. Has sido muy noble.

—Sí, lo sé —convino él—. La parte difícil será decírselo a mi madre. Ansía de todo corazón que me case con Hallie, pero no saldría bien. Soy un adicto al trabajo y Hallie es tan sacrificada que nunca me pediría nada y... —Se encogió de hombros—. La haría muy desdichada. —Miró a Jamie—. No era mi intención contarte la verdad, ni contársela a nadie más. —Hizo una pausa y, cuando volvió a hablar, lo hizo con voz risueña—. Solo te lo he dicho para que sepas que lo que te digo a continuación es la verdad. Shelly me mandó un mensaje y me dijo que llegaría a la isla alrededor de las siete. Cuando llegue, Hallie se va a poner histérica. Perderá los papeles. Estoy seguro de que te dirá que no quiere volver a verte, que quiere que salgas de su vida para siempre.

—¿Por culpa de su hermanastra? ¿Por qué?

Braden guardó silencio un momento.

—Hallie creerá que si ves a Shelly en persona la dejarás para irte con su hermanastra. —Al ver que Jamie no comprendía, añadió—: ¿Has visto los desfiles de Victoria's Secret que ponen en la tele? Si le pones unas alas a Shelly, desfilaría por esa pasarela sin desentonar en lo más mínimo.

—¿Y qué? —preguntó Jamie.

Braden lo miró con una sonrisa.

—Buena respuesta. El problema es que Hallie no te creerá porque Shelly le ha robado todos los novios que ha tenido.

—¡Cabrones! —masculló Jamie.

—En fin, ¿qué quieres que te diga?, a los diecisiete no te funciona el seso. Shelly aparecía con ropita minúscula y los chicos perdían la cabeza. Y, en comparación, Hallie estaba gorda... o eso era lo que Ruby solía decir. El contraste entre las dos era brutal. Pero, anoche, Hallie estaba increíble con ese vestido. ¿Qué has hecho para ponerla en tan buena forma?

—Alejarla de la gente que cree que es plato de segunda mesa —replicó Jamie.

—¡Eso ha dolido! —exclamó Braden—. Ojalá no tuvieras razón. Los hombres quieren a Hallie, pero babean por Shelly.

—Yo no —le aseguró Jamie. Miraba a Braden con expresión calculadora. Pronunciaba el nombre de la hermanastra de Hallie de una forma que no terminaba de gustarle—. ¿Debo entender que no consideras a Shelly como a una hermana pequeña?

Braden soltó un suspiro.

—Mientras crecía, no le presté mucha atención a la niña. Pero un día, cuando fui a casa de visita, allí estaba esta chica, de casi metro ochenta, delante de la casa de Hallie con un biquini. ¿Alguna vez has mirado a una mujer y el deseo te ha nublado la cabeza?

—Casi perdí el conocimiento cuando conocí a Hallie.

—Bien. Me gusta. Ella se lo merece. El asunto es que eso mismo es lo que sentí al ver a Shelly con dieciséis años. —Braden hizo una pausa antes de continuar, como si sopesara la idea de contar la verdad o no—. Te voy a decir algo que nadie más sabe. Todas esas mujeres con las que he salido desde entonces, las que me dan la patada... La verdad es que entiendo el motivo. Para mí, son copias baratas de Shelly y ellas se dan cuenta.

—¿Y por qué no vas a por ella?

Braden se encogió de hombros.

—¿Qué habría sentido Hallie si yo, su caballero de brillante armadura, fuera detrás de su hermanastra como todos los demás? Y luego está mi madre. Lleva años oyendo todas las perrerías que Shelly le ha hecho a Hallie. No podría hacerles algo así a ninguna de las dos.

—A muchos hombres les habría dado igual todo eso —repuso Jamie.

—Y tú estabas en un Humvee cuando podrías haber estado tranquilito en un hospital, ejerciendo la medicina. Todos hacemos cosas que nos granjean el título de «hombre».

—Sí, es verdad —convino Jamie—. Nunca he conseguido que Hallie me hable de su madrastra y me ha contado pocas cosas de Shelly, salvo que tenía la sensación de ser una donante de órganos para su hermanastra.

Braden se echó a reír.

—Es una buena descripción. Siempre me ha encantado el sentido del humor de Hallie. ¿Te ha contado qué le pasó al jardín?

—No, pero me gustaría escuchar la historia. —Jamie hablaba con sinceridad.

—Vale, pero primero tienes que entender que Ruby poseía una ambición capaz de devorar la tierra... y la concentraba por entero en su preciosa hija. Alrededor de un año después de que se mudaran, Ruby decidió que quería una enorme piscina. Pero los abuelos de Hallie tenían un glorioso jardín en la parte trasera. Criaban sus propios animales y compartían los productos con sus vecinos. Cuando los abuelos rechazaron la idea de la piscina, Ruby se lo tomó con mucha calma, y ellos creyeron que el tema estaba zanjado. La subestimaron.

—Me da miedo preguntar qué pasó —dijo Jamie.

—Los abuelos se llevaron a Hallie a pasar un fin de semana fuera y, cuando volvieron, el jardín ya no estaba. Una excavadora había arrasado con todo. Había desaparecido incluso la preciosa casita de madera de Hallie, construida por su abuelo.

—¿Qué dijo el padre de Hallie cuando lo vio?

Braden negó con la cabeza.

—¡Ese sí que era un cobarde! Mi madre lo llamaba el Corredor, porque siempre salía corriendo de los enfrentamientos. Se mantuvo alejado seis semanas. Mi madre dijo que la casa de los Hartley era una zona de guerra. Al final, todos llegaron a la conclusión de que ya no podían vivir en una sola casa. Los abuelos decidieron mudarse a Florida. Solo querían el permiso del padre de Hallie para llevársela con ellos. Pero Ruby dijo que no, de modo que Hallie tuvo que quedarse. —Braden se quedó callado un momento antes de mirar a Jamie y añadir—: ¿Puedo darte un consejo?

Jamie titubeó, pero teniendo en cuenta lo que ese hombre estaba dispuesto a hacer por Hallie, sí, aceptaría su consejo. Asintió con la cabeza.

—Dile que eres médico.

—Hallie ya lo sabe.

—No creo que lo sepa. Cuando llamó a mi madre y empezó a hablar de ti, no lo mencionó. Si Hallie le hubiera dicho que eres médico, mi madre me habría dado la paliza con esa información. Cree que los médicos están por encima de los abogados a la hora de ayudar a la humanidad.

—Lo estamos —repuso Jamie—, pero vosotros los abogados nos rescatáis de los depredadores.

Ambos sonrieron y disfrutaron de las vistas del jardín.

Después de que Braden se fuera, Jamie se tendió en el viejo sofá de la sala de estar de Hallie e intentó concentrarse en el último ejemplar de *Journal of the American Medical Association* que su madre le había llevado. Su madre insistía en que mantuviera el contacto con su profesión, ya que esperaba que pronto volviera a ejercer. Su padre y ella se habían ofrecido a construirle una clínica cerca de su casa en Colorado.

—O en Maine —le habían dicho.

La idea era que se sentiría más seguro si trataba únicamente a personas que estuvieran emparentadas con él.

Hasta ese momento, hasta que conoció a Hallie, había rechazado su ofrecimiento sin pensarlo siquiera. Pero en ese instante lo estaba pensando.

Su madre lo llamó cuando estaban a punto de irse de Nantucket.

—Hallie está aquí y todos se están despidiendo de ella con un beso —dijo Cale desde el aeropuerto—. Les cae de maravilla a todos.

—Deja de soltar indirectas —replicó Jamie—. A mí también me cae bien.

—¿Cómo de bien? —se apresuró a preguntar Cale.

Jamie estuvo a punto de soltarle que eso era asunto suyo, pero, en cambio, sonrió. Sabía que todos se habían dado cuenta de lo mucho que había avanzado desde que conoció a Hallie y querían lo mejor para él.

—Me gusta todo lo que me puede gustar y más. ¿Es lo que querías oír?

—Sí —susurró Cale. Jamie sabía que su madre intentaba contener el llanto, de modo que le dio el tiempo que necesitaba para hacerlo—. Bueno, ¿cuándo se lo vas a decir?

Jamie puso los ojos en blanco.

—Deja que yo me encargue de algo, ¿quieres?

—De acuerdo, cariño —dijo Cale—, pero soy tu madre y me preocupo. Me da miedo que Hallie decida que está enamorada de ese tal Braden. ¡Parece que no ve cómo es de verdad! Tu padre estaba furioso en la boda de Jilly. Me costó la misma vida conseguir que se tranquilizara. Braden dijo...

—¡Mamá! —la interrumpió Jamie—. Tranquila. Hallie no se va a ir con Braden. Cuando vuelva, te lo contaré todo sobre él. Es un buen tío, de verdad, y te va a encantar su historia.

—Lo dudo mucho —replicó Cale—. Creo que es... Oh, no. Tu padre está a punto de tirarme a la trasera de una camioneta.

Era una broma familiar: cada vez que su padre quería que su madre se diera prisa, decía que la iba a tirar en la parte trasera de una camioneta, algo que había hecho hacía mucho tiempo.

—Te quiero —dijo Cale—. ¡Y habla con Hallie!

—Lo haré —le aseguró Jamie—. Y yo también os quiero.

Cortó la llamada e intentó concentrarse de nuevo en la revista médica, pero se mantuvo alerta en todo momento por si escuchaba el regreso de Hallie. Temía el momento de decirle que Shelly iba de camino a la isla. Si había algo que conociera bien, era el miedo irracional. En teoría, sabía que una habitación con muchas puertas no era algo que debiera temer, pero eso no evitaba que se pegase a una pared y se mantuviera alerta. ¿Quién sabía lo que podía atravesar una puerta en cualquier momento?

La lógica le decía a Hallie que no había motivos para tenerle miedo a su hermanastra, pero eso no evitaría que se lo tuviera. Tal vez algún día Hallie se sintiera lo bastante segura como para plantarle cara a Shelly, pero en ese momento Jamie iba a hacer lo que Braden había hecho durante tantos años y la protegería. Iba a plantarse entre las dos mujeres y hacer todo lo que fuera necesario para que Hallie se sintiera a salvo.

Cuando escuchó la puerta de un coche cerrarse de golpe, se levantó y llegó a la puerta principal en segundos, antes de que se abriera.

Hallie la abrió de par en par. ¡Estaba empapada!

—Ha empezado a diluviar nada más salir del coche.

Jamie dejó las muletas en la escalera y le tendió los brazos.

—Te voy a mojar.

Al ver que no bajaba los brazos, ella se acercó y los dos se abrazaron con fuerza. Hallie tenía la cabeza apoyada en su pecho, de modo que escuchaba los latidos de su corazón.

—Fui al aeropuerto para despedirme de todos. El tío Kit se ha ido con tus padres, y Leland ha tomado un vuelo a Boston.

Jamie le besó la coronilla húmeda y después tiró de ella hacia la escalera mientras seguía hablando.

—Casi no conozco a Lee, pero tenemos muchas cosas en común. Él fue hijo único como yo. Voy a conocer a la familia en Navidad, pero Lee y yo hemos hecho planes para pasar el día de Acción de Gracias juntos.

Jamie la condujo hasta la puerta del cuarto de baño, cogió una toalla y empezó a secarle el pelo.

—El tío Kit ha dicho que se unirá a nosotros. Creo que las celebraciones de tu enorme familia son demasiado para él. Me ha dicho que él hará los postres. Y Lee va a preparar el relleno.

Jamie le desabrochó la camisa mojada y se la quitó.

—Eso me deja a mí a cargo del pavo, de la guarnición y del pan. —Miró a Jamie—. A menos que tú quieras ayudar.

—Soy un hacha con las salsas y los guisantes —aseguró él mientras le desabrochaba los pantalones y la ayudaba a quitárselos.

—Así que yo me encargo del pavo. —Hallie empezaba a tiritar—. ¿Qué pan te gusta más?

—El *brioche* —contestó él mientras la llevaba a la cama y apartaba las sábanas.

—A mí también. —Estaba a punto de meterse en la cama cuando Jamie se lo impidió para quitarle la ropa interior mojada.

Desnuda, lo miró mientras él la estrechaba entre sus enormes y cálidos brazos.

—¿Me has echado de menos? —preguntó él.

—Sí. Cada minuto. Creo que he hablado de ti más de la cuenta.

Jamie se apartó de ella el tiempo justo para desnudarse y después se metió en la cama.

—¿Por qué lo dices?

—Adam me dijo que no se había dado cuenta de que medías tres metros y que Superman a tu lado era un enclenque.

Con una sonrisa, Jamie abrió los brazos y sus cuerpos se pegaron el uno al otro antes de empezar a besarse.

Fue Hallie quien se apartó y lo instó a colocarse de espaldas. Sus labios comenzaron a recorrerle las cicatrices del cuerpo, besándolas, acariciándolas. Ese mismo día, la madre de Jamie le había contado que su antigua novia, Alicia, se había puesto fatal al ver el cuerpo herido de Jamie. Las cicatrices y los surcos, las zonas donde la metralla le había arrancado parte de la piel y del músculo, le habían revuelto el estómago.

Sin embargo, Hallie creía que Jamie era guapísimo. Recorrió su cuerpo con los labios, el torso y los brazos antes de descender cada vez más hasta llegar a su entrepierna. Perfecta e intacta, pensó, pero, por supuesto, empezaba a pensar que todo él era así.

Cuando se la metió en la boca, Jamie jadeó, echó la cabeza hacia atrás y cerró los ojos.

Minutos más tarde, Hallie subió por su cuerpo hasta su cuello y después su boca.

Jamie la colocó de espaldas y empezó a hacerle el amor, tomándose su tiempo para explorar su cuerpo mientras la llevaba a nuevas cotas de placer. Cuando la penetró, Hallie estaba más que preparada para sus fuertes y lentas embestidas.

Cuando Jamie se derrumbó sobre ella, Hallie lo abrazó, acunándole la cabeza contra el pecho, y le acarició el pelo mientras recordaba los eventos del día. Había pasado una mañana estupenda y se había divertido mucho con los primos de Jamie. En el aeropuerto, había llorado un poco al despedirse de unas personas que se habían convertido en amigos. La madre de Jamie le había dado un fuerte abrazo y su padre la había abrazado levantándola en volandas.

—Gracias —le había dicho Kane, soltándola de repente antes de subir corriendo la escalerilla del avión.

El tío Kit le había besado la mano.

—Volveremos a vernos pronto —le había asegurado él.

Le costó la misma vida despedirse de Leland.

—¡Acción de Gracias! —le había gritado él mientras se subía al avión.

Se había quedado con los primos de Jamie mientras veía despegar el avión privado y después todos la habían mirado. Sabía lo que le preguntaban. ¿Qué quería hacer en ese momento?

—Volver a casa —dijo sin rodeos. Quería ver a Jamie.

La habían llevado de vuelta a Kingsley Lane y estaba tan ansiosa por ver a Jamie que abrió la puerta incluso antes de que el coche se detuviera. En ese momento, justo cuando salía del coche, un chaparrón de verano la había dejado como una sopa.

—¿Ya has entrado en calor? —preguntó Jamie, con los cuerpos entrelazados.

—Sí —contestó.

Jamie se apoyó en un brazo para mirarla.

—Algo te preocupa.

—No es nada.

—Puedes contármelo —insistió él.

Ella tomó una honda bocanada de aire.

—Por favor, no te pongas celoso, pero estaba pensando en Braden.

Jamie la besó con dulzura.

—Ya no tengo celos de él. Dime qué piensas.

—Pienso en esto. En nosotros juntos. Voy a tener que romperle el corazón a Braden. Pero no es el hombre que yo creía que era.

Jamie se tumbó de espaldas y la instó a apoyar la cabeza en su hombro.

—Cuéntamelo —insistió.

—Supongo que siempre he visto a Braden a través de los ojos de una niña —comenzó Hallie—. Pero siempre se ha portado muy bien conmigo. Incluso de adolescente, cuando era una estrella en el instituto, tenía tiempo para una niña pequeña como yo. A veces, sus compañeros del equipo de fútbol se metían con él por llevarme a casa, preguntarme por los deberes o arreglarme un juguete. Pero Braden siempre se alegraba de verme.

—¿Y ahora?

—Ahora tengo que decirle que otra mujer va a rechazar su proposición de matrimonio. ¡Ay, Jamie! ¡Se portó fatal en la boda! Menuda vergüenza pasé al verlo con tu padre y con tu tío Mike. Me enfadé tanto que, cuando Leland apareció, hice que se sentara entre nosotros. Intenté ser amable, pero, en el banquete, Braden no dejaba de hablar de lo contento que estaba porque podía acceder a tu familia gracias a mí. Dijo que eso era como mi dote.

—Se comportó como un capullo, ¿verdad?

—¡Sí! —exclamó Hallie—. Es la descripción perfecta. ¿Por qué no me di cuenta mientras crecía? —Se tapó los ojos con una mano—. Lo peor de todo será tener que explicárselo a su madre. Ella y yo... Sé que parece una ridiculez, pero hablábamos de que cuando yo creciera y me casara con Braden, ella sería mi madre de verdad. —Lo miró a la cara—. ¿Qué voy a decirle?

—Dile que ha criado a un hijo que es un hombre honorable. Un hombre capaz de sacrificar lo que desea en esta vida para no hacerle daño a los demás. Dile que debería estar orgullosísima de él.

—¡Hala! —exclamó Hallie—. ¿De qué narices habéis estado hablando esta mañana?

—Cosas de tíos. —No pensaba contestar esa pregunta y traicionar la confianza que le había demostrado Braden. Empezó a besarla en el cuello mientras bajaba una mano.

Sin embargo, Hallie se apartó.

—Debemos levantarnos porque tengo que trabajar en tu rodilla. Saltó de la cama, recogió del suelo la camiseta de Jamie y se la puso antes de entrar en el cuarto de baño.

—Parece que te gusta llevar mi ropa —comentó él mientras se colocaba los cojines detrás de la cabeza.

—Y a ti parece gustarte ir sin ella.

—Semejante belleza no debería estar cubierta.

Hallie lo miró a través del espejo. Cuando lo conoció, se sentía tan avergonzado por las cicatrices que no quería que nadie las viera. Pero a esas alturas se quitaba a menudo la camiseta... y cada vez que lo hacía, a Hallie se le aflojaban las rodillas. Ya no veía las cicatrices, solo la belleza del hombre que había tras ellas.

—En esto te doy toda la razón —convino ella con una sonrisa.

—Creo que mi pierna va bien por hoy. Deberías volver a la cama.

—De eso nada. Lo único que tu hermano aprueba de mí es lo buena que soy en mi trabajo. No quiero perder esa alabanza.

—¿Por qué te quedaste allí plantada, escuchando? —Su voz sonó más irritada de lo que había pretendido.

—Pregúntaselo a Juliana y a Hyacinth. Creo que querían que os escuchase.

Hallie regresó al dormitorio. Jamie estaba tumbado en la cama, sin más prendas que la rodillera de la pierna derecha y un trocito de sábana sobre la zona central del cuerpo. ¡Menudo espectáculo! Piel dorada por el sol sobre esos músculos, desde el cuello hacia abajo. Unos abdominales como una tableta de chocolate. Unos muslos como troncos. Era la personificación de un dios antiguo.

—Hallie —susurró Jamie.

Ella se las apañó para darse la vuelta y acercarse al armario.

—¡Joder con Todd! —escuchó que decía Jamie mientras ella sacaba una camiseta limpia—. ¿Hallie? —insistió Jamie con un deje muy serio en la voz—. Esta mañana, Braden me ha dicho una cosa muy rara. Me ha dicho que creía que no sabías que soy médico. Le dije que era imposible, porque Jared te entregó mi historial médico... ¿Verdad?

Ese asombroso retazo de información hizo que Hallie tuviera la sensación de que le habían pegado un puñetazo en el estómago. Se apoyó en las baldas del armario a fin de recuperarse. Cuando le entregaron su historial médico, estaba tan alterada por el hecho de que Shelly intentase robarle la casa que fue incapaz de concentrarse en la lectura. Pero, fuera cual fuese el motivo, desconocía ese hecho sobre él. Una parte de ella se sentía furiosa por habérselo ocultado. O tal vez se sintiera furiosa consigo misma por no haber averiguado algo tan fundamental sobre ese hombre.

Sin embargo, se negaba a dejarse llevar por la rabia. Lo miró desde la puerta. Sabía muy bien que las bromas funcionaban con él.

—¿Me estás diciendo que eres capaz de conseguir un trabajo? ¿Que puedes ganarte la vida? ¿Que no vas a vivir de un fondo fiduciario que te dejó un pariente que seguramente tenga dos aviones privados?

Jamie gimió.

—Sabes cómo golpear a un hombre para que le duela. De hecho, me duele tanto que puede que vuelva al hospital.

—¿No eres capaz de operarte tú solo?

—La verdad es que esta de aquí me la cosí yo. No era profunda, así que me la curé sin ayuda. —Se pasó una mano por la cicatriz que tenía en el brazo izquierdo—. Fue unas cuantas semanas antes de la explosión. Me daba miedo que me mandaran a casa si alguien la veía.

Hallie se volvió hacia el armario para que no pudiera verle la cara. De repente, la broma no le hacía tanta gracia. Era capaz de imaginarse a Jamie cosiéndose su propia herida. Regresó al dormitorio.

—Bueno, ¿tienes algún otro secreto?

Jamie sabía que había llegado el momento de decirle que Shelly llegaría en cuestión de tres horas, pero fue incapaz de hacerlo. Por mucho que le costara admitirlo, Braden parecía conocer muy bien a Hallie y no quería que se pusiera «histérica» tal como le dijo que se pondría. Sonrió y entrelazó las manos por detrás de la cabeza.

—No pareces haberte dado cuenta de que Todd y yo somos gemelos idénticos.

Hallie resopló.

—Todd es diez centímetros más bajo que tú y tiene flotador. Deberías llevártelo al gimnasio más a menudo. —Se sentó en la cama junto a él y le pasó una mano por el pecho con expresión seria—. ¿Crees que podrías trabajar en un hospital?

Sabía que estaba refiriéndose a su síndrome de estrés postraumático. Había mejorado, pero no se había curado.

—No —contestó con sinceridad—, todavía no, pero puede que sea capaz de trabajar unas cuantas horas en una clínica pequeña. Tendría que ser un lugar con pocas puertas y pocos pacientes y...

Hallie lo besó.

—Día a día. Ya podrás hacerlo todo con el tiempo.

—¿Estarás a mi lado?

Estuvo a punto de contestar que sí, que lo seguiría allá donde fuera, que no se imaginaba la vida sin él, pero no lo hizo. No quería sacar a la luz todo lo que llevaba dentro. Al menos, no de momento. Se levantó y, con expresión risueña, dijo:

—Si es una invitación, ¿dónde está el champán?

—De camino. Quieres un diamante oval, ¿no? —preguntó él.

Hallie lo miró boquiabierta. Creía que se refería a seguir juntos después de que se le curase la pierna, a conocerse mejor en circunstancias normales y esa clase de cosas. Pero, al parecer, él estaba pensando en algo más permanente.

—Sí, sí quiero —contestó en voz baja antes de darse la vuelta—. Esto... yo... —No se le ocurría qué decir—. Te veo en el gimnasio —terminó y bajó corriendo la escalera.

22

Una hora más tarde, Jamie estaba saliendo de la ducha exterior del gimnasio cuando la vio. Sería imposible confundirla. Shelly era tal cual Braden la había descrito: muy alta, delgada y con una larga melena rubia que enmarcaba una cara muy bonita.

Lo que no era bonito era la mirada que le estaba echando. Jamie solo tenía encima la toalla y la rodillera, un atuendo que se había acostumbrado a llevar en los últimos tiempos. Pero la mirada de esa mujer lo hacía sentirse, bueno, desnudo. Expuesto.

Había visto a muchos hombres mirar así a las mujeres, recorriéndolas de arriba abajo, evaluando sus atributos físicos como si fueran caballos de carreras.

Sin embargo, no recordaba haber visto nunca a una mujer mirar a un hombre de esa forma. Su primer impulso fue el de taparse, pero no lo hizo. Se enderezó, se cuadró de hombros y juntó los pies.

Los ojos de Shelly se detuvieron en los suyos, y lo primero que vio en ellos fue furia. Después, cambió y la vio esbozar una sonrisilla ufana como si no fuera digno de su atención.

En un abrir y cerrar de ojos, Shelly dio media vuelta sobre sus altísimos tacones y echó a andar hacia la casa, donde estaba Hallie.

El único pensamiento de Jamie era que debía llegar hasta

Hallie antes de que lo hiciera esa mujer. Debía proteger a la mujer que amaba.

Sin embargo, acababa de dar un paso cuando tropezó con una losa del suelo y se cayó, golpeándose la rodilla sana. Al tratar de levantarse, la rodillera se le enganchó en la piedra, deteniéndolo. Se le había caído la toalla, que descansaba en el suelo a cierta distancia y cuando extendió el brazo para cogerla, el viento se la llevó volando.

Soltó un taco mientras intentaba incorporarse sin la ayuda de la muleta, y después se echó un vistazo. No podía entrar desnudo en la casa. Se las arregló para regresar cojeando al gimnasio y coger los pantalones de deporte. Estaba poniéndoselos cuando se le trabaron en la parte posterior de la rodillera, impidiendo que pudiera subírselos por las piernas, de forma que soltó una palabrota más fuerte y en voz más alta.

Le pareció que tardaba una eternidad en ponerse los pantalones y la camiseta de manga corta. Acto seguido, cogió las muletas y echó a andar hacia la casa. La puerta trasera estaba cerrada. La aporreó y llamó a gritos a Hallie, pero nadie fue a abrir. A lo mejor estaban arriba, pensó, y rodeó la casa para entrar por la puerta principal. También estaba cerrada.

Se vio obligado a rodear la casa de nuevo, pero se percató de que la puerta de doble hoja del salón del té estaba abierta, de modo que entró por ahí. Nada más entrar, escuchó voces, de manera que atravesó la despensa con la intención de salir a la cocina y ver qué pasaba.

Shelly estaba sentada a la mesa de la cocina mientras Hallie sacaba cosas del frigorífico para ponerlas delante de su hermanastra.

La escena hizo que Jamie frunciera el ceño, pero sabía muy bien lo que eran los hábitos familiares. Cuando su hermano y él estaban juntos, parecían saber lo que iba a hacer el otro antes de que lo hiciera. Sin embargo, Jamie detestaba ver a Hallie sirviendo a Shelly.

Dio un paso hacia delante con la intención de entrar en la cocina y ponerle fin a la escena, pero se le cerró la puerta en las narices. Trató de girar el pomo, pero estaba cerrada con llave. Tal como había hecho fuera, aporreó la puerta y llamó a gritos a Hallie para que la abriera, pero todo fue en vano.

Jamie tardó apenas unos segundos en regresar al salón del té para entrar en la casa por la otra puerta, pero también estaba cerrada.

Apretó los dientes, frustrado. No le cabía duda de que los espíritus de la casa eran los culpables de todo.

—¿Esto fue lo que hicisteis el día que Hallie nos escuchó hablar a Todd y a mí en la cocina? —preguntó en voz alta, pero no obtuvo respuesta.

Atravesó la estancia con la ayuda de las muletas, regresó a la despensa y, tal como esperaba, la puerta estaba entreabierta. Al parecer, debía observar y escuchar, oculto por la oscuridad reinante en la despensa.

Jamie miró a Shelly, que seguía sentada a la mesa. Había escuchado hablar tanto de su belleza que sentía curiosidad. Había visto las fotografías profesionales que ella le había enviado, y le había parecido guapa pero con una belleza glacial y remota que no le gustaba.

En ese momento, mientras la observaba, recordó el dicho que rezaba: «La belleza está en el ojo de quien mira.» Aunque Braden y Hallie pensaran que Shelly era espectacular, para él no lo era en absoluto. Era alta y delgada, sin forma alguna. Su mirada profesional veía que había tomado demasiado el sol. No envejecería bien.

Para él, Hallie era mucho más bonita. Adoraba sus curvas, la forma de su cara, su costumbre de sonreír a todo el mundo. Hallie tenía el pelo más lustroso y suave, y siempre olía bien, aun cuando estuviera sudando en el gimnasio.

Mientras observaba a las dos mujeres, se preguntó por qué algunos pensaban que Shelly era la guapa. En su opinión, Hallie superaba a su hermanastra en todos los aspectos: en inteligencia, talento, belleza y personalidad.

En la cocina, Hallie se esforzaba al máximo por prestarle atención a Shelly. Estaba preparando un almuerzo tardío para Braden y para ella cuando apareció su hermanastra. Apareció en su cocina de Nantucket como por arte de magia negra.

Y una vez que la vio, fue como si el sol desapareciera. Como si las puertas y las ventanas se hubieran cerrado de repente, y la preciosa casita se hubiera convertido en una prisión. No había tenido noticias de Shelly desde el día que llegó a su casa y vio a Jared sentado en su salón pidiéndole a su hermanastra que firmara unos documentos.

Siguió sacando comida del frigorífico. Era mejor que estar sentada e intentar hablar con Shelly. Aunque era capaz de discutir durante horas, lo que quería era librarse de ella lo antes posible. «Por favor, por favor —suplicó—. Que Jamie se quede fuera. No le dejéis entrar y ver a Shelly.» No se creía capaz de verlos reír juntos, de verlos hablar y coquetear. No se creía capaz de ver que Jamie hacía lo que los hombres hacían con Shelly.

—He venido para arreglar las cosas contigo —estaba diciendo Shelly—. Pero, claro, es que me paso la vida pidiéndote perdón.

—Nunca me has pedido perdón —le recordó Hallie, que se enfadó al instante consigo misma por morder el anzuelo que le había lanzado Shelly.

—Estoy segura de que tú lo ves así. ¿Podemos hablar sin discutir aunque solo sea una vez? —replicó al tiempo que echaba un vistazo por la cocina—. Es una casa bonita, pero para que el jardín se parezca al que tenían tus abuelos necesitará mucho trabajo. Supongo que eso es lo que planeas hacer.

—Shelly, ¿qué quieres?

La aludida soltó un suspiro exagerado.

—Veo que las cosas no han cambiado. Tu actitud sigue siendo hostil. Vale, te lo diré. La verdad, no creí que te importara que yo asumiera la responsabilidad de esta casa vieja. Siempre estás diciendo que no te ayudo con nada, pero cuando te ofrecí mi ayuda, actuaste como si hubiera cometido un delito. Creía que te gustaba vivir en Boston. Nunca has ocultado el hecho de que estabas enamorada de Braden. No escuché otra cosa mientras crecía. Era vergonzoso verte hacer el tonto delante de él.

Hallie sabía que lo que Shelly decía sobre Braden era cierto. Era muy posible, más que probable, de hecho, que si hubiera recibido los documentos que le envió Jared, hubiera vendido la casa de Nantucket sin verla.

Shelly abrió un tarro de aceitunas y mordisqueó una.

—De verdad que siempre he pensado que Braden y tú acabaríais juntos. Eso es lo que su madre y tú habéis planeado, ¿no?

Hallie se sentó a la mesa y miró a su hermanastra. Shelly siguió hablando:

—En la vida se me habría ocurrido que pudieras dejar atrás a Braden. Pensaba que morirías en esa casa, esperando que él regresara y se fijara en ti.

—¿Me estás diciendo que no habrías tratado de robar esta casa de no ser por mi amistad con Braden?

—¿Amistad? —replicó Shelly—. Más bien era una obsesión. Reconócelo, Hallie, no eres precisamente una mujer aventurera. Has vivido toda la vida en la misma casa. Incluso después de acabar todos los estudios, aceptaste un trabajo poco remunerado con tal de quedarte cerca de él. Te limitaste a sentarte para esperar que Braden volviera y te llevara en volandas al futuro con el que soñabas.

Hallie había agachado la cabeza. Las palabras de Shelly eran tan ciertas que empezaba a sentirse fatal. Pero claro, así habían sido las cosas desde que su padre volvió a casa y anunció que se había casado con una mujer que tenía una hija. Su padre le aseguró que Shelly se convertiría en su mejor amiga.

Pero eso no sucedió jamás. En cambio, descubrió que Ruby no dejaba de repetirle que debía darle a Shelly más y más y más. Cuando Shelly creció, ella misma era la que soltaba los discursos y volvía las tornas de forma que Hallie siempre fuera la que quedaba en mal lugar.

Sí, había estado obsesionada con Braden, pero en ese momento comprendió que no necesitaba el sueño de ese futuro feliz para sobrevivir.

A veces, había momentos en la vida de las personas en los que de repente las cosas se veían con claridad. Epifanías, revelaciones, el momento en el que se encendía la bombilla... se podía llamar de muchas formas. Era el momento en el que una persona despertaba. Hallie miró a su hermanastra y decidió que ya había aguantado suficiente. Shelly ya no la asustaba. Si su hermanastra decidía usar lo que usara con los hombres para atraerlos y Jamie la seguía como habían hecho todos los demás, que así fuera. ¡Ya estaba harta!

—Tienes razón —le dijo a Shelly con un deje en la voz que sabía que nunca había usado con su hermanastra. Era el tono de voz con el que los pacientes renuentes acababan acostándose en la camilla. Sin dejar de ser agradable, la firmeza de su voz resultaba implacable—. Tienes razón en que me daban miedo... las aventuras, como tú las llamas. Después de que Ruby y tú os apropiarais de mi familia, me asustaba la idea de abandonar la única seguridad que había conocido en la vida. En vuestro camino al éxito, tu madre y tú convertisteis en un campo de batalla lo que siempre había sido un hogar tranquilo. Echasteis a mis abuelos e hicisteis que mi padre aborreciera volver a casa.

Shelly la miraba sorprendida. Hallie no solía discutir. Ruby le había robado la capacidad de defenderse. Pero Shelly se recobró pronto.

—Es este chico el que te está volviendo en contra de tu familia, ¿verdad? Supongo que por él has perdido todos esos kilos. —Sus palabras tenían un deje ladino, como si supiera algo que

365

Hallie desconocía—. Lo he visto fuera. Está tan desfigurado que la mayoría de las mujeres no lo querría. Pero es rico, así que no te culpo por ir detrás de él.

Hallie no estalló por semejante acusación y, lo más importante, tampoco reaccionó poniéndose a la defensiva.

—Si eso es lo que quieres creer, por mí estupendo.

La ira apareció en la cara de Shelly perfectamente maquillada. Hallie sabía que en el pasado esa expresión presagiaba que su hermanastra buscaría la forma de vengarse. Un juguete, un ordenador, una nueva prenda de ropa, algo acabaría roto. Y, por supuesto, Shelly negaría haber sido la culpable.

—A ver, Hallie —dijo Shelly con una voz que para otros resultaría cariñosa—, soy más joven que tú, pero he visto más mundo. ¿Crees que este chico, con ese cuerpo tan destrozado, querrá seguir contigo después de que se recupere de la lesión? ¿Crees que una familia tan rica no te rechazará? Si algo he aprendido, es que la gente rica solo se casa con gente rica. Hazme caso, he intentando cambiar esa costumbre, pero es imposible.

—Y si alguien con tu aspecto es incapaz de conseguir a un hombre rico, para alguien como yo es imposible, ¿verdad?

Shelly la miró echando chispas por los ojos.

—Siempre retuerces cualquier cosa que digo, ¿eh? ¡Siempre tan lista! Pero sé más sobre los hombres que tú y solo te estoy advirtiendo, nada más.

Hallie estaba muy tranquila.

—Shelly, no sé lo que va a pasar con mi vida, pero no me preocupa. En fin, es que hace poco que me he dado cuenta de que valgo para algo. Soy buena en mi trabajo y he conocido a gente a la que le gusto de verdad, y eso hace que me sienta tan bien conmigo misma como me sentía cuando era pequeña. —Al ver que Shelly tenía intención de hablar, Hallie levantó una mano—. En cuanto a Jamie, estoy enamorada de él. Total y absolutamente enamorada de él.

366

—¿Crees que eso le importa a un hombre tan rico como él?
—Shelly estaba furiosa—. Da igual los kilos que pierdas, acabará dejándote. Cuando se le cure la pierna, se largará y no volverás a verlo en la vida.

Hallie se puso de pie y miró a su hermanastra.

—Es su decisión y si así lo decide, sobreviviré. Tardaré un tiempo en recuperarme, pero lo haré. Y la próxima vez no me asustará que aparezcas y me quites un novio. Shelly, por fuera puedes ser muy guapa, pero por dentro eres horrorosa. —Respiró hondo—. Braden está en la isla y voy a pedirle un último favor. Quiero que venga a por ti y que te lleve a algún sitio donde no tenga que verte. Ya estoy hasta el gorro de que me menosprecies. Nunca más me asustará lo que puedas hacerme o decirme. —Se dio media vuelta y salió al jardín por la puerta trasera. Estaba temblando de los pies a la cabeza, pero se sentía muy bien. En ese momento, solo quería ver a Jamie.

Había llegado casi al gimnasio cuando él apareció por detrás y la levantó del suelo. Hallie se aferró a él.

—Lo he oído todo —le dijo Jamie estrechándola con fuerza—. Las damas me han encerrado en el salón del té, pero me alegro porque te he visto, te he oído. Has estado fenomenal. Magnífica. Estoy muy orgulloso de ti. —La besó en el cuello—. Total y absolutamente enamorada de mí, ¿no?

Hallie se echó a reír.

—Se suponía que tú no estabas escuchando.

La apartó para mirarla a los ojos.

—Ahora entiendo muchas cosas, y me alegro de que no te hayas creído todas esas patrañas sobre mí. Vamos a cenar fuera, a beber champán y a celebrarlo.

—¿Y qué pasa con tus pastillas?

—Llevo dos días sin probarlas.

—¿En serio?

—Sí, pero no se lo digas a mi médico. Estoy seguro de que tendré que tomarlas otra vez.

—¿Y quién es tu médico...? Como me digas que es Raine, me pongo a gritar ahora mismo.

—No es él. Es su...

—Por hoy he tenido bastantes sorpresas —le dijo Hallie mientras lo besaba.

—Vamos a comer, a beber y a celebrarlo. —Jamie la cogió de la mano.

—¡Espera! —exclamó Hallie—. Tengo que llamar a Braden y decirle que venga a buscar a Shelly. —Se detuvo de repente—. Ya no tengo que encargarme más de ella, ¿verdad? —Lo miró, maravillada—. He tenido que cuidarla desde que tenía once años. En mi casa, ella era siempre la primera para todo. Hasta tuve que enviarle dinero cuando se fue a California para tratar de ser una estrella. En una ocasión... —Dejó la frase en el aire—. Pero eso ya pasó. No sé cómo describirlo. Nada ha cambiado, pero todo es distinto. He puesto punto y final.

—Bien —dijo Jamie—, pero ya he llamado a Braden porque no quería que estuviera sola en la casa. Él sabrá cómo encargarse de todo.

—¿Eso crees? —Hallie parecía sorprendida—. Quiero que me cuentes de qué habéis estado hablando esta mañana. ¿Qué ha pasado para que dejes de estar celoso cada vez que se menciona su nombre y en cambio cantes sus alabanzas?

—Solo hemos hablado, nada más. ¿Dónde está ese anillo que llevabas?

—La última vez que lo vi estaba en la mesa auxiliar del salón del té. ¿Quieres que vaya a buscarlo?

—¡No! —exclamó Jamie—. Acabo de salir de esa habitación después de que me encerraran en ella y he visto a Shelly entrar. ¿Hallie? —Su expresión se tornó seria—. No quiero parecer un gallina, pero vamos a dejar que sean los Kingsley los que se encarguen de esta casa. Creo que ellos están más acostumbrados a los fantasmas que la otra rama de la familia.

—Sí —convino ella—. Bueno, ¿adónde vas a llevarme a cenar?

—¿Te parece bien que hagamos un picnic en la cama? —sugirió.

Hallie rio mientras le echaba los brazos al cuello y lo miraba.

—¿De verdad esto es real? ¿Tu familia y tú, esta conversación sobre nosotros y el futuro? ¿Durará?

—Sí —contestó Jamie—. Es muy real. No voy a salir corriendo en cuanto se me cure la pierna, y ya has visto que mi familia te adora. Tu hermanastra tiene una visión negativa del mundo. No parecer darse cuenta de que su actitud mercenaria es lo que hace que la rechacen. Vamos a cenar y a hablar de nuestro futuro. ¿Quieres?

—Sí —respondió—. Quiero.

—Interesante elección de palabras —replicó él, y se echaron a reír.

23

Cuando Braden por fin llegó a casa de Hallie, estaba de un humor de perros. Jamie lo había llamado para contarle el encontronazo de Hallie con su hermanastra.

—Nunca había oído nada semejante —afirmó Jamie con voz furiosa—. Intentó que pareciera que estaba robándole a Hallie para hacerle un favor.

—Sí, típico de ella. Ruby hacía lo mismo. Le dijo al padre de Hallie que se vio obligada a destrozar el jardín porque sus abuelos se estaban haciendo mayores y el jardín les suponía demasiado trabajo, y que lo mejor era que practicasen natación para mejorar su salud. Shelly solo está haciendo lo que su madre le enseñó.

—Pues no va a volver a hacérselo a Hallie. La próxima, si acaso hay alguna, yo estaré allí.

—¿Y por qué te quedaste callado y escuchando esta vez?

—Sería muy largo de explicar —contestó Jamie—. Tengo que encontrar a Hallie. Pero llévate a esta tía de aquí o la echo a la calle.

—¿Qué se supone que tengo que hacer con ella? —preguntó Braden, molesto.

—Consigue que firme un documento que diga que se mantendrá alejada de Hallie. Y otra cosa...

—Dime.

—Gracias de nuevo por todo lo que hiciste por Hallie cuando era pequeña.

—De nada —repuso Braden—. Pero te advierto que como no la lleves a ver a mi madre con frecuencia, te echará un mal de ojo.

—Eso está hecho —aseguró Jamie antes de cortar.

Braden se quedó un rato sentado junto a la piscina y pensó en no ir. Estaba hospedado en la casa de un tal Roger Plymouth y le gustaba mucho. Nunca se lo diría a Hallie, pero detestaba la casa que había heredado. Le gustaban las cosas nuevas y modernas.

Durante un momento, se permitió imaginar que no iría a recoger a Shelly. Que la dejaría allí, para que se las apañara sola mientras salía de la isla. Había llegado solita, así que podría irse de la misma manera.

Sin embargo, sabía que no lo haría. Se encargaría de Shelly por Hallie y por su madre.

Muy despacio, se levantó, entró en la casa y se puso unos vaqueros y una camiseta. Lo malo de la farsa que había montado para liberar a Hallie era que había enfadado a todo el clan Montgomery-Taggert. Había seis o siete miembros de la familia hospedados en la casa durante unos días después de la boda, pero ni le dirigían la palabra. Lo habían dejado solo mientras ellos se iban a la playa, de compras, o visitaban otras maravillas de la gloriosa isla de Nantucket.

En opinión de Braden, todo eso era culpa de Shelly. Si Ruby no hubiera estado obsesionada con su hija, Hallie no habría necesitado protección, lo que habría significado que a esas alturas...

Mientras Braden se montaba en el coche de alquiler, se obligó a no seguir esos derroteros. La verdad era que estaba cabreado con Shelly por lo sucedido en el bufete.

Había sigo amigo de Hallie toda la vida, pero apenas le había prestado atención a su hermanastra. De niña, lo miraba con esos ojazos azules y un osito de peluche pegado al pecho sin decir palabra. Claro que Ruby hablaba bastante por las dos. No dejaba de gritarle a la pequeña Shelly que entrara en la casa para no hacerse daño.

En una ocasión, le preguntó a Hallie si la niña tenía muchos accidentes.

—Qué va —contestó Hallie—. Es que las postillas estropean las fotos.

En aquel momento, Braden supuso que a la niña le gustaba que le hicieran fotos. No fue hasta más tarde cuando se dio cuenta de que Hallie se refería a las fotografías que le hacían en todas las agencias de modelos, castings para televisión o cualquier otro sitio que se le ocurriese a Ruby. Shelly y ella dejaban a Hallie en el colegio y después se subían a un avión con destino Nueva York. Hallie volvía a una casa vacía y a un plato de sopa de bote para la cena.

No le había prestado atención a Shelly hasta que la vio en biquini... y después de eso, se había mantenido alejado de ella. Invitarla al bufete había sido un impulso.

Ese día, había disfrutado de su compañía. Cuando fueron al centro comercial para comprarle ropa a Shelly, ella le había hecho un montón de preguntas sobre su trabajo, y se quedó sorprendido al ver que comprendía todo lo que le contaba.

El objetivo de Braden era el de llevar a Shelly al trabajo para que a su ex, Zara, le diera un ataque de celos. Pero cuando por fin llegaron al bufete, ya se le había olvidado.

Una vez en el bufete, Shelly se mostró encantadora con todos. Era tan alta y tan guapa que resultaba un poco intimidante, pero pronto tranquilizó al personal. En cuanto a Zara, Shelly y ella congeniaron como si fueran buenas amigas, y empezaron a hablar de la ropa, los zapatos y los pendientes que Zara llevaba.

Cuando uno de los socios le exigió que repasara un informe en ese preciso momento, se enfadó. Pero Shelly le aseguró que estaría bien sola.

Acababa de terminar cuando el socio que le había encomendado el trabajo abrió la puerta de su despacho y le echó un sermón sobre Shelly. Al parecer, ella se había colado en su despacho y le había hecho proposiciones indecentes, incluso se había desabrochado la blusa para incitarlo.

¡Eso lo dejó pasmado! Se disculpó profusamente y después fue en busca de Shelly. Cuando vio que a la blusa de seda que le había comprado le faltaba un botón, la rabia le impidió hablar.

De camino a casa de Hallie, no le dirigió la palabra a Shelly y casi ni paró para que se apeara del coche.

En ese momento, aparcó delante de la casa de Hallie en Nantucket, salió del coche y lo cerró de un portazo.

¿Qué iba a hacer con Shelly en cuanto la sacara de allí? ¿Llevarla a casa de Plymouth para pasar la noche? Seguramente se le insinuaría a alguno de los Montgomery.

Al ver que la puerta principal estaba cerrada con llave, se cabreó todavía más. Llamó, pero no obtuvo respuesta. Rodeó la casa y fue golpeando las ventanas, pero todas estaban cerradas y la casa, en silencio. Por fin, llegó al extremo más alejado y vio la puerta de doble hoja. Una de ellas estaba abierta.

Nada más tocar la puerta, un relámpago cruzó el cielo, seguido de un trueno, y empezó a llover con fuerza. Entró justo a tiempo para no acabar empapado.

La habitación estaba a oscuras y, cuando le dio al interruptor, no sucedió nada.

—¡Genial! —masculló.

Los relámpagos le mostraron otra puerta y unas ventanas, pero cuando las tocó, estaban todas cerradas a cal y canto. Estaba atrapado en la habitación.

—¡Esto es absurdo! —gritó antes de coger un jarrón metálico muy pesado. Su idea era estamparlo contra una ventana y salir.

—No funcionará —dijo una voz tras él, y Braden jadeó.

Sin soltar el jarrón, se volvió y vio a Shelly sentada en un pequeño sofá situado en un rincón de la estancia. Llevaba vaqueros, zapatos de tacón y la chaqueta de Chanel que él le había comprado. Estaba fabulosa.

Sin embargo, su buen aspecto solo consiguió cabrearlo todavía más. Estampó el jarrón contra la ventana, pero este golpeó el cristal, rebotó sobre el asiento acolchado y después rodó hasta el suelo.

A su espalda, Shelly encendió una vela.

—Ya te he dicho que no iba a funcionar. Le he tirado seis cosas a esa ventana, pero el cristal no se rompe.

—No tiene sentido.

—Según he leído, la mitad de las casas de Nantucket están encantadas, así que supongo que hay espíritus y que están protegiendo a santa Hallie. Pero es lo que hace todo el mundo, ¿no?

—¿Por qué no? —replicó Braden—. Le hace falta.

—Claro. La pobrecilla Hallie, tan perseguida. Todo aquel que la conoce la quiere. Supongo que ya sabes que te ha dejado por un ex militar forrado.

Braden intentaba abrir la puerta e incluso golpeó una hoja con el hombro, pero no se movió. En el exterior, la lluvia caía con fuerza. Cruzó la estancia y se sentó en una silla delante de Shelly.

—¿Qué le has hecho a Hallie esta vez?

—Intentar que no me demande.

—La ley tiene esas cosillas. Si robas algo, te castiga.

—Y el venerante cortejo de Hallie se encargará de eso, ¿verdad? Dime una cosa, ¿voy a ir a la cárcel? —Cuando lo miró a la cara, Braden se dio cuenta de que había estado llorando.

—Un poco tarde para el arrepentimiento, ¿no te parece? Se levantó e intentó abrir la puerta de nuevo, pero no había manera.

Shelly levantó el anillo que Braden había comprado a la luz de la vela.

—¿Es tuyo? ¿Para Hallie? ¿Te ha rechazado?

A Braden no le gustaba su forma de decirlo, pero no pensaba explicarle sus motivos.

—¿Por qué lo dices?

—Es una suposición. ¿Sabía ella lo barato que es?

Braden se sentó de nuevo y la fulminó con la mirada. Quería gritarle. ¿Cómo podía haberse comportado así en el bufete? ¿Creía que el hombre iba a dejar a su mujer por ella? ¿O tal vez que era lo bastante rico como para mantener a una amante?

Shelly apartó la vista del anillo.

—¿Por qué? —susurró—. ¿Qué pasó para que te enfadaras tanto conmigo en el bufete?

Braden fue incapaz de contener la mueca desdeñosa.

—¿Creías que no me iba a enterar? Hedricks me dijo que te abalanzaste sobre él.

Shelly cerró los ojos un instante, pero después se levantó y fue en busca de su bolso, que estaba en la enorme vitrina. Lo abrió, sacó una tarjeta de visita y se la dio a Braden.

—¿Y qué? Tienes la tarjeta de Hedricks.

Shelly seguía de pie delante de él, de modo que le dio la vuelta a la tarjeta. Escritos a mano estaban un número de teléfono y una dirección.

Braden tardó un momento en darse cuenta de lo que eran. Era la dirección de un apartamento del bufete, el que usaban los clientes de fuera de la ciudad. No reconocía el número de teléfono.

—Si llamas, te enterarás de que es el número del móvil particular de tu jefe.

—¿Cómo lo has conseguido?

Shelly se sentó otra vez en el sofá, miró la vela y no le contestó.

Sin embargo, la mente de abogado de Braden comenzó a funcionar. Había visto cómo miraba Hedricks a Shelly cuando se la presentó. En aquel momento, solo sintió orgullo. Más tarde, el hombre le ordenó que se pusiera a trabajar y fue entonces cuando debió de hacer lo que fuera que provocó que Shelly perdiera un botón.

—¿Cómo te zafaste de él? —preguntó Braden en voz baja.

—Le dije que no de un modo que le dejó claro que lo decía en serio —contestó ella—. Tengo mucha experiencia en el tema.

La rabia abandonó a Braden, y se dejó caer en la silla.

—Lo siento muchísimo.

—Bien —dijo Shelly—. A ver si lo recuerdas cuando intentes mandarme a la cárcel.

Braden hizo una mueca, porque había trabajado durante todo el día para conseguir precisamente eso. Había pasado mucho tiempo pensando cómo convencer a Hallie de que presentara cargos contra su hermanastra.

—¿Por qué? —quiso saber.

—¿Porque tu jefe me vio como una presa fácil? No lo sé.

En el exterior, llovía a mares y la oscuridad de la estancia, iluminada por una sola vela, hacía que parecieran estar aislados, ellos dos solos.

—No me refería a eso —repuso él—. Durante todos estos años, he visto y me he enterado de todo lo que pasaba en la casa de los Hartley, pero solo por una parte. Te he visto hacerle jugarretas a Hallie. Le enterrabas los juguetes. Te vi echarle zumo de uva en un vestido nuevo. Le doblaste los radios de la bici. ¿Por qué?

Shelly levantó la cabeza para mirarlo y vio algo profundo en sus ojos, una especie de vacío.

—Nadie lo sabe, pero no sé montar en bici. Solía miraros a Hallie y a ti cuando montabais juntos, y los celos me consumían.

—¿Por qué ibas a tener celos de Hallie? —No daba crédito a lo que oía.

Shelly resopló con desdén.

—¿Quieres que te cuente la verdad? ¿La verdad absoluta?

—Pues sí.

376

Ella tardó un momento en hablar.

—Nadie parecía entender que mi madre estaba obsesionada con utilizar mi aspecto para hacer dinero. Mi cara y mi cuerpo lo eran todo para ella. Pero Hallie caía bien. Incluso la querían. —Shelly se levantó del sofá y empezó a pasearse de un lado para otro—. Tuve celos de Hallie desde que puse un pie en su casa. Tenía unos abuelos que la adoraban. Se preocupaban tanto por ella que cultivaban verduras en el jardín. Pero mi madre me arrastraba de audición en audición, fuera para lo que fuese, le daba igual, y si tenía suerte, conseguía una chocolatina de cena. —Se detuvo para fulminar a Braden con la mirada, que la escuchaba con atención, sentado—. Mi madre no destrozó el jardín para hacer una piscina. Lo hizo porque sabía que cabrearía tanto a sus abuelos que se irían. Empezaban a decir cosas como «Ruby, deja que la niña se quede en casa. He preparado una sopa de calabaza riquísima». Yo quería quedarme en casa. Rezaba para que empezaran a quererme tanto como a Hallie. Mi madre se dio cuenta, así que el jardín tenía que desaparecer. Y, claro, cuando los abuelos se fueron, querían llevarse a su adorada Hallie consigo, pero mi madre se negó. Hallie podía hacer de canguro gratis. —Shelly inspiró hondo—. Sí, le hice cosas terribles a Hallie. Recuerdo un día que mi madre me estaba gritando porque era incapaz de memorizar frases de una obra de Shakespeare. Hallie estaba sentada delante del ordenador, hablando con sus abuelos, ya en Florida. No dejaban de repetirle lo mucho que la querían y echaban de menos, y que se morían por volver a verla. Esa noche, entré en la habitación de Hallie y derramé una lata de Coca-Cola Light sobre su teclado.

Braden la observaba con interés.

Shelly tomó una honda bocanada de aire y apretó los puños a los costados.

—Después, mis padres murieron cuando todavía era menor de edad. Y me quedé a merced de la perfecta Hallie. Dejó la universidad y aceptó un montón de trabajos para que yo no acabase en una casa de acogida. Todo el mundo repetía sin parar que Hallie era una mártir, mientras que a mí me despreciaban. Yo era la que había provocado que la pobre, dulce y queridísima Hallie tuviera que renunciar a su vocación. Así que se me fue la pinza. Verme liberada de la opresión de mi madre y tener que vivir con santa Hallie me desquició. Lo admito. Al día siguiente de terminar el instituto, le dije a Hallie lo que pensaba de ella. Me largué con un muerto de hambre solo para cabrearla. Me fui a Los Ángeles e intenté conseguir trabajo de actriz, pero soy nula.

—Así que volviste a casa —dijo Braden.

—Sí, lo hice, y la gente vino corriendo a decirme todas las maravillas que había hecho Hallie antes de preguntarme qué había conseguido yo. Y la respuesta a esa pregunta es un «nada» como esta casa de grande. —Hizo una breve pausa—. Y una noche, estaba viendo la tele mientras Hallie estaba, cómo no, trabajando, cuando llegó un sobre por mensajero exprés. Lo dejé encima de una silla y se cayó, y a mí se me olvidó. Un par de días más tarde, cuando vi la esquina del sobre, me acojoné. Pensé que Hallie me echaría a la calle. Solo lo abrí para ver en qué lío me había metido por no dárselo enseguida. —Shelly respiró hondo unas cuantas veces para tranquilizarse—. Cuando leí que había heredado una casa de un hombre a quien no conocía, me volví loca por la rabia. ¡Era todo muy injusto! ¿¡Por qué tenía que conseguir ella todo lo bueno en esta vida!? Ni siquiera pensé en lo que hacía. Le escribí a Jared diciéndole que yo era Hallie y que tenía muchos títulos y que aceptaría la casa, encantada. Me descolocó cuando él me contó que un ricachón quería que tratase a su hijo, pero ¿qué se suponía que iba hacer? No podía echarme atrás, así que accedí a aceptarlo como paciente. Hallie es tan buena samaritana que supuse que, en cuanto llegase a este lugar, podría conseguir que me redactase un plan de trabajo para ese tío. Sobre todo, consideré que todo el asunto era mi única oportunidad para cambiar de rumbo. Durante un tiempo, fingiría ser Hallie, una persona que nunca metía la pata, a quien nunca le temblaban las rodillas al ver a un tío vestido de cuero sobre una Harley. Tendría una profesión respetable... y caería bien a la gente. Me querrían. Justo como le pasa a Hallie. Pero me salió el tiro por la culata y puede que acabe en la cárcel. Una vez más, Hallie queda como la buena y yo, como la mala. Claro que seguramente no me demande ni después de haberle intentado robar una casa. ¿¡Qué hace falta para bajarla de esa nube de santidad en la que vive!?

Braden la miraba boquiabierto. Nunca había oído a Shelly pronunciar tantas palabras seguidas... y la rabia que ella estaba demostrando había borrado la que él sentía.

—Creo que deberíamos pasar de la lluvia y salir de aquí.

—Vale —convino ella.

Cuando Braden giró el pomo de la puerta, se abrió con facilidad y comprobó que había dejado de llover. La condujo a su coche por el jardín, que estaba bastante seco, y le abrió la puerta a Shelly. Una vez tras el volante, la miró un momento. Aunque la conocía desde que era niña, le daba la sensación de que no la conocía en absoluto.

—¿Te importa si compramos comida para llevar y volvemos a la casa donde me alojo? Creo que deberíamos hablar más. ¿Te parece bien?

—Me gustaría mucho —contestó Shelly, que lo miró con una sonrisa.

24

Hallie estaba mirando a Jamie mientras trabajaba con su rodilla. Estaba tumbado en la camilla de masajes, con la vista clavada en el cenador. Ambos guardaban silencio.

La noche anterior sí que habían hablado largo y tendido. Acabaron comprando comida en Bartlett's y después fueron en coche hasta la capilla. Era un lugar muy tranquilo, justo lo que necesitaban.

El edificio a la luz del atardecer era precioso. Lo dejaron atrás y siguieron caminando para sentarse en la arena, a la orilla del mar.

Hallie aún sentía los efectos de su discusión con Shelly y no sabía si estaba feliz o triste. ¿Qué pasaría a continuación?

Jamie se sentó y estiró la pierna lesionada, a fin de preparar la comida y dejar que Hallie hablara. Quería escuchar cómo había sido su vida desde su punto de vista. No le dijo que Braden y él habían estado hablando del tema.

La versión de Hallie era más suave que la de Braden. Entre ambas, Jamie comprendió que se había tratado de una infancia muy solitaria.

Pero lo mejor fue que Hallie no guardaba ningún rencor ni se sentía amargada por eso. Lo único que quería era librarse de todo. Más que nada, quería dejar de preocuparse por la posibilidad de que Shelly le robara a su novio.

—¿Te refieres a mí? —le preguntó—. ¿Soy la baza de tu negociación?

—Pues sí —contestó ella—. Si tú y yo estamos... ya sabes.

Eso los llevó a hablar sobre el futuro, y ambos acordaron que les gustaría intentarlo.

—Me encantaría quedarme aquí de momento —confesó Jamie—, en esta isla mágica.

—A mí también —reconoció Hallie.

Hicieron el amor en la playa. Despacio y con ternura. Entre ellos el amor era sereno, dulce y persistente.

Después, siguieron abrazados mientras contemplaban las estrellas sin decir nada, pero ambos pensaron en el futuro y en el camino que tomarían a partir de ese momento.

Era tarde cuando condujeron de regreso a casa. Durmieron juntos, abrazados y acurrucados el uno contra el otro. Cuando las pesadillas de Jamie empezaron, Hallie estaba allí para tranquilizarlo.

Por la mañana, se sumieron en su rutina habitual, pero sin dejar de lanzarse miraditas. ¿Esa era la persona con la que pasarían el resto de sus vidas?

Hallie recibió un mensaje de texto de Braden.

Shelly está conmigo y mañana la llevaré a casa.

Después de leérselo a Jamie, este llamó a Raine. Los últimos miembros de la familia Montgomery-Taggert ya habían dejado la isla e iban de camino a casa.

Jamie cortó la llamada.

—Creo que debes saber algo, pero no sé cómo te lo vas a tomar. —Le dijo a Hallie que Shelly y Braden habían pasado la noche juntos. En la misma cama.

—¡Oh! —exclamó ella, que se sentó en una de las sillas de la mesa de la cocina.

—¿Te parece bien?

—Claro —contestó—. Es que me ha sorprendido un poco. —Lo miró—. Bueno, no. En realidad, no. Braden nunca se relacionó con Shelly cuando era pequeña. Solo cuando llegó a la pubertad. ¿A qué viene esa cara?

—Raine me ha dicho que Braden le ha hecho una pregunta rara. Quería saber si podía decirle de algún lugar donde comprar unos trajes de motero.

Hallie y Jamie se miraron y se echaron a reír al pensar en un abogado vestido de cuero negro y tachuelas plateadas.

Jamie le contó la conversación que había mantenido con Braden y que este le había dicho que había estado cuidándola toda la vida. También le dijo que Braden se sentía atraído por Shelly, pero que no se había acercado a ella por respeto a Hallie y a su madre.

—¿Ha hecho todo eso por mí? —preguntó Hallie, asombrada.

Jamie percibía que Hallie estaba estupefacta con las noticias y supo que necesitaba una manera de liberar la tensión.

—Vamos al gimnasio.

Hallie gimió.

—¿Cómo es posible que haya acabado con un médico obsesionado por el deporte?

—No sé, pero creo que la culpa la tienen un par de fantasmas. Tú y yo, y tal vez Braden y Shelly. Raine me ha dicho que Braden no paraba de hablar sobre una tormenta que hubo anoche y que los dejó encerrados a Shelly y a él en el salón del té.

Se miraron y se echaron a reír.

En ese momento, Jamie estaba en la camilla de masajes y Hallie terminaba con la sesión de rehabilitación de la rodilla. Eran casi las cuatro de la tarde.

Una vez que Jamie se vistió, caminaron juntos hasta la casa. Allí, en la mesa de la cocina, descubrieron uno de los increíbles tés de Edith, con las bandejas hasta arriba de comida y una tetera humeante.

—Edith, te quiero —dijo Jamie mientras se lavaba las manos con Hallie al lado.

—Me he divertido mucho con la visita de tu familia, pero me alegro de volver a la normalidad —confesó Hallie—. Tenemos que darle las gracias a Edith por todo esto y regalarle algo bonito.

—¿Un viaje lejos de su antipática nuera? —sugirió Jamie.

—Me pregunto cómo se las habrán apañado Betty y Howard con toda tu familia hospedada allí. Sobre todo con los niños.

—Estoy seguro de que los niños Montgomery tienen unos modales impecables, pero mi madre me ha contado que Cory descubrió cómo se subía al ático y encontró una caja llena de revistas con hombres desnudos en la portada.

—¡Ooooh! —exclamó Hallie—. ¿Y no quiere compartirlas?

—Creo que... —Dejó la frase en el aire al escuchar que llamaban a la puerta—. Hablando del rey de Roma... es Betty.

Se acercó a la puerta y Hallie lo siguió.

—Hola —la saludó Jamie al tiempo que abría—. Me alegro de...

—¿Habéis visto a mi suegra? —preguntó Betty de mala manera—. ¿Ha estado aquí para ver a esos dichosos fantasmas vuestros?

—No la hemos visto —respondió Hallie—, pero nos ha traído otro fantástico té de tu precioso establecimiento.

—Deberíamos pagarte —dijo Jamie—. Dime cuánto es y Hallie y yo te pagaremos lo que te debemos. Y un poco más por la entrega a domicilio.

—¿Té? —preguntó Betty—. ¿Y os lo trae mi suegra? Lo hace a menudo, ¿verdad?

—Sí, bastante —respondió Jamie, que se apoyó en las muletas.

—¿Recordáis la última vez que estuve aquí? —preguntó Betty y esperó a que ambos asintieran con la cabeza—. Al día siguiente por la tarde, Howard y yo mandamos a su madre a Arizona para que visitara a su hija. Acaba de regresar esta mañana y ya ha desaparecido. No sé quién os habrá estado trayendo comida, pero mi suegra no ha sido.

—Entonces ¿quién? —repuso Hallie, perpleja. Se hizo a un lado para que Betty pudiera ver la mesa. Había un par de expositores con bandejas a distintas alturas llenas de sándwiches y galletas, dulces y saladitos.

—Como puedes ver —dijo Jamie— hay un montón de comida y una tetera enorme. A lo mejor lo ha traído algún empleado tuyo.

Betty los miró, primero a Jamie y luego a Hallie.

—Estáis tan locos como mi suegra. En esa mesa solo hay un montón de platos vacíos. —Aferró la puerta—. Creo que mi suegra debería regresar a Arizona. La gente allí está más cuerda. —Meneó la cabeza, cerró la puerta y se marchó.

Jamie y Hallie se miraron, y después se volvieron muy despacio hacia la mesa.

Un momento antes habían estado probando la maravillosa variedad de comida y bebiendo un té que jamás se enfriaba.

Pero, en ese instante, solo veían platos vacíos. Eso sí, estaban relucientes porque los habían lavado y guardado muy a menudo, a fin de que Edith los encontrara listos para usar cuando fuera a buscarlos.

No había comida y no había té humeante en la tetera.

Jamie y Hallie se miraron y abrieron los ojos de par en par al comprender que habían pasado semanas sin comer nada. Y aunque no lo dijeron en voz alta, sabían que todos los festines habían sido preparados por unas manos que ya no existían.

Hallie fue la primera en hablar.

—Ahora sabemos por qué he adelgazado.

Jamie parecía no saber qué decir, pero al final acabó riéndose.

—La Dieta Fantasma —siguió Hallie—. ¿Crees que tendría éxito? —Ella también empezó a reírse.

Al cabo de unos segundos, estaban muertos de risa, llorando el uno en los brazos del otro, mientras sus carcajadas flotaban por la casa.

Y, dentro del salón del té, dos preciosas mujeres se miraron. Una vez más habían ayudado a hallar el Amor Verdadero.

Epílogo

Tres meses después de la boda de Jilly, llegó un mensaje de correo electrónico de Shelly. Hallie contuvo el aliento.

—Braden y ella han fijado la fecha de la boda para el próximo enero y quiere que sea su dama de honor.

—¿Qué vas a hacer? —preguntó Jamie.

—Rechazar la proposición, claro. Solo me lo ha pedido para que me encargue de todo el trabajo de la boda mientras ella no mueve ni un dedo. Ni de coña.

—Tener familia no es vivir felices para siempre como en los cuentos —señaló él—. Creo que deberías pensar con calma lo que quieres hacer.

Hallie supuso que era un buen consejo, de modo que durante tres días no pensó en otra cosa. El primer día solo sintió rabia. ¡Pues claro que iba a rechazar la petición! ¿Cómo se atrevía Shelly a pedírselo siquiera? Pero el segundo día, empezó a analizar las repercusiones de sus actos. Si asistía a la boda de Shelly y de Braden, ¿lo haría con el corazón cargado de rabia? ¿Se merecía Braden algo así? ¿Lloraría la madre de Braden por el espanto que suponía que se casase con alguien como Shelly?

El tercer día, Hallie supo que tenía que esforzarse por alcanzar cierta paz. Dejó a Jamie en Nantucket y voló a Boston para regresar a su casa. Las cosas estaban peor de lo que se había imaginado. La madre de Braden parecía tan apática que rozaba la depresión. Estaba convencida de que su hijo iba a arruinarse la vida... y lo decía con frecuencia. Braden trabajaba dieciséis horas al día para no tener que pensar en sus problemas personales. Y, según él, Shelly vivía aterrada por el miedo de que cortase con ella en cualquier momento. Nada de lo que le decía la tranquilizaba.

Hallie decidió que tenía que ayudar a Braden y a su madre. Lo primero fue pasar horas hablando con Braden. Quería asegurarse de que estaba enamorado de Shelly, no colgado de su aspecto. Descubrió que llevaba años enamorado de ella y, además, Braden le contó que Shelly estaba marcada por su niñez. Necesitó un par de días y muchas conversaciones telefónicas con Jamie, pero acabó por aceptar esa nueva información.

Hallie sopesó la idea de sentarse con su hermanastra y tener una conversación sincera. Pero ¿en qué consistiría? ¿En sacar a la luz años de acusaciones? Sería algo como un tira y afloja lleno de frases del estilo: «¡Me rompiste la muñeca!», «¡Tus abuelos te querían a ti, pero no a mí!», «¡Me robaste el novio!» y «¡Tú podías jugar cuando éramos pequeñas, pero yo no!».

No, así no conseguiría nada.

Tras unas largas charlas con Jamie, seguidas de otras cuantas con su tía Jilly, Hallie decidió usar la inminente boda para tender un puente entre ambas partes.

Hallie fue a ver a la madre de Braden e interpretó el papel de su vida. Se llevó consigo un montón de revistas de novias y, llorando a lágrima viva, le dijo que Shelly quería que planificase su boda, pero que no tenía ni idea de cómo hacerlo.

En cuestión de diez minutos, la señora Westbrook estaba organizando una boda. Hallie tardó dos días en conseguir que Shelly ocupase su lugar. La madre de Braden y ella se obsesionaron con las flores, las tartas, los vestidos e incluso con la pedrería de los zapatos. Cuando Shelly le dijo a su futura suegra que estaba ansiosa por tener un niño enseguida, la paz se firmó para siempre.

Durante la calma que siguió, Braden llamó a Hallie y le dijo:

—Te quiero.

Hallie se echó a reír.

—Bueno, ¿qué serán al final: peonías o rosas?

—¿Qué más da? De verdad, Hallie, mi madre y Shelly salen de compras juntas y hablan de niños y... —Inspiró hondo—. Gracias.

—Lo que he hecho no es nada al lado de todo lo que tu madre y tú hicisteis por mí. ¿Amigos?

—Para siempre —aseguró Braden.

En cuanto terminó de hablar con Braden, llamó a Jamie.

—Mañana vuelvo a casa.

Jamie solo atinó a exclamar:

—¡Sí!

Mientras regresaba a Nantucket, supo que estaba liberándose de una vida de rabia y de resentimiento. No creía que Shelly y ella pudieran llegar a ser grandes amigas, pero tampoco habría mala sangre entre ellas. Pasarían vacaciones juntas e intercambiarían triunfos y fracasos. De alguna manera, conseguirían dejar atrás el pasado.

Esa noche, mientras estaba en la cama con Jamie, le contó todo lo que estaba sintiendo.

—Es lo normal en una familia —dijo él.

A medida que se acercaba el invierno, Hallie y Jamie empezaron a hablar del futuro. No habían tomado una decisión acerca de dónde vivirían o de si Jamie volvería a ejercer la medicina o cómo Hallie iba a trabajar. ¿Debería montar una clínica privada? ¿Trabajar en un hospital? Cada vez hacía más frío en la isla y sabían que muchas de las tiendas y de los servicios dejarían de funcionar. No habría mucho trabajo para Hallie.

Una noche, estaban sentados en la cama, cada uno con su portátil en el regazo.

—¡La madre que...! —exclamó Jamie con los ojos abiertos como platos.

Hallie lo miró.

—¿Qué pasa?

Jamie giró el portátil para que pudiera ver. En la pantalla, había una foto de una casa con un gran porche y una habitación acristalada.

—¿Es la de tu sueño?

—Sí —contestó Jamie y se miraron a la cara—. Es justo como la había imaginado.

Sin necesidad de decirlo, los dos sabían quiénes estaban detrás de todo eso. Tras llevar meses en la casa, ya no comentaban lo que hacían las Damas del Té. Habían invitado a cenar a Caleb y a Victoria Huntley en un par de ocasiones, y Caleb hablaba de las damas como si las conociera en persona. Jamie y Hallie pasaron un fin de semana largo en Colorado con su familia, y Caleb les preguntó si podía cuidarles la casa. Más tarde, les dijo que fue un placer visitar a las damas.

A esas alturas, Hallie y Jamie ya estaban tan acostumbrados a que las cosas se movieran, a que la labor del bastidor se bordara sola, a que las puertas se abrieran y se cerraran de repente, que no ponían en tela de juicio una simple conversación.

Leland la había visitado en una ocasión y a Hallie le había encantado conocerlo mejor. Leland llegó con una caja llena de información acerca de lo que le sucedió a su antepasado una vez que lo obligaron a dejar Nantucket. Era la historia de un hombre con el corazón roto que nunca se llegó a recuperar.

Los tres extendieron los documentos en las mesas del salón del té, apagaron las luces y se fueron. A la mañana siguiente, todo estaba bien apilado en una mesa, pero faltaba una foto de Leland, ya de anciano. Había una tarjeta junto a los documentos. Escrito en ella, con una preciosa caligrafía antigua podía leerse:

Gracias, *Juliana Hartley*

Jamie y Hallie creían que la tarjeta era un detalle muy tierno, pero Leland dijo:

—Necesito un trago.

Durante el resto de su visita, Hallie y Jamie evitaron hablar de los espíritus que vivían en la casa.

Hallie miró la fotografía de la casa que había en la pantalla.

—Me gusta. ¿Qué opina el tío Kit al respecto?

Jamie leyó el mensaje de correo electrónico.

—Se ha comprado un caserón viejo en un pueblecito de Virginia. Dice que cuando vio la casa, y descubrió que estaba a la venta, se acordó de nosotros. —Leyó un poco más del mensaje—. Ah, aquí está. Sabía que el tío Kit tenía un motivo oculto. Dice que el pueblo solo cuenta con un médico. Tenía dos, un padre y un hijo, pero el año pasado el padre murió. Ahora el hijo tiene que trabajar muchas horas y necesita ayuda. —Miró a Hallie—. El tío Kit dice que el pueblo está junto a un enorme lago con muchas casas. Según él, hay muchas lesiones de gente que se queda sentada todo el invierno, pero que se creen adolescentes cuando llega el verano. Dice que una clínica de fisioterapia les iría estupendamente. —Jamie la miraba con expresión intensa—. ¿Qué te parece?

—Me gusta mucho la idea —contestó ella—. ¿Qué te parece a ti? ¿Crees que estás preparado para ejercer la medicina de nuevo?

—Creo que podría intentarlo. Al menos, a tiempo parcial. —Hizo una pausa y la miró—. Si tú estás conmigo para ayudarme, claro.

—Sí —contestó ella con expresión seria—. Iré donde quieras ir. O me quedaré aquí contigo.

Se miraron un momento antes de apartar los portátiles y lanzarse el uno a los brazos del otro.

Sabían que, fueran adonde fuesen, hicieran lo que hiciesen, querían estar juntos.

Agradecimientos

Me gustaría darle las gracias a mi maravillosa preparadora, Mary Bralove, por su experiencia en la fisioterapia. Me contó y me enseñó qué hacer. ¡Gracias!

Tal como ha sucedido con varios libros, mis compañeros de Facebook me han acompañado a lo largo de las alegrías y las penas de escribir esta novela.

Ya fuera para buscarles nombres a los personajes o para desahogarme con las correcciones, siempre han estado ahí. Muchísimas gracias.

Quiero darle las gracias a mi querida editora, Linda Marrow, que me escucha, se ríe y me apoya incondicionalmente.

Tengo una nueva editorial, Penguin Random House, y quiero darles las gracias a todos. Son siempre muy amables, considerados y serviciales.

Mientras me documentaba para este libro, leí muchas cosas acerca del síndrome de estrés postraumático... y lloré todo el rato.

No hay forma humana de darles las gracias como se merecen a nuestros soldados, a nuestros guerreros heridos. ¡Os lo debemos todo!

Por favor, sígueme en Facebook para conocer la verdad acerca del proceso de escritura.

Por cierto, la historia de Cale y Kane es una historia corta,

Los casamenteros. La historia de Caleb podéis encontrarla en *Amor Verdadero*; la de Graydon y Toby en *Por siempre jamás*; y la de J. T. y Aria en *La princesa.* La historia de Dougless y el padre de Nicholas la encontraréis en *El caballero de la brillante armadura.*